筆靈

下

馬伯庸 著

高寶書版集團

筆靈

下

馬伯庸——著

高寶書版集團

◆目錄◆

◆目錄◆

第一章　我閉南樓看道書

小園，幽竹，茶香，琅琅讀書聲。

衡山蒼蒼入紫冥，下看南極老人星。

回飆吹散五峰雪，往往飛花落洞庭[1]。

少年正襟危坐，老人負手而立，身旁還有一個少女素手添香。

一個身材頎長的青年從園外遠遠望去，又豎起耳朵聽了聽，隨即輕嘆了一口氣。

「有美女陪伴，就該去泡酒吧跳舞，讀什麼勞什子詩書……」顏政有些不甘心地嘟囔道，習慣性地撩了撩額前長髮，踮腳又去張望。以他的思維方式，實在是不能理解羅中夏為什麼能如此耐心地枯坐在屋子裡，旁邊有十九這樣的美人陪著也就罷了，為什麼還找來鞠式耕這糟老頭子？

自從與懷素相見、詩筆相合之後，羅中夏整個人似乎完全沉靜下來，以往那種跳脫、渾不懍的脾氣被懷素的禪心壓制。這讓一向視羅中夏為知己的顏政心情頗為悵然，覺得一個大好青年就此墮落了，變得淡而無味。

十九曾經問羅中夏接下來打算如何，羅中夏說要回到最初。青蓮筆靈的最初，是李白，而李白的最初，自然就是李白的詩。

從永州返回華夏大學以後，羅中夏徑直去見了鞠式耕，表示希望可以踏踏實實地學些國學知識。鞠式耕並不知道筆塚的事情，但見這個頑劣學生浪子回頭，心意誠懇，也便欣然允諾。這一個月來，羅中夏足不出戶，苦心攻讀。十九向老李請了假，陪在他身邊。

顏政明白，羅中夏必須要對李白詩有深刻的理解，才能發揮青蓮筆的威力，而要理解李白詩，就必須了解國學，並能深刻地體會到中國傳統文學之美，這無法一蹴而就，非得慢慢修煉不可。相比之下，顏政的畫眉筆就省事多了，只要尊重女性就一切ＯＫ——這一點上，他的紳士精神可以算得上世界一流水準。

可他還是覺得可惜，固執地認為變了脾性的羅中夏就不是羅中夏了。

顏政又看了一眼埋頭苦讀的羅中夏，悻悻轉身離去，在這種濃厚的讀書氛圍下再待個幾分鐘，他也許會瘋掉。顏政對這些玩意兒一向敬謝不敏，他喜歡的詩只有兩句，一句是「劉項原來不讀書」，一句是「停車坐愛楓林晚」，這已經是極限了。

羅中夏讀書的地方是華夏大學的松濤園。這裡是鞠式耕來大學講課時的居所，羅中夏第一次被筆童襲擊、鄭和第一次意識到筆塚世界的存在，都是在這裡發生，可以說松濤園與筆塚充滿了錯綜複雜的聯繫。

顏政沿著松濤園內的碎石小道走出來，穿過低低的半月拱門，一抬頭便看到了松濤園前那一副輯自蘇軾兄弟的對聯：「於書無所不讀，凡物皆有可觀[2]。」

「阿彌陀佛，施主看起來有些心事。」

一聲佛號響起，彼得和尚迎面走了過來，戴著金絲眼鏡，臉上掛著萬年不變的溫和笑容。

「喲，彼得。」顏政揮動手臂，無精打采地打了個招呼。

彼得和尚雙手合十：「顏施主，有一個好消息。」

「啊，什麼好消息？」

彼得和尚微笑著開口道：「那枝李長吉的鬼筆，終於找到了。」

「這麼快？」顏政面色一凜，嬉笑的表情收斂了起來。

「我先入為主，以為和鬼筆相合的都是些陰沉的傢伙，沒想到它這一次的宿主居然是一個嬌弱的銀行女職員，倒費了一番功夫。」彼得和尚的語氣帶著幾分感嘆。

顏政聽到「嬌弱女職員」這個詞，眼睛「唰」地一亮，直接切入了主題：「她漂亮嗎？」

「施主，佛家眼中，女子都是紅粉骷髏。」

「呸，骷髏也是分美醜的。」

「施主還是放棄這心思吧，我們可不能再把普通人扯進來。貧僧收了筆之後，就回來了，從此她跟筆靈再無瓜葛。」

「你這對人性沒信心的死禿驢。」顏政怒道。

這一個月裡，羅中夏一門心思潛心修煉，而顏政和彼得和尚卻沒閒著。他們奔波於全國各地，去搜尋野筆。

所謂的野筆，並非是《哆啦A夢》的主人公（野比大雄），而是指未被筆塚收錄、在這世界上肆意遊蕩的筆靈——其中最有名的，自然就是李白的青蓮筆靈。除去這些天生自由的野筆之外，有些筆靈原本是寄於筆塚吏身上，倘若筆塚吏出了什麼變故身亡，筆靈便會脫身而出，逃出桎梏，變成一枝野筆。

事實上，搜集這些散落於世間的野筆，一直以來便是韋家、諸葛家的使命之一。

這些野筆模模糊糊擁有自己的意識，卻沒有歸宿，也沒有固定形態，猶如鬼魂一樣飄飄蕩蕩。有時在機緣巧合之下，它們碰到適合自己的人類，便會施施然游過去，寄宿於其身。那些宿主往往毫無知覺，並對自己發生的異變驚恐不已。

火車站前賣的那些小報裡經常提及的各類人體神祕現象，百分之九十九都是偽造的，剩下的百分之一，則是野筆上身導致的現象……

本來老李表示他們可以借用諸葛家的資源，可羅中夏對老李始終還存有一絲警惕，覺得還是不要跟他們牽扯太深的好，於是這份慷慨的好意被婉言謝絕了。

也幸虧羅中夏體內有可以指點決疑、指示方向的點睛筆，可以模糊地指出那些野筆的藏身之地。彼得和尚和顏政根據點睛筆的提示去尋找，頗有斬獲，效率不比諸葛家低。

只是他們不敢用得太狠，因為點睛筆碰到重大預測，是需要消耗壽數的。羅中夏若多用幾次，只怕就成小老頭了。

羅中夏距離下課還早，顏政和彼得和尚便先來到松濤園外面的灌木小徑，邊走邊聊。顏政一直糾纏彼得和尚，詢問鬼筆宿主的相貌。彼得和尚嘴卻嚴得很，抵死不說。顏政沒奈何，只得換了個話題：「鬼筆入手，你打算怎麼用它？」

彼得和尚笑道：「我去收這枝筆，主要是為了尋找管城七侯的線索。」

管城七侯是筆塚主人留下的七枝筆靈，每一枝都是中國歷史上最驚才絕豔的天才所化。只有它們齊聚一處，才能打開封閉已久的筆塚，得到筆塚主人的祕密。諸葛家和韋家歷代都不遺餘力在尋找它們的蹤影，卻一直沒有成功。

此前在紹興，王羲之的天臺白雲筆橫空出世，卻被韋勢然漁翁得利。再算上青蓮筆和點睛筆，七侯已有三筆現身。彼得和尚估計，接下來其他四枝筆的下落，將會成為爭奪的焦點。大家都有一種預感，所有與筆塚有關係的人，都將捲入這一場紛爭中。

諸葛家和韋家還好，現在最可怕的，是那個橫空出世的第三方勢力。

它究竟是誰，從何而來，沒人知道。唯一的線索，就是褚一民臨死前吐露的那兩個字：「函丈。」不過它的目的，倒是不加掩飾：湊齊管城七侯打開筆塚。所以羅中夏的青蓮遺筆，它志在必得。

經歷過綠天庵那一夜驚心動魄的大戰後，他們知道這個神祕的敵人有多可怕、多凶殘。當日即使是詩筆合一的羅中夏，也不能阻止它殺死褚一民、從容帶走諸葛淳。而且從手法來看，很有可能韋定邦也是被它殺死的。

他們之所以這麼急切地搜尋野筆，就是想盡快搜集到其他四侯的消息，搶占先機。匹夫無罪，懷璧其罪。羅中夏自己帶著兩枝管城七侯，就算他想退，敵人也不會放過他。這一個小團體為求自保，不得不主動跳入局中。

想到這裡，兩個人都是一陣默然。

園內的讀書聲逐漸輕下來，風吹樹林，發出沙沙的聲響。遠處校園裡無憂無慮的喧鬧聲隨著風聲傳來，讓兩個人的精神為之一鬆。

「如今韋勢然敵我難辨，韋莊現在又置身事外，我們韋家當真是亂七八糟。」彼得和尚望著遠處的灰白色教學樓，忽然感慨道。

「哎，」顏政遞給彼得和尚一根菸，「我說彼得，你怎麼不弄枝筆來耍耍？以你的能力，變成筆塚吏輕而易舉啊！」

彼得和尚把身子朝後靠去，從口中吐出幾縷煙氣，口氣淡然道：「筆靈與吏，要兩者相悅心意相通，才有意義。我已入空門，本該是六根清淨，且曾立過誓言——今生不為筆塚吏，這些觸法之物，還是不要吧！」

顏政聽到他的話，鼻翼不屑抽動了下，直言不諱道：「你嘴上說不要，表情卻很誠實。少在這裡裝哲學，我開過網咖，閱人無數。別拿釋迦牟尼來搪塞，你其實別有隱情吧？」

彼得和尚一下子被他說中了心事，眉頭微微一皺，雙手捏了捏佛珠。顏政哈哈大笑，猛地拍了一下他的肩膀，道：「哈哈哈，被我說中了吧。別擔心，我不會去打聽別人隱私的。只是大師你啊，對自己要誠實一點。」

彼得和尚無言以對，只得合掌道：「阿彌陀佛。」

顏政聳了聳肩：「當和尚真好啊，沒詞的時候，念叨這四個字就行了。」

彼得和尚扶了扶金絲眼鏡，不大想在這個話題上繼續下去，岔開來問道：「那麼你呢，房斌那邊有什麼收穫？」

顏政聽到他問起，有些得意，搖晃著腦袋道：「著實費了我一番功夫，不過蒼天不負有心人，還是被我追查出了一些線索。我的一個朋友在公安局，我已經拜託他幫我去調查了，今天就能有回應。」

他話未說完，口袋裡的手機突然發出一陣歡快的音樂。顏政掏出來一看：「嘿，說曹操，曹操到，我接一下。」他接通電話，「唔嗯」了一陣，很快抬起頭來：「房斌的住所查出來了，不過我那個朋友說，那房子似乎涉及一些租賃糾紛。房東說這個租戶一直不繳房租也聯繫不上，門也一直鎖著。前兩天他們派出所還特意出了一趟警，去幫房東撬鎖開門。」

「糟糕。」彼得和尚一驚，「那裡面的東西豈不是都會被丟掉？事不宜遲，我們趕緊去看看吧。這個房斌干係重大，不能被人搶了先。」

「還叫上羅中夏嗎？」

「他正上課呢。再說了，」彼得和尚壓低了聲音，「這種事讓十九知道，不太好吧。」

「也對。」

兩個人又朝松濤園裡張望了一眼，轉身匆匆離去。

這裡的家屬樓[3]是二十世紀八十年代建起來的，有著那個時代家屬樓的典型特徵：四四方方，主體呈暗紅色，各家窗臺和陽臺上都堆滿了大蒜、鞋墊、舊紙箱子之類的雜物。每兩棟樓之間都種著一排排槐樹與柳樹，如今已經長得非常茂盛，樹遮擋住了太陽的暴晒，行走其間頗為涼爽，讓剛被烈日荼毒的行人精神為之一舒。

房斌就曾經住在這片家屬區中，彼得與顏政按著員警朋友提供的地址，很輕易地找到了八十九號樓五單元。樓道裡採光不算太好，很狹窄，又被腳踏車、醃菜缸之類的東西占去了大部分空間，他們兩個費了好大力氣才上到四樓。

正對著樓梯口的就是房斌的租屋處。他家居然沒裝鐵門，只有一扇綠漆斑駁不堪的木門。兩人對視一眼，彼此心裡都冒出同一句話：「這就是那個房斌曾經住過的地方啊？」

房斌對於他們來說，可是個不一般的神祕存在。

他是上一代點睛筆的宿主，後來在法源寺內被諸葛長卿殺死，點睛筆被羅中夏繼承了下來。最初他們還以為房斌只是一個普通的不幸筆塚吏，等到接觸了諸葛家以後才知道，原來房斌是一個獨立的筆塚研究學者，與諸葛、韋兩家並無關係，卻一直致力於挖掘筆塚的祕辛。他與諸葛家保持著緊密的聯繫，其豐富的學識與洞察力連諸葛家當家老李與費老都稱讚不已。諸葛家的新一代，都尊稱房斌為房老師，受其教誨不少——像十九這樣的少女，甚至對他抱持著愛慕與崇敬之心。

但即使是諸葛家，也只是透過網路與房斌聯絡，他的其餘資料則一概欠奉，連相貌都沒人知道。而現在，房斌被殺的兩名目擊者——彼得和尚與顏政就站在死者生前住的房門前，心中自然有些難以壓抑的波瀾。

彼得和尚恭敬地敲了敲門，很快門裡傳來腳步聲，一個女子的聲音隨後傳來：「誰啊？」

「請問房斌先生在嗎？」

大門吱呀一聲開了，一個穿著保潔長袍、戴著口罩的中年婦女出現在門口，手裡還拿著一把掃帚，全身沾著灰塵與蜘蛛網。她打量了一下彼得和尚與顏政，摘下口罩，不耐煩地問道：「你們是房斌什麼人？」

顏政搶著回答說：「我們是他的朋友，請問房先生在嗎？」

中年婦女冷冷哼了一聲：「他？他都失蹤好幾個月了！房租也不繳，電話也打不通，你說說哪有這麼辦事的？我們家還指望房租過日子呢，他這一走，我收也收不到錢，租也不敢租出去！」

一連串的抱怨從她口中湧出來，顏政賠笑道：「就是，就是，起碼得打個電話給您啊！現在像您這麼明事理的房東可太少了，還等了這麼久。若是我以前的房東，只怕頭天沒繳錢，第二天就把門踹開了。」

聽了顏政的恭維，中年婦女大有知己之感，態度緩和了不少，繼續嘮叨著：「也就是我一老實人，一直等到現在。這不昨天我實在等不得了，就叫了開鎖公司和派出所的民警，把門打開。我拾掇拾掇，好租給別的房客。」

彼得和尚問道：「那他房間裡的東西，還留著嗎？」

「賣了。」

「賣……賣了？」顏政和彼得和尚一起驚道。

「對啊，要不我的房租怎麼辦？我還得過日子哪。」

「都有些什麼東西？」

「呸，什麼值錢的都沒有！就剩幾百本書、一臺電腦、幾把椅子而已，連衣服都沒幾件。還有一大堆稿紙，都讓收廢品的一車收了。」

中年婦女絮叨著，閃身讓他們進屋。他們進去一看，不禁暗暗叫苦，整個房間已然空空蕩蕩，什麼都沒剩下，只留了一堆垃圾在地板上。

房斌既然是筆塚研究學者，必然留有大量資料，這些資料對於筆塚中人來說彌足珍貴，不知裡面隱藏著多少祕密。而現在，這些資料竟全都被這個房東當廢紙賣了……

「您，還找得到那個收廢品的嗎？」顏政不甘心地追問。

中年婦女狐疑地看了他一眼：「我怎麼找得到……他不是欠你們錢吧？我先說在前頭，他那點東西賣的錢，都拿來抵房租了。」

顏政賠笑道：「我們不跟您爭那些錢，也不是債主，就是想找點東西。」

中年婦女忽然想起什麼，俯身從垃圾堆裡掏了掏：「哦，對了，找剛才打掃房間的時候，還撿到一把鑰匙，不是這房間的。你們找的是這個？」

顏政和彼得和尚對視一眼，把鑰匙接了過去。這把鑰匙和普涌鑰匙不太一樣，鑰身很短，呈銀灰色，而且頭部是圓柄中空，手握處還鏤刻著一行細小的文字：D-318。

「這個似乎是地鐵車站置物櫃的鑰匙。」

彼得和尚認出了鑰匙的用途，便對顏政使了一個眼色，顏政趕緊接過鑰匙：「謝謝您，那我們走了，祝您早日找到可靠的房客。」

中年婦女不耐煩地催促道：「別貧了，沒事就快走吧，別耽誤我打掃衛生。」

兩個人道了謝，轉身匆匆離去。中年婦女把房門謹慎地關好，忽然一個轉身，把口罩、假髮套和臉膜都扯掉，露出一張嫵媚靚麗的面孔。她走到陽臺，隔著窗戶目送著彼得和尚與顏政上了計程車，唇邊微微露出一絲微笑。

「這樣，就算是成功了吧？」秦宜自言自語道。

---

1 出自李白〈與諸公送陳郎將歸衡陽〉。

2 凡物皆有可觀一句出自蘇軾〈超然臺記〉。

3 家屬樓，政府機關或民間企業提供給員工與其家屬住宿的建築。

第二章　擁彗折節無嫌猜

地鐵車站置物櫃，一般都出現在國外的間諜電影或者推理小說裡，在國內尚屬於新生事物，知道的人不多。即使是這座全國數一數二的大都市，也不是每一個車站都提供這種服務，只在有限的幾個大站——準確地說，是外國人去得最多的幾個大站——設置了幾百個置物櫃，用作證明這座古老都市與國際接軌的努力。

姑且不論市政當局是怎麼考慮的，至少對顏政和彼得和尚來說，這種現狀是很不錯的——他們無須跑遍每一個車站，只把注意力放在幾個大站就足夠了。

他們很幸運，在第二個車站的D-318就試對了鑰匙。

隨著「喀啦」一聲，鎖被打開了，露出置物櫃裡面漆黑狹窄的空間。

彼得和尚看了一眼身旁的顏政，他們的背後是熙熙攘攘的人群，每一個人都行色匆匆，沒人注意到這兩個人在置物櫃前的行動。

置物櫃裡只擱著一本筆記本，封面是淡黃色，大約兩百頁，造型古樸，似乎是宣紙質地加線裝。彼得和尚謹慎地閉上眼睛感應了下，除了殘留有淡淡的人類氣息外，上面並沒有任何強度很大的波動，應該不是什麼寶物，真的只是一本普普通通、被人用過的筆記本罷了。

「我還以為會像電影裡一樣，藏著諸如海洋之心[1]或者飛船引擎之類的寶貝呢。」顏政有些失望，他伸進手去，把那個筆記本拿出來，忽然發出一聲「咦」。

原來這筆記本裡，還夾著一枚銅錢，上書四字「元祐通寶」。

彼得和尚知道這是北宋泉貨，如果拿到古董市場，也許能賣個不錯的價格，但也不會太高。它和筆記本擺在一起，卻不知道房斌是拿來幹嘛的。

地鐵站不是思考的地方，顏政把銅錢夾回筆記本，說：「羅中夏也快下課了，我們盡快回……」話未說完，突然一陣疾風自耳邊響起，只聽「唰」一聲，手裡的筆記本登時不見了。

這一下陡然生變，顏政尚未反應過來，彼得和尚已經雙手猛地合十，拍出一圈若有若無的氣場，以他們為圓心朝周圍急速擴散開來。下一個瞬間顏政才大叫道：「彼得，筆記！」

彼得和尚表情嚴峻：「別著急，我的氣場可以感應到筆記本帶著的氣息。搶了這個筆記本的人，一定就在氣場的範圍之內。」

「你的氣場能感應多遠？」顏政緊張地左右張望。

「半徑四十公尺的圓圈範圍。」

「好大的範圍……方位你能確定嗎？」

「只能有很模糊的指示，你知道，我沒有筆靈，單靠普通人的精神力能做到這點已經是極限了。」

顏政苦中作樂地吹了聲口哨。他和彼得和尚的旁邊，少說也有幾百人在朝不同方向行進，而且有更多的人加入。在這種場合下想依靠彼得和尚的感應去找，根本就是杯水車薪。

彼得和尚閉目凝神，突然抬起頭，指了指車站驗票口。顏政倒抽一口涼氣，這不是故意找麻煩嗎？那裡是人最多的地方。

「筆記動得很緩慢，朝著月臺方向移動著……他一定是擠在人群裡想進月臺！」

「進站總比出站好。」顏政一拉彼得和尚僧袍，兩個人也疾步朝著驗票口衝去。

地鐵站內是一個相對封閉的空間，除了兩側樓梯就只有兩條軌道是通往外界的，絕大多數人都集中在月臺等候區內，這對追蹤者來說，要比滿世界漫無目的地亂走有利得多。

兩個人都帶著交通卡，於是省掉了買票的時間，以最快的速度通過驗票閘口。在這期間，彼得和尚感應到筆記也通過了閘口，就在前方不遠處停住了。現在他們和那個神祕的搶奪者同在一個月臺。

此時快接近下班時間，月臺上等車的大多是神情疲憊的上班族，偶爾還有幾個遊客夾雜其中。人們密密麻麻地聚集在月臺邊緣，沿著地面上的黃線一字排開，要麼大聲打著手機，要麼讀著報紙。大多數人則面無表情地望著右側漆黑的地鐵洞口。他們頭頂的電子鐘液晶數字冰冷地跳動著。下一班地鐵要五分鐘後才到，他們總算爭取到了一點時間。

「筆記沒有動，一定就在眼前的這些人中。」彼得和尚悄悄對顏政說，「而且我認為他未必覺察到我們跟來了。」

「哦？」顏政眉毛一挑，目光掃視著月臺上每一個可疑的身影。

「能夠在瞬間從你手裡奪去筆記，而且我們竟然沒有任何覺察，對方要麼是超速度型，要麼會隔空取物。」彼得和尚分析道，「但他在東西到手以後居然沒有立刻離開，反而鑽進地鐵這種封閉場所，這豈不是很反常嗎？」

「嗯，有道理。如果是我的話，就會趕緊逃掉，逃得愈遠愈好。」

「以我看來，他應該是對自己的這種能力有恃無恐，覺得即使我們被搶，也根本無從覺察到是怎麼回事，所以才會優哉游哉地來搭地鐵——可惜他沒料到我能感應筆記本的氣息。」

「哼，若讓我捉到是誰幹的，我要讓他見識一下東城區黑幫最強的關節技！」顏政氣勢洶洶地嘟囔著，同時抬頭看了看液晶螢幕上的時間。

「對房斌的筆記這麼有興趣，只能是那些傢伙吧！」

彼得和尚扶了扶金絲眼鏡，他口中的「那些傢伙」，指的自然是殺死房斌，並在綠天庵前惹出無數麻煩的那個叫函丈的神祕組織。「現在的問題是，如何在地鐵到達前甄別出他的身分。我的感應實在太模糊了，無法精確定位。倘若讓他登上地鐵可就麻煩了。」

房斌的筆記內究竟有什麼，他們不太清楚，但對方既然出手搶奪，那筆記裡必然寫著那些敵人試圖知道或者試圖隱藏的東西。

彼得和尚壓低聲音道：「對了，你的畫眉筆現在可以用嗎？」

顏政伸出十個指頭晃了晃：「子彈滿膛。」他的畫眉筆來自漢代張敞，可以將特定物體的狀態調回之前某個時間點，一個指頭代表了一次機會。

彼得和尚說：「那就好。筆靈之間有微弱的相互感應，如果你靠近他，悄悄亮出畫眉筆，我應該能感覺到對方筆靈的波動。」

「聽起來像是一個很色情的隱喻……」顏政掃視乘客們，其中不乏女性上班族和女學生。

彼得和尚不得不「咳」了一聲：「嚴肅點，你不是女性之友嗎？這就是你的尊重之道？」

在彼得和尚嚴厲的瞪視下，顏政只好收起奇怪的念頭，讓畫眉筆凝結在指尖，把雙手抄在兜裡，裝出若無其事的樣子在人群裡鑽來鑽去。彼得和尚集中精力讓感應的氣場穩定，專心體驗每一個可能的波動。

正當他們的搜索進行到一半的時候，低沉的隆隆聲由遠及近傳來，地鐵進站了。而且是兩列對開的地鐵同時進站，這可真是最壞的狀況。

兩側的人群開始騷動起來，紛紛朝兩條黃線擠過去，唯恐擠不上去。等到地鐵停穩開門的瞬間，車內的人拚命地朝外擠，車外的人拚命朝裡鑽，喧譁四起，月臺登時大亂。

這一下子，把彼得和尚好不容易感應到的那一點氣息徹底覆蓋了，如同一艘潛艇的聲納兵遭遇了海底地震，過響的聲音淹沒了本來就模糊的聲音。

兩人四目交會，不必彼得和尚解釋，顏政便已經意識到了情勢危急。情急之下，他顧不得會被發現，衝彼得和尚大叫一聲：「哥們兒，你聽仔細！」他單腿屈膝，右手五指聚攏，紅光匯聚於一拳，朝地面用力一搗。

只見一片紅光自地板蔓延開來，擴散到幾乎三分之一個月臺。這是顏政苦苦修煉的成果，可以把五指的力量集中一處，所能作用到的範圍也變得更為廣闊，不必像以前一樣必須用指頭直接接觸。

所有人都在忙著往車裡擠，絲毫都不曾覺察到有什麼異樣。然而這種強度的筆靈釋放所引發的共鳴，對彼得和尚來說卻已足夠明顯。就像是奔騰的浪頭驟然撞到一塊礁石一樣，在顏政紅光鋪開的一瞬間，彼得和尚陡然感應到右側有一個明顯的波動。

「右邊！」

兩人二話不說，拔腿就跑，在車門關閉之前的一瞬間，總算擠上了右側的車廂。地鐵滿載著叫苦連天和逆來順受的乘客，開始徐徐開出月臺。

「怎麼樣，我們賭對了嗎？」顏政喘著粗氣抓住把手。一次釋放五個指頭的蓄能，這可不是什麼輕鬆的活。此時地鐵已經開始在隧道裡穿梭，騷動的人群逐漸平靜下來。

彼得和尚抓緊時間凝神感應了一陣，道：「沒錯，我能感覺得到，他就在車上，而且可能與我們就在同一個車廂內。」

顏政環顧左右，這節車廂裡起碼有四十餘人。他沒有瞬間記憶的能力，無法分辨哪些乘客是剛剛上車的。彼得和尚也毫無辦法，他的氣場感應精度已經是極限了，在地鐵的雜訊中單單是維持對筆靈的定位，就已經相當勉強了。

「難道讓我們一個一個問過來？」顏政說。

「那只會打草驚蛇。現在我們最大的優勢，就是對方尚未覺察到我們會跟蹤過來，所以他沒驅動筆靈發動能力。一旦他發現我們的存在，到時候無論選擇正面衝突還是逃跑，都對我們不利。」

「可惜你沒有筆靈，而我的筆靈又不是戰鬥型的，否則……」

彼得和尚嘆道：「筆靈賦予筆塚吏的，只是一種天賦。至於如何運用這種天賦，則是考驗筆塚吏本身的才能。這世界上沒有低等的筆靈，只有低等的筆塚吏。」

「這句話說得倒是不錯，可惜就是對目前的局面於事無補。」顏政手扶把手，低頭陷入沉思。現在地鐵裡陷入了一種尷尬的兩難局面：他們既不能甩手不管，也不能就此放過；他們無法知道對方的準確位置，又不敢去驚擾。

就在這種僵持中，他們在地鐵裡經過了十多分鐘。這十多分鐘之內，已經開過了六站，上下的人都很多，而那個隱藏的敵人始終沒離開過車廂。彼得和尚盡力操縱著細膩的氣場流動，勾勒著筆記本模糊的形體，一霎都不敢放鬆。

在對方呼喚出筆靈之前，筆記本上存留的氣息是他們唯一能追蹤到敵人的線索。

韋家與諸葛家有些成員雖然沒有筆靈，卻因為與筆靈浸淫已久，使自己的肉體獲得一些異化與突破。經過有意識的鍛鍊，這些異化與突破便會構成一些獨特的能力，比如彼得和尚的守禦之術。這些能力靠挖掘人體潛力來發動，但由於缺乏筆靈，終究成就有限。

彼得和尚算得上是一個異數。他大概是天賦異稟，雖然身無筆靈，體內天生的駕馭筆靈之力卻潛力無限。彼得和尚倘若有了筆靈，毫無疑問會是一流高手。可惜他起誓一世不受筆靈，只修守禦之術。饒是如此，他心無旁騖修行出的效果比起一般的筆塚吏，亦不遑多讓，可見其潛力之強。

這種氣場感應便是彼得和尚其中一項能力。為了維持整個感應場的存續，他必須全神貫注，倘若有一絲走神，整個氣場都會立告崩潰。當地鐵緩緩駛入第七個站臺的時候，一直專心監聽的彼得和尚眼神一凜，感覺到一直平靜的氣場微微泛起了漣漪。

此時地鐵的車門已經打開，一些人起身離開車廂。彼得緊張地注視著他們，他的氣場精確度不夠，地鐵每停靠一站，他必須等該下車的人都下去，該上車的人都上完，大家位置相對穩定後，才能確定筆記的去留。而那個時候，地鐵也差不多該關門開車了，所以他必須迅速做出判斷，究竟是該追下車，還是等在車廂裡。

只要有一次失誤，他們就再也追不上敵人了。

這種時間短、強度高的任務，實在需要有耐心與明晰的判斷力——當然，還需要有一點點人品（運氣），這個彼得和尚倒是不缺，與他身旁的同伴大不相同。

這是一個很小的支線車站，無論是月臺還是下車的乘客都很少。這對彼得和尚來說比較容易判斷，相對地，地鐵停留的時間也會特別短。

就在地鐵打算關門的一瞬間，彼得和尚「唰」地睜開眼睛，厲聲道：「下車！」

說時遲，那時快，彼得和尚與顏政一起猛地跳起，從兩扇正在合攏的地鐵門中縫穿越過去，地鐵門擦著兩個人的腳後跟關攏，把顏政驚出一身冷汗，費了三、四秒的時間才定住心神，終於明白那些間諜小說主角是多麼的不容易。

他擦了擦冷汗，左右張望。這個月臺不大，頗為安靜，放眼望過去只有三個人，都是剛剛與他們一起下車的。一個是背著紅白相間巨大旅行包的外國人，手裡還拿著一張地圖，一個是身穿藍色工作服的水管工人，還有一個插著耳機聽MP3的時髦染髮小潮男。

這三個人都背對著他們，彼此之間沒有交談，各自埋頭朝著出口走去，渾然不覺被身後的兩個人緊緊盯著。

「筆記應該就在他們三個人其中一個身上！」彼得和尚頗為篤定。眼前的目標只有三個，地鐵站的環境也不是那麼嘈雜，他的感應精確度又上升了幾分。

「三選一嗎？」顏政舔了舔嘴唇。

眼前的三名乘客，有一個人是搶奪筆記的敵人，但他們只有一次機會。一旦選擇錯誤，就會驚擾到那個真正的敵人，那時候麻煩就大了。

彼得和尚緊皺著眉頭，苦苦思索辨別之道。顏政抬起眼睛，無意中瞥到月臺上的液晶時鐘螢幕，唇邊突然浮現一絲笑意。

「彼得啊，我們走！」

彼得和尚一愣：「你知道是誰了？」

「現在還不知道，不過那傢伙立刻就會自己跳出來的。」顏政高深莫測地說。彼得和尚將信將疑，只得跟著他也朝出口走去。

三個乘客走到出口的閘機前，各自掏出交通卡刷出站。三臺閘機，三個乘客同時出站。顏政緊緊盯著他們刷卡的手，雙拳蓄勢待發。突然，閘機發出尖厲的警告聲。那個背著旅行包的外國人被兩扇閘門攔在了原地，螢幕上出現「刷卡錯誤」的巨大標誌。

顏政動了，他惡狠狠地撲上去，雙拳砸向那個黃毛洋鬼子。

那個洋鬼子聽到腦後生風，還沒來得及回頭去看，就被猛烈的拳頭砸到脖頸，撲倒在地，登時暈了過去。車站內登時大亂，另外兩個乘客與附近的車站工作人員都被嚇呆了。襲擊外國友人？！這可是難以想像的罪行。

顏政這時就像一個真正的流氓，根本不理睬旁人的驚呼，把那暈倒的乘客就地翻過來，毫不客氣地在他懷裡掏來掏去。彼得和尚站在原地，緊張地盯著其他兩個人。假如顏政判斷錯誤，那麼那個隱藏的敵人隨時可能出手。

好在這件事並沒發生，顏政很快從那個外國人懷裡拿出一個筆記本，得意地舉起來朝彼得和尚晃了晃。

彼得和尚鬆了一口氣，暗暗誦了一聲佛號。

「喂，你們，別走！誰有手機，趕緊報警啊！」車站的工作人員膽怯地吼道，這個車站實在太小了，無法對付窮凶極惡的歹徒。顏政原本想把這外國人弄醒，問個究竟，現在看到工作人員這麼叫嚷，知道一會兒工夫員警和保全就會趕過來，到時候事情就麻煩了，只得悻悻鬆開他的衣領。

「我們快走吧，此地不宜久留。」彼得和尚悄聲對他說，顏政看了眼洋鬼子金黃色的短髮，冷哼一聲，心中萬分遺憾。兩個人把外國人扔在原地，大搖大擺地朝車站出口跑去，沿途沒有人敢阻攔。他們來到地面，直接攔了一輛車迅速離開。為了防備筆記再被搶走，彼得用自己的佛珠纏住筆記本，放到自己懷中。

計程車一直開出三、四公里，彼得和尚終於忍不住開口問道：「你到底是如何判斷出來，那個外國人才是搶奪者？」

顏政得意地把頭髮撩起來：「算命的說我有當筆塚吏的命格，這不過是牛刀小試。」

「佛曰不可妄語，快說吧！」

其實這件事說穿了很簡單。本市的地鐵系統乘坐流程是：乘客進入閘口時刷一次卡，電腦系統會記錄乘客的入站狀態；等到乘客出站的時候，再刷一次卡，電腦會根據前後兩次刷卡的紀錄來扣除卡內金額。

顏政的畫眉筆可以將特定物體的狀態恢復到之前的某一個時間點。當時在月臺上他為了判斷那個對手去了哪一側的地鐵，曾經讓五個指頭的畫眉筆集中爆發了一次，進行一次大範圍施放，以幫助彼得判斷筆記本的所在，所產生的一個副作用就是，當時在月臺上的所有人都被畫眉筆的這種力量影響到了，回到了二十五分鐘之前。

對於普通人類來說，時間回溯二十五分鐘並不會產生什麼特別的現象，但是對於交通卡來說，就不一樣了……

二十五分鐘之前，那個神祕對手還在置物櫃附近搶顏政手中的筆記本，沒有進地鐵，當然也就沒有刷過卡。於是，對於後來已經進入地鐵裡的他來說，手裡的交通卡實際上回到了沒刷過的狀態。

當他試圖出站的時候，閘門感應機器檢測到這張卡並沒有進站紀錄，便按照標準程式開始發出警報。於是沒刷過的交通卡就成為他最醒目的身分標記。

「你看，就是這麼簡單。你說得對，只有低等的筆塚吏，沒有低等的筆靈。」顏政得意揚揚，為自己的謀略大為自豪。

「可是……萬一那三個人都是在那一站上車，豈不是三個人刷卡時警報會同步響起？」彼得和尚提出疑問。

顏政愣了一下，這個他倒沒想過，隨即有些結巴地辯解：「這一站太偏僻了，不會那麼巧三個人都是同上同下吧？」

「如果他在一個大站或者中轉站下車呢？」彼得和尚繼續反問，「到時候下車的可能就有幾百人，其中被你畫眉筆影響到的可能有幾十人，我們該怎麼判斷？」

「……哈哈哈哈，反正東西已經到手了，何必在乎細節呢！」顏政拍著彼得和尚的肩膀哈哈大笑，掩飾自己的尷尬。彼得和尚長嘆一口氣，看來自己真的是運氣好，這麼一個漏洞百出的策略居然真的成功了。

「我想那個洋人如果知道，會更鬱悶吧。」彼得和尚心想，忽然一個念頭湧入腦海。洋人？什麼時候洋人也有筆靈了？

1出自電影《鐵達尼號》中的鑽石項鍊。

第三章　使青鳥兮欲銜書

「這就是房斌的筆記本？」

在羅中夏的面前是一本淡黃色封面的筆記本，大約兩百頁。

「沒錯，我和彼得轉了好幾個車站，才找到那個置物櫃，裡面只放著這麼一本東西。我還以為會是什麼寶貝呢！」顏政略帶抱怨地說，他還以為會和電影一樣，車站的置物櫃裡永遠都放著許多祕寶。

「你們都看了沒有？」

「哪顧得上啊！我們一拿到，就立刻來找你了。」顏政說。然後把在地鐵裡發生的事情約略講了一遍，當然少不得添油加醋把自己的英明吹噓了一番。

羅中夏聽完以後，奇道：「你是說，那個筆靈的主人，居然是個外國人？」

「正是。」

「彼得，筆塚吏裡曾經有過洋人嗎？」羅中夏問彼得和尚。筆靈是筆塚主人首創，取的乃是天下才情。雖然才情並非中國獨有，但筆靈卻是寄於國學而生的，所以洋人做筆塚吏委實不可想像。

「歷史上或有高麗、日本或者安南（古越南）人做筆塚吏的紀錄，但西洋人就……只有一個人做過筆塚吏。」

「誰？」

「《大唐狄公案》[1]的作者高羅佩，他是荷蘭人……嗯，這個不是重點，快打開看看這本筆記吧。」彼得和尚催促道。

羅中夏忽然想到了什麼，轉頭看了一圈：「十九呢？」

顏政說：「松濤園裡的墨用完了，她不放心讓別人買，就自己去買新墨了。」

「要不要等她回來再看啊？」羅中夏有些猶豫，房斌一直都是十九所仰慕的對象，自己現在和十九走得這麼近，多少是沾了房斌點睛筆的光，對此他一直心情很複雜。現在房斌的遺物就在眼前，究竟該不該讓十九也一起看，他拿不定主意。

顏政大為不滿：「筆記本又不會跑，等她回來再讓她看嘛！房斌已經死了，沒人跟你搶女人，你這傢伙是被懷素的禪心給弄傻了嗎？」

真是蠻不講理的直擊。

不過這種直擊確實有效，羅中夏面色一紅，只得把筆記本拿在手裡。他自己實際上也很好奇，於是不再堅持，慢慢翻開第一頁。這時候胸中的青蓮筆和點睛筆都略略跳動了一下，彷彿一隻午睡的狗懶洋洋地看了眼訪客，又重新睡去。

筆記本裡只有前幾頁寫滿了鋼筆字，字跡勻稱端正，排列整齊，看得出書寫者是個心思縝密、一絲不苟的人。

第一頁第一行的第一句話，就讓羅中夏愣住了。

「致點睛筆的繼任者。」

是給我的？即便是擁有了禪心的羅中夏，此時也按捺不住心中愕然，連忙往下看去。

「當你看到這段文字的時候，我想我已經死了。過去的我以未來的口氣來寫，感覺實在很奇妙。不過唯有透過這種方式，我才能把訊息順利地傳達給你。請原諒我自作主張，但這一切都是必要的。」

給人感覺十分奇妙的文字，從容不迫，淡定自如，卻又滲透著稀薄的憂傷。

顏政看到羅中夏的表情陰晴不定，有些好奇地問道：「這裡面都說了些什麼？」

羅中夏略抬了抬眼，用十分迷惑的口氣道：「一封給我的信，似乎是房斌的臨終遺言。」

顏政還要說些什麼，羅中夏正色道：「請讓我一口氣把它看完吧，這也是對死者的尊重。」彼得和尚和顏政感受到了那種肅穆的力量，便都閉上了嘴。

羅中夏重新把注意力集中在筆記本上。

「我叫房斌，原本只是一名普通的中文系研究生，主修中國文學。我在為碩士畢業論文搜集材料的時候，無意中發現了『筆塚』的存在，對它產生了極大的興趣，從此就開始在浩如煙海的史料和記載中尋找關於它的蛛絲馬跡。從我碩士畢業到現在，大概已經有十五年了吧，我一直致力於筆塚的研究。一開始我以為它只是一個文人墨客的典故與傳說，隨著研究的深入，我卻發現筆塚隱藏在歷史後面的巨大身影，以及它對中華文化獨特的影響力。可以想像，這對於一個畢生研究中國文學的人來說，是一個多麼大的誘惑。一位叫韋勢然的朋友在這方面，給予我不少幫助。

真正改變我一生的時刻，是在七年之前。我當時在南京的安樂寺遺址尋訪，無意中窺到了一位筆塚吏收筆的過程，這讓我十分興奮。筆塚和筆塚吏一直以來都只是傳說，現在卻躍進現實之中。我當時的心情，就像是一名古生物學者看到了活著的恐龍一樣。我本來無意涉入筆塚的世界，只想以一個客觀的研究者旁觀而已。大概是命運使然吧，那位筆塚吏在收筆的時候發生了變故，我把他救了下來，自己卻因此而被那一枝筆靈寄身——正如你所猜的那樣，那枝筆正是張僧繇在安樂寺內畫龍的點睛筆。

那一位被我救了性命的筆塚吏很感激我，便向我表露了他的真實身分，原來他就是筆塚二家之中諸葛家的一分子，人稱費老——也許那位叫韋勢然的朋友也是筆塚中人，但他從不說破，我也沒問過——經過費老的引薦，從此我便正式進入了筆塚的神祕世界。諸葛家一直想找我合作，但作為一名研究者，我希望能夠保持獨立超然的地位，盡量不在現實中與他們接觸，只在網路上保持聯絡。諸葛家的家長是個開明的人，並不以此為忤，我們一直合作得很愉快。我借重他們對筆靈的認識，而他們則樂於讓我來為諸葛家的後輩做一些系統的培訓——這麼多年來的研究積累，讓我對筆塚的認識甚至在大部分諸葛家的成員之上。」

接下來的文字，陡然變大了一號，似乎作者想強調它的重要性。

「我用點睛筆為我將來的命運做了一次占卜。它昭示的結果非常驚人：原來我只是一個傳承者、一個過渡的站點，我的使命是把點睛筆渡給下一位合適的宿主，而他將與管城七侯緊密相連，並最終決定整個筆塚的命運。這需要我的生命作為代價。我害怕過，也恐慌過，一直到今天，我才能夠完全以平靜的心情寫下這段文字。

不知道你是否已經透澈地了解了點睛筆，也許你會認為它可以指示我們的命運——事實上，這只是一種錯覺。點睛筆並不能做出任何預言，它只是做出推動。點睛筆就像是一臺引擎，它無法引導方向，卻可以推動著你朝著正確的方向加速而去。換句話說，真正把握命運的，還得是我們自己，點睛筆只是強化抉擇罷了——正如它的名字所示：畫龍點睛。唯有我們自行勾勒出命運之龍的形體，點睛方才有意義。沒有形體，便無睛可點。」

羅中夏很快看到了結尾。

「接下來，才是最重要的。點睛筆在占卜出我命運的同時，還昭示了另外一件事，那就是他們的存在。他們是誰，究竟從何而來，我無從得知，點睛筆也無法給予更詳細的預言。唯一可以確定的是，他們極其可怕，對於筆塚、對於諸葛家、對於韋家，乃至對所有與筆塚相關的人，都是極大的威脅。他們試圖顛覆的，絕不只這些。這將是筆塚前所未有的大危機。

依靠同屬管城七侯的點睛筆，我已獲知了一些管城七侯的線索。我決定著手調查。這將是一次艱苦的行程，為防我的死期突然降臨，我在臨行前把這個筆記本留在了這裡。如果是真正點睛筆下一任的主人，一定會有機會找到這裡，看到我的遺言。」

最後一段的字寫得特別大，幾乎占滿了一頁紙。筆跡雄健，力透紙背：

「命運並非是確定的，你可以試著去改變，這就是點睛筆的存在意義，它給了我們一個對未來的選擇。請珍重。」

落款是龍飛鳳舞的房斌簽名。

羅中夏緩緩放下筆記本，他已經失去了語言能力去表達，也不知道該表達些什麼。筆記的語氣從容不迫，彷佛一位老師在諄諄教導，又像是一位即將奔赴沙場的戰士在交代後事。

原來在法源寺的那一幕，是早已注定的。房斌注定要在調查期間被他們捉住，他們注定要把房斌帶去法源寺收筆，而自己，則注定要被點睛上身的。羅中夏緩緩閉上眼睛，心中不知道是什麼滋味。雖然他與房斌素昧平生，只短短見過半面，看罷這封信以後卻感覺失去了一位師友。在法源寺中目擊到房斌死亡時本該有的悲傷，一直到現在方絲絲縷縷地透過遺書滲透到羅中夏的意識中。

「給了我們一個對未來的選擇？」羅中夏細細地咀嚼房斌的話，陷入沉思。

顏政從羅中夏手裡拿過信來讀了一遍，也收斂起笑嘻嘻的模樣，露出一種難得的嚴肅神情，咂了半天嘴只說了一句話：「這人，真爺兒們。」

這大概是顏政對人的最高評價了。

而彼得和尚雙手合十，默默為死者誦了聲佛號，眉頭卻微微皺起來。他留意的，卻是另外一件事。

「韋勢然？」他反覆回味著這個名字。任何一個韋家的人聽到這個名字都要皺皺眉頭，「想不到他居然和房斌還有聯繫，這個人還有多少事瞞著我們？」

「從信裡的語氣來看，似乎房斌並不知道韋勢然的真實身分。」羅中夏說。

彼得和尚冷冷哼笑一聲：「真實身分？他的身分只怕有幾十個，誰知道哪個是真的。房施主即便是心懷點睛筆，只怕也是被他給騙了。就連你這一枝青蓮遺筆，搞不好也是他利用房斌弄到手的呢！」

屋子裡的人都是一陣默然，韋勢然的手段，他們都是領教過的。雲門寺一戰，他們與諸葛家打得筋疲力盡，卻被韋勢然漁翁得利，輕鬆取走了王右軍的天臺白雲筆。

「難道韋勢然就是房斌信中所說的『他們』？」顏政嘟囔道。

彼得和尚扶了扶金絲眼鏡，寒著臉道：「雖然不能確認，但我認為可能性很大。房施主說『他們』的動向，與管城七侯淵源極深。而現在現世的三枝筆，都與韋勢然有莫大的關係，叫人很難不懷疑他。我聽說褚一民曾提及，韋勢然只是他主人一個不那麼聽話的玩具，可見大有關聯。」

羅中夏想到小榕，嚅動嘴唇想說些什麼，彼得和尚的分析和推理卻是嚴絲合縫，不容置疑。他只得略微轉移重點：「那個秦宜，古裡古怪的，我看只怕與函丈也有不小的干係。」

彼得和尚點點頭，又道：「王右軍的天臺白雲筆在韋勢然手裡，中夏你體內有點睛筆和青蓮遺筆，後一枝的正筆仍舊不知所終，只能算半枝。剩下的四枝筆下落，恐怕將會是各方勢力覬覦的焦點。」

他這麼一說，其餘兩人不由得都怔住了。彼得和尚的言辭裡，有意無意也把諸葛家算進了「各方勢力」裡，等於是視作敵人了。

彼得和尚看到兩人表情，苦笑一聲，道：「不是我有偏見，實在是如今局勢太亂，須得小心從事。韋家出了一個韋勢然，而諸葛家暗中效忠『他們』的也不少，比如諸葛淳、諸葛長卿，還有那個秦宜——天曉得還有多少隱藏的『他們』，這兩家委實都信任不得啊！」

「諸葛家裡，至少還有十九和費老可以信任。」羅中夏說。十九不必說了，費老也曾經和房斌有過命的交情。

彼得和尚衝他微微一笑：「你看，所以如今一切都不好下結論。」他停頓一下，面色有些凜然與淒涼：「『他們』的手段，我是見過的，在韋莊……族長就生生死在了我的面前。『他們』的能力、手段和殘忍程度，都是遠遠超乎我們想像的。諸葛、韋兩家相鬥千年，都不曾使出過這等手段。這一次，可真的是前所未有的大危機了。」

羅中夏點點頭，他曾目睹韋族長之死，也見識過褚一民的陰狠毒辣，而褚一民不過也只是他主人手中的一枚棋子罷了。如此看來，「函丈」的厲害真是不可小覷。三個人一時間都覺得背後陰風陣陣，彷彿有看不見的邪惡力量自無盡深淵緩緩爬上來。

「函丈」的目的，毫無疑問是管城七侯，那麼身懷青蓮遺筆和點睛筆的羅中夏，顯然就是眾矢之的。羅中夏縱有禪心，也禁不住一陣苦笑。我一個普通的窮學生，何德何能背負這種使命啊！

其實不獨羅中夏，就連顏政和彼得和尚都湧現這種「爾何德何能」的心情。

三人之中，別說是諸葛、韋兩家深諳筆塚內幕的長老，就連一個正式的筆塚成員都欠奉。彼得和尚遁入空門，只算得上是半個韋家人，羅中夏、顏政更慘，在數月前連筆塚是什麼都不知道。可他們三個現在卻儼然成了超然於諸葛家、韋家和「函丈」之外的第四股力量，還是關鍵所在！

地鐵裡的襲擊，恐怕只是一個前奏曲罷了，現在他們這一小撮人已經被盯上了。每一個人都覺得背後陰森森的，這是面對過於強大的敵人正常的壓力反應。

真是何德何能啊！

顏政忽然指著筆記道：「房斌說他掌握了一些關於管城七侯的線索，可是這裡頭並沒提啊？」

羅中夏趕緊又重新看了一遍原文，只有那一句「我已經獲知了一些管城七侯的線索。我決定著手調查。」但具體是什麼線索，房斌卻沒提。他拿起筆記本反過來轉過去，再沒發現其他有文字的地方，只好失望地放下。

點睛筆有模糊指示命運的功能，但需要消耗壽數，不能輕易動用。羅中夏希望能透過別的方式找到線索。房斌這本筆記畫了一個大餅給他，可惜畫餅終究難以充飢。

至於那枚夾在筆記本裡的銅錢，裡面並沒什麼機關，更沒什麼特別的記號，普普通通一枚古董錢罷了。

三個人正在研究，忽然十九推門走了進來，手裡還拎著一個購物袋，裡面鼓鼓囊囊裝著一些墨瓶、毛筆和零食。

「咦，你們都在啊！」十九打了聲招呼，袋子很重，把她累得香汗淋漓。

她瞪了羅中夏一眼，還沒說話，顏政早一個箭步過去，替她接過袋子，笑盈盈地說：「讓美人受累，真是罪過，罪過。」

羅中夏這才反應過來，臉一紅，從顏政手裡搶過袋子。他的禪心只能打架用，對討好女孩子卻是一點幫助也無。十九撇撇嘴，剛想說些什麼，突然視線掃到了彼得和尚手裡的筆記本，眼神一下子變得銳利起來。

「這，這是哪裡來的筆記本？」她的聲音因為突如其來的激動而有些異樣。

羅中夏連忙接過話來說：「十九啊，這本筆記，是彼得與顏政他們剛剛找到的，是房老師的遺物。」

十九瞪大了眼睛：「房斌老師？」

「是的。我們也才拿到，還沒來得及跟妳說。」

十九根本沒聽到羅中夏的話，她幾乎是從彼得和尚手裡搶過筆記本，顫抖著雙手翻開。顏政和羅中夏誰也沒有阻止她，眼神裡都帶著憐憫。他們都知道十九對房斌抱持的感情，絕不僅僅只是老師這麼簡單。

「這是房老師的字，我認得的，和他寫給我的信一模一樣！他總喜歡把『我』字的一撇寫長的……」十九一邊翻看，一邊無意識地絮絮叨叨，她自己都未必意識到在說些什麼，因為在一瞬間她已是淚流滿面，眼淚啪嗒啪嗒滴在紙上，濡濕了死者的字跡。

「原來，老師他……他早就有了預感。可惜還沒有等到他來，就已經……」十九痴痴地望著那一行行漢字，彷彿要把自己都融入那本筆記裡，對她來說，筆記的內容並不重要，重要的是寫筆記的那一雙手、那一個人。

羅中夏想過去安慰她一下，卻被顏政的眼神制止。

十九的情緒逐漸穩定下來，哭泣變成嗚咽，嗚咽又變成抽泣，漸不可聞。她用手掌輕輕摩挲著筆記本光滑的頁面，雙眸裡滿是哀傷與懷戀。

顏政看了一眼羅中夏，用眼神示意他去安慰。羅中夏躊躇地走過去，舔了舔嘴唇，鼓起勇氣把手臂伸了過去。

正當手指與十九圓潤的肩頭還有一公釐之遙的時候，十九忽然「嗯」了一聲，轉過頭來，把筆記本舉高。

「怎麼了？」羅中夏問。

十九看向他：「我知道房斌老師把線索寫在哪裡了。」

1《大唐狄公案》，由荷蘭漢學家所創作的英文偵探推理小說，主角狄公以唐朝政治家狄仁傑為原型。

第四章 張良未遇韓信貧

十九一言既出，旁人俱是一驚。

十九揚了揚那筆記本，翻開其中一頁。羅中夏一看，上面確實寫滿了字，不過都是些典籍考據，並沒有什麼管城七侯的線索。十九道：「房斌老師心細如髮，知道管城七侯干係重大，不會明寫在筆記裡，而是用了某種暗號。這暗號除了他自己，就只有我知道。」

說到這裡，少女唇邊帶起一絲甜蜜的笑意，伸出手去，一下子把筆記本給扯散了。這筆記用的是軟邊宣紙和線裝，被她這麼一扯，立刻分散成無數紙頁。十九挑選出特定的十幾頁紙疊在一起，化掌為拳，在紙頁上輕輕揉動，慢慢地把這沓紙揉開成一圈均勻分散的扇形。

這些紙頁上本來都寫滿了字，被這麼一旋，每頁只能露出一點邊緣上的墨點，恰好組成了一句話：「點睛不語求紫姑。」

這種暗語形式叫做旋風裝，只有知道執筆人在哪幾頁上做了手腳，才能拼接出真正的答案。十九眼眶又是一陣濕潤，她選紙的頁碼數字，其實是用自己的生日。房老師用她的生日做密碼，用心不言而喻。

彼得和尚一看到這句話，不由得「啊」了一聲。

羅中夏看了他一眼：「你看得懂？」

彼得和尚略帶苦笑：「沒想到，沒想到，房施主真是心思細密啊！」

他知道羅中夏和顏政必然不懂，便解釋道：「紫姑是中國民間一尊神祇，也叫坑三姑娘，能未卜先知，通曉世間隱祕。蘇東坡就曾經寫過一篇〈子姑神記〉，宣稱自己曾經請教過她。後來這一風俗發生了變化，對紫姑的詢問演化成了扶乩請仙，也叫扶乩、揮鸞、降筆等等。」

彼得道：「所以求紫姑的意思，就是要我們扶乩請仙。」

羅中夏對這個詞倒不陌生。很多香港鬼片裡都有這玩意兒：就是用一個把手或竹圈，下繫一枝乩筆在沙盤裡。請仙之人手扶把手晃動，乩筆就在沙盤裡寫出啟示。他沒想到，房斌居然也玩這一套，忍不住開口道：「這怎麼可能，一定是解讀錯了吧？」

彼得和尚拿起那一枚銅錢：「扶乩有一個簡易做法，就是用筆架住一枚銅錢，置於白紙之上，三手交叉握住——你們大學應該也玩過請筆仙吧？」

羅中夏「呃」了一聲：「所以房老師留下這一枚銅錢，是讓我們問筆仙？這也太不可靠了吧？且不說這是不是封建迷信，就算真能請來筆仙，也無法保證是同一個仙啊。」

彼得和尚笑道：「要不怎麼說房施主心思細密呢！他知道，無論把管城七侯的線索如何隱藏，敵人都有可能發現。所以他設置的這一個線索隱藏方式，只有一個人能打開。」

羅中夏思忖片刻，猛然醒悟：「就是身負點睛筆之人？」

「不錯。暗語裡說了，點睛不語求紫姑，意思就是，只有用點睛筆的人，才能開啟這條線索，這就最大限度地保證了線索的安全。」

羅中夏皺眉道：「用點睛筆請筆仙，和直接問點睛筆有什麼不一樣嗎？如果同樣也要消耗壽數，又何必多費這個手腳？」

彼得和尚笑道：「我猜房老師一定是犧牲自己的壽數，用點睛筆問出了管城七侯的線索。但為了防止敵人得到，他把這線索重新藏回點睛筆裡，只有透過請筆仙的方式，才能重新提取出來——換句話說，房老師毅然選擇消耗自己的壽數，來為後來者提供線索，不需要你再消耗一回了。」

說到這裡，彼得和尚看向十九：「房老師設置的另外一道保險，就是妳。旋風裝的密碼是妳生日，這只有妳才知道。只有獲得妳信任的人，才有機會開啟這道暗語。房老師的意思很明白了，十九妳是個好人，妳信任的人一定不會太差。」

十九發出一聲嗚咽，淚水順著白皙的雙頰流淌下來。

彼得和尚這一分剖，眾人這才徹底明白，不由得感嘆房斌的睿智和人品高潔。若非身具點睛筆和獲得十九信任的人，是不可能打開這一條線索的。他透過這麼一種曲折的方式，來確保線索能夠送達可靠的人手裡。

羅中夏這次大大方方地扶住了十九的肩膀，慨然道：「我們不要辜負房老師的一片苦心。事不宜遲，我們盡快開始吧。」

顏政望著眼前的桌子，露出一絲好笑的神情。他和羅中夏、十九三個人按照彼得和尚的要求，找了一個僻靜的房間，點起蠟燭，卸掉身上所有的金屬掛件。

現在在他的面前有一張木桌，四角點起蠟燭，桌面早已經鋪好了一張上好宣紙，羅中夏、十九與顏政三隻手的手指交叉，夾住一枝蘸好了墨的毛筆懸在半空，毛筆的頂端平擱著那枚銅錢。

彼得和尚仔細地檢查了儀式的每一個細節，等他確保沒有問題之後，才鬆開他們三個人的手，反覆叮嚀他們不要擅自鬆開。

「想不到你們和尚也懂這個啊。」顏政說。

彼得和尚淡淡道：「筆仙這種東西，本質上是對筆靈的一種運用，這要看天賦。有天賦之人，天生便擅長排筆布陣。小僧蒙佛祖眷顧，雖起誓不做筆塚吏，但對於擺布筆靈的手段，還算略有心得。」

「可是，這樣做，真的能問出東西來嗎？」顏政問。他以前也用這種手段哄騙過女大學生，騙子對騙術往往最沒有信心。

彼得和尚道：「正經的筆仙，除了用筆以外，還得有好的靈媒為介。此前在韋莊，韋族長是用仿薛濤箋。現在房斌老師留下的這枚銅錢也不是凡物，我覺得可以一試。」

這枚銅錢是一枚元祐通寶行書折五鐵範銅，乃是北宋哲宗元祐年間所鑄，算得上是枚古董。銅錢上的「元祐通寶」四字是司馬光、蘇軾兩位當世文豪所書，因此靈力頗強，有收靈啟運的功效。

羅中夏轉向十九道：「十九，妳在大學的時候玩過這東西嗎？」

「沒有，我沒上過大學，自幼就是在家裡上私塾。」十九淡淡答道。

顏政道：「那可真是太可惜了，大學可是人生歷練中很重要的一步啊！蹺課，臥談，去同鄉會談戀愛，這都是不可或缺的。」

十九聽他說得鄭重，好奇地問道：「臥談是什麼？」

顏政得意道：「臥談，就是在女生宿舍裡臥著談天。我當年在那個校花的宿舍裡……」

羅中夏聽他愈說愈離譜，趕緊截口道：「別囉唆，趕快開始吧！」

十九噘了噘嘴，她從小接受的都是諸葛家的精英教育，十分嚴格，卻很少接觸社會，唯有房斌能給予她一種在諸葛家無法體驗到的全新感受。如今每天跟著羅中夏他們廝混，聽他們胡說八道、海侃胡吹，雖有時覺得可笑，卻也頗覺樂趣十足，比家中的刻板嚴謹更多了點隨興自在。

想到這裡，她心中一暖，不禁多看了眼羅中夏，這傢伙人還好，就是呆頭呆腦，相比之下，善解人意的房老師是個多麼好的人啊！

十九想到這裡，心中一黯，眼前點睛筆尚在，而它的主人早已和自己是人鬼殊途了。

羅中夏哪知道十九突然生出這些感慨，他緊握著毛筆，目不轉睛地盯著毛筆上的銅錢，生怕弄掉了它。

彼得和尚約略講解了請筆仙的方法以及原理，他說只要羅中夏運起點睛筆，筆靈便會透過那枚銅錢的方孔注入毛筆中，再依著請筆仙的法子發問，應該就能提取出房斌留下的線索。

按照彼得和尚的說法，筆仙本來就是前人為了請奉筆靈而發明的儀式，後來筆塚關閉，後人以訛傳訛，筆仙這才淪為了凡夫俗子的迷信玩具。

「那我們開始吧。」羅中夏沉聲道。十九和顏政都下意識地把筆握得再緊些，同時閉上了眼睛。彼得和尚怕驚擾了儀式，先行退出房間。

羅中夏收攏意識，凝心一振，點睛應聲而出，胸前一片幽幽的綠光。過不多時，那枚銅錢也泛起點點星光，一縷若有似無的煙氣從羅中夏的胸膛飄然而出，悄無聲息，竟似被什麼牽引似的直直向前。三個人大氣也不敢出，唯恐驚擾到這股靈氣。

這股靈氣飄到銅錢上空，雲翼翻捲。銅錢之上「元祐通寶」四字燦然生彩，雖已歷經千年，司馬光與蘇軾的雄渾筆力猶在。這四字豎起四道光幕，把這股靈氣逐漸引入毛筆，遠遠望去，彷彿在羅中夏的胸前與毛筆之間牽起一條幽綠光線。

待到整枝毛筆都被幽綠籠罩，毛筆開始自行顫動起來。三個夾住毛筆的人對視一眼，心道：「來了。」

羅中夏依著請筆仙的規矩輕聲念：「咨爾筆仙，庶幾可來？」毛筆停頓了一下，緩慢有致地在宣紙上畫了一個渾圓的圈。

來了。

十九用眼神示意羅中夏可要謹慎些，他們只有一次提問的機會。彼得和尚警告過，請筆仙畢竟是有凶險的，筆靈本身頗為脆弱，又必須回答施術者的問題，這麼幹，和把一個活人胸腔打開暴露在空氣中再叫他跑步一樣危險。倘若一個不慎，輕則筆毀，重則人亡。彼得和尚在儀式開始前反覆告誡羅中夏道：「只可問一個問題，無論答案滿意與否，問罷速速收回筆靈，免得招致禍患。」

羅中夏清了清嗓子，開口問出事先擬定好的問題：「管城七侯中下一個出世者在哪裡？」

這是經過深思熟慮的一個問題。本來顏政建議問「管城七侯分別在哪裡」，結果被否決了，這個問題實在太複雜，點睛未必能負荷這麼大的問題，還是小心些好。

以房斌的個性，最有可能隱藏在筆仙裡的線索，不是管城七侯的名字，也不是開啟它們的方法，而是它們的地點。只要找到正確位置，後面的事情就好辦了。

這個問題問完之後，毛筆停頓了許久，只有繚繞周圍的幽綠不停地轉動著，像是一臺瘋狂運轉的電腦的提示燈。羅中夏覺得連接自己與毛筆之間的那根靈線愈收愈緊，已經開始有強烈的不適感出現，就像是被人把五臟六腑往外拽一樣。

看到他微微皺起的眉頭，顏政和十九只能面面相覷，現在儀式的平衡極為微妙，他們生怕一丁點多餘的動作都會毀掉這種平衡。正當他們宛如走鋼絲一樣惴惴不安的時候，忽然感覺到自己的手開始動了。

桌子四角的蠟燭火焰在封閉的房間裡突然顫動了一下，三隻手夾住的毛筆開始了玄妙的移動，像是被一種無形的力量牽引，優雅而又細膩。三個人心裡都清楚自己絕對沒有故意去動，那麼能推動那枝毛筆的只能是第四隻手——那個附在毛筆身上，並與羅中夏胸中連接著的點睛靈線。

毛筆的筆尖事先只是簡單地舔了舔墨——蘸太飽容易產生滴落的墨漬，蘸太少又不足以寫出字來——此時七紫三羊的柔軟筆鬚在筆靈驅動下，在白皙的宣紙上勾畫出一道道墨痕，眼見寫出一條字帖。

尋常請來的筆仙，往往答不成句，只會畫圈，能寫上一兩個歪歪扭扭漢字的已算是難得。而這個請來的點睛筆靈卻似是胸有成竹，筆鋒橫掃，如同一位書法大家在揮毫，筆勢從容不迫。

只是隨著一個個墨字出現在宣紙上，羅中夏的表情也愈加嚴峻，胸前與毛筆連接的靈線顫抖也越發劇烈，有如被急速撥動的琴弦，讓人覺得隨時都有可能繃斷。顏政和十九看在眼裡，急在心裡，只是筆靈仍舊在宣紙上寫著字，不敢有任何動作。

大約過了一分鐘——在三個人看來大概比三小時還長——筆靈驅使著毛筆寫完最後重重的一橫，靈線此時也已經繃緊到了極限。

就在筆尖脫離宣紙的一瞬間，突起一聲清脆的硬竹爆裂聲，那毛筆從中間斷為兩截；而那枚元祐通寶高高彈起，在半空四分五裂。銅錢一碎，幽綠色的靈氣猛地從毛筆上抽回，劇烈地彈回羅中夏胸腔，讓羅中夏身形一晃，一口鮮血噴出來。

顏政和十九驚得失魂落魄，一起鬆開手去扶他肩膀，才沒讓他跌到椅子底下。羅中夏臉色蒼白無比，想說句不妨事，卻是一句話也說不出來。這請筆靈所耗費的心神，比想像中要巨大得多，羅中夏甚至有一瞬間都在想「太辛苦了，就這麼死了算了」。

四枝蠟燭全都滅掉了，屋子裡陷入一片黑暗。十九攙扶著羅中夏到旁邊的沙發上坐好，顏政把燈打開。早在外面等得不耐煩的彼得和尚看到燈光，立刻踏進屋來。

顏政捏了他人中一陣，羅中夏才稍微恢復了一點精神。他環顧四周，不顧自己全無力氣，推開十九遞過來的水杯，囁嚅道：「快，快去看看點睛到底是如何回答的。」

彼得和尚一個箭步走上去，雙手捧起那張宣紙，只見上面寫著四個龍飛鳳舞、墨汁淋漓的大字：括蒼之勝。

幾個人面面相覷，這四個字都認得，只是意義不明。彼得和尚知道括蒼乃是一座名山，可到底有什麼深意，一時也難以索解。

這時羅中夏有氣無力道：「還是別費腦子了，明天我去請教鞠老師吧。」其他兩個人也被這個請筆儀式搞得心力交瘁，於是紛紛點頭稱是。

到了第二天，羅中夏一早就登門去拜訪鞠式耕。鞠式耕見這個不成器的學生竟然來請教國學典故，頗為意外，也頗為欣慰。不過他說教你之前，得約法三章，你要以古法執弟子禮，不可再對師長有絲毫不敬，說身正才能心正。羅中夏沒奈何，只得先拿出「括蒼之勝」四個字，請老師開釋，然後恭恭敬敬站在旁邊，不敢稍動。

鞠式耕不愧是當世大儒，只看了一眼這四個字，便開始滔滔不絕地說了起來。

原來這括蒼山脈位於浙東處州境內，依山瀕海，雄拔陡絕，《唐六典》[1]列為江南道教名山之一，橫跨三門二水，幅員極廣。

括蒼所轄名勝，數量奇多。東北有天臺山與宇內第六洞天玉京洞，素有「莽莽括蒼，巍巍天臺」之稱；東南有雁蕩山與宇內第二洞天委羽洞；西坡有「天臺幽深，雁蕩奇崛，仙居兼而有之[2]」的宇內第十洞天括蒼洞；東坡有洞天叢聚如林的臨海洞林；南側的縉雲山更是傳為三天子都之一，黃帝當年煉丹之處，有玄都祈仙洞。更不要說以星宿之數排列的章安五洞、雉溪六洞、武坑八洞、芙蓉六洞和朝陽三洞等。

這許多名景大山各擅勝場，處處洞天福地，仙跡留存，隨便一景置於別處便可被稱作絕景。可惜括蒼山中藏龍臥虎，絕景一多，也便泯於眾山之間，叫人喟嘆原來山勢亦有一時瑜亮之感。

括蒼仙山雖眾，仙洞雖多，無非是造化神工，天地所聚，自百萬年前造山運動以來，彼此相安無事，我自巋然屹立。奈何天下本無事，庸人自擾之，自有了人類以後，依著他們的意思，這山也須得排個座次，似乎沒了座次，就難以定出主次。既有次，便會有主，天無二日，地無二主，能在括蒼山拔得頭籌的，自然只能有一處，而這一處須得力挫群山，冠絕浙東，方能折服眾人，方能當得起「括蒼之勝」四字——

鞠式耕洋洋灑灑說了一大堆，旁徵博引，一直到這時候才進入正題，偏偏又拖起長腔來賣起了關子。

「老師，那究竟哪一處才當得起這四個字呢？」羅中夏只好接了一句。

鞠式耕看了他一眼，卻抖了抖宣紙，忽然把話題岔開了：「這四個字是哪位大師寫的？真是筆鋒雄健，酣暢淋漓，非是胸蟄萬丈者不能為之啊！」

羅中夏心想總不能把請筆仙的事告訴他吧，心裡起急，面上卻不敢表露出來，只得訕訕道：「是一位隱逸高人，學生也只蒙他賜了這四個字，卻不知來歷。」

鞠式耕嘆道：「好字，真是好字。如今世道澆漓，人心不古，還能有如此出塵之心，寫如此出塵之字，實在難得。」他說完看了一眼羅中夏外穩內急的表情，一捋白髯：「你可知我為何不答你的疑問，反而來稱讚這書法？」

「學生駑鈍。」羅中夏好歹惡補了幾十天文化，偶爾也能轉出兩句文謅謅的詞來。

鞠式耕道：「括蒼山脈幅員百里，有名色的山頭不下幾十個。然而有道是『山不在高，有仙則名』，自然的造化神工固然值得稱道，還須有人文滋潤，方能顯出上等。」他略頓了頓，繼續道：「所以說這括蒼之勝，非是山水之功，實是勝在了文化之上。可見國學之功，甚至可以奪天地之機，贏造化之巧。」

羅中夏暗暗點頭，除去裡面對國學的偏執以外，鞠式耕眼力果然獨到。點睛筆說這個

「括蒼之勝」裡藏著管城七侯之一，毫無疑問該是個很有文化的地方。

鞠式耕豎起指頭：「所以這『括蒼之勝』四個字之後，其實還有三個字，才是一句完整的詩。」

「願聞其詳。」

「括蒼之勝推南明。」

「南明？」

「不錯，就是麗水城外的那個南明山了。」

羅中夏鬆了一口氣，心想鞠老師您早說不就完了，何必繞這麼大一圈，嘴上卻道：「謹受老師教誨。」轉身欲走。

鞠式耕又把他叫了回來，道：「你要去南明山？」

「正是，想去受受古人薰陶，修身養性一番。」羅中夏隨口回答。

鞠式耕也不知信是不信，垂著白眉端坐於沙發之上，雙手拄著拐杖，對即將踏出門口的羅中夏說道：「中夏你過來。」

羅中夏聽到呼喚，只得回轉過身。鞠式耕換了和藹口氣，緩緩道：「你我雖是師徒，一起授業的時間卻極短。你為人如何，每日忙些什麼，甚至為何突然跑來請教國學，其實為師是不大清楚的。不過一日為師，就要對你負責，有句話，在臨別之前不妨送給你。」

「老師您不教我了？」羅中夏聽到這話，連忙抬起頭，有些吃驚。

「我年紀大了，身體也不大中用，已經不堪傳道授業解惑的工作哪。說起來，你還算是我的最後一個弟子呢！」鞠式耕臉上不見什麼落寞神色，羅中夏還要說些什麼，鞠式耕擺擺手示意他先聽下去，又繼續道，「不知為何，從中夏你身上，我總能感覺到截然不同的氣質，一種是草莽之氣，就像當日你第一次在我的課上與鄭和起衝突時一樣，質樸真實，直抒胸臆，如赤子之心。」

「唉，就是流氓氣嘛，我知道的。」羅中夏心想。

「而當你來找我求教國學之時，我卻感覺到你如同換了一個人。孟子說吾養吾浩然之氣，一個人若是國學修為到了一定境界，他的氣質就會與平常人大不相同，而在你身上這一點尤為突出。不知為何，我總覺得有種極為熟悉的感覺，甚至有些敬畏，明明出自你身，卻又與你本身的氣質疏離，這令老夫實難索解。」

羅中夏冷汗直流，老師不愧是老師，只憑著國學修為就能如此敏銳地覺察到自己身上的祕密。他正在猶豫該不該把筆塚的事情說出來，鞠式耕卻抬起拐杖，阻止了他：「每個人都有祕密，你自然也不例外。究竟你為何有此變化，從何而來，是吉是凶，為師我不會知道，亦不欲知道。為師只是有所預感，你身上這股浩然之氣，凜凜有古風，涵養性靈，是我輩讀書之人一生夢寐以求的境界，我這老頭子能做你的老師，實屬榮幸。」

「老師說哪裡話，能在老師處學得一鱗半爪，才是學生的福氣。」羅中夏這一句是發自真心。

鞠式耕道：「誨人不如誨己。為師不想做那誇誇其談做人之道的庸師。只是有一句話奉送與你，也算臨別前的一件禮物吧。」羅中夏心中有些感動，鞠式耕在他心目中一直是嚴師，甚至有些古板，想不到也是一位至誠至情的老人。

「請老師賜教。」

鞠式耕揮了揮拐杖，道：「你能有此等殊遇，千載難逢。只是這性靈之道，與你尚不能天人合一。若有大進境，須得揭然有所存，惻然有所感，居仁行仁，得天成天。所謂命數，無非如此而已。」

羅中夏一下子百感交集。鞠式耕點破的，正是他心中最為迷惑的困境。房斌教他改變命運，卻終究不得要領。究竟該如何去做，他自己惘然得緊。

鞠式耕早看出他的惘然，不禁微微一笑：「孔子有云：『樂天知命。』此後你的命數如何，全在自己一念之間，為師送你的，只是八個字而已。悟與不悟，全看你自己了。」

他起身取來筆墨，伏案奮筆，一揮而就，似是出盡一身氣血。老人寫完最後一筆，把毛筆擲出數丈，也不理在一旁侍立的羅中夏，邁步走出松濤園，背影佝僂，卻被夕陽拉得長長。

羅中夏低頭去看，上面寫著八個大字，其筆勢字韻，竟與點睛所寫的神似，彷佛一人所書。「不違本心，好自為之。」

1《唐六典》，全稱為《大唐六典》，是唐朝時具行政性質的法典。

2出自潘耒〈遊仙居諸山記〉。

第五章　五嶽尋仙不嫌遠

既然目標已經確定，大家都覺得事不宜遲。管城七侯事關重大，萬一被函丈組織捷足先登，那就大大不妙。

於是羅中夏、彼得和尚、顏政和十九四人先坐飛機到了溫州，又坐長途車一路輾轉到了麗水。而南明山就在麗水城南兩公里處，北隔甌江與城區相望。

麗水城並不大，有著典型旅遊小城市的特點：滿街的紀念品商店、滿城的旅行社和無處不在的小商販。他們四個剛一進城，還未來得及眺望遠處的南明山，便被無數熱情的當地人圍住，其中以少女居多，一個個笑臉相迎，燦爛得如一朵花。

羅中夏很不習慣這種場面，有些手足無措；彼得和尚只管閉目念佛；顏政卻是甘之如飴。十九見這三個男人半分用處都沒有，便自己上前，把周圍簇擁過來的小姑娘都喝退，拽著那三個廢物七轉八轉，來到一處位於城中的雙層小別墅。

這棟小別墅收拾得頗為乾淨整潔，外面沒掛任何招牌。他們一到門口，就有一個人打開鐵門，拱手迎了出來：「羅先生、顏先生、大小姐，別來無恙？」

這人生得圓滾滾的一張臉，慈眉善目，做彌陀笑，竟是魏強。

羅中夏和顏政都微微變了變臉色。這個和藹可親的大叔可不好對付，當日他們三人想逃出諸葛家的別墅群，正是這個魏大叔現身阻攔。虧得魏強只是阻攔他們，不曾痛下殺手，他們這才勉強逃出來。那枝可以「地轉山移」的水經筆，羅中夏他們至今記憶猶新。

想不到今天又碰到他了。

「這裡是我們諸葛家在麗水的產業，來尋筆的人大多以此為基地。」十九介紹說，然後衝魏強笑道，「魏大叔，東西都準備好了嗎？」

魏強笑咪咪地回答：「準備得了。你們是先吃飯還是先休息一下？」

十九側臉看了看羅中夏那坐完長途汽車的蒼白臉色，便說道：「我們也累了，先歇歇吧。」

「幾位請進吧，茶點也都備好了，別客氣。」魏強熱情地招呼四個人，絲毫看不出就在數月之前，他還與其中的三個人交過手。

羅中夏、十九和顏政不假思索，邁步走進小樓。只有彼得和尚在即將邁進去的一瞬間，卻有些猶豫。

一個韋家的成員，即將踏入諸葛家的地盤。

關於這一次尋筆之旅，羅中夏沒打算對諸葛家和韋家隱瞞，反正瞞也是瞞不住。不過兩家聽到這個消息之後的態度，卻頗耐人尋味。

韋家對這個消息不聞不問，至今沒有回應，似乎真如彼得和尚所說，韋莊在韋定國的領導下，變成了一個普通的旅遊小鎮，徹底放棄了筆塚的事業。至於諸葛家，領頭人老李得知他們要去南明山尋筆以後，十分慷慨，不僅負擔了他們的路費，還提供了許多歷代筆塚吏的搜尋紀錄，以資參考。諸葛家提出的唯一要求，是希望能派兩個人過去支援。名義上說是不放心十九一個人涉險，至於真實動機如何，就不得而知了。

彼得和尚對諸葛家的行事風格很熟悉，那是一種「禮貌而霸道」的手段，對想要得到的東西不遺餘力，不擇手段。管城七侯對諸葛家也很重要，可他們聽到消息之後，只派了人來支援，卻沒表露出任何主動的興趣，著實令人奇怪。

再聯想到老李自從勸說羅中夏加入諸葛家投身復興國學的偉大理想未果後，似乎並沒有強迫的意思，這一次主動出手援助，頗有點刻意討好的味道。

羅中夏就此事徵詢過彼得和尚的意見，彼得和尚只是淡淡答道：「出家之人，本無門戶之見，一切隨緣便是。」他話是那麼說，心裡卻是一陣苦笑。自己也不算是韋家的人了，甚至那個「韋家」也快不存在了。

彼得和尚怔了數秒，最終還是暗誦了一聲佛號，走進建築。

諸葛家的條件不錯，每個人都分到了一間單人房。大家休息了一陣，也都恢復了些精神。半小時後，魏強打個電話到每個房間，讓他們到二樓的會議室集合。

羅中夏一進會議室，就被嚇了一跳。會議室活像是一個圖書館的閱覽室，在桌子上堆滿了各類書籍，地板上還擱著一捆捆不曾開封的包裹，在會議室的白板上掛著一幅巨大的南明山地圖，上面插著幾種顏色的小旗，儼然一副部隊參謀部的氣派。

魏強見人都來齊了，說：「既然大小姐你們不是來旅遊的，那麼關於景色的介紹我就略過不談了。」

「嗯，只說有哪些古蹟，又與哪幾位古人相關。」十九言簡意賅地指示道。

正如鞠式耕所說，南明山能被稱為冠絕浙東的「括蒼之勝」，並不在它的形勝，而在於它的人文氣息。魏強介紹說南明山是文化名山，山上的雲閣崖、高陽洞和石梁的崖壁上留有晉以來歷朝名人、學者和書畫家的珍貴題刻，文氣繚繞，應該是筆靈最喜歡落腳的地方。諸葛家早將此地劃為搜尋野筆的一個重點區域，不僅搜集了與之相關的大量資料，還專門設了一個落腳點。

魏強拍了拍桌子上堆積如山的資料：「這都是咱家歷代以來尋訪南明山的紀錄，大小姐你們可以慢慢參閱。」

「我靠，把這些東西翻完一遍，我自己都成筆靈了。」顏政忍不住開口抱怨。羅中夏看著密密麻麻的紀錄，頭也有些疼，像是臨到期末考試前才發現有一大疊專業科目書要看時那種窮途末路的感覺。

十九早看出他的沮喪情緒，揚起手腕輕輕拍打羅中夏的腦袋：「喂，你打起點精神。你當管城七侯是那麼好找的嗎？諸葛家幾百年的努力，幾乎把南明山都翻找了一遍，也才搜到兩枝筆靈。我們第一次來，最好別把自己想得太過幸運。」

「但是……真的要看這麼多東西嗎？」羅中夏把求助的目光轉向彼得和尚，後者捧起一份資料，正專心致志地閱讀著，他悻悻地轉回頭來。

魏強給他端過來一盤精緻點心。羅中夏拿起一塊放在嘴裡，還是憂心忡忡。他受了鞠式耕這麼久的國學訓練，對讀書不像以往那麼抵觸，可十幾年學生經歷培養起來的對讀書的痛恨，不是一時半刻能夠消除的。

早知道這麼麻煩，他寧可拚了性命再去向點睛筆問得更詳細些——可惜再想來一次，也沒有那枚銅錢了。

魏強看著他食不知味地吞下點心，寬慰道：「羅先生你不必擔心，老李知道你們的難處，所以特意派了一位專家來。我負責為你們做飯，那位專家就負責幫你們找資料。」

他話音剛落，一個人從會議室外推門而入，十九驚喜地從座位上站起來，撲到他懷裡。

「一輝哥。」

來的正是大鼻子諸葛一輝。他身為筆通，對於各種筆靈的筆譜十分熟諳，前來從事分析工作是再合適不過了。羅中夏和顏政與他也相熟，紛紛起身來打招呼。只有彼得和尚端坐不動，仍舊一頁一頁看著資料。

「妳在北京過得怎麼樣啊？怎麼有點瘦了呢？」諸葛一輝摸了摸十九的頭髮，別有深意地看了一眼羅中夏。羅中夏有些尷尬地撓了撓頭。諸葛一輝聳了聳鼻子，突然奇道：「奇怪，你似乎和上次看起來不大相同了。」

「這幾個月來，中夏一直在補習文化呢！是不是有點文人氣質了？」十九解釋道。

諸葛一輝笑了笑，掃視一圈會議室，走到彼得和尚跟前，一拱手：「彼得大師，久仰了。」

彼得和尚緩緩把視線從資料上移開，平靜地回答：「貧僧是彼得，卻不是什麼大師，可不要這麼稱呼，只叫我彼得就好。」

諸葛一輝正色道：「我一直想拜會彼得禪師，今日得見，不勝榮幸。」

彼得和尚微微有些詫異：「諸葛家連我這無名小卒都知道嗎？」

「立誓不加筆靈，卻有一身守禦的功夫；不歸韋莊統屬，卻屢為韋家立下奇功。這些事情，我們都是知道的。老李曾稱讚過，說韋家難得有幾個明白人，您就是其中一個啊！更何況十九說你我皆是天生的筆通，應該多親近些的。」

諸葛一輝說得鄭重其事，顏政小聲嘀咕：「這麼拍馬屁，是不是太過了。」他也很尊重彼得和尚，但那是因為兩個人臭味相投，可不是因為這些有的沒的的奉承。

彼得和尚不動聲色道：「能得貴家主謬讚，小僧不勝榮幸。」

諸葛一輝笑道：「我臨行之前，老李曾經特意卜過一卦，說您的命數在筆靈，又不在筆靈，特意讓我來轉告您一聲。」

又是命數。羅中夏心裡起疑，莫非老李勸降自己不成，又來打彼得和尚的主意了？可是他並沒有筆靈啊！

彼得和尚雙手合十：「謝謝掛心。有一位叫貝多芬的施主說過，要緊緊扼住命運的咽喉。命數什麼的，小僧一向是不大在意的。」

諸葛一輝點點頭：「家主只讓我轉告，說您自會理解，我就不妄加詮釋了。」

「說起來，一輝哥，你們查到褚一民的底細了嗎？」十九忽然問道。

諸葛一輝面色一黯。綠天庵一戰，諸葛家可以說損失最為慘重，傷亡了十幾名部下，諸葛一輝和家中元老費老也身受重傷，加上諸葛長卿與諸葛淳兩個叛徒，可謂名聲掃地。

「自從那次之後，函丈突然偃旗息鼓，沒了聲息。任憑我們調動各種關係去調查，仍舊是一無所獲。」

「對了，諸葛長卿呢？」十九提到這個名字，不禁咬牙切齒。房斌老師就是被他所殺，後來被捉回諸葛家囚禁起來。若不是家規森嚴，她恨不得直接過去把他千刀萬剮。

諸葛一輝說：「諸葛長卿還關押在家裡的牢獄裡，費老又審訊過他幾次，審不出什麼有價值的東西。他可能只是那個組織一個周邊成員，知道得不多。」

會議室內陷入暫時的沉默。諸葛一輝見大家都有些尷尬，便清了清嗓子說：「費老和老李已經派了專人去調查，我想很快就會有結果。我們還是專心找管城七侯的好，只要七侯都掌握在我們手裡，就不怕敵人會做出什麼事。」

羅中夏注意到這個諸葛一輝故意用「我們」套近乎，心裡有些想笑，他故意忽略掉這個重點，彈彈桌面道：「我聽說諸葛家在南明山已經經營了幾百年，反覆犁了幾十遍，所得的筆靈也不過幾枝。這一次我們該如何做，才能保證找到筆靈呢？」

諸葛一輝對此早就胸有成竹，他拍拍身旁堆積如山的資料道：「我們首先需要確定的是，究竟是管城七侯裡的哪一枝隱藏在南明山中。」

「連你們都不知管城七侯的身分嗎？」顏政問。

諸葛一輝道：「管城七侯是筆塚主人親封，後世只有猜測，卻從沒有人確知究竟是哪七枝。」

「應該都是名氣最大的吧？」羅中夏插嘴道，「你看那兩枝已經確認的筆靈——李白的青蓮筆，王羲之的天臺白雲筆，這兩個人在歷史上赫赫有名啊！」

諸葛一輝搖搖頭：「並非那麼簡單。筆塚主人遴選七侯的標準為何，沒人說得清楚。比如你看李太白算七侯之內，但與之齊名的杜甫秋風筆，卻沒有位列其中。可見筆塚主人的想法，當真神祕莫測。」

「照你這麼說，豈不是毫無辦法了？」

諸葛一輝沒有回答，卻忽然換了話題：「你可知這南明山因何而知名於天下？」

「總不是因為奧特曼[1]吧？」顏政對這種明知答不出來的設問句很不耐煩。

「只因為這南明山景色天造地設，便於石刻。於是從晉代以來，歷朝文人墨客多專程來此，題壁留詠，久而久之便演化成了摩崖石刻，少說也有百餘處。名流題詠，丘壑生輝。有句詩言『好借南明一片石，同垂名字照千春[2]』，說的就是這段風流雅事。」隱藏一片樹葉最好的辦法，就是把它藏在樹林裡。

筆塚主人看來也知道這個理論，才把這七侯之一藏在這片摩崖石刻之中。只是，真的這麼簡單嗎？

諸葛一輝道：「眼見為實，我們現在就去南明山上觀摩一番。據說七侯之間是可以互相感應的，我想羅先生如果親身前往，或許會有些新的收穫。」

羅中夏的青蓮遺筆也勉強算半個管城七侯，七侯之間相互吸引，或許他親身前往會發生些不同的事情。於是諸葛一輝的提議得到了所有人的贊同，都顧不得旅途疲憊，紛紛表示早去為好。

這一天天氣頗為不錯，薄雲半陰，涼風習習，間或有幾束陽光自雲層透射而入，遠處山澗霧靄繚繞，正是個適合登山遊玩的好天氣，不至於太晒，也不會有雨多路滑之虞。

魏強留在家裡看守，諸葛一輝帶著羅中夏、彼得和尚、十九和顏政四人，循山門拾級而上。此時已經過了旅遊旺季，遊客很少，附近山路上只有他們五人。他們穿過了寫著「南明山」題字的門樓之後，便到了一汪清澈的湖池，名叫明秀湖。

「南明山並不大，但是其間飛瀑、丹崖、幽洞、魚池錯落有致，自然情趣遠勝別處。大家請看，明秀湖是個山湖，方圓只有三、四平方公里，主要水源是一條瀑布從山壁的崖頂飛瀉而下，水花四濺，宛如晴雪，所以這一條瀑布便被稱為灑雪瀑。」

諸葛一輝如同一個稱職的導遊，一板一眼地介紹著沿途的景致，看起來這南明山的一草一木他都已然熟諳於胸了。

「諸葛先生，這些景點介紹能不能就省掉啊！」羅中夏心裡有事，實在沒心情聽這些東西。他現在一直在想的是，這究竟是不是個圈套。

諸葛一輝正色道：「羅先生，你這便不對了。筆靈本是文人性靈，文道正途是入情入勝，與自然相互感應。這一處處景致風光，無不浸染古人的感悟，誰知哪一處與七侯有關呢？我給您介紹這些，也是有深意的。」

被他這麼教訓了一通，羅中夏只得悻悻縮回頭。十九輕輕挽起他胳膊，小聲道：「你呀，就當作旅遊不就好了嗎？」

羅中夏被她這麼一挽，心情有些激盪，想起顏政之前教過的法子，搔了搔頭道：「旅遊的重點不是景色，而是跟誰一起旅遊吧？」

十九聽了「噗哧」一笑，抿著紅唇搖搖頭，拖著他朝前面山路走去。顏政在身後評價道：「拙劣。」

從明秀湖往上，兩側翠竹成林，清幽恬靜，夾著一道狹窄的石階山路往山頂而去，箭狀的繁茂竹葉遮擋住了兩邊風光，恍如置身淡雅竹園之內。但若是仔細觀察，便會發覺竹林深處竟是條條峭壁，行人在不知不覺間，已經深入崎嶇山間，往往令人悚然一驚。

很快眾人走過了半山亭，遠遠可以望見麗水城。諸葛一輝說了些文人典故，羅中夏都沒怎麼聽過，青蓮筆也無甚回應，懶洋洋地躺在胸中。

過了半山亭略微一轉，看到山崖香樟樹林之間有一處池塘，旁邊碑銘寫著「印月池」三字。只見凌空橫出一條粗大的碧青色石梁，跨過整個印月池，如虹似橋，長約百餘公尺，有如一條氣勢萬千的筆掛。為數不多的幾個遊客指指點點，舉著相機照相。

羅中夏看到石梁之上刻有數處摩崖石刻，他能認出「半雲」、「懸虹」幾處大字，這些字跡深入石脈，無論勾畫迴，都蒼勁有力。梁下還有幾方半埋的斑駁古碑。諸葛一輝道：「這一條石梁有二十處石刻，都是歷代大家留下的墨跡。這七侯之事，我覺得還得著落在這些石刻之上。」

「這裡便是全部摩崖石刻？」彼得和尚問。

諸葛一輝笑道：「哪能呢，南明山的摩崖石刻多集中在石梁、高陽洞和雲閣崖三處，有百十來條，一路看下來得花上一天工夫。這裡的石梁，只是第一處罷了。」

說罷他把羅中夏拉到印月池前，逐一解說，先從題記作者的生平說起，再品題石刻筆勢。這二十處石刻，他說了大約一個半小時方完。羅中夏開始聽時尚能認真思索一番，後來逐漸提不起興趣，虧得有禪心和前一個月修煉國學的底子在，才不至於睡著。

等到諸葛一輝說完以後，他如蒙大赦，急忙對十九道：「講得真好，我們繼續走吧。」

「你的筆靈，在這裡沒有什麼反應嗎？」十九關切地問。

「嗯，目前還沒有，應該不在這一帶，我想也許去其他地方轉轉就有收穫了。」羅中夏巴不得快點離開。

他既然這麼說了，別人也便不好再說什麼。一行人從印月池繼續朝山頂走去，一路蜿蜒攀緣，時而隱入香樟古木之間，時而登到山脊之上。前後走了兩小時，累得平日裡極少鍛鍊的羅中夏氣喘吁吁，甚至連十九都不如，吃了顏政不少嘲笑。

在羅中夏體力即將全部耗盡之前，他們終於到了仁壽寺的後院。仁壽寺位於南明山中一處開闊的山崖側，已經非常接近南明巔峰。羅中夏以為這仁壽寺一定又有一大套典故說法，不料諸葛一輝沒進寺廟，而是帶著他們繞過山牆，繼續朝山頂走去。

大約又爬了十分鐘，眾人視野陡然開闊。只見四周峰巒聳峙，丹巔削壁，而眼前一條羊腸石路，兩側俱是深谷，更是險至毫巔。然而就在這毫巔方寸之地，卻拔地立起一扇高逾十幾公尺、寬六、七十公尺的巨大石壁，有如一片巨大屏風橫在峰頂，堪稱神來之筆。石屏四下雲霧繚繞，頗有出塵之氣，遠處藏青色的括蒼山脈連綿拱衛，實在是個天造地設的留名之地。這裡便是南明山的最高峰——雲閣崖的所在了。

1 奥特曼，即為《超人力霸王》同名角色，中國翻譯為奥特曼。
2 出自明朝屠隆所創作之詩。

第六章　西憶故人不可見

雲閣崖這石壁上寫滿了歷朝題刻，彼得和尚看到題刻落款處許多如雷貫耳的大名，不禁雙手合十，暗暗讚嘆道：這南明山能為括蒼之勝，果然並非浪得虛名。

羅中夏沒彼得和尚那麼多學問，他第一眼注意到的是其中最醒目的兩個隸書大字「靈崇」。這兩個字泛紅如丹，字徑長約一尺四，深約半指，刻在斑駁的石壁上，整個石刻古樸渾厚，極見筆鋒之勢，隱隱有飄然欲仙的超然氣質。

諸葛一輝見他一直注視著這兩個字，連忙解說道：「這靈崇二字，乃是晉代葛洪[1]所書。據說此地本來有猴精作祟，葛仙翁雲遊至此，取來一枝丹砂筆，在這石壁上書下靈崇二字，猴精立刻拜服於地，不敢再有絲毫造次。」

羅中夏對神怪故事最有興趣，聽他說得有趣，便又追問道：「那些拜服葛洪的猴精，莫非就是孫悟空？」

諸葛一輝被他問得一愣，想了一下方才答道：「這……這應該完全沒關係吧？孫悟空是傳說人物，葛仙翁卻是真實存在的。那個仁壽寺的後面，還有一口深井，名叫葛井，據說便是當年葛仙翁煉丹取水的地方。」

「哦。」

「葛仙翁的題刻旁邊，也有許多後世文人的讚詠，這些都是作不得假的。」

羅中夏湊過去一看，原來在葛洪手跡的旁邊，還有一處題刻，上面寫著「靈崇故揮掃，縹緲神飛驚」，落款是處郡劉涇。

「看來這靈崇二字，是整個南明石壁上最有名氣的，大家都圍著它轉。」羅中夏感慨道，「既然管城七侯在南明，而靈崇二字如此顯赫，那麼有沒有可能，葛洪的筆靈就是七侯中的一員啊？」

「這也未必。」諸葛一輝指了指右側崖壁，上面有「南明山」三個大字，字徑一尺五，與「靈崇」二字相比，少了一些古樸韻味，卻多了數分飄逸，奇中有正，如風檣陣馬，沉著痛快。「這是北宋大書法家米芾[2]米元章的真跡。若論價值，亦與葛洪的『靈崇』不遑多讓。」諸葛一輝引導著羅中夏去看岩壁。那「南明山」三字的旁邊，也有處郡劉涇的題刻讚道：「書之字奇崛，與山兩相高。山可朽壞為，此書常壁立。」

「這個劉涇倒是個老好人，誰都不得罪，兩邊都說好話。」顏政撇撇嘴，他對這些全然不懂，也就沒有其他人受的震撼那麼大。葛洪也罷、米芾也罷，對他來說只是兩個名字，產生不了什麼特別的想法。

但對於彼得和尚來說，這兩個名字卻是如雷貫耳，都是歷史上響噹噹的文化名人。他緊皺著眉頭沉思片刻，道：「葛洪、米芾，這兩個人無論誰做管城七侯，都不奇怪。你們諸葛家可曾試著尋過他們的筆靈？」

諸葛一輝苦笑道：「我們在麗水買下一處房產常住，正是為了尋訪他們二位的筆靈。以他們地位之尊，縱然不是七侯，其價值對筆塚吏來說也是極高的——只可惜，諸葛家於此尋訪了許多時日，半點線索也無。且不說葛洪年代有些久遠，單說米芾吧。據說當年米芾並未親來南明，而是劉涇上門請來的墨寶，再刻到石壁上的。若說米芾的筆靈盤踞於此，有些牽強。」

彼得和尚「嗯」了一聲，卻又搖了搖頭：「人心如字，不拘一處。筆靈這東西，卻不可以用人的籍貫行在[3]來衡量。」

羅中夏聽到諸葛一輝和彼得和尚談得入港，自己大半都聽不懂，覺得無聊，便自顧自沿著岩壁一路閒看過去。岩壁上的歷代題刻著實不少，個個龍飛鳳舞。碰到寫成正楷的，羅中夏尚能辨識幾分；碰到草書小篆，他便完全抓瞎了。就這麼且走且看，不知不覺間隻身轉到了岩壁的後面，距離千尺深崖就差了那麼幾步。

這裡是南明山的巔峰，海拔頗高，整個山頂已然半入雲海，所以才叫雲閣崖。不知何時，一片白雲飄然浮來，不一會兒便將這些登山者全都籠罩在了霧靄之中。等到大家意識到之後，發現四周已是影影綽綽，目力只及眼前半公尺。

「大家站得近一些。」諸葛一輝大聲道。他曾經登上這南明山數次，這麼大的雲霧卻是第一次碰到。

其他人聽到諸葛一輝的呼喊，都一起喊出聲來，憑著聲音彼此靠近。

「中夏，中夏呢？」十九忽然驚慌地喊道。這一喊不要緊，所有人都嚇了一跳，紛紛朝四周望去。但見空谷回聲，流靄殘影，哪裡還有羅中夏的影子。

彼得和尚與十九大驚失色。羅中夏身懷青蓮，是各方勢力爭奪的焦點，他偏偏失蹤在這雲閣崖上，實在無法讓人往好的地方聯想。

只有顏政一個人面色如常：「大家不要緊張，依我看啊，那傢伙應該不會出事才對。」

羅中夏此時已經聽不到顏政的保證，他開始留意的時候，周圍的霧氣已經越發濃厚，如同白色幕障一樣層層疊疊。他大聲喊十九和顏政，絲毫沒有回應。他有些驚慌，卻絲毫也不敢挪動雙腳，因為距離自己不遠處就是萬丈深淵。

他平時多是少年心性，一碰到這種危急時刻，懷素禪心便顯出效用來。羅中夏憑著禪心，心神略定，冷靜地開始思考，心想這岩壁也沒多大，只要我手扶著摩刻，就一定能轉出去——至少不會迷路。不料他伸手一碰，卻是兩手空空，本該近在咫尺的岩壁也都消失了，只留下了白白的濃霧——在他看來，這根本就是一種慘白。

羅中夏反覆思考，卻理不出個頭緒來。他有個優點，倘若碰到什麼想不通的事情，就索性不去想。這世界上的事，本來就不是每一件事都非想明白不可的。「難得糊塗」是他的人生哲學，也與懷素的那顆禪心相應和。

即使碰到最壞的情況，也能用青蓮筆來拚命吧。這是羅中夏有恃無恐的信心。

事實上，自從詩筆相合大破鬼筆之後，懷素禪心就消解成了絲絲縷縷的意識與潛意識，融入了他的心靈深處，讓其性情在潛移默化中有了微妙的改變。雖然如此一來，威力無儔的〈草書歌行〉便成了絕唱，再也施展不出來，但他駕馭青蓮筆的整體實力卻上了一個新的境界——甚至可以說，他的人生境界，也更上了一層。

這時候他聽到一個熟悉的聲音。

「哎呀哎呀，我們又見面了呢！」

羅中夏雖驚不慌，他在記憶裡絞盡腦汁地搜索著匹配這個聲音的人臉，卻看到一個纖細人影翩然從半空落下。這人眉目如畫，香肌欺雪，宛如一隻化作人形的慵懶波斯貓，說不出的性感嫵媚，一對勾魂攝魄的杏眼正笑盈盈地望著自己。

「妳是秦宜！」

羅中夏終於想起來了。秦宜風情萬種地走了兩步，渾身的曲線極富韻律地輕輕扭動，款款揚起了手腕：「你這死鬼，總算還記得人家的名字。」

羅中夏知道這個性感尤物是個極度危險的女人，他不敢大意，連忙禪心守一，本來有些翻騰的情緒登時平靜下來。他微微一笑：「不知秦小姐特意把我困在這裡，有什麼事情嗎？」

秦宜眼珠輕輕轉了半圈，以指點頷：「沒事情就不能找你了嗎？」

青蓮筆乍然自二人的頭頂綻開，青湛湛的光芒驅開了周圍的濃霧，筆頭警惕地對准了秦宜。羅中夏早已經準備了幾句極具攻擊性的詩句在心裡，只要這個秦宜有什麼異動，青蓮筆便能立刻發力制住她。

秦宜卻不慌張，咯咯笑道：「你這是幹嘛？」

羅中夏冷冷道：「妳不是有麟角筆嗎？亮出來吧，不要再耍什麼陰謀詭計了。」

秦宜略帶誇張地嘆息一聲，眼波流轉：「唉，你這孩子，對人家這麼大的敵意。人家今天特意來找你，可是有很重要的事情對你說呢！」

「以前我也聽過這句話，然後幾乎被殺。妳這個小偷的話，豈能相信！」羅中夏深知這女人心腸歹毒，自己和鄭和都幾乎遭到她的毒手。他回想自己那次被塞進汽車後車廂裡的遭遇，心中憤懣陡生。

秦宜這次沒有拋媚眼，反而笑容一斂：「韋家的人，原來是這麼說我的啊！」

「那又怎麼樣？」

秦宜是韋定邦之子韋情剛的私生女兒。當年韋情剛與諸葛家的秦姑娘相好，惹下偌大亂子，這才讓韋勢然這種別有用心之人從中漁利，導致族長重傷，韋家大傷元氣。後來秦宜回歸韋家，卻竊走了數枝筆靈，可以說是韋家的大敵。

秦宜臉上的神情一閃而過，聳聳肩：「好吧，隨便他們怎麼說吧，我是無所謂。」

「倏爍晦冥起風雨[4]！」隨著羅中夏吟誦聲起，青蓮筆光芒大盛，隱隱有風雨之象聚集。他打算先吹開這纏人的霧氣，看清周圍環境，再來與秦宜計較。國學素養不是一天、兩天可以培養起來的，所以在鞠式耕的協助下，他有意識地挑選一些詩句，事先背熟，以便應對不同局勢。好在李白的詩涉獵頗廣，足夠應對大部分情況。這一句「倏爍晦冥起風雨」本是他用來製造混亂、混淆敵人視線的，如今用於驅散濃霧，倒也別有奇效。

風雨飄搖，霧氣四散，周圍的山勢也逐漸清晰起來。羅中夏見秦宜不敢向前，心中大定，驅使著青蓮筆在半空飛舞。

「雷憑憑兮欲吼怒[5]！」又一句詩脫口而出，有隆隆的雷聲從青蓮筆筆頭傳來，每一根筆鬚都不時拉著閃亮的電弧，雷霆環繞，正是憑雷欲吼的意境要旨。只要羅中夏一聲令下，就會有落雷自筆中轟出，把那個女人轟至外焦裡嫩。

秦宜見他如此警惕，不由失笑，高舉起雙手，嗔怪道：「我真是服了你了，好啦好啦，姐姐投降還不成嗎？」

「妳到底有什麼目的？」羅中夏相信自己占盡了優勢，膽氣也壯了起來。

秦宜撇撇嘴，索性坐在地上托腮哼道：「我只是受了一個人的拜託，讓你們來相見而已。誰知好心被當成驢肝肺。」

「誰？」羅中夏絲毫沒有被秦宜的嫵媚影響。

「一個姓韋的朋友。」

「韋勢然？你們果然有勾結。」羅中夏冷笑道。

「不是啦，怎麼會是他？他現在可顧不上你們嘍，是另外一個朋友。」秦宜忽然轉頭看了一眼，嬌笑道，「哎呀，她來了。」

遠處尚未散盡的霧氣中，另外一個人的身影正朝著他們走過來，身形嬌小輕靈，宛如一朵霧中綻放的素蓮。羅中夏的瞳孔陡然縮小，原本意氣風發的青蓮也感應到主人心緒，變得有些恍惚，雷聲漸小。

「小……小榕……」羅中夏的腦子一下子陷入空白，整個人完全傻掉了。

小榕穿著一襲素青色的連身裙，淡雅依舊，只是身子瘦弱，面色比當日更為蒼白，幾乎沒有血色可言，她緩步走到羅中夏跟前，輕輕一笑：「好久不見。」

「好……好久不見。」饒是禪心若定，羅中夏也是方寸大亂，一時不知該說什麼才好。

秦宜笑道：「你們兩個就好好談談吧，姐姐我還有事要做，就不偷聽了。」說罷轉身離去，很快隱沒在濃霧中。剩下的兩個人忽然陷入一種奇特的尷尬境地，誰也不先開口，誰也不知該說些什麼。羅中夏注視著小榕黑白分明的雙眸，卻覺得她雙眼蒙了一層霧氣，不似從前那麼清澈透亮，不知存了什麼心事。

他心中回憶泉湧而出，終於柔聲道：「妳近來可好？」

小榕淡淡道：「不好。」

「嗯……」羅中夏抓抓頭皮，不知該如何往下說了。小榕看到他神情窘迫，想起兩人初見時的狼狽，不由得微微笑了一下。

她笑容稍現即斂，望著他輕聲道：「你是否恨我？」

這個問題羅中夏也問過自己。自己的一切遭遇，俱是因為小榕的爺爺韋勢然而起，那個老傢伙從頭到尾一直把他當作棋子。雖然羅中夏不至於遷怒別人，但若說小榕對她爺爺的計畫全不知情，似乎說不過去，她有意無意地幫她爺爺耍弄自己。

不過他的答案與這些事情無關。

「我不恨。」他很乾脆地回答。

這個回答讓小榕的表情微現訝異。「為什麼？你經受了那麼多事。」

羅中夏從懷裡取出一張素箋，遞給小榕。素箋上的娟秀字跡清晰依舊：「不如鏟卻退筆塚，酒花春滿荼綍青。手辭萬眾灑然去，青蓮擁蛻秋蟬輕。君自珍重——榕字。」

「你還留著呢。」小榕垂頭低聲說。

「我一直帶在身邊，就是希望能夠有朝一日見到妳，當面交還給妳。」羅中夏認認真真地說。他因這首集句的提示而去了退筆塚，幾乎喪了性命；也因為它的提示而去了綠天庵，終於救了性命。

「可這首集句幾乎害了你。當日是我受了爺爺之命，集了這首詩來誤導你。」

「可『君自珍重』這四個字，是妳自己的想法？」

少女沒有回答。

羅中夏此時所想到的，是在退筆塚前的那一幕。那滴在自己身上的清涼之水，和那稍現即逝的嬌小身影，如同那首素箋上的集句一樣，都一直留存在記憶中最柔軟的深處。

「那是妳的能力，還是妳的淚水？」

「都是。」小榕只說了兩個字。

羅中夏感覺到心中一直糾結的一個結豁然解開了，他忽然有了衝動，伸過手去，把少女輕輕摟在懷裡，小榕居然沒有掙扎。羅中夏感覺少女身體瘦弱且冰冷，彷彿是雲霧凝結而成，稍一用力就會化作雪絮散去。

「我一直在想妳。」羅中夏閉著眼睛喃喃道，鼻子裡聞到淡淡的清香，想伸出一隻手去撫摩小榕光滑如鏡的黑髮。

小榕任憑自己被他摟在懷裡，緩緩抬起頭來，平靜道：「我來找你，是希望你能幫我。」

「嗯，是什麼？」羅中夏終於鼓起勇氣，把手掌擱在她的頭髮上。

「去救我爺爺。」

羅中夏的動作突然僵硬了。「妳要我去救韋勢然？」

小榕點點頭：「爺爺現在就在這南明山上，陷入了大危機。」

與此同時，在雲閣崖上的眾人已經亂成一團——只有顏政是個例外，他好整以暇地抱胸在前，帶著招牌式的閒散笑容。

十九對顏政的這種態度大為不滿，她問道：「你怎麼知道中夏會沒事？」

「因為我剛才看到秦宜了嘛，是她帶走了羅中夏。」

顏政的回答讓其他人大吃一驚。十九火冒三丈，一把揪住顏政的衣領吼道：「你既然看到，為何不阻止？」

「她又不會害他，我想一定有她的用意吧？」

彼得和尚示意十九少安毋躁，一步踏到顏政跟前開口道：「我說顏政，秦宜的為人，你我都很清楚。你現在如此篤定，究竟是因為什麼？」

顏政笑著回答：「放心啦，秦宜可不是我們的敵人，否則她也不會送我們房斌的筆記本了。」

彼得和尚大吃一驚，金絲眼鏡差點從鼻梁上滑下來：「你是說，那個送我們置物櫃鑰匙的房東大嬸，是秦宜？」

顏政得意道：「我顏政好歹也是有桃花命格的人，那種程度的偽裝逃不過我的眼睛。當時一進門，我就看出來她是易容過的——二十多歲的大美女化裝成四、五十歲的中年婦女，破綻未免太明顯了。」

「那你怎麼不告訴我們？難道你真的色迷心竅看上她了？」十九尖刻地質問，她天性嫉惡如仇，對一切跟「函丈」有關的東西都充滿了敵意。

顏政道：「也不完全是啦！我想她既然易容，一定是不想讓人知道她本來面目，我便也不好說破。何況她給了我們房斌的筆記本，這也是好事嘛！」他又畫蛇添足地補充了一句：「對於女性，我一向可是非常尊重她們的隱私。」

畫眉筆不失時機地泛起紅光，這本來就是一枝號稱女性之友的筆靈。

十九惱怒道：「我真不明白，你這麼信任她的理由是什麼？」

「生得那麼漂亮，一定不會是壞蛋啦！」顏政樂呵呵地回答。

彼得和尚深知這人的秉性，嘆息一聲，問道：「那你是否知道他們此時去了哪裡？」

「不知道。」顏政回答得異常乾脆。

十九柳眉倒豎，恨不得把這個花花公子斬成一百塊。這時諸葛一輝面色嚴峻地拍了拍手掌，壓低聲音道：「各位，先別吵這些了，我們可是有大麻煩了。」

彼得和尚、十九和顏政立刻朝四周看去，只見雲霧中影影綽綽，似乎有數個影子不懷好意地接近中……

1葛洪，東晉陰陽家、醫學家與煉丹術家，號抱朴子，著《抱朴子》一書，後被道教奉為經典。
2米芾，北宋書法家，與蘇軾、黃庭堅、蔡襄並稱宋代四大家。
3行在，為舊時帝王巡幸時所居住的場所。
4出自李白〈梁甫吟〉。
5出自李白〈遠別離〉。

第七章　彈弦寫恨意不盡

「妳要我去救韋勢然？」羅中夏怎麼也沒想到她會提出這麼一個要求。

「是的，爺爺現在陷入危機，有性命之虞。」

小榕說得輕描淡寫，聲音平靜，但能讓韋勢然那老狐狸陷入困境，不知會是何等的危險。

羅中夏下意識地鬆開了小榕的身軀，退開一步：「所以妳才會來找我？」

小榕似乎沒注意到他的表情，慢慢點了點頭。

「哦……」羅中夏不想指責小榕什麼，但是那種強烈的失落感卻無從掩飾。

小榕繼續道：「我爺爺被困在南明山上的高陽洞……」

「等一下，妳知道他一直在利用我吧？」

「是的，我知道。」

「我還幾乎被他害死了。」

「是的，我知道。」

「即便如此妳還是要我去救他？」

「是的，你去嗎？」小榕平靜地望著他。

「不去！」羅中夏惱怒地揮了揮手，覺得這真是太過分了。

小榕聽到他的回答，淒然一笑，搖了搖頭，似是失望，又似是自嘲。她喃喃說道，聲音幾不可聞：「對不起。」

羅中夏心中又有些不忍，剛伸手拉住小榕，秦宜的聲音卻從附近傳來：「我早說過了，找他沒用的，妳卻偏要來。」

羅中夏先是一窘，然後勃然大怒，衝那邊吼道：「滾開！有妳什麼事？」

他一把拽住小榕：「妳和妳爺爺不知道吧？這個女人曾經想用無心散卓筆去煉我的同學鄭和，她是殉筆吏的餘孽！」

殉筆吏拿人命煉筆，可謂墮入邪道，人人得而誅之。可小榕聽到這話，表情卻依然冷冰冰的，不見任何驚訝。羅中夏下意識鬆開她的腕子，駭然道：「難道妳……難道韋勢然，你們都是殉筆吏？你們都是那個叫函丈的組織一員？」

小榕既不否認，也不確認，淡淡道：「秦姐姐說得對，我本不該來的。」她隨即退後數步，緩緩轉身離去。羅中夏望著她在山風中微微飄搖的瘦小身軀，那孤單的嬌小背影說不出的淒涼，不知為何一陣心疼。

這時連懷素禪心都不能起什麼作用。

他走過去，重新拽住少女手腕，沉聲道：「我可以去救妳爺爺，但妳和秦宜，必須把事情從頭到尾給我講清楚！」

小榕看向秦宜，秦宜滿不在乎地撩了下頭髮，表示自己無所謂。

「好。」她說。

諸葛一輝、彼得和尚、十九與顏政四人背靠著背，分別盯著一個方向。霧靄之中的人影走到距離他們數十步的距離，不再靠近。

對方也是四個人，至少已看到四個人。

「你們家秦宜剛把羅中夏弄走，這邊就來了四個不速之客，這真是巧合，好你一個不是壞人！」十九警惕地觀望四周，抽空嘲諷了顏政一句。

顏政對美女的嘲諷向來不以為忤，只是咧嘴笑了笑：「把這四個傢伙都幹掉，不就能問清楚了嘛！」

「你說得輕巧！」

「安心吧，算命的說我有不敗的命格。」顏政說著絲毫不鼓舞人心的口頭禪，讓自己的十個指頭都泛起紅光。

話是如此說，但局勢卻不那麼樂觀。他們四人之中只有如椽、畫眉和滄浪三枝筆靈，而且後兩枝還不是戰鬥型的。敵人虛實未知，能力也不清楚，這種無準備無把握的戰鬥，讓向來先謀而後動的諸葛一輝心裡實在沒底。

他轉頭去看彼得和尚，卻發現這位僧人一改淡定表情，眉頭緊皺，鏡片後的眼神十分古怪，似乎霧裡有什麼觸動了他的東西。

「難道說連他都沒了信心？」諸葛一輝在心中哀嘆，腦子裡開始飛速運轉，苦苦思索如何最大化利用十九和顏政的筆靈，破解眼前的困局。他一條條策略想過來，不知為何，最後的結論總會歸結到自己筆靈太弱。

「倘若老李也授予我一枝更好的筆靈，今日必不致如此。」

這種念頭平日裡諸葛一輝也偶爾想過，但多是一閃而過。而今日它揮之不去，越發強烈，竟是愈想愈糾結。從理性上說，諸葛一輝明白現在退敵事大，不是深思此事的時候，可這便如強迫症一般，始終橫亙於心頭，壓制著其他情緒，使人憋悶不已，幾乎艱於呼吸。

其實不獨是他，十九此時也被這莫名其妙飄來的情緒所困擾。她內心本來就極為敏感，對房斌之死耿耿於懷。這時不知為何，房斌的身影縈繞她心頭，不離不散，不斷在她耳邊呢喃：「若是妳早早發現諸葛長卿的陰謀，我便不會被殺。」十九拚命甩了甩頭，想擺脫這種心理偏執，卻反而讓自責的心情更為鮮明，占據了她全部意識。

饒是顏政這樣沒心沒肺的人，此時居然也面露不豫之色。「至今還沒跟女律師上過床，真是人生一大遺憾。」這是他隱藏在內心深處的一個小小的猥瑣遺憾，其實只是反映了他對法律工作者的好奇。可是今天這想法竟突破了潛意識的藩籬，躍然腦海之中，成了按捺不住的一種狂野欲念。

「莫非這就是敵人的能力？」諸葛一輝在痛苦的間隙勉強擠出一絲理性思考，「看來是可以控制對手情緒的筆靈，我們沒有心理準備，彼得是修禪的，應該還好吧……」

他轉頭去看，卻看到彼得和尚的面容扭曲，更甚他們三人，平常那種和藹淡定的招牌微笑不見了，取而代之的是混雜了憤怒與驚愕、痛苦與欣慰的複雜神情，金絲眼鏡後的雙目噴射出不動明王式的怒氣，直勾勾地盯著霧中的某一處。

「看來這回是完蛋了……」諸葛一輝頹然心想。

就在這時，遠處霧中突然飛來一枝飛筆，筆鋒銳利，直取諸葛一輝的面門。十九與顏政都有些神情恍惚，對此根本來不及反應。

就在千鈞一髮之際，彼得和尚猛然抬頭，伸手把那飛筆牢牢接在手裡，目露異光，開口做獅子吼：「醒來！」

這一聲吼震懾全場，連四下濃霧都為之一顫。諸葛一輝、十九與顏政被這一聲獅子吼貫音入腦，偏執與糾結被一蕩而空，不餘一片，三人紛紛警醒過來。顏政晃晃腦袋，心有餘悸地說：「哥們兒，要不是你，兄弟我今天就交代在女律師手裡了。」

彼得和尚卻沒有答話，他緩緩跌坐在原地，目光一瞬不離霧中。這時霧中嗖嗖嗖又是數枝飛筆射來，彼得和尚平日只守不攻，今日卻表現出了前所未有的侵略性，他雙手合十，又是一聲大吼：「柳苑苑，妳在哪裡？！」

那數枝飛筆被這一吼震得東倒西歪，失了準頭。其他三人面面相覷，不知彼得和尚為何突然有此一問，那柳苑苑，又究竟是誰？

霧中仍舊是靜悄悄的，沒有任何回答。彼得和尚口中不斷誦經，表情卻愈加痛苦，光滑的額頭漸漸滲出汗水。

諸葛一輝道：「那個會控制情緒的筆塚吏，一定在向彼得大師施壓。」

十九急道：「那我們趕快去幫他。」

諸葛一輝搖搖頭：「情緒這種東西太過精妙，此時彼得大師正在全心抵禦，我們擅自亂入，只會害了他。」

顏政看了一眼彼得，道：「對手用的莫非是鬼筆？我記得李賀鬼筆就可以催化對方情緒瑕疵。」

諸葛一輝道：「鬼筆是靠筆塚吏的動作引導，而眼前這枝卻是讓對手強迫症似的陷入偏執，不盡相同。」

「你們還有心情說這些！現在我們該怎麼辦？」

十九見彼得和尚有些支撐不住，心中大急。

諸葛一輝還未答話，霧中乍然響起一陣低沉的嗡嗡聲，竟有幾十枝鬚銳如刀的飛筆從不同角度破空而入。彼得和尚眼睛一抬，嘩啦一聲扯碎脖子上的黃木佛珠，木珠立時四散而飛，飄在空中滴溜溜飛速轉動，彼此之間連接成一道泛著淡淡黃光的護罩。這招是他嘔心瀝血所創，當日曾與擁有凌雲筆的諸葛長卿正面相抗。

那幾十枝飛筆砸在木珠護罩上，砰砰作響，紛紛墜在地上。諸葛一輝暗暗佩服，他單憑肉身就修煉到這地步，不愧是百年不遇的筆陣通才。

十九對這種只守不攻的打法早不耐煩。她按捺不住怒氣，胸中一振，喚醒如椽筆來，隨即抽出腰間佩刀。她把佩刀朝外一丟，在如椽筆的作用下，那佩刀陡然伸長，盤旋著朝霧裡飛去。

十九的思路很簡單，既然敵人隱藏在霧中，那麼便用這加長了的佩刀大面積橫掃過去，任你藏得再隱蔽，也要被刀鋒波及。這一招的效果立竿見影，刀鋒所及，濃霧中的人影立刻變得散亂，頗有些慌亂。佩刀一圈轉回來，十九看到刀刃上掛著幾縷布條，想來是有所斬獲。

她一擊得手，精神大振，長刀又旋了出去。如椽筆變大了的佩刀本就凌厲無匹，再加上十九的性子就很火爆，縱然斬不開濃霧，所挾風勢也足以吹開一條霧中空隙。倘若這種攻勢可以持續下去，不出幾分鐘，他們方圓十五公尺內都會被斬掃一遍。

可就在十九躊躇滿志之時，那種強烈的偏執突然又襲上心頭，整個人情緒登時低落下來。筆隨心意，主人心情有變，如椽筆與那飛出去的長刀也隨之一頓。顏政見勢不妙，右手猛然拍了十九肩膀一記，這才勉強讓她恢復過來。只可惜情緒虛無縹緲，不比肉體是實在的存在，即便是畫眉筆讓時間倒轉，對情緒的影響也非常有限。

顏政心想這麼著下去也不是個事，敵人藏在濃霧裡看不到，那麼我藏到濃霧裡敵人一樣看不到。他一腳邁出彼得和尚的護罩範圍，微弓著腰，試圖潛入霧裡，靠拳腳功夫去對付敵人。不料他剛走出去三步，不知從哪個角度飛來一枝飛筆，噗哧一聲刺入他小腹。

顏政大怒，想要跳起來，又是數枝飛筆刺來，分別取向他雙目與心臟。十九在心情遲滯之下，奮力揮起一刀，把它們斬落，諸葛一輝衝過去死活把顏政拽了回來。顏政不得已，只好又用了一次畫眉筆為自己療傷。

諸葛一輝看出來了，敵人的策略非常明確，就是完全隱藏在霧中，靠筆靈的能力壓制他們的情緒，然後靠飛筆遠距離地打擊，不給他們短兵相接的機會。可是這個策略有一個大漏洞，假如羅中夏在的話，那麼十九的如椽配合青蓮呼出強風來，便能輕易吹散濃霧，策略便立告崩潰。

唯一的可能，就是敵人事先隔離了羅中夏，才會放心地用出這一招。想到這裡，諸葛一輝不禁看了一眼顏政，他信誓旦旦說不是壞人的秦宜，怕是嫌疑最大的一個。

此時霧中的飛筆已經恢復了攻勢，漫如蝗蟲過境，遮天蔽日，源源不斷地襲來。虧得彼得和尚是守禦的行家，撐起護罩毫不含糊，把那些飛筆全數擋在外面。

說來也怪，同樣是被偏執情緒壓制，十九他們幾乎失去了戰鬥力，而彼得和尚卻絲毫沒受影響，反而愈戰愈勇，木珠護罩在他維持之下光芒愈盛，牢不可摧。

「太盛了，太盛了，有些不對勁……」

諸葛一輝望著眼前光芒四射的護罩，喃喃自語。盈滿則溢，亢龍有悔，眼前這護罩有些不同尋常的強盛，總令人覺得有些不安。他轉過頭去觀察護罩的核心——彼得和尚，發現彼得和尚的表情比剛才還要扭曲，面部肌肉不時會抽搐幾下，那筆靈對他施加的壓力著實不小。只是他非但沒有頹萎，反而憑著一口氣，把滿腔憋悶的偏執情緒轉化成了精神動力，強化護罩。

然而令諸葛一輝生疑的是，偏執情緒指向性極強，一種情緒只能作用到一件事上。彼得和尚竟能運用這情緒反制筆靈，說明他所執著之事，與那筆靈定然有千絲萬縷的關係。然而這樣太過嘔心瀝血，怕是不能長久……

他正想著，霧中忽然傳來一陣細切的啜泣聲，隨即飛筆頓消，一個女子的身影款款從霧中凸顯。這女子大約三十歲，平眼細眉，同樣也戴著一副金絲眼鏡，充滿知性的端莊。她走到護罩附近，身旁懸浮著一枝筆靈。那筆靈短小灰白，筆頭傾頹如蓬，只在筆鬚末端有一抹鮮紅顏色，望之如血。

彼得和尚雙目微合，聲音沙啞不堪：「苑苑，真的是妳嗎？」

「若非你那一聲佛門獅子吼，我還不知竟會是你。」那被稱為苑苑的女子微微一笑，臉部線條隨著她的笑容，也變得柔和了些。

「我也算不到，來的居然是妳。」彼得和尚道。

「世事難料啊……情東，哦，不，現在應該叫你彼得大師才對。」

苑苑說罷，驅使著身旁那枝筆靈，輕輕點了一下木珠護罩。那筆靈的紅頭一接觸到護罩的淡黃光層，整個護罩立刻發出清脆的爆響，木珠紛紛碎成粉末。

「想不到，你對我的偏執，竟深到了這等地步啊！」苑苑望著漫天灑落下來的木屑，語氣說不上是感慨還是嘲諷。

「阿彌陀佛。」

彼得和尚苦笑一聲，再也無法維持，嘴裡哇地噴出一條血箭，整個人緩緩倒了下去……

第八章　詭浪肯居支遁下

「你們必須把所有事情都講清楚。」羅中夏說。

「所有的事情？你可真是貪心啊……你想從哪兒問起呢？」秦宜笑意盈盈。

羅中夏怔了一下，是啊，整個事情千頭萬緒，該從哪裡問起呢？他想了想，終於開口道：「你們和那個叫函丈什麼的組織，到底是不是一夥？」

這是一個很關鍵的問題，可羅中夏一問出口就後悔了。難道秦宜是傻瓜嗎？她肯定不會承認啊，等於白問。

秦宜語帶驚訝：「想不到，你連這個名字都查出來了，不簡單嘛！」

羅中夏沉著臉道：「別轉移話題，快說。」

「這可有點難回答了……這麼說吧，我們的目標，都是管城七侯。」

這句話的訊息量很大。管城七侯一共只有七枝，兩邊都想要的話，矛盾是無法調和的，也就是說兩邊都視彼此為敵人。這也真是諷刺，正宗的筆塚嫡系——韋家和諸葛家都沒什麼大動作，反而是這兩個莫名其妙的團體，對管城七侯如此上心。

秦宜應該沒說謊話，韋勢然雖然利用他們弄走了王羲之的天臺白雲，但並無傷人之意，和綠天庵前那些人的做事風格不太一樣。

羅中夏又問了第二個問題：「這個叫函丈的組織，到底什麼來頭？」

秦宜歪了歪頭：「首先糾正一下，函丈不是這個組織的名稱，而是我們對主人的稱呼。」

「為什麼叫這個？」

「又讀書少了不是？古時老師授徒，彼此之間坐席要相隔一丈，所以函丈即是坐席，乃是學生對老師的尊稱。」

「取這麼一個名字，口氣倒不小，儼然是以眾生師長而自居啊！」

「這個組織，是這兩年才活躍起來的，它從韋家和諸葛家吸納了很多筆塚吏，行事非常隱祕。它的目標特別明確，就是搜集管城七侯。可惜函丈的真身，組織內的大部分成員都沒見過。有傳說，他身上的筆靈，也是管城七侯之一。」

羅中夏倒吸一口涼氣。如果這推測是真的，七侯已有三．五枝現身，分屬三方勢力，局面變得更加錯綜複雜了。

「不過函丈似乎有某些顧慮或限制，不能肆意出手，否則以他的實力，我們誰也別想活到現在。」秦宜道。

羅中夏「嗯」了一聲，此前的幾戰裡，函丈都是驅使一批叛變的筆塚吏來做事，自己只出手過兩次——不過就這兩次，一次殺死韋定邦，一次滅口褚一民，威力超凡，絕對是大魔王級的存在。

秦宜一撩頭髮：「我當初啊，也想加入這個組織來著，所以從韋家竊走了兩枝筆靈，當個投名狀——韋家當年害死我爹媽，這點代價算便宜他們了——可惜落花有意，流水無情呀！」

「他們嫌妳太醜？」

秦宜瞪了羅中夏一眼：「呸！是他們要害我，拿我去煉筆。」

「什麼，不是妳拿鄭和煉筆嗎？」

「那套殉筆的法門，是函丈教我的，說可以用筆靈來奪舍肉身。我開始覺得挺好，不用再費什麼心思找心意相通的筆塚吏了，就先找了枝筆，拿你那同學試了一下。可後來我發現，函丈居然包藏禍心，想用一枝筆靈把我也給奪舍。幸虧老娘我足夠敏銳，一看苗頭不對，立刻偷偷轉投了韋老爺子。」

秦宜說得輕描淡寫，可羅中夏知道其中一定有不少驚心動魄的大戰。他擁有懷素禪心，又有點睛筆，多少能看透點人心。眼前這姑娘是韋情剛的私生女，自幼無依無靠，這才有了這無所謂善惡只求生存的性子。他看向秦宜，眼神裡多了點憐憫。

秦宜注意到他的神情變化，倩目一轉：「怎麼，同情姐姐嗎？要不以身相許？拿青蓮筆做聘禮吧。」

羅中夏面色一紅，趕緊尷尬地轉移話題：「這麼說，函丈自己就是殉筆吏餘孽，他是打算把筆靈拿來煉製殉筆童？」

「當然啊，殉筆煉出來的筆童雖然傻乎乎的，但聽話啊！我看函丈是打算把所有手下的筆靈，都搞成這樣，個個服服貼貼。太沒趣了，比起那些冷冰冰的殉筆童，跟著小榕妹子舒服多了。」

秦宜說到這裡，親暱地挽住小榕的手。小榕臉色有些不自然，可也沒躲開。

羅中夏覺得她話裡有話，正待開口相問，小榕似乎聽到什麼，歪了歪頭，淡淡道：「你還有什麼問題沒有？我爺爺可能快撐不住了。」

她表情清冷，可語氣裡卻帶著幾絲焦慮。

其實羅中夏心裡還有許多關於韋勢然的疑問，可如今時間有些緊迫，不容再細細詢問。他心想至少證明了韋勢然跟函丈不是一夥，也暫時夠用了。

「哎，對了，我的同伴們呢？」羅中夏環顧左右。

秦宜翹起蘭花指：「他們現在大概正在被函丈的手下圍攻吧？」

「妳……」

「放心好了，我會去救他們，不然你也不會乖乖去救韋老爺子是不是？我們公平交易。」

秦宜說著，身形從霧中隱退，只剩下他們兩個人。

「我們走吧。」小榕低聲道。

羅中夏很自然地牽住了少女的手，小榕並沒有抽出來，任由羅中夏握著。兩人朝著某一個方向走去，四下裡的霧氣隨腳步的邁進而逐漸散去，慢慢顯露周圍崢嶸的山色來……

彼得和尚一口鮮血噴出，登時把本來快要潰散的木珠護罩匯聚到了一起。那些沾了血的木珠與木屑急速旋轉，重新構成一圈防護，只是這防護不再泛起黃光，而是血紅顏色，讓人望之心悸。誰都看得出來，這一次實在是布陣之人竭盡心力拚了性命，此陣一破，布陣之人怕也是性命不保。

圈內的彼得和尚神情委頓，被十九和顏政扶住，生死不知，胸前僧袍被鮮血濡濕了一大片。苑苑站在護罩之外，默默地注視著彼得和尚，既不走開，也沒有下一步動作。

這時另外一人從濃霧中鑽出來，這人五短身材，個矮體胖，原來是使用江淹五色筆的諸葛淳。諸葛淳左右看看環境，這才走到苑苑身旁，雙手拱了一拱討好道：「大姐真是好身手，略使神通，就把這和尚弄得吐血。」苑苑身材極為高䠷，把矮子諸葛淳陪襯得猥瑣不堪，兩人站在一起，涇渭分明。

苑苑冷冷橫了諸葛淳一眼，那種冰冷讓諸葛淳渾身一悚，連忙縮了縮頭。苑苑不再理他，把眼鏡摘下來擦了擦，沒了鏡片遮掩的雙眸仍舊注視著流轉的護罩，似乎有一種奇妙的情緒從深處被拽出來。

她眉頭稍皺，忽然嘆息道：「若非是我，這護罩本不至於如此之強；若非是我，他也斷不至於傷至如此之重。」

諸葛淳對這段話完全不得要領，只得習慣性地敷衍道：「啊，您說得極是，極是。」

苑苑的傷感情緒只持續了一霎，她很快便戴上眼鏡，情緒退回意識的深淵，又變回一個知性、冰冷的剛強形象，說道：「諸葛淳你剛才去哪裡了，怎麼不見五色筆前來助陣？」

「這個啊……霧氣太大，我剛迷路了。我剛趕到，您已經乾淨俐落地把他們解決了，真是叫人欽……」諸葛淳話未說完，突然咕咚跪在地上，看起來像是被什麼突然打擊到了精神，變得垂頭喪氣一蹶不振。

苑苑從鼻子裡冷哼一聲道：「你貪生怕死也該有個限度。先前跟著褚一民就這副德行，如今在我手下，還是死性不改。」她抬起長腿，用鞋跟厭惡地踢了踢諸葛淳，諸葛淳身子歪斜了一下，表情呆滯，口水順著嘴角流出來。

這時另外一個人從霧中走出來，這人體態精瘦，皮膚黝黑，完全一副嬉皮士的打扮，渾身上下都用毛筆作為裝飾，扎里扎煞[1]像是一隻混雜了中西風格的刺蝟，那些毛筆與適才的飛筆一模一樣。他雙手靈巧地同時轉著兩枝筆，耳朵裡塞著耳機，嘴裡隨著不知名音樂的節奏打著鼓點，一路蹦蹦跳跳走到苑苑身邊。

「Hey, Men, What's up?」他過去想拍她的肩膀。

「說中文，還有，叫我Madam。」苑苑頭也不回，巧妙地避開了他的拍擊。

「Whatever you say, Madam.」嬉皮士歪了歪頭，改用生硬的普通話，「把這人用筆插死？他不團結。」

「到底怎麼處罰他，自有主人定奪，你做好你該做的事情就是。」

嬉皮士聳聳肩，沒說什麼，拍了拍諸葛淳的腦袋道：「對不起了，老兄。」

此時濃霧終於逐漸散去，四周的人影都清晰可見，原來在霧中圍攻他們四個人的，竟不下十人之多。它們大多是面色鐵青的筆童，但與普通筆童不一樣的是，它們的指頭全是毛筆模樣，與方才飛蝗似的飛筆一般無二。這些筆童身上大部分都帶有刀痕，有的甚至還缺損了手臂與大腿，都是剛才被十九斬毀的。

嬉皮士嘆道：「出動了這麼多筆童，有損失很不好。」他招了招手，這些筆童聽到召喚，一起圍聚過來。嬉皮士用手拂過它們身體，也不知用了什麼手段，它們竟像是蜥蜴一樣重新從身體裡生出手腳，煥然一新。

做完修理工作，嬉皮士一拍手，這些恢復正常的筆童走過去，把彼得和尚等四人的護罩團團圍住，雙手抬起，十指伸出，像是機關槍一樣噗噗連續射出飛筆。這些飛筆全戳到了地面，保持著直立的姿態，一會兒工夫就在他們四個人周圍築起一道筆牆。嬉皮士又做了一個手勢，筆童們停住了手。此時四人已被林立的毛筆之牆完全禁錮在當中，就像是四頭被關進高大畜欄的摩弗倫山羊。

「這一次主人動員了這許多筆童，也算對他有個交代了。」苑苑鬆了一口氣，語氣突然停頓了一下，不由眉頭一蹙，低聲自言自語，「莫非主人知道他要來，才特意派我……」

嬉皮士滿意地點了點頭，環顧四周數了數人頭，說道：「我這邊搞定了，只還欠一把鎖……呃……我們好像還少了一個人。」

苑苑問：「是誰？」

嬉皮士答道：「Selina 還沒出現。」

「你說秦宜那丫頭還沒出現？」苑苑眼神一凜。

「正是，按照計畫，Selina 把青蓮筆引離以後，應該立刻返回，但是一直到現在還沒動靜。」

苑苑沉吟片刻：「暫且不管她了。留下一個人在這兒，其他人跟我抓俘虜。這個護罩應該已經撐不了多久了。」

像是為了證實她說的話，血色護罩已經逐漸稀薄，轉速也慢慢變緩，愈來愈多的木珠劈啪地落在地上，露出許多空隙。這是以生命力作為能量來支撐的結界，此時結界漸弱，說明布陣之人也將……

苑苑走上前一步，大聲道：「彼得，筆牆已然豎起，你們沒別的出路，還是快快投降吧，我不會為難你們。」

「做夢去吧！」

護罩內忽然傳來一聲女子的嬌叱聲，一陣強烈的刀鋒撞向筆牆，登時割出數道裂隙來。

苑苑無奈地輕撫額頭道：「諸葛十九？妳的脾氣還真是不到黃河心不死啊！」她以眼神示意嬉皮士，嬉皮士手指靈巧地在虛空擺動，立刻有數個筆童跑過來團團圍住筆牆，各自用雙手撐住。它們與筆牆本來就是一體，在這麼近的距離可以克制住如椽的刀鋒。

不料它們剛剛接近筆牆，就看到從護罩裡忽然湧出一圈紅光，像一個赤紅色的大圓朝四周擴散開來。

「畫眉筆？」苑苑一愣。

紅光所及，時光倒流，那幾個撐住筆牆的筆童立刻恢復到剛才缺胳膊斷腿的樣子，而原本散落在地上的殘破佛珠，卻重新飄浮在了半空之中，一如它們在數分鐘前的狀態一般。

苑苑心思何等迅捷，一見畫眉筆出，立刻衝嬉皮士疾喝道：「快護住筆牆，他們要跑！」嬉皮士正要發動，卻見十九從護罩裡高高躍起，如椽應聲而出，開始瘋狂地切削那堵筆牆。

那飄浮在半空的佛珠陡然漲大，個個巨如臉盆，彼此聲氣相通，登時展開一個無比雄壯的護罩，一下子就壓服了敵人聲勢。

苑苑倒退了一步，臉色有些蒼白：「這……這怎麼可能！如椽巨筆只能放大非實體的東西啊！」可事實就擺在眼前，那佛珠愈漲愈大，已經漲至氣球大小，眼看就要壓倒整個筆牆。

嬉皮士有些驚恐，但他很快發現被佛珠壓迫的筆牆紋絲不動，只有被如椽刀鋒掃過時，那佛珠才像被打了氣一樣，一下子膨脹起來。

「我明白了！」他忽然高聲嚷道。

苑苑此時也反應過來了。如椽筆變大的不是佛珠，而是佛珠之間那殘留的精神力。畫眉筆先是恢復佛珠實體，如椽筆再將佛珠內蘊藏的精神予以強化，兩枝筆的配合真是天衣無縫。

但是，結界這種東西，力量的平衡非常重要。此時彼得不省人事，單靠顏政和十九，根本維持不住護罩的均衡。被強化了的精神沒有了合理約束，就在佛珠裡不斷漲大，漲大，如同一個被不停打氣的車胎……

「快往後撤！」苑苑大喊，同時疾步退卻。

被撐到了極限的幾十枚佛珠突然炸裂，在天空綻放成了幾十朵古怪的花朵，精神力被壓縮到了極限又突然釋放出來，如同在屋子裡拉響了一枚致暈彈。一層若有似無的波紋振盪而出，所有被波及的人都覺得眼前一花，大腦裡的神經元被巨量的精神衝擊撞得七葷八素。

苑苑雖然已經退了十幾步，可還是被衝擊波及，大腦瞬間一片空白，平衡感盡失，身子一個趔趄幾乎倒地。她伸手扶住一塊石頭，勉強定住心神，覺得有些噁心，暈乎乎地想：「這些傢伙難道真的打算同歸於盡嗎？」

不知為何，她眼前突然浮現無數奇形怪狀的小玩意兒，令人眼花撩亂。開始苑苑以為是自己眼花產生的幻覺，後來又覺得不像。這些小玩意兒以極快的速度來回飛旋，讓還沒從暈眩狀態徹底恢復的苑苑頭疼欲裂，像是剛從高速旋轉的遊樂器上出來一樣。

就在這時，她看到在一片混亂中，有幾個人影急速朝著自己跑來，心中一驚。她的這枝筆靈是純粹的精神系，除此以外別無其他能力。倘若周圍沒有別人保護，被敵人欺近了身，便只有任人宰割的下場。

「王爾德！」苑苑叫道，可這時已經來不及了。那幾個人影速度很快，一下子就衝到她面前。苑苑下意識地喚起筆靈，雙手掩在胸前，試圖再一次去影響對方心神。可自己的暈眩太厲害了，根本沒辦法集中精力。那些人趁機從她的身旁飛快地閃過，朝著相反方向疾馳。

隔了數十秒鐘，嬉皮士才趕到苑苑身邊，把她從地上扶起來，還殷勤地試圖幫她拍打臀部的灰塵，可惜被苑苑的目光瞪了回去。

「王爾德你竟然沒事？」苑苑見這個嬉皮士生龍活虎，有些訝異。她在剛才的大爆炸裡被震翻在地，此時還晃晃悠悠分不清東南西北，這小子居然安然無恙。王爾德從耳朵裡取出耳機，笑嘻嘻地拿在手裡晃啊晃。

「有時候聽聽重金屬搖滾，還是有好處的。要不要我們一起聽，分妳一邊耳機。」

苑苑沒理睬他的輕佻，用指頭頂住太陽穴，蹙眉板著臉問：「那你看清楚剛才發生的事情了？」

「那四個人跑了。」

「你怎麼不去攔住他們！」

「嗯……不敢。」

「為什麼？」

「因為秦小姐帶著他們啊！我又打不過她。」王爾德神情自如，如同說一件與自己毫無干係的事情。

1扎里扎煞，指枝條、手指等伸展、張開之意。

第九章　停梭悵然憶遠人

彼得和尚緩緩睜開眼睛，發現自己正被一個人扛在肩上。那人在山間一路狂奔，兩側山林不住倒退而去，身體上下顛簸，顛得他十分難受，幾乎眼冒金星。

他剛才布下那一陣已經耗盡心力，幾乎油盡燈枯。此時雖然睜開了眼睛，視線還是模糊一片，精神也懵懵懂懂，已經喪失了對周圍環境情勢的判斷能力。

「好了，這裡安全了些，把他放下吧。」一個女子的聲音傳來，這聲音也好生熟悉。彼得和尚皺起眉頭努力思考，頭卻疼得厲害。他感覺自己被人從肩上放下來，擱在一塊石板上。那石板頗為平整，十分冰涼，倒讓他的神志為之一振。

隨即一塊手絹細心地為他擦了擦嘴邊的血跡，然後又有一股清涼飲料倒入口中。這飲料不知是什麼，大有清腦醒神之妙，甫一下肚，彼得便覺得精神好了些。

他喘息片刻，凝神朝四周望去，看到自己置身於一處幽暗的石窟之內。顏政與諸葛一輝站在一旁，十九遠遠站在洞口，警惕地望著外面。他聞到一股奇異香味，轉過頭去，看到秦宜蹲在自己身旁笑意盈盈，手裡還拿著一罐紅牛和一方手帕。

「……」

「你好，彼得大師，好久不見。」秦宜看到彼得和尚的僵硬表情，顯得頗為開心。

「是妳救我出來的？」

「也不全是吧，是顏政和諸葛一輝輪流背你，我一個嬌弱女子，可扛不動大師。」

彼得和尚把探詢的目光投向顏政和諸葛一輝，兩個人都點了點頭。唯一不同的是，顏政點得很從容，諸葛一輝卻有些尷尬。這也難怪，南明山本該是諸葛家極熟的地方，居然在這裡被人伏擊，實在有失諸葛家的面子。

「無論妳的動機是什麼，多謝！」他硬邦邦地說。

秦宜咯咯一笑：「大師你一個出家人，居然也表裡不一。明明心裡恨人家恨得要死，卻還要裝出一副很懂禮數的樣子，這樣會犯戒哦！」彼得和尚被她說中心事，只得保持沉默，現在他精神力太過貧弱，沒力氣與她鬥這個嘴。

顏政這時候走過來，拍拍彼得的手，寬慰道：「彼得你儘管放心，秦小姐沒有惡意，我以我的人品擔保。」話音剛落，遠處在洞口守望的十九傳來冷冷的一聲「哼」。顏政也不生氣，悠然道：「我早就說過了，這麼漂亮的女性，怎麼可能會是壞人呢？」

秦宜轉過頭來看著顏政，眼波流轉，似嗔非嗔：「你的嘴可真甜啊，一定經常這麼騙女孩子吧？」

「哪裡，在下一向笨嘴拙舌，只能以加倍的誠懇來安撫少女們的心靈了。」

彼得和尚見他們打情罵俏，心裡不滿，囁嚅道：「剛才到底是怎麼回事？」他剛才噴血撐住護罩之後，就徹底喪失了意識，完全不知道後來發生的事情。

顏政答道：「哦，彼得你暈倒以後，秦宜小姐突然出現在護罩之外，給我們出了一個主意。我用畫眉恢復破裂的佛珠，十九用如椽放大你殘留的精神力，迫使佛珠爆炸，造成現場混亂。然後秦小姐用麟角讓周圍的人都產生眩暈感，我就扛著你趁機跑出來了。」

秦宜的麟角筆煉自晉代張華，天生便可司掌人類神經，控制各類神經衝動。剛才她運用能力刺激柳苑苑等人的半規管[1]，讓他們頭昏腦脹，借機帶著他們四個人逃出生天。

彼得和尚聽完以後，扶了扶自己的金絲眼鏡，默然不語。顏政又道：「現在我們已經到了南明山裡的一處山坳，暫時敵人是不會追來啦，彼得你可以安心養上一養。」

彼得和尚仰起頭來，又喝了一口紅牛，忽然說道：「秦小姐，妳要我們做些什麼？」

「哎，大師你何出此言呢？」

「秦小姐一向是無利不起早的，此時甘願與自己主人鬧翻來救我們，一定是我們有某種價值，而且還不低。」彼得和尚淡淡道。

秦宜笑道：「不愧是彼得大師，一語中的。我找你們，當然是有事相求——不過在這之前，大師您能否滿足一個女人的八卦之心？」

「嗯？」

秦宜道：「那個柳苑苑，似乎與大師有些勾連，不知我猜得可準？」彼得和尚眼神一黯，秦宜又道：「那個女人的筆靈十分古怪，我雖不知其名，但它靈氣極弱，想來也不是什麼名人煉出來的。它只能用來挑撥對手內心偏執，若是被識破，便一文不值；但若是被她擒中了內心要害，那偏執便會加倍增生，直至意識被完全填塞，萎靡不振。」

她說到這裡，故意停頓了一下，看著彼得和尚道：「可她襲向大師之時，卻出了怪事。我適才觀察了許久，大師您受她筆靈的壓迫最大，偏執最深，可絲毫沒有委頓神色，反而愈壓愈強，甚至能憑著這股偏執之氣強化護罩，與尋常人的反應恰好相反。這只有一種解釋，就是受術者對施術者本人存有極為強烈的偏執，才能達到這種不弱反強的效果。怎麼會如此之巧？」

彼得和尚的表情十分古怪，這對於一貫淡定的他來說，可是少有的表情。

「當那個柳苑苑走近護罩，拿筆頭輕點之時，貌似牢不可破的護罩卻轟然崩塌。」秦宜又加了一句，「我記得那女人還說了一句話，什麼你對我的偏執竟深到了這等地步云云。」

諸葛一輝在一旁暗暗點頭，秦宜說的那些細節，他早就注意到了，只是囿於立場不好開口相詢。

顏政忍不住在旁邊插了一句：「這些八卦很重要嗎？必須要現在回答嗎？」

秦宜毫不遲疑地答道：「當然！要知道，柳苑苑的筆靈極弱，平時極少單獨出行，多是做輔助工作。這一次居然被主人選中獨當一面，我簡直要懷疑她是被刻意挑選出來針對彼得和尚的。」

諸葛一輝疑道：「若說刻意對付羅中夏，還能解釋成對青蓮筆存有覬覦之心；彼得大師連筆靈都沒有，何以要下這種力氣？」

秦宜笑咪咪道：「這，就是彼得大師您要告訴我們的了。」

彼得和尚閉起雙眼，久久不曾睜開，只見到面部肌肉不時微微牽動，彷彿內心正在掙扎。

顏政看了有些不忍，開口道：「哥們兒，你要是不願意說就算了，別跟自己過不去。」

他對秦宜嚴肅地道：「姑娘都八卦，這我理解。不過這麼挖人隱私，可有點不恰當。」

秦宜聳聳肩：「我才不八卦，大師若是不想說就不說唄。反正耽誤了大事，不是我的錯。」

彼得勉強抬起一隻手，拈起僧袍一角擦拭了一下眼鏡，用一種不同以往的乾癟苦澀聲調說道：「好吧，食不過夜，事不存心。這件事遲早也要揭破。今日她既然現身，可見時機到了。我就說給秦施主妳聽好了。」

秦宜、顏政和諸葛一輝都擺出洗耳恭聽的樣子，就連在洞口監視的十九都悄悄朝裡邁了一步。彼得略想了想，慢慢開口道：

「此事還要從當年韋情剛叛逃說起……當日韋情剛不知所終，韋勢然被革了族籍，家裡幾位高手身亡，而族長韋定邦也身負重傷，不得不把大部分事務交給弟弟韋定國來處理。這件事對韋家影響極大，族內對韋定邦質疑聲四起，認為他教子無方，沒資格坐這族長之位。後來經過韋定國與前任老族長韋通肅的一力斡旋，總算保住了韋定邦的位置，卻也迫於家族壓力，讓他立下一個誓言——韋定邦這一脈的後代，永不許再接觸筆靈。換句話說，韋定邦一旦卸位，族長就須得讓給別的分家。就連韋定國也被連累，剝奪了收取筆靈的權利——好在他是無所謂的。」

「難道說韋定邦除了韋情剛以外，還有個兒子？」

「是的，那就是我。我的俗家名字叫韋情東。」彼得和尚平靜地說。秦宜對於這層關係早就知道，沒什麼驚訝，顏政、諸葛一輝和十九倒嚇了一跳，竟不知他出身如此顯赫。

「當時我才一歲不到，哪裡知道這些事情。我母親死得早，父親又有傷殘，都是族裡的親戚撫養長大。小時候的我無憂無慮，除了因為先天性近視必須戴眼鏡以外，和別的孩子倒沒什麼區別。苑苑那時候，總是叫我四眼。」

彼得說到這裡，唇邊微微露出微笑。

顏政笑道：「原來這副金絲眼鏡，你從小就戴著啊！」秦宜悄悄在他腰間擰了一下，示意他安靜些莫插嘴。十九看到這兩個人動作曖昧，不由撇了撇嘴。

「苑苑姓柳，家裡本來只是在韋莊附近的一戶外姓。後來她父親病死，母親改嫁到了韋家，便依著族裡的規矩，帶著她搬來韋莊內莊居住。我們從小就在一起玩。我那時候比較膽小懦弱，她倒是個倔強、要強的女孩子，總是護著我，照顧我，像是個大姐姐一樣。

「從六歲開始，韋家的小孩都要接受國學教育，琴棋書畫、詩書禮樂，都要接觸。從那時候開始，我覺察到自己和別人的不同。私塾裡的老師在教授我們韋莊子弟的時候，對我從不肯深入講解，總是敷衍了事，與教別的孩子態度迥異。我那時候小，不明白怎麼回事，只覺得很傷心，性格逐漸變得孤僻。好在苑苑每次下課，都會把老師講的東西與我分享，事無巨細地講給我聽。對此我覺得反而很幸運，如果老師一視同仁，我也便沒那麼多機會與她在一起。父親長年臥病在床，定國叔整天忙忙碌碌，唯一能夠和我說說貼心話的，也只有苑苑與曾老師而已。

「等到我年紀稍微大了些，才逐漸明白了那些私塾先生何以如此態度，也了解到韋情剛——就是我大哥——事件對韋家的影響。我作為韋定邦的兒子，是不被允許接觸筆靈世界的，這就是命。韋家以筆靈為尊，擁有筆靈或者那些公認有資格擁有筆靈的人會得到尊敬，在我們孩子圈裡，這個規則也依然存在。大家雖然都是從小玩到大的，也不自覺地把同齡人按照三六九等來對待。像我這種注定沒有筆靈的人，即使國學成績一直不錯，也肯定會被鄙視，被圈子所排斥。年紀愈大，這種感覺就越發強烈，可我又能怎麼辦？只有苑苑知道我的痛苦，因為她是外姓人，也被人所排斥。我們兩個相知相伴，一同鑽研詩詞歌賦，一同撫琴研墨，只有在她那裡，我才能找到童年的樂趣所在。說我們是兩無小猜也罷，青梅竹馬也罷，反正兩個人都心照不宣。

「假如生活就一直這麼持續下去，我以後可能就會像定國叔與其他沒有筆靈的人一樣，逐漸搬去外村居住，淡出內莊，從此與筆靈再無任何瓜葛。苑苑卻一心想要做筆塚吏，還說會幫我偷偷弄一枝筆靈出來。我們誰都沒說什麼，但很明白對方的心意，兩個人都有了筆靈，就可以一直在一起了。

「可在我十六歲那年，發生了一件大事，就是筆靈歸宗大會。筆靈歸宗是韋家的儀式，五年一次，韋家的一部分少年才俊會進入藏筆洞，希望自己能被其中一枝筆靈看中，晉升成為筆塚吏，一步登天。」

「你一定又沒資格參加吧？」顏政問。

彼得和尚搖了搖頭：「剛好相反，我居然被破格允許參加這次歸宗。大概是我展現了筆通的才能，平時又比較低調，韋家長老們覺得人才難得，可以考慮通融一次。我很高興，十幾年的壓抑，讓我對擁有筆靈的渴望比誰都強烈。但這次放寬卻害了另外一個人，就是苑苑。韋家的藏筆洞一次不可以進太多人，有名額限制。我被納入名單，擠占的卻是苑苑——她本是外姓人，自然是長老們優先考慮淘汰的對象。苑苑生性要強，一直認為只有當上筆塚吏才能揚眉吐氣。這一次被擠掉名額，她誤會是我為了自己而從中作梗，大發了一頓脾氣。唉，我當時也是年輕氣盛，覺得自己根本沒耍什麼手段，沒做錯什麼，便絲毫沒有退讓，兩個人不歡而散。

「在歸宗大會的前一天晚上，忽然莊內響起了警報，有人試圖潛入藏筆洞。當時我就在附近，立刻趕過去查看，卻發現苑苑站在洞口。我問她為什麼要這麼做，苑苑卻說她沒打算闖進去，還問我信不信她。我回答說證據確鑿，有什麼好辯解的。苑苑只是笑了笑。當時她那種淒然的笑容，我到現在都忘不了……」

彼得和尚面露痛苦，顯然說到了至為痛楚之處。

「當時的我，說了一句至今仍讓我痛徹心扉的蠢話，我說你們姓柳的憑什麼跟我們搶筆靈。我真蠢，真的，唉，我竟不知那句話把她傷至多深，大概是在我潛意識裡，還是把筆靈與筆塚吏的身分看得最重，必要時甚至可以不顧及苑苑的感受。苑苑聽到以後，有些失魂落魄，我也意識到自己話說過分了，想開口道歉，面子上又掛不住。在這遲疑之間，苑苑竟然湊了過來。

「韋家的小孩在變成筆塚吏前都要學些異能法門，我算是其中的佼佼者。看到苑苑過來，我下意識地以為她想攻擊我——我都不知道那時候怎會有這麼荒謬的想法——我便做了反擊。毫無心理準備的苑苑沒料到我會真的出手，一下子被打成了重傷。我嚇壞了，趕緊把她扶起來，拚命道歉。可是一切都已經晚了，苑苑掙扎著起來，擦乾嘴角的鮮血，怨毒地看了我一眼，轉身離去……

「我自知已鑄成大錯，追悔莫及，就連追上去解釋的機會也沒有。一直到那時候，我才知道，苑苑對我有多重要，失去才知珍惜，可那還有什麼用呢？等到我失魂落魄地回到家以後，卻從定國叔那裡得知：原來分給我的歸宗名額，根本就是族裡長老們的一個局。他們既不想讓苑苑這外姓人參加歸宗，也不想我這叛徒韋情剛的親弟弟拿到筆靈，就用了這二桃殺三士的手腕——那些人對韋情剛那次事件的忌憚與心結，這麼多年來根本一點都沒有消除，一直如同陰雲般籠罩在我頭頂。定國叔和我父親，明知這種事，卻為了他們口中的『大局』而保持緘默。而我和苑苑貌似牢不可破的感情，卻因為這種拙劣的計策而蕩然無存。可我又能責怪誰呢？不信任苑苑的，是我；把她視為外人的，是我；被對筆塚和筆靈的渴望扭曲了心靈的人，還是我。」

說到這裡，彼得和尚像是老了十幾歲，不得不停下來喘息一陣，又喝了幾口紅牛，才繼續說道：「當我知道這一切的時候，真的是萬念俱灰，生無可戀，幾乎想過要去自殺。曾老師及時地勸阻住了我，但也只是打消了我尋死的念頭罷了。我恨定國叔，恨我父親，恨所有的韋家長老，我一點也不想在這個虛偽的家族繼續待下去。我離開了韋莊，可天下雖大，卻沒有我容身之處，最終我選擇了遁入空門做和尚，希望能從佛法中得到一些慰藉，讓我忘掉這一切。在剃度之時，我發了兩個誓言：第一，今生縱然有再好的機會，也絕不做筆塚吏——這是為了懲罰我被渴望扭曲的人性；第二，從剃度之日起，只修煉十成的守禦之術，絕不再碰那些可以傷害別人的能力——這是為了懲罰我對苑苑的錯手傷害。如大家所見，這就是今日之我的由來。」

彼得和尚長出一口氣，示意這個故事終於講完了，彷彿卸下了一個千斤重擔。這個十幾年來一直背負的沉重心理包袱，直到今日才算放了下來。正如一位哲人所說：把痛苦說給別人聽，不一定會減輕痛苦，但至少會讓別人了解你為什麼痛苦，那也是一種寬慰。

周圍的聽眾保持著安靜。他們都沒想到，在彼得和尚不收筆靈、只精於守禦的怪癖背後，竟然還隱藏著這樣的故事。

秦宜眼神中有些東西在閃動，她搖了搖頭，試圖把那種情緒隱藏起來，輕輕問道：「所以當她又一次出現在你面前時，你這十幾年來的愧疚便全湧現了？」

「是的，倘若那筆的主人換了別人，只怕我會因此愧疚而死。而當我發現竟然是苑苑的時候，那種愧疚便化成了強烈的思念，讓我的意志反而更堅定。愈痛苦，愈愧疚，就愈堅定。我想見到她，好好說一句對不起。」

「你早就應該說這句話了。」

一個女人的聲音突然從洞外傳來，同時傳來的還有十九的痛苦呻吟。

1半規管，屬內耳的一部分，主要負責感知旋轉運動，以協助維持身體的平衡。

第十章　高陽小飲真瑣瑣

高陽洞其實距離雲閣崖並不甚遠，從雲閣崖轉下來，再轉一個彎約略再走幾步即到。羅中夏被秦宜從雲閣崖帶出去一段距離，反倒要花些時間才能走回來。

「妳爺爺是怎麼被困在高陽洞裡的？」羅中夏在路上問小榕，說實話，他對於韋勢然的被困仍舊不大相信，那個老狐狸算計精明，怎會這麼容易被困住，他又能被誰困住？

小榕道：「具體情況我也不知道。爺爺說南明山的最大祕密就隱藏在高陽洞中，他決定自己去探探。」

「南明山最大的祕密？莫非他指的就是管城七侯？」羅中夏想不到還有什麼比管城七侯更能吸引韋勢然的東西。可諸葛一輝在介紹南明山各處景點的時候，只說高陽洞是三處摩崖石刻其中的一處，無論葛洪還是米芾都未在此留下什麼印記，所以根本沒當作重點，焦點都聚集在雲閣崖。

可韋勢然卻偏偏對這一處有了興趣。

小榕搖了搖頭：「高陽洞裡有什麼，爺爺並沒提及，他只說洞內虛實不明，貿然進入風險太大，所以不讓我跟著。」

「看來他是打算瞞著妳們吧？」

「爺爺不會這麼做的，他一定有他的理由。」

「哼，誰知道呢……那妳是怎麼知道他出事的？」

「我對爺爺有心靈感應，如果他出事的話，我會立刻感應到的。他進洞以後不久，我就感覺到有異常情況，有巨大的危機降臨，但我一個人無法進入高陽洞內，所以只好來找人幫忙——目前爺爺仍舊在洞裡，危機不曾解除，但至少他還活著。」

「這個時間倒蹊蹺，韋勢然他專門挑選我們來到南明山的時候決意去闖高陽洞……」羅中夏沉吟起來，他雖然莽撞，卻也不傻，總覺得這件事不是如小榕說的那麼簡單。倘若他知道此時其他人在雲閣崖遭到了「函丈」的襲擊，恐怕會更加生疑。

小榕知道他心中所想，也不辯解，只是輕輕嘆息一聲，繼續朝前走去。

不多時，兩人已經來到了高陽洞口。此時不知人為還是自然所化，高陽洞前霧氣濛濛，四周山勢模糊不清，一條下行的蜿蜒石階隱沒在白霧之中，不知通向何方。此時一個賞山的遊客也沒有，想來是被這突如其來的山霧嚇到，匆匆離去了吧。

羅中夏走到近處，仰起頭來，才明白這高陽洞究竟是怎麼回事。

高陽洞名字雖有一「洞」字，實際上只是山崖邊緣的一道空隙，這空隙邊緣又直又利，鋒開劍收，像是有一柄神斧自天而降，硬生生在山體上劈開一道裂縫來。一尊嶙峋突兀的巉岩似是憑空飛來，牢牢架在裂隙兩翼之上，構成一個似洞非洞的空隙。

在高陽洞前下首崖壁上刻有《高陽紀事》，上書：「大宋紹興甲子丙寅歲，洪水自溪暴漲，約高八丈，人多避於樓屋，誤死者不可勝計，因紀於石，以告後來。」還有一處題壁寫著：「中華民國念五年始建兵役制度，翌年抗倭戰起，念八年六月傳經奉命接主溫、臺、處役政，駐節南明山兩年有四月，共徵調三郡子弟十一萬二千八百八十三名參戰。瓜代期屆，爰壽諸石，以志民勞。陸軍中將溫處師營區司令朱傳經。」

兩處題記，前者哀痛，後者慷慨，都別有一番氣勢。

羅中夏對水利與軍事不感興趣，他疑惑地朝裡走了幾步，發現這高陽洞極淺，一直到洞穴盡頭也不過二十多公尺而已，兩側亦寬不過三公尺，放眼望去，洞內情形一目了然——青森森的洞壁上除了刻著一些古人真跡題字之外，休說暗道藏洞，就連道石縫都沒有。

羅中夏把疑惑的目光投向小榕，小榕面無表情地走入高陽洞中，把手掌貼在洞壁之上，細細撫摩，也不知是石壁還是她的小手更冷些。過不多時，小榕緩緩把手掌撤下來：「爺爺就在這裡。」

「哪裡？」

羅中夏東張西望，這種狹窄的小地方，漫說韋勢然，就連一隻吉娃娃都藏不住。而且無論是點睛還是青蓮，在這裡都沒有任何特別的反應，渾然不把這裡當回事。

羅中夏忽然想到小榕剛才說了一句非常奇怪的話：「我一個人無法進入高陽洞內。」為什麼她一個人就進不去？現在她不是已經在高陽洞內了嗎？

彷彿聽到了羅中夏心中的疑問，小榕開口道：「眼前的這個高陽洞，只是個表象而已。真正的裡洞，只有參透了洞中玄機才能開啟。」

「妳都參不透，何況是我。」羅中夏心想。拯救韋勢然這件事上，他並不積極，只是不想傷了小榕的心。眼下有心救人、無計可施的境地，其實是他所樂見的。他見小榕還在思索，便帶著一絲欣慰掃視洞壁，背著手一條條石刻看過來。

這些石刻多是歷朝歷代當地官員所留，諸如括蒼太守某某、兩浙提點某某、處州守備某某之類，無甚名氣，比起雲閣崖的葛洪與米芾來說，身分地位不啻天壤之別。倘若管城七侯出自這裡，那筆塚主人可真是失心瘋了。

他信步流覽，忽然在洞內的北壁看到一行題記。這塊題記以楷書所寫，加上刻得精緻，保養得又好，字跡留得清清楚楚，就連羅中夏都看得懂。

「沈括、王子京、黃顏、李之儀[1]熙寧六年十二月十二日遊。」

「唉，看來古人也好到處亂寫到此一遊啊！」羅中夏一眼掃過去，覺得沒什麼實質內容，有些失望。可他讀罷以後，心中突地一跳，覺得有幾分熟悉，連忙轉回頭去重讀了一遍。

「沈括？」羅中夏才注意到這個名字。沈括的大名，他自然是知道的，中國科技史上的名人，古代著名科學家。想不到在這小小的高陽洞內，居然看到一個熟悉的名字，這讓羅中夏頗有些感動。

「小榕妳看，連沈括都在這兒題字耶！」

小榕經他提醒，猛地抬頭，一雙黑白分明的眸子閃起欣喜的光亮。

「沈括，沈括……對啊，我竟把他給忘了！」小榕走到題壁前，凝視著上面的每一個漢字，「你還記得沈括寫過什麼嗎？」

「《夢溪筆談》[2]啊！」這點常識羅中夏還算知道。

「《夢溪筆談》的序你還記得嗎？」

「……我就從來沒背過。」

小榕摩挲著石刻凹凸，自顧自輕聲吟道：「予退處林下，深居絕過從。思平日與客言者，時紀一事於筆，則若有所晤言。蕭然移日，所與談者，唯筆硯而已，謂之《筆談》。」

「所與談者，唯筆硯而已，」小榕又重複了一遍，用眼神示意羅中夏，「你的青蓮筆呢？」羅中夏「嗯」了一聲，心意轉動，青蓮應聲而出，化成毛筆模樣懸浮在洞中。

「所與談者，唯筆硯而已。那自然是說，非筆靈無以通其意，唯有筆靈能與之談。」小榕拊掌喃喃道，像是說給她自己聽，又像是在解釋給羅中夏聽，「只有筆靈才能開啟通往裡洞的通道。中夏，試著用你的青蓮筆去碰觸。」

羅中夏將信將疑地驅動青蓮迫近那行題記，在「沈括」二字上輕輕一點。筆靈本是靈體，與實體物質本來不相混淆，可當它碰觸到那石刻之時，卻在青森森的石壁上泛起一圈奇妙的漣漪，彷彿堅實的岩層瞬間化成一片縹緲的水面。

洞外的霧氣更重了，漣漪接連不斷地出現，宛若溪流，潺潺流轉，以「沈括」二字為核心擴展到整個北壁，所有的題刻都隨著岩波搖曳，如同全體都被賦予了生命力，在濃霧中顯得格外怪誕與抽象。

羅中夏與小榕對視了一眼。小榕道：「看來我猜得不錯，高陽裡洞只有身懷筆靈者才能進入。」不知何時，小榕已經輕輕拉住了羅中夏的手，然後把另外一隻手伸向「沈括」二字，五指居然深深沒入岩壁之中，像是把手伸進深潭裡一樣。

小榕毫不猶豫，挺身而入，整個人都慢慢沒入其中。羅中夏一驚，下意識想把她拽出來，小榕又用力拉了拉，示意他不要怕。羅中夏沒奈何，只得咬咬牙，也跳進這一潭古怪岩壁中去。

在跳進去的瞬間，一絲疑惑閃過他的腦海：「小榕她不是有詠絮筆嗎，為什麼還特意要我祭出青蓮呢？」

就在他們兩個人步入高陽裡洞的同時，柳苑苑也緩步走入一群逃亡者的棲身之地。

顏政與諸葛一輝看到柳苑苑，俱是一驚，齊聲喝道：「妳把十九怎樣了？」柳苑苑冷冷掃視他們一眼，沒有說話。王爾德與諸葛淳從她身後走過來，兩名筆童扭著十九的胳膊，她的脖頸前還架著一枝飛筆。

「你們最好不要輕舉妄動，殺生可是誰都不願意做的事。」柳苑苑警告說。

「一路追蹤到這裡，辛苦你們了。」秦宜絲毫不見驚惶，從彼得和尚身旁站起身來，神態像平常打招呼一樣。

柳苑苑射來兩道銳利的目光：「妳可知道背叛主人的下場是什麼嗎？」

「生不如死嘛，和替他幹活也沒什麼區別啊！」秦宜滿不在乎地說，「何況我從來就沒忠心過，談不上背叛。」

「哼，主人早就知道妳和韋勢然在南明山約好了，以為隱瞞得很好嗎？韋勢然如今自身難保，我勸妳早想清楚的好。」聽完她的話，秦宜還是笑盈盈的，只是上翹的紅唇多了一絲勉強的抽搐。

柳苑苑這時把注意力轉向仍然躺臥在石板上的彼得和尚，本來鋒利如刀的視線變得有些柔和。

「情東，你當初為何不說出那句話呢？」

彼得和尚苦笑一聲，金絲眼鏡顫巍巍幾乎要從鼻子上滑落：「貧僧沒什麼好辯解的，都是我的錯。」

「這麼多年來，我顛沛流離，吃盡苦頭，你卻躲進寺廟裡落個清閒，倒還真是六根清淨啊！」柳苑苑的話中充滿了憤懣與嘲諷。彼得和尚對此輕嘆一聲，沒有作聲，等於是默認了。

「若非有主人收留，只怕我早死了。你說得對，我一個外姓人，有什麼資格搶你們韋家的筆？所以主人給了我一枝筆靈，一枝當我再次遇見你時可以令你明白我痛楚的筆靈。」

彼得和尚開始劇烈地咳嗽起來，柳苑苑的筆靈似乎對他造成了極大的壓迫，彼得和尚孱弱的身體根本無法負擔如此之大的愧疚。

「妳的筆，究竟是什麼筆？」諸葛一輝忍不住開口問道，他也算得上是一個筆痴，精通諸家名筆，可柳苑苑的筆靈他卻認不出來。

柳苑苑不屑道：「主人的見識，不是你們這些諸葛家的小輩能理解的。」

秦宜和顏政想要過來幫彼得和尚的忙，卻被他掙扎著攔住了。彼得和尚強忍著痛苦從石板上坐起來，雙手合十道：「苑苑，我負妳良多，就是萬刃加身，亦不能償。」

「那你現在就死好了，我不要你萬刃加身，只要一刃加身就成。」柳苑苑冷冷道。王爾德不失時機地甩過一枝飛筆，恰好插在彼得和尚身旁的石壁中。

彼得和尚拔出飛筆，緩緩道：「我若依言而行，妳能否不再糾纏我的這些朋友？」

「你究竟信不信我？」柳苑苑突然問道，口氣和當日在韋家藏筆洞前一模一樣。

「我信。」彼得和尚回答，苑苑的筆靈在他身上施加的壓力，幾乎已到了極限。突然「啪」的一聲，他的右眼鏡片裂出了一道縫隙。

彼得和尚拔出飛筆，正欲刺向心臟，手腕猛地一疼，飛筆已經被顏政打落。

「彼得你瘋啦？女性雖然不能騙，也不至於這麼實在啊！」顏政衝他大吼，然後轉過來對著柳苑苑，問了一個極突兀的問題，「柳小姐，妳還愛彼得嗎？」

柳苑苑一瞬間有些不知所措。

「快回答我，是或者不是，不要想。」

「他死了最好。」

「嗯，惱羞成怒，是因為說中了心事吧。妳看，妳甚至不敢直視我的雙眼。」

說來也怪，顏政這麼說著，柳苑苑確實把視線游移開了，她發覺不對勁，趕緊移回來，可顏政已經下了結論：「果然是吧，目光游移，飄忽不定。」

柳苑苑自從負傷離開韋家，再沒有與人相戀過。說到男女情感之事，哪裡是顏政這種資深人士的對手，輕易就被牽著鼻子走了。

就連王爾德在一旁聽了，都咋舌不已，佩服道：「顏，你太令人驚嘆了。我和柳小姐雖然百年好合，也沒你了解得這麼深入。」

柳苑苑盛怒之下，回手搧了王爾德一個耳光：「注意你的用詞，誰與你百年好合！」王爾德摸著熱辣辣的臉頰，心中不解，明明別人告訴他中文「百年好合」是形容同事之間的友誼就像交往了一百年那麼深厚，柳小姐為何如此大發雷霆？

顏政此時占盡優勢，得意揚揚道：「柳小姐，對自己要誠實一點。妳根本不想讓他死，又何必演這齣戲呢？大家都放下偽裝，高高興興地百年好合，不是很和諧很完美嘛！」

秦宜也趁機道：「對啊對啊，柳姐姐您也老大不小了，那些陳年舊事何必計較呢，彼得大師都知道悔過了，易求無價寶，難得有情郎啊！」

這兩個人一唱一和，生生把岩洞裡的肅殺氣氛攪得七零八落，柳苑苑哭笑不得。

正在他們談話的時候，身後的岩壁開始浮現奇特的漣漪，像是一滴水濺入池塘。漣漪一圈一圈地擴大，逐漸覆蓋了側面的石壁，甚至有層層微微的石浪翻湧。

最先發現異常的是諸葛一輝，他覺得周遭環境不對勁，面色一凜。他悄無聲息地挪動身體，伸手過去試探，卻發現手可以輕易伸入石壁，就像是伸進水裡一樣，而且十分冰涼。

更令他驚駭的是，岩壁液化的趨勢正在擴大，這個岩洞本來就不大，過不了幾秒恐怕就會擴展到整個洞壁甚至地板，屆時所有人可就是在水面一般的岩壁包圍之下了……他想開口示警，可又覺得不應該告訴柳苑苑一干人。

正在他躊躇間，柳苑苑已經受夠了顏政與秦宜一唱一和的廢話，她前胸一挺，蛾眉稍立，大聲道：「少囉唆！彼得和尚，你到底自不自盡？你若貪生怕死，我就先把這姑娘殺了，然後再料理你們！」

話音剛落，所有人突覺腳下一空，身體急速下滑，原本堅實的石地在一瞬間似乎變成了爛泥塘——不，更像是深潭底部那冰冷徹骨的水一樣。只有諸葛一輝情知不妙，急忙向後退去，先脫離了這一片區域。

他們的身影很快就淹沒在岩石之海中，未留下任何痕跡，只剩下諸葛一輝、王爾德與數枝筆童站在原地不知所措。

1 沈括，宋朝官員，著有《夢溪筆談》；王子京，宋朝官員，曾任轉運司判官；黃顏，宋朝官員，曾任中允；李之儀，宋朝詞人，自號姑溪居士。

2《夢溪筆談》，北宋沈括所著，原共二十六卷，收錄題材廣泛，包含天文、冶金、兵器、數學、理化、氣象、水利等，是科技史上的重要著作之一。

第十一章 海水直下萬里深

最初的感覺是一片黑暗，無比深沉的黑暗。周身都被黏稠的東西包裹著，雙腳踏不到堅實的地面，只能像游泳一樣不停地蹬動。

「這裡就是高陽裡洞？」

羅中夏目不能視物，只能緊緊握著小榕的手。黑暗給了他一個絕好的理由，於是少女滑嫩細膩的手被他肆無忌憚地握住。

小榕沒有表現出抗拒，她安靜地浮在羅中夏身旁，一動不動，聽到羅中夏問起，方才回答道：「容我想想。」

他們現在處於一種奇妙的懸浮狀態。四下俱是一片黏稠順滑的介質，身體被深深浸泡在這片介質之中，既不會下沉，也無從上浮，就像是被裹進一大團黑漆漆的膠質果凍裡一樣。他們就這麼漂浮著，動彈不得，就連時間也似停滯了一般。

好在除了視覺以外，其他四感尚在，甚至還能聞到一股隱隱的清香味道從黑暗中傳來。

羅中夏聳了聳鼻子，覺得這香氣似乎在哪裡聞到過。小榕忽然伸過一隻手來，劃開黏液，伸到羅中夏胸前點了點，輕聲道：「你覺得周圍這些東西像什麼？」

「果凍吧……」他老老實實回答，這是他貧瘠想像力的極限。

小榕撩起幾縷黑暗，輕聲吟道：「黝如漆，輕如雲，清如水，渾如嵐[1]。」

羅中夏讚道：「妳這幾個比喻很貼切，可比我強多了。」他也抬手揚了揚，雖然目不能視，卻能感覺到有絲絲縷縷的黑暗從指縫滑過，十分柔順，頗為舒服。

小榕道：「這乃是古人詠物的句子，但你可知是詠的何物？」

羅中夏一愣：「詠物？這四句難道不是說的周圍這些玩意兒？莫非古人也陷入過這種黑暗中？」

小榕道：「這四句乃是出自明代大家方瑞生的一本著作，而那本書的名字與我們身處的環境有莫大的關係……」

「那本書叫什麼？」

「《墨海》。」

聽到這兩個字，羅中夏恍然大悟，難怪自己能夠聞到那股奇特的香氣，原來那竟是墨香。在鞠式耕為他做特訓的時候，羅中夏沒少蘸墨寫字，對這味道本是極熟。

「也就是說……我們現在正身處墨海之中？」羅中夏忍不住開始想像自己已經被墨水泡成了歐巴馬的樣子。

小榕點頭道：「這墨海不是尋常之物，可不要忘了我們剛才是如何進入裡洞的。」

「沈括？」

「正是。」小榕似乎已然想通了諸多要素之間的關聯，顯得胸有成竹，「沈括此人，擅長製墨。以他的題壁為鎖鑰，裡洞內又灌以墨海，再正常不過了。說不定這墨海之局，就是沈括當年親自設下的，果然很妙。」

羅中夏對沈括了解不多，只得保持著沉默。

「你還記得當時進洞的情形嗎？」小榕忽然問。

「記得啊，整個岩壁像是化成液體，直接把我們給吸進來了。」

「那便對了，岩壁化液，正是沈括至為鮮明的特徵，爺爺說得果然沒錯。」小榕的語氣不覺興奮起來，握住羅中夏的手不覺攥緊了些，「《夢溪筆談》裡曾有提及，沈括一生最為得意的煙墨發明，恰好就叫延川石液。我們所處的墨海，只怕都是這延川石液研磨出來的呢！」

羅中夏道：「可我們要怎麼擺脫這些石液，去找韋勢然啊？」石液也罷，煙墨也罷，光知道這些名字，對於解決當前的問題，並沒什麼實質意義。

小榕伸過手來按在他的胸口，沒頭沒腦地問了一個問題：「墨是用來幹嘛的？」

「用來寫字。」羅中夏有些莫名其妙。

「是的，用來寫字，可怎麼寫呢？」

「用毛筆啊……呃？」羅中夏一下子也明白過來。

小榕的指頭輕輕敲了下他的胸腔，「筆墨成字，紙硯載文。想要解開墨團，自然就得用筆啊！這延川石液的墨海，我猜並非實體，乃是沈括殘留的元神所化，所以只能用筆靈來破開。倘若沒有筆靈，就算強行闖入裡洞，只怕一落下來便會被活活悶死呢！」

羅中夏「嗯」了一聲，試著運起胸中青蓮，青蓮筆聽到召喚，振奮而出。說來也怪，青蓮一出胸口，四周的石液墨海立刻朝它湧來，縈繞在筆端久久不散。

「爺爺說高陽裡洞非持筆靈者不得入內，原來就是靠這個辦法來篩選。」小榕喃喃道，羅中夏心中疑雲更盛。

小榕說她自己進不得高陽裡洞，可她明明自己有詠絮筆，為何一直要靠著青蓮筆來驅趕墨海呢？

這時小榕又握了握羅中夏的手道：「這片墨海既然是延川石液，那麼用沈括的本詩便能解得更快。我念一句，你學一句。」

羅中夏點點頭。小榕湊到他耳邊，啟唇輕讀，一串銀鈴般的美妙聲音直入耳中：「二郎山下雪紛紛，旋卓穹廬學塞人。化盡素衣冬未老，石煙多似洛陽塵。」

這是沈括所寫的詠墨詩。當日他巡閱鄜、延二州，發現當地有黑水流出，燃燒後產生的煙灰收集起來，可以製墨，且墨質遠高於松墨，遂召集人手大舉製造，並命名為「延川石液」。他對此發明十分得意，自言「此物後必大行於世，自余始為之」，並賦詩一首，留於筆談之中，就是這一首〈延州詩〉。

此詩就造詣立意而論，不算上乘，只是應景之作，但用於高陽裡洞的石液墨海之中，卻是再合適不過了。

隨著羅中夏口中念出〈延州詩〉，青蓮筆在半空開始以舞蹈般的優雅姿態往復書寫，彷彿被一隻看不見的大手握住，在墨海中肆意揮毫。羅中夏的靈魂中寄有懷素禪心，因此太白的青蓮筆飛舞起來，隱然有懷素狂草筆勢。

隨著〈延州詩〉一句句吟出，青蓮筆青光綻放，四下墨海彷彿被筆毫的毫尖吸引，化作陣陣墨濤，被青蓮筆牽引著來回旋轉。整片墨海流轉的速度明顯加快，羅中夏和小榕能感覺到墨汁在耳邊呼呼流過。

待得青蓮筆蘸飽了石液墨汁，在空中帶著十幾條墨色綢帶縱橫飛旋。當最後一個「塵」

字從羅中夏口中念出之時，整片墨海已然被青蓮筆吸得精光，寫成半空中二十八個龍飛鳳舞的大字。

這二十八個大字吸盡了墨海最後一滴石液墨汁，羅中夏和小榕頓覺周身一鬆，緩緩落下，這才感覺到雙足踏到了堅實的地面。一直到這時候，小榕才放開羅中夏的手，讓後者多少有些悵然。

此時周圍已不再是一團墨色，晦暗幽冥。兩人直起身子，仰脖觀望，借助著這些毫末微光環顧身邊環境，赫然發覺自己竟置身於一尊極其巨大的丹鼎之內，而那些光芒，正是這大鼎泛射出來的。

這尊丹鼎闊口圓腹，鼎耳的紋飾獰厲而有古風，鼎壁聳峙四周，如崇山峻嶺，少說也有幾十公尺之高。鼎爐的質地非石非銅，似是無數細碎金玉鑲嵌而成，使得表皮泛起斑斕光彩，頗為炫目。

羅中夏與小榕此時所在的位置是大鼎底部，儼然如深壑谷底。他們抬頭遙望鼎口，看到那二十八個墨字本來在鼎口盤旋，此時沒了青蓮筆的支持，字墨慢慢融解，重新匯成一片烏黑的墨海，將整尊丹鼎重新蓋住——原來這鼎爐是用延川石液來做蓋子的。

退路被墨海遮斷，羅中夏並不十分擔心，反正只要有青蓮筆在，隨時可以出去。他借助著丹鼎本身的光芒觀察四周，發現這鼎底的面積十分開闊，少說也有半個足球場那麼大。底部從四個邊緣逐漸朝中間抬上，最終在鼎底的正中間凸起一個盤龍紐的鼎臍。

而在鼎臍之上，居然還有一位老人，看姿勢是端坐在盤龍紐上，一動不動。羅中夏與小榕對視一眼，小榕按住胸口，顰眉道：「應該是爺爺。」

抬腿要向前走去，羅中夏一把拉住她，低聲道：「小心，這裡虛實未知，謹慎些好。」說完他運起青蓮筆，輕聲念了一句「龍參若護禪[2]」，立刻有數株幻化出來的參天大樹拔地而起，把他們兩個團團護住。

這也是羅中夏事先準備好的李白詩句之一，可以幻化出類似《魔戒》裡的樹精一樣的東西，雖然沒什麼實質性的戰鬥力，但多少能當試探陷阱的炮灰來用。

在龍樹護衛之下，兩人小心地朝中央走去。走得近了，便看得更為清楚，坐在鼎臍上的那白髮老者，果然就是韋勢然。他此時盤腿而坐，雙手擱在雙腿之上，掌心向上，雙目緊閉，鼻翼兩側各有三道深可見溝的皺紋，比羅中夏上次見到他還要老上數分。衣服多有破損，像是被火焰燎過一樣。

奇特的是，他兩鬢白髮時而飄起，時而落下，似乎身下有什麼巨大的生物在仰鼻呼吸，一翕一張，有節奏地向上噴出氣流。

「爺爺？」小榕叫了一聲，語氣裡充滿了焦慮。

韋勢然緩緩睜開眼睛，當他看到是小榕的時候，不禁一怔：「妳怎麼能來到這裡？莫非是秦宜……」話音未落，小榕身後的一個人影映入他的眼簾。

「羅中夏？原來是你帶她進來的。」老人咀嚼著這幾個字，還保持著原來的姿勢，眼神卻放出不一樣的光芒。

「是我。」

羅中夏不知該對他擺出什麼樣的表情，只得板起臉來，乾巴巴地回答了一句。青蓮筆懸浮在半空，隨時監視這老頭，看是否有什麼詭計。

小榕又向前走了一步：「爺爺，是我央求他帶我來的。您有危險，我能感覺得到，小榕是來救您……」說到這裡，她的表情陡然一變，胸部劇烈起伏，整個人幾乎要暈倒在地。

羅中夏大吃一驚，趕緊一把攙住她，看到小榕軟綿綿地倒在懷裡，雙眼噙淚，面露痛苦之色，心中大為憐惜，不禁抬頭朝韋勢然吼道：「你做了什麼？」

韋勢然嘆了口氣，擺了擺手道：「我被困在這鼎臍之上，動彈不得，稍動就有性命之虞，你們不要再靠近了。你看這裡。」

韋勢然指了指自己身下。羅中夏這時才看到，在老人的身體下是一方青磚大小的硯臺，恰好鑲嵌在鼎臍之中——他就端坐在硯臺之上。以硯臺鼎臍為中心，鼎底伸展出數條微凸的線脊，這些線脊圍著鼎臍畫出來一個模糊的太極圖。

剛才小榕就是邁入了太極圖的範圍之內，才會忽生異變。羅中夏抱著小榕後退了幾步，她的表情這才稍微舒緩了些，只是呼吸仍舊不甚暢通，白皙的臉龐越發顯出一種病態的透明，整個人陷入昏迷之中。

「羅小友，我們真是有緣分。長椿舊貨店、雲門寺、高陽洞，每次管城七侯臨世，你我總能相逢。」韋勢然的聲音聽起來有幾分疲憊，幾分感慨。

「哼……這到底是怎麼回事？小榕她怎麼了？」羅中夏沒好氣地問道。

韋勢然丟給他一粒藥丸，讓小榕服下，又指示他把小榕抱得離太極圈遠些。小榕身上的異狀，這才有所緩解，雖然仍未甦醒，呼吸卻均勻多了。

「筆塚主人的用心，真是奪天地之機，不是我們這些凡人所能揣摩的。」韋勢然這時候居然還好整以暇地拍了拍膝蓋，晃頭感慨。羅中夏剛要發作，韋勢然緩緩舉起一隻手讓他安靜，轉了一種口氣道：「這些事也不必瞞小友你，你該知道，這南明山的高陽洞裡寄寓著管城七侯中的一枝。諸葛家那些笨蛋一直把注意力放在石梁與雲閣崖，卻沒人想到這淺淺的高陽洞內居然另藏玄機。我前幾日親自到了南明山，參透了進入裡洞的關鍵在於沈括的題壁，便想闖入一探究竟。」

「哎喲喲，您居然親自上陣，身先士卒，實在難得。」羅中夏諷刺地插了一句。當日他們拚盡全力破開了王羲之的天臺白雲筆，卻被尾隨而至的韋勢然坐收了漁翁之利，此後他一直耿耿於懷。

韋勢然道：「在雲門寺你也見到了，為了鎖住天臺白雲筆，筆塚主人花了多少心思來構築困筆之局，又是智永的退筆塚，又是辯才怨靈，甚至連青蓮筆都計算在內，環環相扣，緻密至極。我原以為那已經是極致，可沒想到筆塚主人在這高陽洞內設下的困局，竟還在雲門寺之上！」聽他的口氣，是真的十分敬佩。

「什麼極致？不就是沈括的石液墨海嗎？有什麼稀奇。」羅中夏不屑道。

「石液墨海不過只是個蓋子而已，真正的玄機，你已經身處其中了。」韋勢然突然一指四周，「你可知這鼎是什麼鼎？這硯又是什麼硯？」

「嗯？」羅中夏一下子被問住了，這爺爺與孫女一脈相傳，都喜歡讓人猜謎語。

「彼得或者諸葛一輝沒告訴你南明山中最著名的兩塊摩崖石刻是什麼嗎？」

羅中夏立刻答道：「葛洪的『靈崇』與米芾的『南明山』，今天我已經都看到過了。」

韋勢然點頭道：「不錯。而這大鼎，就是葛洪的煉丹鼎；這硯，卻是米芾從宋徽宗那裡討來的紫金硯。」

相傳米芾是個硯痴，一日覲見宋徽宗時，為其寫完字以後，竟朝宋徽宗身後伸手一指，說陛下您能否把桌上這方硯臺賞賜給我。宋徽宗知道他是個硯痴，又愛惜他的書法才能，遂賞賜給了他。這一方紫金硯從此聲名大噪，在歷史上留下了名字。

想不到今日竟在這裡看到了實物，還被韋勢然坐到了屁股底下。

「其實，你不覺得在整個南明山的摩崖石刻裡，有一個人的地位一直很奇特嗎？」韋勢然忽然換了一個聽似完全無關的話題。

「是誰？」

「處郡劉涇。」

韋勢然這麼一說，羅中夏忽然有了些印象。諸葛一輝曾經提及他的名字，似乎是與米芾同一時代的人。南明山兩大鎮山之題壁——葛洪「靈崇」與米芾「南明山」，與這個處郡的劉涇關係密切。葛洪的字下，唯有劉涇的議論讚頌最為顯要；而米芾的題壁，乾脆就是劉涇親自請來的。

「難道說，這個劉涇其實也是筆塚主人的化身？」羅中夏猜測。這並不是什麼毫無根據的推理。在雲門寺的時候，他們就發覺筆塚主人曾經化身蕭翼，從辯才手裡騙來〈蘭亭集序〉。他在唐朝這麼幹過，沒有理由不在宋代也幹一次。

羅中夏想到這裡，呼吸有些急促：「這麼說的話，莫非葛洪與米芾的筆靈，就是藏在這裡的七侯之一？」

「非也非也，這鼎與硯只是鎮守筆靈的器物，卻還算不上筆靈。但小友你想，葛洪、米芾何等人物，其地位比起李白、王羲之亦不遑多讓，他們親手用過的器物，那也是上上之品。而筆塚主人竟不惜把這兩位高人的鼎、硯藏在這深山裡洞之內，設成一個精密繁複的筆陣，作為鎮護看守之用，可想而知，這藏在高陽洞裡的七侯之一該是何等尊貴！」

羅中夏道：「聽起來你已經全都了然於胸了嘛！」

韋勢然苦笑道：「你還沒看到嗎？我若了然於胸，何必困在筆陣裡枯坐等死？」

「什麼？」羅中夏一愣，旋即明白過來。韋勢然的言談太過鎮定，他幾乎忘了這老頭如今是身處險境。

韋勢然拍了拍膝蓋，頹然道：「唉，年紀大了，腦子不中用。我闖過石液墨海來到鼎中，滿心以為大功告成。結果進入這葛洪鼎以後，卻過於輕敵，反被困在了這個陣裡，如今根本動彈不得。」

「這是個什麼樣的筆陣？」

韋勢然道：「我知道小友你對我疑心頗重，為了證實我所言不虛，也只好拚上我這把老骨頭再試著破解一次了。」

他揮手讓羅中夏抱著小榕再退遠幾步，然後右手食指與中指一併，用一層水霧把自己籠罩起來。做完這些以後，他略一欠身，從紫金硯上站了起來。

羅中夏忽然在心裡冒出一個念頭：韋勢然這個老狐狸，身上的筆靈到底是什麼？

他的屁股甫一離開硯臺，那鼎臍上的盤龍紐立刻發出嗞嗞之聲，高溫氣流狂湧。

緊接著，立刻有一股金黃色的火焰從鼎臍噴射而出，嘩啦一下，瞬間燒遍了整個太極圈。從羅中夏的角度看過去，整個太極圈都在火焰中躍動起來，就像是點燃了一堆熊熊燃燒的巨大篝火。他感覺腳下的鼎壁溫度也在悄然升高，而且速度很快，只幾個轉念，就已經燙得有些站不住腳了。

這火焰明亮狂野，像是自己擁有了生命一樣，不時爆出來的火星如同野獸的雙眼在睥睨獵物。很快整個碩大的鼎腹都開始變成暗紅色，讓人絕望的高溫化作無形的火龍，昂起赤紅頭顱圍繞著丹鼎，彷彿要再現葛洪當年煉丹的盛景。

就在羅中夏搜腸刮肚地想什麼可以降溫的詩句時，火焰突然消失了，就像它出現時一樣突兀。韋勢然有些狼狽地坐回硯臺上，他的衣服又多了幾個破洞，連鬍鬚都被燒去了一半。鼎內又恢復了清冷幽暗的境況。

「羅小友，你現在可相信我是在這困局之中了？」韋勢然問，羅中夏尷尬地點了點頭，心裡有些慚愧。韋勢然微微一笑，繼續道：

「你看到鼎壁上那些細碎閃爍物了嗎？乃是葛仙翁當年煉丹時所用的丹火固化而成。丹火之勢極其猛烈，全靠這方米芾硯壓在鼎臍樞紐之上，方能鎮住。五行中硯臺屬水，紫金硯本來就是硯中水澤最盛的一種，米芾通靈的這一方水相更為顯著。憑著這個，紫金硯才能勉強壓制葛洪丹火，不致噴發出來把這鼎爐重新點燃。」

「可為何你一離身，火就燒上來了？按道理，硯與鼎之間的水火，不應該是自動平衡的嗎？」

「這困局妙就妙在了這裡。這其中還有個故事，這紫金硯是宋徽宗賞給米芾的。徽宗這人寫得一手好瘦金體，他送出之前，忍不住在硯臺上題了『雲蒸霞蔚』四字，卻錯題在了硯池淌口，使得水墨研磨不暢，平白洩了這方硯臺的水氣。因為是御筆所題，米芾也不敢磨去，便一直保留下來。」

韋勢然低頭指了指硯臺，羅中夏站在太極圈外看了看，果然隱約可見四個漢字。

韋勢然繼續道：「我猜筆塚主人拿這硯臺來封丹鼎布局之時，一定是故意掩住這四字，使紫金硯剛好克制丹火。若是有人闖入高陽裡洞，他必須身懷筆靈。筆靈本是才情所化，那『雲蒸霞蔚』四字是徽宗親書，也有了靈氣，感到有才情臨近，便會從硯池淌口浮現。這一顯露，令硯臺少洩水氣，原本脆弱的均衡狀態就會被立時打破。紫金硯便無法完全克制丹火，非得這闖入者坐在硯臺之上，以血肉之軀補其缺漏，才能繼續維持水火平衡——倘若我剛才起身不再坐回去，丹火在一分鐘內就能燃遍整個鼎爐，我們根本一點逃跑的機會也沒有。」

「你知道得如此詳細，怎還會上當？」

「小友你說顛倒了。我是陷入此局以後，每日枯坐，無其他事情可做，只好反覆推敲，希冀能有個破法。」韋勢然長長嘆息一聲，抬首望著鼎蓋的無邊墨海，「如今我盡知其妙，卻還是破解不開。筆塚主人這困局實在精巧，若非沈括墨海，若非葛翁丹鼎，若非米芾之硯，若非徽宗的題字，非這四者齊備，是斷然弄不出這等封印的。」

羅中夏也隨之仰望鼎口，他最初以為石液墨海只是為了排除那些沒有筆靈的人，卻沒想到還有如此之深的一層含義。無筆靈者不得其門而入；而有筆靈者雖能得入其門，卻會觸動硯臺上的徽宗題字，令自己身陷囹圄。

筆塚主人這一心思，當真是神鬼莫測。

為了封住這枝筆，居然牽涉了沈括、葛洪、米芾、宋徽宗四位古人，這比封印王羲之的天臺白雲還下功夫——這筆靈到底什麼來頭？

韋勢然彷彿看透他心中所疑，搖搖頭道：「別看我，我也不知道。」

這一老一少陷入了暫時的沉默，誰也沒有說話，鼎底又陷入了奇妙的安靜。

韋勢然看了看仍舊躺在羅中夏懷裡的小榕，眼神流露奇特的光芒，那是一種介於憐愛與愧疚之間的複雜神情。

「我本以為除我之外，不會再有人能闖入裡洞。想不到小榕這孩子，不光領悟了高陽洞的玄機，居然還把你給找來了。」

羅中夏道：「我還以為是你故意把我誘過來替你當槍使的，就像在雲門寺時一樣。」

韋勢然哈哈大笑：「恕我直言，小友你的青蓮筆雖然威力無儔，在這裡卻是半分用處也沒有。」

羅中夏聽到這話，心中一陣輕鬆，雙肩驟然鬆弛下來。原來小榕真的是走投無路找我幫忙，原來她並沒有騙我。他欣喜地垂下頭去，少女仍舊倒在他的臂彎裡，瘦弱的身子微微顫抖著，緊閉雙目，長長的睫毛上還掛著兩滴淚珠，惹人無限憐愛。

這還是他們兩個第一次如此親密接觸，羅中夏想把她抱得更緊些，卻陡然感覺到小榕體內的筆靈有些古怪。他注意到，自從小榕踏入那個太極圈，就變得虛弱不堪。

「這是怎麼回事？」羅中夏急忙問道。

韋勢然淡然道：「我不是說過了嗎？能來到這裡的人，都要經過筆陣本身的挑選，不是筆塚吏是不行的。太極圈是這丹鼎的樞竅所在，自然比整個丹鼎的結界限制更為嚴格。」

「可是……」羅中夏說到這裡，突然停住了。

他想到小榕在高陽洞裡一直不願亮出詠絮、事事都要青蓮筆打頭陣的古怪行為，抬起頭來想問問韋勢然。

可就在他開口之時，他們的頭頂傳來撲撲簌簌的聲響。羅中夏與韋勢然同時舉目，只見鼎口墨海翻滾，黑浪滔天。

「又有客人來了呢，今天這高陽裡洞好生熱鬧。」韋勢然唇邊露出一絲笑意。

1出自方瑞生《墨海》中評斷好墨的標準。
2出自李白〈春日歸山寄孟浩然〉。

第十二章 雕盤綺食會眾客

丹鼎上空的石液墨海翻騰了一陣，倏然朝著兩邊分開，如同摩西面前的紅海。有數人被半透明的墨水包裹著，緩緩自天而降。

等到他們降下一半的高度時，羅中夏已經能夠看清來者的身分：彼得和尚、顏政、秦宜、十九，還有那個又矮又胖的諸葛淳和一個三十多歲的美豔女子。

他們六個人中，秦宜與彼得和尚同在一個墨團之中，其他四人各據一個，五個墨團一起落下。羅中夏用肉眼甚至可以辨認出墨團中那一閃一閃的筆靈。麟角、畫眉、如椽、五色，還有一枝從未見過的筆靈，想來是屬於那女子的。這五星徐徐而落，配上墨黑般的天穹，頗有幾分古怪的聖潔感。

「這到底是怎麼回事啊？」羅中夏仰望天空，喃喃道，對這個古怪的組合迷惑不解。韋勢然也眯起眼睛，朝天上看去，他的視線在每個人身上都停留了片刻，嘴唇慢慢嚅動，不知在說些什麼。

羅中夏很快發現一個奇怪的地方。其他幾人各自都有筆靈，通過墨海並不奇怪，可彼得和尚沒有筆靈，怎麼也能下來？他再仔細一看，發覺彼得似乎受了重傷，一直被秦宜懷抱著。

「難道沒有筆靈的人，只要被筆塚吏帶著，便也能闖入裡洞？」

羅中夏想到這裡，陡然一驚，他忽然想起來，小榕闖入高陽裡洞的時候，很主動地一直握著自己的手，直到兩人落到鼎底，方才鬆開，旋即虛弱倒地。

莫……莫非小榕不是筆塚吏？

說什麼蠢話！小榕的詠絮筆自己不是親眼所見嗎？何況就算現在，都能感覺得到小榕體內筆靈特有的呼吸，在自己的懷抱裡異常真切。

懷抱……嗯……

羅中夏突然沒來由地背後一陣發涼，他還沒來得及扶起小榕，就看到十九那冷冰冰的視線直射過來，像她的柳葉刀一樣鋒利，輕易就刺穿了自己。

此時其他幾個人的墨團也破裂開來，陸續踏上了葛洪丹鼎的鼎底。

諸葛淳甫一落地，發現自己左邊是十九，右邊是顏政，嚇得一溜煙跑到柳苑苑身後。別人還好，顏政可是諸葛淳最害怕的傢伙之一，他在醫院裡那次凶悍的演出徹底嚇破了諸葛淳的膽子。

柳苑苑厭惡地瞪了這個懦弱的傢伙一眼，不知為何主人堅持要派他來參加這次行動。她環顧一下四周，發覺形勢對己方不利，自己和一個廢物要對付三個，不，四個筆塚吏，難度可著實不小。

不過在那之前，還有一個人需要打個招呼。

「勢然叔，這一切都是你策劃的？」她冷冷地對老人說道。

韋勢然對柳苑苑的出現倒是毫不吃驚，穩穩端坐在方硯上，笑道：「真慚愧，這一次可不是。妳看連我自己都陷入筆陣，動彈不得。」

「哦？」柳苑苑白皙的臉上露出驚訝的表情，不過稍現即逝，「這是你開的拙劣玩笑，還是另外一個圈套？」

「唉，難道我在你們的心目中，就只有這兩種形象嗎？」

「在主人眼中，你這頭老狐狸和那頭小狐狸，都是不可信賴的。但是你們居然勾結到了一起，倒有些出乎我的意料。」

柳苑苑冷冷說道，旁邊秦宜衝她做了一個鬼臉。在針對彼得和尚等人的圍攻中，秦宜非但沒有完成隔離羅中夏的任務，還幫助彼得和尚逃離包圍，使得整個行動功敗垂成。若不是柳苑苑跟蹤及時，恐怕她一直到現在還與王爾德兩手空空地在南明山上轉悠呢！

韋勢然道：「妳家主人和我只是合作關係，談不上信賴不信賴。我自行其是，他坐享其成，這都是事先約定好的。至於我如何做，他又如何享，全憑各自造化。我如今運氣不好，陷入筆塚主人布下的筆陣之內。就這麼簡單。」

柳苑苑冷哼一聲，不再說什麼，轉過頭去看了一眼羅中夏：「原來這就是青蓮筆的筆塚吏，看起來也不怎麼樣嘛！褚一民居然死在了他手上？嘖。」

「是死在了妳家主人手裡。」韋勢然提醒。

「連這麼個毛孩子都打不過，形同廢人，何必留存呢？」

關於這句批評，羅中夏並沒注意到。他如今把全部注意力都放在了如何避開十九的目光上。為了不顯得刻意迴避，他略帶尷尬地與顏政交換了一下失散以後各自的情況。

原來彼得和尚他們休養的那個岩洞，正是與高陽洞相反山體對向的凹窟，其實與高陽洞中間只隔一層薄薄的石壁。適才羅中夏觸發了沈括的機關，讓整個岩體都被波及，這一處凹窟也連帶著被液化了。

顏政看了看小榕，又看了看十九，帶著調笑對羅中夏道：「這才是你真正的劫數啊，朋友。」

羅中夏讓顏政暫且扶住小榕，訕訕湊過去要對十九說話。不料十九只冷冷說了兩個字：「走開。」

他嚇得立刻縮了回來。

這時韋勢然拍了拍手，把這葛洪鼎、米芾硯構成的筆陣之厲害約略一說，說得在場眾人個個面色大變。他們落地不久，只覺得這鼎幽靜清涼，卻沒想到其中藏著如此厲害的殺招。倘若真是韋勢然推測的那樣，只怕這一干人誰也逃不出去。

「我可不信！」柳苑苑大聲道，「只憑你空口白話，就想嚇浪我們嗎？」她話說得中氣十足，腳步卻一直沒有向前靠去。對於這個實力深不可測的老狐狸，她還是有那麼幾分忌憚。她身後的諸葛淳更是大氣不敢出一口，唯恐別人把注意力轉向他。

韋勢然道：「我這硯下就是丹鼎大火，一旦離開，屆時大家　起被葛洪丹火燒作飛灰，直登天界，豈不快哉？」

鼎內一下子安靜下來，此時這裡的氣氛就如同那筆陣一樣，保持著一個精巧、脆弱的均衡。一共有九個人，卻分成了三派。韋勢然和小榕、秦宜顯然是一邊的；柳苑苑與諸葛淳站在他們的對立面；羅中夏、顏政、彼得和尚與十九是中立的第三方——每一方都有麻煩，韋勢然動彈不得，小榕又虛弱不堪，只剩秦宜勉堪一戰；諸葛淳是個膽小如鼠的廢物，柳苑苑孤掌難鳴；至於第三方，羅中夏面對十九的怒氣噤若寒蟬，到現在也不敢直視。

大家你望望我，我望望你，彼此眼中都流露出不知所措的神情。這八個人之間的關係錯綜複雜，實在不知是該先大打一場，還是先求同存異，逃出生天再說。這個高陽裡洞內的鼎硯之局，儼然變成了一個尷尬的牢籠。

「如果要打起來的話，恐怕會是一場混戰啊！到底最後仍舊站著的人是誰呢？」顏政饒有興趣地自言自語，「至少我希望不是韋勢然。」

「為什麼？」羅中夏心不在焉地問，他現在的心思，被對小榕的擔心、對十九的愧心和對鼎硯筆陣的憂心交替衝擊著，懷素的禪心搖搖欲墜。

「因為他若是從那方硯臺上站起來，我們就都死定啦！」顏政自顧自哈哈大笑。能夠在這種情況下還有心情講冷笑話的，就只有顏政一個而已。

十九和柳苑苑同時怒目瞪視，覺得這男人簡直不可理喻。韋勢然卻頗為欣賞地瞥了他一眼：「你就是顏政？」

「正是，顏是顏真卿的顏，政是政通人和的政。」

「處變不驚，從容自若，真是有大將之風。」韋勢然點點頭稱讚道，「不愧是宜兒看上的男人。」

顏政面色絲毫不變，笑嘻嘻一抱拳道：「我對秦小姐也是十分仰慕的。」

秦宜眼波流轉，也毫不羞澀地站起身來，咯咯笑道：「你們兩個，絲毫也不顧及人家面子，就這麼大剌剌說出來，羞死人了——我給你的筆，可還帶在身上嗎？」

顏政張開五指：「一直帶著哩。」

顏政的畫眉筆是秦宜從韋家偷出來的，後來被他誤打誤撞弄上了身，這麼算起來的話，他們兩個確實頗有緣分。

柳苑苑這時沉著臉喝道：「好一對寡廉鮮恥的男女，你們未免也太沒緊張感了吧？！我們之間的帳，還沒算清楚呢！」

秦宜立刻頂了回去：「按輩分，我得叫您一聲姨哩。您的少年感情生活不幸，可不要遷怒於別人喲！再說了，幸福就在妳跟前，妳不抓，能怪得著誰？」她伶牙俐齒地一口氣說完，大大方方挽起了顏政的手臂，同時朝著彼得和尚別有深意地看了一眼。

柳苑苑大怒，她冰冷嚴謹的表情似乎產生了一些憤怒的龜裂：「我的事，不用妳管，你們乖乖受死就好！」

「把我們幹掉？這計畫很好啊，那麼然後呢？自己孤獨地在鼎裡煢煢孑立，終老一生？哦，對了，妳不用孤獨一生，妳還有那個矮胖子陪著，在這丹鼎裡雙宿雙棲。」

秦宜詞鋒銳利，她說得爽快，突然下頷一涼，一道白光貼著她臉頰飛過，卻原來是一枚繡花針。柳苑苑微微屈起右拳，指縫裡還夾著三枚鋼針，冷冷道：「妳再多廢話，下次刺到的就是妳的嘴。」

秦宜毫不示弱，立刻振出自己的麟角筆，化出數把麟角鎖浮在半空，遙遙對準柳苑苑，嘲笑道：「苑苑姨，我這麟角筆妳是知道的——不知妳的筆靈是什麼來歷？不妨說來聽聽。」

柳苑苑的筆靈真身一直是個謎，它看似微弱，只能牽出人內心的愧疚，別無他用。但僅此一項能力，卻盡顯強勢。秦宜雖然一直與「他們」打諢，卻也不知詳情。

柳苑苑傲然道：「妳不用知道，也不會想知道的。」柳眉一立，兩道銳利視線切過虛空，高聳的胸前灰氣大盛，很快匯聚成一枝筆頭傾頹如蓬的紅頭小筆。

一時間兩枝筆靈遙遙相對，鼎內原本稍微緩和下來的氣氛陡然又緊張起來。

就在衝突即將在兩個女人之間爆發的時候，一個聲音忽然插了進來：「秦小姐、苑苑，容貧僧說兩句話如何？」

說話的原來是一直沒吭聲的彼得。他在雲閣崖那一戰受傷甚巨，加上又講了那一大通往事給秦宜聽，實際上已是心力交瘁，面色蒼白得嚇人，每說一句話都讓人覺得他命懸一線。那副金絲眼鏡殘破不堪，斜架在鼻梁上，看起來頗有些滑稽。

柳苑苑冷哼了一聲，卻沒有阻止。秦宜笑道：「彼得叔叔要講話，做姪女的我怎能不聽呢？」隨即也收起筆靈來。她當日潛入韋家，曾自稱是韋情剛的女兒，按照她當時的說法，論輩分確實該叫彼得和尚一聲叔叔。

彼得和尚向韋勢然略一鞠躬，起身道：「出家之人，本該六根清淨，不問俗事。可惜貧僧入世太深，不勝慚愧。與勢然叔您有失親之疑；與秦小姐您有奪筆之仇；與十九小姐有家族之爭；與苑苑妳有負心之愧；與羅施主、顏施主兩位又有同伴之誼，可以說愛恨情仇，交相縱橫。」

他所說句句屬實，這鼎內的一干人等，彼此之間的關係無不是錯綜複雜，難解難分，此時聽到彼得和尚說出來，眾人心中均暗暗點頭。

彼得和尚大大呼出一口氣，顯然是在極力壓制體內痛楚。羅中夏有些擔心道：「我說彼得，實在堅持不住就別說了，反正若是真動手，我們也不會輸。」

彼得和尚搖搖頭，繼續道：「若在別處相逢，貧僧也不好置喙。但我們現在都身陷鼎硯筆陣，身涉奇險，動輒就有性命之虞，就應該暫時拋卻往日恩怨，想想破局之法才是。像適才那樣仍執著於爭鬥，勝又何喜？最後只會落得兩敗俱傷而已。」

他這番話說得，多少有些偏袒柳苑苑。如果真是打起來，這邊青蓮、如椽、畫眉、麟角四筆外加彼得，對那枝不知名的紅頭小筆與五色筆可是有壓倒性的優勢。

柳苑苑如何聽不出來弦外之音，她雖擺出一副不領情的表情，紅唇嚅動幾回，卻沒出聲呵斥。她身後的諸葛淳聽到彼得的提議，卻喜從天降，忙不迭地點頭道：「彼得和尚你說得很對，很對，這時候需要團結才是。」

十九卻不依不饒地叫道：「諸葛家的人是殺害房斌房老師的凶手，我怎能與他們合作！」

顏政在一旁勸道：「哎，沒說不讓妳報仇，只是時機不對嘛！妳就算殺了他們全家，也是出不去的，豈不白白浪費生命？」

「能為房老師報仇，死而無憾。」十九斷然道。

「就算妳自己不出去，也得為別人著想一下嘛！」

顏政看了眼羅中夏，這不看還好，一看更讓十九火頭上升：「哼，他自去快活，關我什麼事？」

顏政心裡暗暗叫苦，心想不該把這醋罈子打翻，連忙換了個口氣道：「就算是為妳自己吧，殺害房斌老師的真正凶手，還活得好好的，妳跟這幾個蝦兵蟹將同歸於盡，有何意義？」

十九一聽，言之有理，剛閉上嘴，柳苑苑卻忽然發作了：「姓顏的，你說誰是蝦兵蟹將？」

顏政身為畫眉筆的傳人，對美女向來執禮甚恭，此時被突然質問，連忙分辯說：「我說諸葛淳呢！」

諸葛淳最怕顏政，被罵到頭上居然不敢回嘴，只得縮了縮脖子，硬把虧吃到肚子裡去。

柳苑苑見他如此沒用，暗自嘆了口氣，把視線轉到彼得和尚那裡去，語調出乎意料地溫和：「情東，那你說，該如何是好？」

彼得和尚道：「貧僧以為，既然這鼎硯是筆塚主人設下的一個局，那麼必然就有化解的辦法。」

這話是一句大實話，只是全無用處。大家聽了，都有些失望，先前都以為彼得和尚能有什麼智計，想不到聽到的卻是這麼一句廢話。

韋勢然坐在紫金硯上，不禁開口道：「賢侄，你這話等於沒說。」

彼得和尚微微一笑，對韋勢然道：「對別人來說是，對勢然叔你來說，卻並非如此吧？」

韋勢然不動聲色，只簡單地說了句：「哦？」

彼得和尚緊接著道：「永欣寺那一戰，我雖未親臨，也聽羅、顏兩位施主詳細描述過。筆塚主人鎖筆之法固然精妙，勢然叔你破局之術更是奇巧。先是引出辯才鬼魂毀掉退筆塚，又用青蓮絆住天臺白雲，種種籌劃，十分細緻。」

羅中夏和十九聽到這些，臉色都不太好。那一戰他們徹底被韋勢然玩弄於股掌，白白為他人作了嫁衣。

「勢然叔你既然能設下這麼精密的陷阱，事先必然對筆塚主人設下的存筆之局知之甚詳。永欣寺如此，這高陽洞的祕密，就未必不在您掌握之中。」

韋勢然拍拍膝下硯臺，苦笑道：「關於永欣寺的祕密我如何得知，我可以說給你們聽。但這高陽洞我若盡在掌握之中，哪裡還會被困在這裡？」

彼得和尚道：「勢然叔您的秉性我是知道的，向來都是先謀而後動，不打無準備之仗。您說您貿然闖入高陽洞內，恐怕難以讓人信服。」

韋勢然大怒：「那要不要我站起身來，大家一起燒死，你便信了？」

彼得和尚不慌不忙：「勢然叔不必做出這態度給我看。您身陷囹圄，貧僧也是親見的。只不過依勢然叔的風格，一貫是借力打力，從不肯親自動手的。」他略微休息，環顧一圈，又道：「秦宜小姐與勢然叔您是一路，她把我們救去高陽洞的對側，等苑苑的追兵一到，恰好一同陷入石液墨海。這其中應該不是什麼巧合吧？」

今日在南明山上的一場混亂，導致參與者的思維都被攪亂，一直渾渾噩噩。此時聽彼得和尚分剖清晰，細細琢磨，才覺得其中大有奧祕可挖。

羅中夏這時開口道：「這不合理啊，彼得。小榕找我，原是背著韋勢然的，他怎能算準小榕和我幾時到高陽洞，幾時鑽入裡洞呢？」

彼得和尚道：「高陽洞要靠有筆靈的人才能觸發液化，但卻並非一定要青蓮才行。秦小姐、苑苑，無論是誰，同樣都可以觸發。所以我想勢然叔最初的計畫，本來是打算把我們誘入洞中，而你卻應該是被排除在外的。想不到小榕卻意外去找你來，這才誤入高陽洞內。」

「呃？」羅中夏的心情不知是喜是憂，不由得多看了一眼仍舊半暈半醒的小榕。

韋勢然好整以暇盤腿而坐，瞇著眼睛聽彼得和尚說完，徐徐道：「姑且假定賢侄你所說不錯，你能得出什麼結論呢？」

「倘若我推斷不錯，這鼎硯之局，勢然叔一個人是破不了的。破局取筆之法的關鍵，一定就在我們之中，甚至可能就是我們。」

彼得和尚這一言既出，眾人俱是一驚。柳苑苑心跳驟然加速。她本來到南明山的任務，只是擒獲這一干人等，但若是連七侯也拿到，主人定然更加高興。她看著侃侃而談的彼得和尚，心中塵封已久的情緒竟有些悄然萌動，從前那個只在自己面前口若懸河的少年韋情東，竟和現在這面色蒼白的和尚重疊到了一起。

啪啪啪啪。

韋勢然連續拍了四掌，稱讚道：「人說韋家『情』字輩的年輕人裡，要數韋情剛最優秀。如今看來，他弟弟韋情東竟絲毫不遜色，甚至多有過之。」

「承蒙誇獎。」彼得和尚淡淡回答。

「這麼說，你承認是早有預謀了？」柳苑苑大聲道，她急切想知道如何脫離此局，如何拿到此筆。

韋勢然慢條斯理地瞥了她一眼：「妳這孩子，急躁的脾氣一點都沒改。倘若當日妳肯聽情東分辯幾句，何至於有這等誤會，以致一個遁入空門，一個誤入歧途？」

「輪不到你這韋家棄人來教訓我！」柳苑苑被說中痛處，大為恚怒，縱身欲上。

彼得和尚連忙上前按住她的肩膀，輕聲道：「苑苑，莫急。」

柳苑苑被他按住肩膀，掌心熱力隱隱透衫而入，心中一陣慌亂，連忙甩開：「我怎樣，用不著你來管。」彼得和尚本來身子就虛，被她一甩，倒退了數步搖搖欲倒，柳苑苑下意識要去扶住他，卻在半路硬生生停了下來，暗暗咬了咬牙。

顏政上前，將彼得和尚扶住。後者喘息片刻，抬頭問韋勢然道：「勢然叔，我說的那些推斷可對？」

韋勢然與秦宜對視一眼，秦宜朝後退了一步，臉色卻有些難看，勉強笑道：「你若想告訴他們，儘管說好了。我們是合作關係，我只負責引人進來，別的可不管。」

韋勢然點點頭，從懷裡取出一卷書，扔給彼得和尚，口氣頗為嚴峻：「你雖未全對，卻也所差不遠。究竟如何破局，全在這書中，只是……唉，你自己看吧。」

彼得和尚接過書來，原來是一卷《南明摩崖石刻》的拓印合集，八十年代出的，不算古籍。他信手一翻，恰好翻到別著書籤的一頁，低頭細細看了一遍，面色「唰」地從蒼白變作鐵青，雙手劇烈抖動，幾乎捧不起書來。

「這……這……筆塚主人怎會用到如此陰毒的手段？」彼得和尚虛弱而憤怒的聲音在鼎內迴蕩。

第十三章　冰龍鱗兮難容舠

眾人都被彼得和尚的反應嚇了一跳，這一本拓印究竟藏了些什麼，竟惹得一貫淡定晏如的彼得和尚如此失態。

羅中夏率先開口問道：「彼得你怎麼了？裡面寫了什麼？」

彼得和尚沒理睬他的問話，金絲眼鏡後的兩道目光銳利無比射向那老人：「這難道是真的嗎？」

韋勢然沉痛地點點頭：「不錯，這是真的。我原本似懂非懂，一直到坐在這硯臺之上，方始明白。」

「不可能！筆塚主人天縱英才，有悲天憫人之心，豈會是這種陰損毒辣之輩！」彼得和尚厲聲叫道。

韋勢然道：「你若別有解法，也不妨說出來，老夫十分歡迎。」彼得和尚答不出話，面色煞白。

韋家與諸葛家的筆塚吏雖然爭奪千年，但有一點是相同的，那就是對於筆塚主人奉若神明。彼得和尚雖已破族而出，對筆塚主人的尊崇卻是絲毫不變。

柳苑苑緩聲道：「情東，你到底看到了什麼？」

彼得和尚聲音如同一個癟了氣的輪胎，有氣無力，他把書卷打開對柳苑苑道：「苑苑妳自己看吧。」

柳苑苑打開這一頁拓片，原來是一首刻在石壁上的七絕，拓印水準很高，反白墨印清晰可見：「青泥切石劍無跡，丹水含英鼎飛出。仙風絕塵雞犬喧，杉松老大如人立[1]。」落款是處州劉涇。這七言絕句寫得中規中矩，未有大錯，亦未有大成，通順而已。

柳苑苑大惑不解：「這詩，又怎麼了？」

「這個處州劉涇，其實就是筆塚主人的化身之一啊！」

彼得和尚說罷，輕輕閉上眼睛。

韋勢然接著他的話說道：「南明山整片摩崖石刻，如葛洪與米芾的手跡，都是劉涇苦心經營而來，並一一加以品題，以示標徵，卻唯獨留了這一首自己的詩句下來，必有緣故。誠如賢侄所說，有局必有破法，而鼎硯筆陣中的鼎、硯既已在摩崖石刻中有了提示，破法自然也被深藏其中。」

柳苑苑也是頭腦極聰明的人，略加提示，稍微想了下，忽然悟道：「青泥切石劍無跡，莫非指的就是懸在裡洞外的石液墨海？」

韋勢然道：「不錯，第二句中的丹水二字，意指葛洪丹鼎與米芾紫金硯。至於這鼎飛出，便是暗示這蘊藏的丹火一飛沖天的圈套。」

「那後兩句呢，難道就是暗寓破局之術？」十九也被吸引過來，拋下羅中夏與顏政兩個不學無術的傢伙，加入討論中來。

「仙風絕塵雞犬喧，這裡用的是一人得道、雞犬升天的典故，儼然是個解脫之勢，而關鍵就在於最後一句。」韋勢然點了點指頭。眾人去看「杉松老大如人立」一句，字勢寫得銀鉤鐵畫，蒼勁有力。

「嗯？」柳苑苑和十九此時已忘了敵對身分，湊到一起大皺眉頭。秦宜在一旁看得不耐煩，開口道：「哎呀，真笨，妳們想想，在這鼎爐之內，有什麼東西是最像杉松的？」

「難道是……筆靈？」這一次說話的居然是羅中夏，憑著鞠式耕的特訓與懷素禪心，他也猜出八、九分來，面色亦漸漸變白。

韋勢然道：「不錯，看來羅小友已經窺破了玄機。筆靈無人不活，於是詩句後面又加了『如人立』三字，說的分明就是筆塚吏了。」他指頭又指向第二句：「丹水含英，丹水含英，只有丹水含英，方能有鼎飛出——筆塚吏，就是這『英』啊！」說到這裡，他的聲音變得至為沉痛。

說到這裡，在場所有人都已明白筆塚主人這破局之詩的用意了，個個心中無比震駭。

「丹水含英」，含字乃是正意，意味著要將筆塚吏送去米芾紫金硯與丹鼎之火之間，以體內筆靈作為燃料，耗盡丹鼎飛出的火元，所藏七侯方能「仙風絕塵」，得以出世。

筆塚吏本是人間罕有的機遇，非福緣深厚者不能為之。而這筆陣居然把筆塚吏當作消耗品，毫不吝惜，生生要用他們與筆靈的性命耗盡鼎中火元，才能破開此局。這等視人命如草芥的破局之法，真是駭人聽聞，殘酷無情到了極致。

回想起來，筆塚主人於那洞口密布石液墨海，非筆塚吏不能進入，本以為是沙汰無關之人，想不到竟是為了替鼎爐挑選燃料。

無怪彼得和尚如此激動。筆塚主人正是為了留存才情，方才煉就筆靈，開創了筆塚一道。是以諸葛、韋兩家的歷代筆塚吏無不遵奉創始人的精神，對筆靈呵護有加，幾乎已成為牢不可破的最高戒律。以筆靈為材料的筆童被列為絕對禁忌，正是出於對筆靈的尊敬。

而現在的破陣之法，卻把這最高戒律踐踏無餘，等於是筆塚主人的核心理念自我否定，怎能不叫這些筆塚吏震驚。這……這跟殉筆餘孽又有什麼區別？

「沒……沒有別的解法了嗎？」顏政舔了舔嘴唇，這種凶悍的辦法，就連他心中都一陣惡寒，極力不願去想。羅中夏把仍舊昏迷不醒的小榕小心交到顏歧千裡，然後獨自走到韋勢然面前。

「你剛才阻止小榕走進這太極圈內，是否就是怕她被丹鼎火元化掉？」

「小榕的詠絮是玄陰之體，碰到這種至陽火元，自然是不行的。」

「你的目的，就是把他們都誘入鼎裡，統統燒死，你好取筆，對嗎？！」

羅中夏語氣驟然嚴厲起來，韋勢然至今雖然劣跡斑斑，最多不過是利用別人，如果這次真的像羅中夏猜想的那樣，可就真的觸及了底線——要鬧出人命了。

出乎意料，這一次解圍的卻是彼得和尚：「貧僧以為，勢然叔並非如此歹毒之人。入洞之前，誰都不知其中藏著葛洪鼎、米芾硯，又怎能參透劉涇詩句中的寓意呢？我想，勢然叔只是在入洞之前猜測破陣需要多枝筆靈之力，便安排秦宜誘我等來此，他自己先行入洞勘察，結果誤中圈套被困筆陣。至於鼎火焚筆的玄機，我看多半是勢然叔困守方硯之上，有了閒暇觀察四周環境，才想透的。」

韋勢然呵呵一笑，捋髯讚道：「賢侄目光如炬，真是天資過人。」

十九忍不住問道：「難道……除了焚燒筆靈，就沒別的法子了嗎？」

韋勢然道：「老夫是沒什麼法子了，也許賢侄能想到些什麼？」

彼得和尚搖搖頭，重新坐回地上，剛才那一番滔滔言辭消耗了他本來就不多的體力。他的舉動，讓周圍的人心中都是一沉。秦宜不知從哪裡又變出一罐紅牛，遞過去給他。柳苑苑見她對彼得和尚舉止輕浮，不知為何心中有一絲惱怒，這種情緒她自己都難以描摹。

羅中夏站在圈中，突然大喝一聲，從胸中振出青蓮筆，青光綻放。

「你要做什麼？」顏政和柳苑苑同時問道。

「我只是不想大家都死在這裡罷了。」羅中夏在青光中淡淡答道。在綠天庵外，他曾經因為怯懦而放棄了自己的同伴，最後自己反被放棄的同伴所救。這一根內疚的尖刺，從來不曾真正消除過，每到特定時刻，就會拱出來令自己痛苦不堪，提醒自己的怯懦。儘管沒人責備他，甚至沒人提及那件事，但他急切地想要彌補與贖罪，否則便永遠不可能達成一顆真正的禪心。

「冰龍鱗兮難容舠[2]！」

隨著一聲高亢的詩句從口中噴出，一條巨大白色冰龍從青蓮筆端飛出，鱗爪俱是冰凝而成，晶瑩剔透，纖毫畢現。這龍身軀極長，稍稍仰脖就幾乎搆到了頭頂的石液墨海，連鼎內都感受到它的低溫，周圍空氣甚至都有點點結晶飄浮。

青蓮筆所化出之物，是與筆塚吏本身的李白詩悟性和精神力息息相關的。能形成如此規模的冰龍，羅中夏消耗的精神絕對不少，若非接受過鞠式耕培訓，決計是化不到這等程度的。

「羅小友，你體內的只是青蓮遺筆，能力有限。若你打算用冰龍壓制鼎內火元，是絕不可能的。」韋勢然望著冰龍，開口提醒道。

羅中夏卻不答話，他此時正全神貫注，貿然開口便會分神，輕則冰龍潰散，重則反噬自己。那冰龍在半空回轉片刻，便慢慢朝下游來，姿態優雅，龍頭逐漸貼近了韋勢然與米芾紫金硯。眾人都注意到，冰龍的冰晶一接觸到太極圈，便立刻熔掉。可見火元之盛，這冰龍怕是連靠近都沒有辦法。

就連專精冰雪的詠絮小榕靠近太極圈，都會被燒至昏迷不醒，遑論這條僅靠能力幻化出來的冰龍呢？！

冰龍不甘心地盤旋了數周，突然龍頭一抬，發出一聲清嘯，朝著天頂飛去。眾人同時仰望，只見那條龍矯躍飛旋，扶搖直上。就在它即將飛臨洞頂墨海時，冰龍做了一個完全出乎大家意料的舉動，一頭扎進墨海裡去。

其實「扎」這個字形容得不夠準確，冰龍並不是完全把身軀都扎進去，而只是探進去一個頭。與此同時，它的身軀拚命搖擺，龍尾伸長幾乎接近鼎底。正像是一幅蛟龍入海圖，海色純黑，龍體純白，兩下輝映煞是醒目。

大約過了五秒鐘，一個奇異的景象出現了。墨海圍繞著冰龍入頭的地方泛起了小小的漩渦，而冰龍質地也忽然發生了變化——從脖頸開始，原本晶瑩剔透的冰軀開始染上淡淡的墨色，隨著時間推移，墨色愈來愈重，而被浸染的區域也逐漸從脖頸開始朝著軀幹擴散。

從鼎底的角度看上去，就好像是這條冰龍正試圖把整片的墨海吸入體內一般。

「莫非他想把墨海吸乾？那也沒什麼用處啊！」

顏政大惑不解，他不敢驚擾全神貫注的羅中夏，彼得和尚又閉目養神，只好去問秦宜。

秦宜抿著嘴想了一陣，忽然笑起來，挽起顏政的手臂道：「你說，這冰龍像什麼？」

顏政看了眼冰龍，這冰龍頭懸墨海，已有一半身軀染上了墨色，脖頸處更是烏黑一片，顯然已完全被墨海侵蝕。頎長無比的身軀在虛空中一圈一圈盤轉而下，龍尾恰好搭到鼎底。

就像是……就像是一座冰雕玉砌的盤山懸橋！

顏政恍然大悟，可隨即又有了一個疑問：「可是這樣的橋，真的能走上去嗎？不是說青蓮筆幻化出的，都不是實體嗎？」

這時韋勢然道：「冰龍本是青蓮筆幻化出來的，只具其冷，而不具其質，本是不能做橋的。可羅小友巧思妙想，驅使冰龍吸墨，墨海乃是實體，經過冰龍身軀便可凍成一條實在的墨橋。而且洞頂墨海被吸光以後，也便不會成為離開裡洞的障礙，真是一舉兩得。」

經韋勢然這麼一說，眾人均有醍醐灌頂之感，不覺對羅中夏多了幾分尊敬。原本他們都把他當作一個半路出家的小毛頭，至今才知其已非吳下阿蒙。十九看了看躺倒在地的小榕，又看了看一臉凝重的羅中夏，心中頗不是滋味。

正在他們談話間，那條冰龍已經吸足了墨海，通體泛起墨黑色的冰晶光澤。洞頂墨海似乎被吸去三分之二還多，就像乾旱水塘中所餘不多的幾汪水窪，而這條冰龍身軀凍成的墨橋，也已經初具了規模：不僅用一圈圈龍盤接續的方式減低了傾斜度，而且每一圈的鱗甲都朝上形成一片片凹凸，成了方便落腳的天梯。

羅中夏這時控制著青蓮筆朝冰龍墨橋一指，說道：「雪山掃粉壁，墨客多新文[3]！」

這兩句李白詩批此情景絕佳，一陣飛雪吹過，墨橋登時又凍硬了幾分，墨冰稜角分明，光芒愈盛。

做完這一切，羅中夏長長出了一口氣，身子委頓下去。他從未試過控制青蓮筆做這麼大的手筆，無論意志還是體力都消耗極巨，甚至連開口說句「我已完成了」都不能。顏政一個箭步過去扶住他的身子。

十九本想第一個衝過去，可見顏政身子一動，遲疑片刻，就晚了，只得停住腳步。她見到羅中夏殫精竭慮的模樣，心裡又喜又氣，複雜至極，連忙把視線轉去別處，無意中瞥到柳苑苑正一直盯著彼得和尚——那副神情，就和剛才的自己一模一樣。

顏政扶著羅中夏，叫道：「喂，大家各自帶好傷患，我們趕緊上去。」十九這才回過神來，發現秦宜已經攙起彼得和尚，柳苑苑站在一旁，想要幫手卻又拉不下面子，還在猶豫；而小榕依然躺倒在地，唯一能帶上她的，就只剩身旁的十九一個人罷了。

對十九來說，擺在面前的是一道極難的題目。她的視線不由自主地又掃到羅中夏臉上，那張熟悉的面孔如今變得極度疲憊，五官卻有一種奇妙的滿足感，大概是什麼心結被解開了吧。末了十九銀牙暗咬，終於俯身將小榕橫抱起來。少女體質極輕，又有著淡淡涼意，十九抱著她，心中五味雜陳。

這時秦宜忽然道：「哎呀，可是即便如此，我們還得有一個人留下壓制米芾紫金硯。」說完她看了眼韋勢然：「否則鼎火一起，恐怕我們還沒爬上去，這冰橋就會被燒化了。」

這確實是一個大問題，所有人都盯著韋勢然。倘若此時投票選擇誰留下犧牲，恐怕除了昏迷的小榕以外，大家都會投給這個狡黠的老狐狸。

韋勢然揮了揮手，語氣介於無奈與淡然之間：「不可能有這麼完美的事情。你們爬上去就是了，我反正坐在米芾硯上也動不了。你們逃出去以後，想出解決的辦法再回來找我就是，十天半月老夫我還撐得住。」

他這麼大義凜然，倒是頗令其他人意外。

這時，鼎中忽有陌生的聲音響起：

「我有一個更完美的辦法，不知諸位是否願聞其詳？」

1 出自劉涇〈混元峰〉。
2 出自李白〈鳴皋歌送岑徵君〉。
3 出自李白〈自梁園至敬亭山見會公談陵陽山水兼期同遊因有此贈〉。

第十四章 戰鼓驚山欲傾倒

這一聲，不啻旱地驚雷。鼎內不是特別大，除了他們九人以外，再無旁人。突然冒出一個從未聽過的人聲，自然要驚駭萬分。

眾人紛紛四下掃視，尋找那聲音的來源，那聲音又笑道：「不必找了，我就在你們之中。」

大家包括柳苑苑這才驚愕地發現，說話的，竟是那個最不起眼的傢伙——諸葛淳。

諸葛淳自從掉落鼎底以後，一直沉默寡言，極為低調，因為他們一方勢單力孤，對方陣容裡又有他最怕的顏政。這人一貫膽小如鼠，柳苑苑最看不上眼，只當他是個累贅，也毫不關心。

此時他竟突然說出這麼一句，委實出乎了所有人的意料。

柳苑苑瞪眼叱道：「諸葛淳，你在說些什麼？！」

諸葛淳此時如同換了一個人，原本微微駝著的背陡然直了起來，猥瑣怯懦的五官完全舒展，面孔大變，以往那種畏畏縮縮的模樣蕩然無存，取而代之的是一種從容淡定的氣質，從雙眼中透出一種深不可測的深沉。

但真正讓其他幾個人變了臉色的，卻是他的筆靈。他們大部分都是筆塚吏，很輕易地就感受到了諸葛淳筆靈散發的強大威勢，這種威勢非但沒有絲毫隱藏，簡直就是肆無忌憚地放射出來。

這先聲奪人的無上威勢縈繞在諸葛淳身旁，依次顯現五種顏色，宛如孔雀開屏。赤、青、黃、玄、白。

五色。

真正的五色筆。

五色筆與其他筆靈不同，本是晉代大儒郭璞所煉。可惜的是，郭璞因為說王敦謀反不會成功而被王敦處死，筆塚主人趕來不及，沒有收齊他的三魂七魄，只得暫且收藏起來，直到兩百年後尋到一個合適的孩子寄身，這孩子就是江淹。江淹憑此筆成名之後，筆塚主人現身入夢，以江淹肉身為丹爐，終於把遲了兩百年的郭璞魂魄煉成了五色筆，收歸筆塚，並留下一段「江郎才盡」的文史典故。

因此這五色筆，就有了兩重境界：江淹與郭璞。

諸葛淳的五色筆曾經在市三院與羅中夏、顏政與小榕戰過一次，當時諸葛淳只達到江淹的境界，只能驅動赤、青、黃三色，結果被顏政蠻不講理的自殺攻勢打破，從此嚇破了膽，逢顏必逃。

現在諸葛淳身後竟顯出了五種顏色，毫無疑問，這是郭璞的境界。

五色筆居然就在這個時候覺醒了。

「諸葛淳，這是怎麼回事？！」

柳苑苑喝道，她不是很清楚諸葛淳的底細，她出發之前，主人才臨時安排諸葛淳來協助她。就算此時五色筆已經恢復了五色，在她心目中諸葛淳仍舊是個地道的廢物。

諸葛淳聽到柳苑苑呼喝，露出溫和的笑容：「很簡單，現在這裡我說了算。這是主人的命令，妳的使命已經結束了。」

柳苑面色一變：「可笑！」她嬌叱一聲，三支飛針應聲而出。可惜那三支快若閃電的飛針飛到諸葛淳面前，陡然變慢，像是靜止在半空一樣。

諸葛淳輕輕鬆鬆抓住飛針，把它們丟在地上，慢條斯理地說道：「敵人就在妳身旁，妳非但不去設法幹掉他們，卻要與舊情人合作來對付函丈主人。妳可知道，這已經違背了對主人的誓言，主人會很不高興的。」

「少在我面前裝大瓣蒜，你這個廢物！」柳苑苑大吼一聲，筆靈朝著諸葛淳擊打而去。

「沒錯，諸葛淳是個廢物，可我卻不是。」

諸葛淳一邊說著奇怪的話，一邊巋然不動，雙手抄在胸口。柳苑苑試圖找出他心中裂隙，卻似撞到一面大牆，一無所獲，自己反被那五色光芒晃得幾乎睜不開眼。柳苑苑連忙閉上眼睛，大口大口喘息著，她的筆靈是心理系的，如果打擊落空，很容易反噬自己。

「妳以為主人真的那麼放心，讓妳一個韋家的人獨自處理這一切嗎？」

諸葛淳也不趁機出手，穩穩當當活動著手腕。他說完這一句，把注意力轉向了仍舊坐在方硯上的韋勢然，恭恭敬敬地鞠了一躬：「韋大人，我代表主人向您問候。」

「恭喜你達到了郭璞的境界。」韋勢然保持著一貫的鎮定。

「事實上，我在一開始就已經達到那種境界了。」諸葛淳不失禮貌地糾正他的說法，如同一個面對客戶的靦腆推銷員。

韋勢然眉頭一皺：「這麼說，你一直隱藏在苑苑身邊，其實你才是這一切真正的黑手。」

「也不盡然。五色筆的境界，是可以衍生出不同人格的。你們看到的諸葛淳，只是江淹境界下的我，那並不是演技——說實話，他的怯懦讓我也很頭疼呢！不過現在站在你們面前的，不是他，而是郭璞境界下的我，我叫周成。」周成向每個人都點了點頭，似乎對自己的自我介紹很滿意，他居然笑了。

柳苑苑怨毒地瞪著他，突然問道：「那你怎麼會突然覺醒的？」

「遵照主人的指示，一般情況下我是不會越俎代庖的，一切都交給諸葛淳來處理。他不需要做什麼，只消在旁邊看著就是了。沒錯，諸葛淳是一個監督者。如果柳小姐妳盡心竭力的話，我根本不會有任何動作，只會默默觀望妳的成功。但如果妳有什麼異動——比如現在這種場合——諸葛淳的人格就會沉睡，我則會站出來，努力讓局勢朝著主人喜歡的方向發展。」

「可在綠天庵前，羅中夏打敗褚一民時諸葛淳也在場，為何你不出手相助？」

周成聳了聳肩：「為什麼要出手相助呢？不過是區區退筆小事，勝固可喜，敗亦欣然，褚一民失敗是他能力不足，於主人大業無甚損失。而今日局勢有所不同，七侯近在眼前，錯過機會可就難找第二次了。」

此時的周成文質彬彬，完全是一個滿身書卷氣的謙謙君子。可眾人還是不敢輕舉妄動，他的玄、白兩色光到底是什麼能力，還沒人知道。

「正如我剛才所說的，其實我還有個更完美的辦法。」周成說到這裡，對韋勢然說道，「剛才您說過，您與我家主人的合作原則是『自行其是，坐享其成』，真是一句精闢的總結！

現在我就代表主人坐享其成來了。」

「原來你才是他真正的伏筆。」

「這是自然啦！從一開始，主人就讓我監督您參與的一切行動。」

「你想要怎樣？」韋勢然不動聲色地問。

周成信步走到墨橋旁，用手指敲了敲龍尾邊緣，發出渾濁的聲音，看來凍得是相當結實。他點點頭，笑道：「青蓮筆用冰龍凍出一條墨橋來，固然是個巧思。可惜只能逃命，卻不能解開筆陣取得七侯，未免太過消極。我家主人一向不喜歡這種，不足取。」

「不足取」三字一出口，他眼中閃過一道詭異光芒，不知何處傳來一聲幾乎細不可聞的聲音。

嘎吧。

韋勢然驟然醒悟，大喝一聲：「快散！」

眾人得了韋勢然的警報，無暇多想，立刻四下散去，他們的目光卻不離那架代表了生存希望的冰龍墨橋。只見周成剛才敲擊的龍尾處，居然有了一絲裂縫。裂縫開始只有一指之長，然後飛速延伸擴展，迅速爬滿了墨橋全身，還伴隨著緩慢而陰沉的「嘎吧嘎吧」冰塊破裂聲，極其恐怖。

僅僅只是一分鐘，整座墨橋便變得支離破碎，不堪使用。只聽到「轟隆」一聲巨響，整條龍坍塌下來，橋梁土崩瓦解，無數散碎的墨色冰塊砸在剛才眾人站立之地。這些冰塊一落在地上，立刻被鼎中蘊藏的火元熔化，被禁錮冰中的墨海石液變成絲絲縷縷的黑煙，重新飄散回高陽裡洞的洞頂，黑煙滾滾。

這一下子，可算是徹底斷絕了他們的希望，大家個個面色煞白。周成只是輕輕一敲，就毀掉了羅中夏殫精竭慮做出來的冰橋，他的實力委實深不可測。

周成表情既沒有得色，也不見欣喜，如同做了件稀鬆平常的事情，又信步回到鼎中間來。他拍了拍韋勢然的肩膀，淡淡道：「諸位莫急，倘若別無他法，我亦希望能逃出生天。但剛才你們明明已經參悟出破陣之法，卻囿於道德，不肯使用，當真是暴殄天物。我不得不站出來糾正一下。」

柳苑苑聽到這話，捏緊拳頭，淡眉一立：「你……你難道想……」

「詠絮、麟角、畫眉、如椽……嗯，除去主人不允許動的青蓮以外，至少尚有四枝筆靈。再加上韋大人您和苑苑的筆靈，就有六枝之多，我想怎麼也夠葛洪丹鼎的火元燒了吧？等到火元燒夠了筆靈，鼎硯筆陣不破自解，屆時七侯自然就會現身。」

周成坦然講述著自己的想法，絲毫不加掩飾，語調充滿了歡快的憧憬，似乎說的是遠足郊遊一樣。無可抵禦的惡寒爬遍了每一位聽眾的脊梁，要什麼樣的人才能面不改色地說著如此可怕的事情啊！

「你們說，是不是很完美？」周成滿懷期待地向聽眾問道。

面對這種問題，聽眾們只有無語。柳苑苑見他把自己也算了進去，有些驚愕，把身子靠在鼎壁上不置一詞。

韋勢然忽然陰惻惻地說道：「可焚筆究竟能否脫困，只是我的猜測，未必作得數。」

周成略一沉默，很快便釋然地笑了：「我對韋大人的見識與學問都佩服得緊，您的推測怎麼會錯呢？」

「我若真的有這麼可靠，又怎會被困在陣中等死？」韋勢然一句話問住周成，然後翹起一個指頭，點了點羅中夏，「本來我們可以先逃出生天，再詳加推敲。現在你斬斷了這條路，等於是把自己也置於險地了。」

周成沒有答話，他捏住下巴想了一下，把目光集中到了小榕身上：「如果大家沒什麼異議的話，我們就從詠絮筆開始好不好？」

「你休想！」羅中夏大喝道，他從極度疲憊的狀態剛恢復了一點精神。

「為什麼不呢？」周成看起來很驚訝，「難道你們還想從人開始燒起嗎？」

「你到底想說什麼？」羅中夏皺眉道。

周成先是一怔，隨後露出意味深長的微笑：「原來你還不知道啊！」

「知道什麼？」

周成一指小榕，哈哈笑道：「她不是什麼詠絮筆的筆塚吏，而是韋勢然為詠絮筆奪舍了一具肉身罷了。不過是一具徒有人形的殉筆童，根本不算人類。要犧牲，自然要從她開始。」

羅中夏聞言渾身一震，他急忙回過頭去看小榕。少女依舊昏迷在原地，胸口起伏，呼吸尚在，白皙的面孔下還隱著淺淺的紅暈。這樣一個人，怎麼可能是那種木呆呆的殉筆童？

周成嘖嘖稱讚道：「縱然是我家主人煉的殉筆，也不及這一具靈動鮮活，簡直跟活人沒什麼區別。」

「少說廢話！」

羅中夏和顏政同時怒喝，他們兩個人合作最久，默契程度最高，一起撲了上來。

周成早就預料到要動手，絲毫沒有慌亂，只是背後的五色光芒愈盛。韋勢然坐在硯臺上，想要阻止卻無能為力。他老謀深算，一眼便能看穿，羅中夏的精神已是疲憊不堪，顏政又已在雲閣崖為衝破柳苑苑封鎖而消耗掉了差不多全部畫眉筆的能力。他們兩個對上十足狀態的周成，很難說會占什麼優勢。更何況五色筆中，玄、白二色的祕密，還不曾顯露。敵情不明卻輕軍急進，實在是臨陣大忌。可那兩個人箭在弦上，已是不得不發。

羅中夏口中念誦李白詩句，召來滾滾驚雷，在天空隨時蓄勢待發；而顏政索性猱身近戰，想用拳腳解決掉周成，就好像當初他解決諸葛淳一樣。

就在這時，周成身後黃、青、紅三色光帶颯然飄出，朝著攻來的二人飛去。黃色致欲、青色致懼、紅色致危，被哪一色打中，都是件極其危險的事情。

羅中夏和顏政早見識過這三色的效果，按說應該第一時間避之的，可他們兩個不閃不避，就似看不到一般，仍舊朝前衝去。那三色光帶也不需什麼分進合擊，直通通地就刺穿他們兩個的身體。

可那兩個人被三色光抽打在身上，卻是渾若無事，身法絲毫沒有遲滯。這倒出乎周成預料，他眉頭略抬，略一思忖，便把視線集中在了一個人身上。

秦宜也注意到了他的目光，並不退縮，反而迎著他視線嫵媚一笑道：「你有張良計，我有過牆梯。你現在發現，恐怕也晚了。」

麒麟本是祥瑞，其角能正乾發陽。秦宜的麟角鎖能控制人的神經衝動，而無論是欲望、驚懼還是對危險的覺察，皆是透過神經來實現的。羅中夏和顏政在動手前，已經被秦宜悄悄在他們身體各處的神經元下了麟角鎖，鎖死生物脈衝。這樣一來，就算是他們兩個看到什麼幻象，也沒了什麼感覺，等於是打了一劑麻藥，變得麻木不仁，封鎖了周成的攻擊。

周成在一秒內想通了這一切，但羅中夏和顏政已經欺近了身。周成並不驚慌，雙手輕輕一拍，本來在虛空亂舞的黃色帶與紅色帶驟然合併到了一起，變成了一團橙色，猛然抽彈回來，把他們兩個人籠罩起來。

在一旁觀戰的秦宜面色一變，她沒想到這五色筆竟還能應用配色原理。好在五色筆三原色不全，否則每配出一色就有一種新功能，那這個周成的能力可就是無窮無盡，防不勝防……

而此時被橙光罩住的羅、顏二人，驚覺情況不對，抽身要撤，已是來不及了。黃色的欲望與紅色的危境混合在一起，迸發出的是極度的刺激感——那種對高空彈跳、跳傘、徒手登山等危險活動的追求，從對環境的恐懼中尋求刺激。

在橙色的刺激之下，羅、顏二人腎上腺素毫無節制地開始噴湧而出，他們感覺到的是一股沒來由的衝動，整個人一下子陷入奇妙的興奮中，呼吸急促，雙目圓睜，覺得渾身的血液流速都變快了，細密的汗水從皮膚表面分泌而出。

「快把他們拉回來，否則時間長了心臟會承受不住。」韋勢然雖不知內情，但從他們的表情、動作等細微處還是感覺到了危險的端倪。

聽到韋勢然這麼一說，十九立刻祭出如椽筆，大喊一聲。這呼喊聲經過如椽放大，直刺入耳，隆隆直響，震得羅中夏和顏政半規管一陣震顫，幾乎站立不住。

也幸虧有了身體上的失衡，羅中夏才從那種興奮狀態暫時解脫，他顧不得許多，一把拽起顏政，三跳兩跳脫離了橙色範圍，後退了十幾步方才停下。周成顯然只打算把他們迫退，於是也沒有刻意追擊。羅中夏和顏政花了好一陣子才把狂跳的心臟與脈搏安撫下來，這番折騰對顏政還好，對精神還沒恢復的羅中夏來說實在是雪上加霜。

羅中夏與顏政拿袖口擦了擦汗，暗叫僥倖。倘若任由腎上腺素肆意分泌，只怕幾分鐘內，他們就會心律失常而死。十九走到他面前，遞過一塊手帕，羅中夏剛要稱謝，十九哼了一聲，扭頭轉過身去。

韋勢然瞇起眼睛，回想剛才的交手過程，暗暗有些心驚。這郭璞的五色筆果然不凡，比江淹筆多用兩色還罷了，還多了五色互配的功用，幾乎立於不敗之地。與他對陣，絕不能慢慢纏鬥，唯有以萬鈞雷霆之力一舉爆發，一招得手，才有勝機。眼下在鼎內的這些人裡，幾乎一半以上都喪失了戰鬥力，唯一可能發動這種攻勢的，就只有羅中夏的懷素禪心加〈草書歌行〉了。

可是懷素禪心已經散入羅中夏體內，綠天庵外那一戰已成絕唱。現在就算施展〈草書歌行〉，不知是否還能達成人筆合一的境界。

周成剛才說出小榕的真身，就是為了故意擾亂羅中夏心神。懷素禪心，不得不分出一部分去鎮壓羅中夏的亂心，還能有足夠的精神力來發動攻勢嗎？

韋勢然正暗自思忖，第二輪攻勢已經發動了。

這一次的攻擊除了羅中夏、顏政以外，還多了一個十九。三個人從三個角度撲向周成，十九的刀鋒、顏政的拳勢和羅中夏幻化出來的長劍一起朝周成招呼過來。

「來幾個都一樣。」

周成絲毫不慌，輕輕驅動三色，交相調配，在自己身前構成一片五彩斑斕的屏障。這屏障百色交織，就算這三個傢伙被秦宜加上了封鎖橙色的神經鎖，面對這種變化多端的色彩牆壁也只能徒嘆奈何。

可讓他沒想到的是，最先衝過來的顏政對這些顏色變化視若無睹，整個人穿行其中渾然無事。最初周成以為顏政是用畫眉筆的時間倒流來反制，但他立刻推翻了這個想法，顏政的畫眉筆早就消耗光了，而且他現在雙手也沒泛起紅色。

那麼就只有一種可能。

秦宜用麟角筆把人體神經節全數鎖死，形成一個人體版的全頻阻塞干擾。雖然這一招後患無窮，但此時確實也沒有其他更好的辦法了。

周成想到這裡，唇邊露出一絲微笑。

人體的神經節數以億計，麟角筆能耐再大，也最多只能壓制一人。這些傢伙顯然是打算讓顏政一馬當先，造成全員都被秦宜保護起來的假象，迫使三色光帶後退，好亂中漁利。

「這種對我的不信任，真是令人傷心啊！」

周成喃喃自語之間，三色光帶直取十九與羅中夏兩人。秦宜既然把全部力量都放在了顏政身上，另外兩個人等於是毫無防護，一打一個準。

就在光帶抽中羅中夏的瞬間，羅中夏忽然張開左手手掌，大喊一聲：「劍花秋蓮光出匣！」一柄青湛湛的長劍從掌心伸出。

這是〈胡無人〉中的一句。〈胡無人〉全詩連貫一氣，本是羅中夏目前最強的殺招，但這時局勢瞬息萬變，全詩反不如單句有威力。

十九不失時機地用如椽筆加注在這光劍之上。如椽可增幅非實體的東西，這長劍本是青蓮所化，此時受了增幅，劍脊一抖，陡然放大了數倍，非但整把長劍變成如同斬馬刀般巨大，就連光芒也變得極為耀眼，一時間連那三色光帶的光芒都被蓋了過去。

「好個將計就計。」周成終於咬了咬牙，承認這個圈套用得巧妙。先用顏政轉移注意力，誘使周成把三色光都集中在十九和羅中夏身上，再憑藉他們兩個的能力組合喚出一柄耀眼如日的光劍——任你什麼顏色，如何調配，若是光線太強，也只得暫時喪失了功用。

而這時候，就是已然欺近的顏政的機會了。

周成雖是吃驚，卻還遠遠未到失措的地步。三色被困，他尚有玄、白二色沒動。他身形微晃，避開顏政的拳頭，身後那束白光惡狠狠地衝了過去。

顏政只覺得眼前霎時晃過一道白光，在碰觸身體的瞬間，白光的光芒盡斂，一下子凝成實體。顏政感覺整個身子像被一條鞭子——不，一根柱子重重抽中，生生被捲到了半空，喉嚨一陣翻湧，哇地吐出一大口血來。他全身神經都被封鎖，並沒覺得有什麼疼痛，但靠著生存直覺，他知道自己已是肋骨寸斷、五臟移位，若非感覺盡失，此時恐怕已疼暈過去。顏政拚了全力，喚起左手拇指最後一隻紅光點中自己腰間，隨即重重落在地上。

原本他們只道周成是一個精神系的筆塚吏，沒料到這白光居然與前三者截然不同，竟可以進行實打實的物理攻擊。

以五行而論，白色尚金，質地至正至純。這白帶本質上來說仍屬於光，擁有光的一切特質，卻可隨時碎石斷金，等於是一柄迅捷、收放自如的鐳射槍，威力無匹。

然而攻勢並沒有結束。

趁著周成的白光剛剛擊退顏政的空檔，羅中夏擺脫了那三色光芒的糾纏，在一瞬間高高躍起，揮舞長劍居高臨下地朝著周成刺來，來勢洶洶。

周成連忙召喚白光從顏政身邊回來。白光雖然可以達到光速移動，奈何人腦終究是有極限的，白柱接到命令，散成光線返回周成身邊，再重新凝結，還是花了一點點時間。

在這段極短的時間內，羅中夏的身形已經稍稍偏了一點，白光凝成的實體只來得及撞飛他左手的長劍。

長劍離手，登時化為虛空。可憐羅中夏在半空改變不了去勢，只得硬著頭皮赤手空拳朝著周成撲去。周成不欲置他於死地，但也不想任憑他到處亂跳，心想不妨就趁這機會把他制住，免得多生事端。眼見羅中夏馬上要撞到自己，周成朝後退了半步，雙手做鉗狀，意圖夾住這個不知天高地厚的臭小子。

就在他一閃念的工夫，攻勢第三度起了變化。

在即將接近周成的一瞬間，羅中夏的右手肌肉驟然膨脹，一條綠色的飛龍破掌而出。

周成瞳孔驟然縮小，可是已來不及做任何反應。

羅中夏體內有青蓮與點睛，這是周成熟知的。但是他忘了，羅中夏還有一顆懷素禪心，禪心裡寄寓著綠天庵裡的一條蕉龍。

這，才真正是這一次攻擊的精髓所在。

此時就算羅中夏被什麼情緒影響，都無濟於事。他是半空落下，只受重力左右，即使是羅中夏本身，也無法阻止這一次的攻勢了。

沒有什麼東西能阻止。幾乎沒有。

第十五章　仰訴青天哀怨深

天下本沒有黑光，只有黑暗。

當所有的光都熄滅以後，即是絕對的黑。

黑者，玄也。玄乃是天道。正如宇宙的終途，即是黑洞。

隨著一聲深沉恢弘的轟鳴，羅中夏的蕉龍正正砸中了葛洪鼎底，這一擊，可真是聲勢驚人，強勁無匹，幾乎立刻引起了一陣強烈震動。一圈空氣漣漪從拳中擴散開來，四面鼎壁傳來巨大的轟鳴迴響，如洪鐘大呂，每個人都感受到了腳底大鼎顫抖的節奏，幾乎站立不穩。倘若這一擊是砸在土地或者石地上，只怕是沙飛石裂，留下一個狀如隕石撞擊的大坑。

當大家從震動中恢復過來時，發現原本在鼎內肆流的五彩光帶突然全部銷聲匿跡了，周圍視野又恢復成了正常的靜謐幽暗。而在羅中夏下方，除了鼎底那鏤刻著的玄妙紋飾以外，卻是空無一物。

莫非周成那傢伙被砸成齏粉了？所有人的心中第一時間都冒出這麼一個念頭。

羅中夏一個踉蹌，終於跌倒在地。剛才那一連串令人目不暇接的攻勢，再加上搭建墨橋所耗費的心神，他現在已經是油盡燈枯，再也動彈不得。十九剛才為掩護羅中夏，中了周成一記黃光，正癱坐在地上調息；而秦宜則忙著幫顏政解掉麟角鎖，這種全身封鎖的手法如果持續時間太長，被施術者恐怕就會全身癱瘓，無可逆轉。

柳苑苑靠在鼎壁，刻意與這一群忙碌的人保持一段距離。她本來是與周成同屬一邊，但是剛才周成被圍攻時，柳苑苑卻袖手旁觀，連一個指頭都沒動。她無法解釋自己為何如此，大概是因為周成剛才計算焚筆破陣之時，居然連她的筆靈都算進去了，這種視同伴如糞土的行徑，實在難以激起她同仇敵愾之心。

柳苑苑想到這裡，不由得用手撫住胸前，她的這枝筆靈，可絕不能讓彼得和尚他們知道真實身分。她略帶不安地掃視那群忙碌的人，彼得和尚雙手合十，默默地合目誦經，那副殘破的金絲眼鏡架在他鼻梁上，顯得頗為滑稽。剛才那攻勢，大半都出自他的籌劃，柳苑苑忽然想到，這傢伙身具筆通之能，活用筆靈本來就是他的拿手好戲，隨之又想到兩人少年時代的往事，心中一時五味雜陳。

韋勢然雙手交疊在一起，眼神閃動。剛才那一連串將計就計冉就計的攻勢，頗為出乎他的意料。那三個人裡除了十九，都是半路出家，他們的成長之快，著實令人驚嘆。他捋鬚一頓，不知心中又有了什麼籌劃。其實所有人裡，處境最危險的就是他，就算是羅中夏成功搭成墨橋，恐怕也無法把他從筆陣裡解放出來。可韋勢然卻面色如常，從未有半點驚惶。

「一會兒只能煩勞你再搭一次橋了，唉，真是墨菲定律，什麼事情可能倒楣，就一定會倒楣。」

顏政一邊坐在原地任憑秦宜擺弄他的身體，一邊好整以暇地對羅中夏開著玩笑。羅中夏晃晃腦袋表示聽到了，卻沒力氣回答，他現在想挪動一根指頭都難。

十九這時已經恢復了情緒，面色卻是一片緋紅，喘息未定。她天生性格潑辣，天不怕地不怕，倘若被青光或者紅光打中，也不會有太大創傷；可她偏偏卻是被黃光打中，黃色致欲，恍恍惚惚之間看到房斌走過來，微笑不言，只是輕輕把她擁抱入懷，輕旋慢轉，無限旖旎。

女性與男性對於感官追求截然不同。當初顏政和羅中夏被黃光打中，只見到半裸或全裸的性感女子，注重官能刺激；而女性則更喜歡心情體驗，十九對房斌一直心存愛慕，是以她醒覺以後，覺得剛才的感受妙不可言，卻又大是羞澀，覺得十分不好，根本不敢接觸旁人眼光，就好像剛才的浪漫滿懷眾人皆知一樣。

她正兀自迷亂，忽然覺得身體一輕，起初以為是情緒餘波，還有些迷茫，可當她垂頭一看，不由得發出一聲尖叫。聽到十九的叫聲，眾人俱是一驚，紛紛抬頭去看。原來她的腰部被一條如蛇一樣的白色光帶牢牢纏住，捲舉到了半空中，不住搖擺。

一個開朗到有些做作的聲音從鼎內的一個角落傳出來。

「居然把我的黑色都逼出來了，大家的執著精神好令我感動啊！」周成若無其事地從陰影裡走出來，看起來毫髮未傷。

眾人的表情都很震驚，剛才羅中夏那一擊的威勢是都見到了的，這種程度的攻擊都傷不到他，這傢伙的實力到底有多強啊！

周成撣了撣袖子，笑道：「青蓮筆剛才可著實嚇了我一身冷汗呢，想不到還有這麼一招。不過你們也不必驚訝啦，我也是人類，根本擋不住這種攻擊。只不過我剛巧躲開了而已。」

躲開？說得輕鬆。

羅中夏的最後一擊，是在離周成極近的距離發出，而且是居高臨下，猝然發招，留給周成反應的時間不會超過一秒鐘。

而周成就恰恰躲開了，這種反應速度，莫非就是黑色的效果嗎？

局勢已不容許他們做過多分析，周成操縱著白色光帶把十九在半空拋來拋去，十分凶險。白色是五色筆硬質化的武器，剛才只一擊就打得顏政幾乎喪了性命，這時只要周成動了半點念頭，十九就可能會被攔腰斬斷。

顏政和羅中夏空自焦急，卻是束手無策；秦宜在給顏政摘鎖，也分心不得；而韋勢然困於筆陣之中，小榕昏迷不醒，彼得和尚重傷未癒。

唯一能出手相助的，只剩下一個人而已。

彼得和尚睜開眼睛，向柳苑苑溫和地看去。柳苑苑自然知道他想說什麼，面上浮現一絲不快：「情東，你想讓我背叛主人嗎？」

彼得和尚道：「阿彌陀佛，他們對妳棄之如敝屣，苑苑妳還不悟嗎？」

「哼，說得大義凜然，誰知又有什麼圈套。他們棄我，又關你什麼事？你憑什麼管我？！」柳苑苑不知自己究竟氣惱些什麼，語氣似嗔如怒，竟有些撒嬌洩憤的意思。

彼得和尚嘆了口氣，嗤啦一下撕開僧袍：「苑苑，我的朋友危在旦夕，懇請妳施以援手。貧僧任妳處置，絕不還手。」

柳苑苑面色一變，鏡片後的雙眸像是瞬間破碎的玻璃窗，星星閃閃。

「你現在，只是想讓我殺了你嗎？！」

彼得和尚道：「事急從權。」

柳苑苑怒道：「死！死！你從開始就是，總以為你死了就能解決一切！你知道嗎，我最討厭你這種自以為是！」

「除此之外，貧僧實在不知該如何。」

柳苑苑聲音忽低：「你難道……從不知虧欠了我一句對不起嗎？！」

彼得和尚聽到這句話，不禁一怔。柳苑苑長髮一甩，不再理他，轉身朝著周成走去。

此時十九還在半空被甩來甩去，周成見她過來，笑道：「苑苑妳莫急，主人的心願馬上就可以實現了。」

柳苑苑冷冷道：「我剛才可聽得清楚，你把我也算進焚筆之列。」

周成看起來迷惑不解：「可我已經把妳放到順位的最後了啊，活下來的機率可是很高的哦！」

「哼，先把你焚了，我再取筆給主人！」柳苑苑話音落時，筆靈應聲而出。

周成初時滿不在乎，可當筆靈抵近之時，面色終於有了變化。五色筆強悍無比，卻有一個致命的弱點，那就是雙重境界與人格。郭璞境界匹配的是周成，江淹境界匹配的是諸葛淳，當一個人格與境界覺醒時，另外一個人格與境界就會沉睡在潛意識中。

而柳苑苑筆靈的功能，恰好是揪住對手潛意識裡的糾結並無限放大，等於是用耳光抽醒沉睡的諸葛淳，把他生生拽出來。

倘若在這個節骨眼上把周成打回諸葛淳，那大局也便落定。

原本這招極難實現，周成只消遠遠應對就能憑著三色光把柳苑苑耗死；可他過於輕敵，自視過高，被柳苑苑近身也不曾防備。當周成意識到這一枝筆靈會對自己造成多大麻煩時，已然中招。

「妳……」

周成第一次顯出了怒意，他面部肌肉抽動了一下，疾步後退。白光一下子鬆開十九，擺動了幾下身軀，隱沒在三色光中。黃、青、赤三色齊齊撲向柳苑苑。柳苑苑不閃不避，硬生生頂著三色光，繼續把筆靈的力量傾注入周成體內。

周成又甩出白光，試圖砸飛柳苑苑，卻在即將接近她的時候驟然轉了個彎，砸到了葛洪鼎的另外一側，發出哐噹一聲。眾人大吃一驚，這白光質地硬實，無堅不摧，怎麼一靠近柳苑苑就被彈飛了呢？

韋勢然拍著膝蓋，頷首讚道：「原來如此，柳小姐果然聰穎過人。」

原來她不知何時，把眼鏡摘下來拿在手裡，那白光雖能碎金斷石，終究還是光質，遇到玻璃或者鏡子自然是要反射走的。

周成見白光也失去了效果，自信滿滿的五官開始扭曲，隱然已經恢復了幾分諸葛淳的猥瑣嘴臉。柳苑苑衝到周成面前，一面承受著其餘三色光的鞭打，一面死死盯著周成雙眼，全身幾乎都化作一桿筆。她一個弱女子，竟能同時承受三色浸染精神而不崩潰，其心性之堅定，實在可怕。若非情緒極端到了一定程度，斷然不會如此。

彼得和尚雖開口求她幫忙，卻沒想到她竟如此極端，幾乎是拚了同歸於盡的心。

他拚命想要站起來去阻止，兩條腿卻似截肢了一樣，完全沒有力氣。彼得和尚再想動，卻忽然發現柳苑苑在逼壓周成的同時，似乎在暗自念誦著什麼，表情隨著念動越發痛苦，而她那枝小巧筆靈的尖端，也越發鋒銳。

筆靈煉自才人，無不帶有強烈的個人痕跡，若是懂得如何運用這點，便能催發筆靈最大的潛力。李白詩之於青蓮筆，即是如此。彼得和尚深知此節，此時見到柳苑苑念誦，知道這一定與她的筆靈干係重大。他閉上眼睛，極力傾聽，終於聽出這原來是一首詞。

一首怨詞。

世情薄，人情惡，雨送黃昏花易落。曉風乾，淚痕殘。欲箋心事，獨語斜闌。難，難，難！

人成各，今非昨，病魂常似鞦韆索。角聲寒，夜闌珊。怕人尋問，咽淚裝歡。瞞，瞞，瞞！

這一首怨詞柳苑苑念得愈是憤怨，筆靈糾結的力量便愈是強悍。難怪那三色光對她無濟於事，當一個人的特定情緒達到巔峰之時，其他任何干擾也就都失去了效果。

彼得和尚聽了這詞，面色發白。他熟讀詩書，這一首詞的來歷自然是知道的，心下歉然，喃喃道：「苑苑，是我對妳不住……」他終於明白為何柳苑苑一直不肯說出筆靈名字。

韋勢然在一旁露出恍然大悟的表情：「原來竟是這枝筆。」

秦宜也反應了過來，杏眼圓睜，喃喃道：「原來竟是她……」

只有羅中夏與顏政表情茫然，不知怎麼回事。

這一首詞本是南宋大家陸游的表妹唐琬所作。唐琬與陸游本是兩情相悅，後來卻被父母拆散，各自成了親。兩人後來偶然在沈園相遇，陸游悵然久之，填了一首〈釵頭鳳〉題於壁間；唐琬見到以後，便以這一首〈釵頭鳳．世情薄〉應和，回去之後不久便鬱鬱而死。

柳苑的這枝筆靈，正是筆塚主人為唐琬煉出來的。唐琬才情不彰，煉出來的筆靈本來微弱，但這一首詞寫得至情至性，字句所蘊無不是心血泣成，是以這一枝筆靈的靈力雖不強，單就幽怨一道，卻已偏執到了極致——即便是擅長操控人心感官的五色筆，也要被這筆靈的幽怨所淹沒——所以這筆擅長催化心理偏執，也是有道理的。

而苑苑能被這枝筆靈選中，恐怕也是因為她對彼得和尚這麼多年來持續不斷的偏執憤懣吧。只是這怨筆縱然以怨為主，卻仍存了思念之情，怨而為念，思慕而不可得，柳苑苑的內心深處，對那個韋情東仍是一腔的留念懷戀。

這才是這首〈世情薄〉的主旨所在。

彼得和尚細細一想，便已明瞭，只是為時已晚。

隨著柳苑苑念誦的聲音愈來愈大，周成雙眼開始暗淡無神，那個猥瑣的諸葛淳即將從睡夢中甦醒，他的神情已經占據了三分之一的臉龐。柳苑苑為了抵禦三色光的侵襲，本身情緒達到極致，精神力去得實在太盡，就像是一輛時速三百公里的汽車迎頭撞去，固然破壞力極大，但自己也不免車毀人亡。

換句話說，諸葛淳甦醒之時，就是柳苑苑脫力身亡之日。

彼得和尚直呆呆地望著這一切，徒勞而疲憊。他本希望借助她的力量脫困，卻沒想到又把她送上了絕路。莫非柳苑苑也會如前世筆靈唐琬一樣，為了這一個負了她的男子落得香消玉殞的結果？

「苑苑，對不起！」彼得和尚突然雙手支在地上，泫然欲泣，這十幾年來，他還從不曾如此失態過。

柳苑苑聽到這句，渾身一震，下意識地回眸望去。就在這時，她的精神攻擊出現了一絲裂隙，周成突然之間挺直了胸膛，雙目圓睜，大聲吼道：「諸葛淳，給我滾回去！」諸葛淳的表情彷彿受到驚嚇，立刻從臉龐縮了下去。四色光線霎時熄滅，又陷入一片黑暗當中。

五色筆的終極顏色——黑色，終於又出現了。

當黑色再一次出現的時候，周成消失在所有人的視野裡。

柳苑苑瞪大了美麗而空洞的雙眼，彷彿不相信這一切。她紅唇嚅動，回過頭試圖對彼得和尚說些什麼，末了卻只是身子猛地弓起，噴出一口鮮血，劃出一條弧線潑灑在巨鼎之上，整個人軟軟地朝後倒下去。剛才她的力量全部壓了過去，如今全反噬回來了。

就在她倒下之前，被一道白光接住，攔腰捲起至半空中，再輕輕放低到離地面稍微高一點的地方。周成毫無徵兆地出現在她的身後，冷峻的表情稜角分明，只是不再像剛才那麼從容了。

「這傢伙莫非會瞬間移動？」顏政和羅中夏心裡想。

周成看出他們的疑問，冷冷道：「不，我是走過來的，只是你們的速度實在太慢了。」他雙指一併一分，白光分作了兩條，一條緊緊裹住柳苑苑，一條高高翹起，像是條蓄勢待發的眼鏡蛇。

「這女人真是差點要了我的命。」周成老老實實地感慨道，他對自己的失敗倒是絲毫不避諱，「有那麼一瞬間，我還真的以為完了。她的這枝『世情薄』本是二等小筆，竟能把我的五色筆逼到這番境地，實在令人佩服。」

周成說到這裡，瞥了一眼伏在地上的彼得和尚：「若非你多那麼一句嘴，現在我已敗了。苑苑她可真是遇人不淑啊！」彼得和尚垂著頭，一動不動，胸襟上卻滿是鮮血。周成聳了聳肩，把柳苑苑擱回到地上，她已是奄奄一息，任憑隨意擺布。

羅中夏見彼得受辱吐血，情知他內創至重，不禁心頭大怒，衝著周成喝道：「你的白光我們已經破解了，只要有鏡子在手，就不怕你的那四色光！你敢再來打過嗎？」

周成對這威脅絲毫不在意，他悠然環顧四周，拍了拍手道：「好了，已經浪費了這麼多時間，還是趕緊取筆吧！」

他剛一說完，白光嗖地閃到了十九腳踝，扭成一圈，把她整個人拋將起來。這一切都發生在電光石火之間，若不能預見到這白光會飛到何處，就算手裡有鏡子，也是無濟於事。

「韋大人，您也老了，位置讓年輕人坐坐吧。」周成嘴裡說著輕薄話，白光卻絲毫沒閒著，掄著十九的柔軟身軀，朝著韋勢然砸了過去。

羅中夏以為韋勢然應該心有成算。不料韋勢然根本無從躲閃，被遠遠飛來的十九撞了個正著，「撲通」一聲跌下了米芾紫金硯，就像是一個全無用處的糟老頭子。

「怎麼回事？難道他沒有筆靈？」羅中夏大駭。

可已經沒時間讓他細想了。沒了韋勢然的壓制，那方米芾紫金硯在一瞬間變成通紅一片，硯底蓄積已久的丹火開始瘋狂地衝擊著硯臺，把原本呈青灰色的硯面燒得愈來愈紅，到最後甚至於有些發白，隨時可能會被熔掉。

這方硯臺得了米芾真傳，水性極重，所以才被筆塚主人挑選來做鎮鼎之物。在這幾千度的高溫衝擊之下，這硯仍舊勉強維持著大致形狀。

可惜硯臺再神，終究還是有極限的。隨著燒灼時間的逐漸增長，終於一道細微的裂縫出現在米芾紫金硯上，像是一道觸目驚心的傷口。金黃色火焰在硯臺的另外一端激烈地跳動著，侵蝕著硯面的傷口，高溫的利齒在拚命撕扯咬噬。葛洪一代仙師，其鼎火已得三昧真傳，又豈是米芾的硯臺所能抵擋。

隨著「嘎巴嘎巴」數聲脆響，這一方千古名硯終於承受不住高溫壓力，生生被葛洪的鼎火燒得四分五裂，灼熱的碎片挾著熊熊煙花向四周迸射而去。

方硯一碎，葛洪丹火登時衝破了最後的限制，從鼎臍的太極圈內劇烈地噴射出來，宛如綻放了一朵豔麗無比的赤紅大花，映紅了每一個人的臉龐。

鼎硯之筆陣，徹底失去了平衡。

第十六章　吳宮火起焚巢窠

葛洪丹火一噴出來，熾烈的火焰像噴泉一樣從鼎臍噴射而出，衝到半空再化作萬千火雨，像一把金黃色的大傘垂落下來，瞬間充斥了整個太極圈。而以太極圈為中心，整個鼎內溫度開始緩慢而堅定地上升，彷彿死神展開了巨大的斗篷，獰笑著一步步朝鼎內的生命靠近。

如果不採取任何措施，那麼恐怕只要幾分鐘，鼎裡的人就會被這丹火活活燒死。

周成盯著熊熊燃燒起來的大火，咧開嘴自言自語道：「葛仙翁的鼎火，果然名不虛傳。事不宜遲，就依著韋大人的推測，開始焚筆吧。」他瞥了一眼匍匐在地上一動不動的韋勢然，繼續道：「第一個榮幸地獻給這尊火鼎的，就是諸葛十九小姐好了。如椽筆嘛……嗯，是枝好筆啊，一定很耐燒！」

十九剛才被他用白光捲起撞開了韋勢然，受到了極大的衝擊，那一撞讓她渾身劇痛，幾乎疼暈過去，哪裡還能反抗。白光一動，她的綿軟身軀立刻又被舉得高高，甩了幾圈，眼見就要丟去熊熊燃燒的鼎火之中。

「住手！」

羅中夏大叫著，他也不知道哪裡來的力氣，青蓮遺筆掙扎著從胸中而出。

「騎龍飛上太清家[1]！」

隨著這句太白詩一吟出，羅中夏胯下立時出現一條鱗爪飛揚的青龍，馱著他一飛沖天，直直奔著甩在半空的十九而去。此時白光已經鬆開了十九，把她朝著鼎臍正洋洋噴射著的丹鼎盛火扔了過去。羅中夏騎著青龍死命追趕，只一個閃念，就劃過大鼎上空。就在他行將觸摸到十九衣袖的時候，身子卻突然一沉。

青蓮筆雖可幻化成龍，但終究不是實體。這一句「騎龍飛上太清家」效果驚人，卻極費心神。羅中夏剛才連番用力，早已油盡燈枯，剛才能使出這一句來，全憑著一股氣血，如今氣血衰竭，胯下的青龍再也維持不住，眼看就要消散於無形。

羅中夏情急之下，雙腿蹬著消逝著的青龍一用力，整個人橫彈而出，一把抓住十九，抱了一個滿懷。兩個人在半空的去勢俱是一頓，斜斜朝著那火焰噴泉飛去。韋勢然、顏政、秦宜均是滿面駭然，就連周成也驚在了原地，主人交代他青蓮筆動不得，倘若羅中夏在這裡被燒死，自己只怕也難逃罪責。

一念及此，周成恨恨地咬了咬牙，白光舞動，一下抽中羅中夏與十九，改變了他們兩個的飛行方向。

只是這一切發生得實在太快，饒是白光有光速之能，還是稍微慢了半拍。只見羅中夏緊抱著十九，在白光干擾之下去勢偏轉，雖不會直直一頭栽進鼎臍丹火，卻還是穿過那高高噴射出來的火焰噴泉，這才落到了地面。

只這短短的一瞬，他們二人便已是全身冒起火苗來。顏政已經沒了畫眉筆的能力，只得和秦宜衝上來拚命撲打，只是這三昧真火歷時千年，一時不是那麼容易就打滅的。羅中夏與十九疼得大聲慘呼，一時無計可施。

就在這時，韋勢然站起身來，大聲道：「快把小榕抱過來！」顏政也無暇去問他為什麼，轉身過去，把昏迷不醒的小榕抱了過來。

「把小榕的衣服扯掉，然後把她擱到他們身上。」

「啊？」顏政愣住了，「這不是時候吧？」

「別囉唆，趕快！」

秦宜見顏政有些猶豫，一把推開他，自己上前扯掉小榕衣衫。小榕穿的是一襲薄薄的白襯衣與短裙，三、兩下就脫得乾乾淨淨。秦宜俯下身子，小心地把少女純白無瑕的胴體擱在了羅中夏與十九之間，嬌嫩細潤的肌膚緊緊貼在那火熱的兩具軀體之上。

說來也怪，小榕的身體接觸到他們兩個的一瞬間，就像是一大捧白雪壓在了火堆之上，不過三、四秒的工夫，他們身上的三昧真火便徹底熄滅了。羅中夏和十九全身衣物已經被燒得殘缺不全，焦黑一片，但這兩條性命總算是保住了。

周成暗自鬆了口氣：「詠絮筆果然不錯，韋大人你煉得真是精細。」

韋勢然冷哼一聲，並不接受他的恭維：「剛才你也都見到了，我們這幾個人關係密切，你若是想焚一枝筆，他們只怕都會與你拚命，糾纏之下，便是個同歸於盡之局。」

韋勢然身邊的鼎壁溫度在緩步上升，表面已經開始微微變了顏色，可他的神態還是安然不動。周成盯著他的眼睛看了一陣，突然展顏笑道：「韋大人教訓得是，我知道了。」

如蛇一般的白光打了幾轉，猛然攫起一人，拋至半空。被捉之人，是柳苑苑。她適才逼攻周成未果，被力量反噬回來，躺在鼎底奄奄一息，性命已是十停去了七停。剛才鼎火燃起，溫度上升，她才被燙醒，還未及有什麼反應，就被白光捉住了腳腕，吊在了空中。

「那就先從我們這邊的柳苑苑燒起，足以顯示我的善意了吧？」周成嘴裡說著，控制著白光讓柳苑苑逐漸接近那火花四濺的赤焰噴泉。

「韋勢然，你怎麼能……」顏政指著韋勢然，他雖對柳苑苑沒什麼感情，但天生固有的女性至上主義，讓他對這個老頭的舉動十分不滿。

「左右都是要燒，先燒敵人豈非更好？還是說，你打算從自己同伴裡推出一個犧牲品來？」韋勢然淡淡回答，負手仰望，眼神閃動，不知在盤算些什麼。顏政被噎了回去，答不出來。其他人對柳苑苑並無什麼感情，眼見周成把她拋入火中，縱然心下憐憫，也是心有餘而力不足。他們已經是殘破不堪，根本沒有救她的能力。

只有一個人例外。

「阿彌陀佛。」一聲佛號在鼎中響起，其聲洪亮，卻透著一絲絕唱的決然。周成似乎早料到了這一個反應，柳苑苑在半空停了下來。

周成歪著腦袋端詳了這和尚一番：「如果是要告別的話，請快一點，我們沒多少時間了。」

彼得和尚身子搖搖欲墜，面色蒼白，胸前僧袍上的大團血跡歷歷在目。可是他還是站了起來。顏政想過去攙扶，卻被他一個溫和的眼神給制止了。顏政從來沒見過彼得和尚露出如此溫和的眼神，就像是……就像是大德高僧圓寂之前的安詳。

對周成的話，彼得和尚並沒有理睬。他抬頭望了望柳苑苑，眼神充滿了感慨與懷戀，默默不言，整個人似乎陷入了一種奇妙的情緒。

彼得和尚邁步前行，步履穩健。大家以為他會去找周成的麻煩，可彼得和尚卻將身體偏了一偏，穩穩當當地朝著鼎臍走去，在太極圈的邊緣停住了腳步。無論是周成還是顏政，都摸不清他的想法，現在的彼得和尚就像是一位深不可測的禪師，他的一舉一動都透著神祕飄忽的色彩。

太極圈內火焰熊熊，原本是米芾硯臺鎮守的鼎臍已經陷入了極度的高溫。即使是在太極圈的邊緣，也是熱力驚人，不時有火苗飄蕩出來。彼得和尚面對著這如狂似暴的亂舞鼎火，不閃不避，任憑那些濺出來的火星撲到自己身上，舔舐著自己，很快僧袍便燃燒起來，眉毛也被燎焦。

「原來是想殉情啊，好吧，隨便你好了。」

周成不再理睬彼得和尚，他信手一招，白光搖擺，把柳苑苑緩緩地送入火焰之中。柳苑苑身軀與火焰接觸的一瞬間，她胸中微光泛起，那一枝怨筆彷彿要從主人身體裡跳脫而出，嘶鳴不已，妄圖逃過這火勢的侵蝕。可為時已晚，三昧之火不是凡火，乃是葛仙翁修道煉丹用的爐火，筆靈遇著這等火，根本無處遁逃。

隨著柳苑苑的身軀慢慢被烈焰吞噬，那一枝怨筆的嘶鳴之聲也逐漸低沉，筆靈泛起的微光被一分一毫地吞沒，宛如萬頃波濤中的一葉小舟，很快便不見了蹤影。鼎爐的火勢陡然旺盛起來，被焚盡的怨筆給予了這隻怒焰巨獸最好的饗宴，它神完氣足，火苗幾乎噴到了天頂的墨海。整個鼎內金光大盛，連最偏僻的角落都照得一清二楚。

彼得和尚長長喟嘆一聲，摘下金絲眼鏡，丟給了後面的顏政，舉步毅然邁入了太極圈內，身影立刻為大火吞沒。

「彼得！」

顏政握著彼得和尚的金絲眼鏡，驚駭無比，瞪圓的雙眼裡暴出血絲。他雖有預感，卻沒料到彼得和尚會自蹈火海，為柳苑苑殉情。

秦宜見顏政氣色不對，從後面拉住他的胳膊，低聲道：「喂，你不要衝動……」

顏政手臂猛地一甩把她甩脫，指著周成怒道：「老子拚了這條性命，也要把你丫做了！」

周成面無表情地說道：「莫要著急，倘若這枝怨筆還不夠燒，下一個就是你。」

顏政跳了起來，不顧一切想要衝過去，卻被韋勢然伸手攔住。

韋勢然道：「年輕人，少安毋躁。」

顏政瞪了他一眼，罵道：「你給我滾開！這點破事全他媽是你搞出來的，明明是逼著彼得去死，還在這兒裝好人！」

韋勢然也不怒：「你現在衝過去，就是等於送死。」

「流氓陣前死，勝過背後亡！」

顏政懶得跟他囉唆，作勢又要衝。韋勢然橫在他身前，雙臂抓住他兩個肩頭，輕輕一壓，顏政立刻覺得有千鈞之力壓頂而來，登時被壓制得一動都動不了。他動彈不得，只能瞪著眼睛張嘴罵道：「你明明有筆靈，為何剛才不用，現在倒來對付自己人！你他媽到底是哪邊的啊？」

周成在一旁聽到顏政喝罵，不由得「嗯」了一聲，心中疑竇頓生。韋勢然這個傢伙，主人一向頗為看重，總說此人不可輕覷。可自從入鼎以來，這人除了判斷與見識上表現上乘以外，沒見到有什麼特別之處，眼睛渾濁，周身半點靈氣也感受不到，絲毫不像是個與筆靈神會的筆塚吏。剛才周成拿十九去撞他的時候，還暗暗做了準備，防備他突然反擊，可這老頭子一撞就被撞下了方硯，完全不堪一擊。

未免……沒用得有些過分了。

周成想到這裡，不免露出一絲冷笑。他聽到了顏政的那一句話，韋勢然確實是一位筆塚吏，體內藏著筆靈。他之所以示敵以弱，恐怕是存了扮豬吃老虎的心思，先使別人喪失警惕，等到筆陣開啟，七侯出世時再突然發難，坐享其成。

真是好計策，可惜啊，就是被識破了。

「任你什麼花招，在五色筆的黑光前都沒用。」

周成這麼想著，憐憫地看了眼韋勢然。這老頭苦心籌劃，智計百出，最終還是為他人作了嫁衣。他轉過頭去，繼續欣賞那焚燒了筆靈的大火。

先後吞噬了柳苑苑和彼得和尚的大火仍舊照天狂燒，絲毫不見有消滅之兆，鼎內的溫度還在穩步上升，所有的人都開始面色泛紅，汗水肆流。

等待了大概一分鐘，周成對韋勢然冷冷道：「看來這一枝筆還不夠啊，韋大人。」

韋勢然繼續壓著顏政，從容答道：「看起來似乎是如此。」

周成瞥了他們一眼，抬了抬下巴道：「是你們毛遂自薦，還是我過去挑選一位？」說完他的白光威脅似的在半空晃了晃。

「那就從我開始吧。」韋勢然鬆開顏政，伸開雙手朝周成走來。

周成警惕地倒退了一步：「韋大人，請您不要靠近了。」

「呵呵，尊使有五色筆在側，還用對我這糟老頭子如此提防嗎？」

「主人對您的評價可是相當高的，我不得不防。」周成坦然回答，「先說出您的筆靈是什麼？」

「反正都是要燒掉的，你還關心這個幹嘛？」

韋勢然說到這裡停住了腳步，雙肩垂下，臉上露出釋然的笑容。周成猛然驚覺，這個人剛才一副淡然安心的模樣，原來只是臉上的偽裝，身體卻一直處於緊繃狀態。周成對韋勢然的敬畏之心，讓他忽略了這老人的一些細節。

這說明，他剛才一直在很緊張地拖延時間，等待著什麼事情發生。而現在這件事已經發生了。

周成還未及多想，耳邊忽然聽到一陣強烈的風聲，熱浪鋪天蓋地朝著他襲來。周成大驚，白光一捲，把他自己舉到半空，張目望去。他方才落腳的地方，立刻就被火焰吞沒了。

卻見太極圈內的鼎火呈現一種極度紊亂的狂暴，已經越過了太極圈的範圍，朝著四周噴射出來，所到之處盡皆燃燒。一時間眼前一片赤紅，火熱地翻騰滾動，灼熱焰鬚像珊瑚觸手一樣舞動。剛才焚掉的怨筆，似乎起了相反的作用，反而催醒了這頭惡魔，讓它更為瘋狂。

「這就是你的圈套嗎？」周成的額頭也開始出現汗水，他衝著韋勢然瞪過去，看到他把其他幾個人聚到一起，張開了一層水霧，勉強能夠抵擋住飛濺火星的侵襲。不過這層水霧也是岌岌可危，在鼎火全面爆發之下，恐怕也支撐不了多久。

當這高高噴射出來的鼎火達到墨海的底部時，噴發似乎達到了一個巔峰，整個鼎爐幾乎都被火焰充滿，有如地獄的火湖，熱氣騰騰，連空氣都似乎要燃燒起來了。

「難道我也要死在這裡。」周成腦裡首次浮現了絕望的念頭。就在這時，轉機出現了。

正如所有的高潮結束之後，將迎來極度低落，熊熊鼎火在到達了巔峰之後，驟然間竟開始呼呼地退潮！高漲的火苗以飛快的速度朝下方收縮，如同墜落的隕石一樣，在鼎內下了一場流星火雨，貼著鼎壁劃出無數道金黃色的亮線，朝著太極圈中央的鼎臍飛去，彷彿有一位巨人在鼎臍的另外一端深深吸了一口氣，把這些狂野的火焰吸了回去。

包括周成在內的所有人都被這番奇異壯觀的景象驚呆了，一時間都忘記了自己的處境，近乎迷醉地望著這一場盛大的奇景。

短短十秒鐘內，原本不可一世的丹鼎之火被鼎臍吸得乾乾淨淨，不餘一燼，就像從來不曾存在過一樣。只有葛洪鼎壁慢慢降低的餘溫，才能提醒人們剛才這裡燃燒起了多麼大的一場祝融盛宴。

周成暗暗擦了一把汗，長長出了一口氣。他還從來沒面對過如此可怕的壓力。無論是發生了什麼事情，這一切總算是結束了。他甚至開始有些後悔，早知道就應該跟著他們上了墨橋，離開高陽裡洞，再做打算。

不過這火勢既然退了，說明焚筆是有效果的，而筆陣也應該因此而解除了才對。那麼接下來的問題，就是七侯之一了。

除了那個韋勢然，餘者皆不足論，看來這回是志在必得了！

周成舔了舔乾燥的嘴唇，慢慢控制白光把自己放回地面。他用袖子把汗水擦乾淨，環顧四周，忽然看到鼎臍之上站著一個人。

原來不是志在必得。而是志在彼得。

彼得和尚還沒死？

周成悚然一驚，脊梁骨一陣發涼，可等到他再仔細一看，卻發覺有些古怪。那人身材與彼得和尚相似，全身未著一寸，就那麼靜靜地站在那裡。黑暗中看不清他的相貌如何，但周成卻能感覺到一股極為深沉的氣勢從這具人體散發出來，讓他的呼吸有些不暢。

五色筆這時在胸中開始劇烈地躍動，周成試圖讓它平靜下來，卻無濟於事。這種震顫，不是見到同伴的共鳴，而是一種充滿畏懼的惶恐。五色筆靈把這種情緒準確地傳遞到了周成的心裡。

「莫非他就是七侯之一，只不過筆靈化作了人形？」

周成腦海裡劃過一個荒謬的念頭——其實這也不算荒謬，筆塚之內，千奇百怪，有什麼樣的變化都不奇怪。只有尊貴無比的七侯，才能讓五色筆拜服戰慄。

這時候那人動了動雙腿，周成能夠望見在他腳下鼎火仍舊燃燒著，只是被這人輕輕抑住，無路可出。他似乎對這個世界還很陌生，每做一個動作都小心翼翼，像是在月球上行走的太空人，在太極圈內優雅而不失謹慎地移動。

這一次，葛洪鼎火失去了剛才的狂野，變成了被馴服的野獸，隨著這個人的足踏節奏一點一滴從太極圈的縫隙中滲透出來，緩慢有致，不疾不徐，逐漸沿著紋飾走向用火線勾出陰陽雙魚。

最後當陰陽雙魚的魚眼被兩團火星點燃以後，那人終於滿意地點了點頭，重新站回到鼎臍之上。在他的周圍，是一圈熊熊燃燒著的太極圖。這火焰飄逸淡定，彷彿洗盡了往日暴戾，變成一位雲淡風輕的火之隱士。

這才是真正的葛仙翁的鼎火啊！

所有人不約而同地冒出這麼一個念頭。剛才那種要燒盡天下的野性太過強橫，與道家風骨不合，葛仙翁是修道之人，淡泊清淨方為本色。

葛洪此人，雖非張道陵、陸修靜、寇謙之、王重陽這種道家祖師級人物，但他在羅浮山潛心修行，總晉代之前的神仙方術以及煉丹之大成，融匯合一，化為後世諸派理論之淵藪，可以說是道家承前啟後的關鍵人物。

這種大家，位列管城七侯毫不意外。

「彼得，你還活著？是你嗎？」顏政的聲音從另外一側傳來，從他嘶啞的嗓音聽來，剛才著實被燒得不輕。那人聽到呼喚，扭過頭來。

周成借著太極圈的火光，總算看清了他的面目。

這人是彼得，卻又不是彼得。就像周成和諸葛淳共用同一副面孔，卻擁有不同表情與氣質一樣，這個人仍是彼得和尚的五官外貌，精神氣度卻大不相同。現在的這位「彼得」面色沉靜，雙眸黑不見底，似乎沒有焦點，舉手投足之間隱然有一種激浪拍岸的壓迫感。儘管他現在慢如靈龜，緩似浮雲，卻可以清晰地感覺到皮膚下蘊藏著的、滾燙如岩漿般的激昂。

這一動一靜的矛盾，就集於這人一身，顯得說不出地奇妙。

他一招手，周圍的火焰立刻收束成一枝丹色長筆，筆身之上符籙縱橫，隱有青火徐出，如內有鼎火。他伸手握住那枝筆，面色淡然，霎時清淨散淡的縹緲氣息，瀰漫在整個洞中。雖無天臺白雲昂揚之勢，卻別有淵深海藏之感。

若非七侯現世，斷無如此氣勢。周成忽然單膝跪在地上，抱拳大聲道：「後學晚輩五色筆周成，參見葛老仙翁靈崇仙筆！」

七侯筆靈既然化為人形，必有它們自我的性格，不似別的筆靈渾渾噩噩。倘若貿然上前收筆，只怕是得不償失，不如先消除它的敵意，再做打算。

那人聽到周成的話，表情浮現些許困惑。

「葛洪？」

「正是，您不是葛老仙翁留下的靈崇仙筆嗎？」周成道。

「彼得」搖了搖頭，似乎想起些什麼，又似乎在一瞬間忘記了。周成愣住了，連忙凝神細觀，發覺自己一直忽略了一件事。

這個「彼得」身上，沒有半點筆靈的氣質。

儘管五色筆見了他，要戰戰慄慄；儘管葛洪丹火在他腳下，馴服得像是小貓，但是他身上偏偏沒有一絲筆靈的感應。

管城七侯都是筆靈中的翹楚，尊貴無比。像王羲之的天臺白雲筆甫一出世，氣象萬千，數十里內皆為其氣勢所震懾，在場筆靈無不拜服。

可眼前這位，卻連筆靈在何處都看不到。以筆塚吏的眼光來看，根本就是一片空白。可這股威嚴是從哪裡來的呢？周成皺起眉頭，隱隱覺得有些不妥。

燒了一個和尚，居然冒出一個道士？這未免太荒唐了。

這高陽洞的格局，是用沈括墨、米芾硯和葛洪丹火來封印某種東西的。開始所有人都以為封的是七侯之一，可如今葛洪丹火已經化筆，證明它才是七侯之一。拿管城七侯來做封印，那得是什麼東西？

一念及此，周成的額頭開始有汗沁出來。

「那您……是誰？」

「他，就是陸游陸放翁。」

韋勢然的聲音從另外一側傳來，音量不大，卻石破天驚。

1 出自李白〈飛龍引〉。

第十七章　問君西遊何時還

韋勢然這一聲，聽在周成耳朵裡可謂石破天驚。

陸游？那個「但悲不見九州同[1]」的陸游？

「彼得」歪著頭思索了一下，他的雙眼一亮，彷彿終於找到了焦點：「沒錯，我是陸游，是陸游啊！」他那與彼得和尚並無二致的表情，綻放出氣質完全不同的微笑。他不再去理睬身旁的兩個人，擺弄起手裡那枝靈崇筆來。

而葛洪靈崇筆對其並無排斥，乖乖在其手心震盪，筆體之上的符籙不斷變換。

「這是怎麼回事？！」周成有些糊塗。葛洪也就罷了，為何突然沒來由地冒出來一個陸游？難道陸游也是管城七侯之一？

韋勢然笑道：「很簡單，那鼎火燒去了彼得和尚今世之命，卻也逼出了他的前世。」

「前世？這種虛無縹緲的東西……」周成說到一半，看到陸游，又把話嚥回去了。

「和你一樣，彼得其實也是擁有雙重人格的。當他今世的人格受到嚴重傷害的時候，前世的人格便會覺醒。葛仙翁的火乃是煉丹之火，有伐毛洗髓的奇效，那大火把彼得燒得今世剝離，袒露他深藏的前世機緣，也不足為奇。」

「你是不是早就知道了？」周成低聲吼道。他覺得自己完全被這個老狐狸給耍了。

韋勢然整個人很放鬆，十個指頭輕輕擺動瞇起眼睛道：「也不算特別早，大概也就是幾分鐘前吧。」

「幾分鐘前？」

「對，大概就是柳苑苑亮出她那枝筆靈對付你的時候。」韋勢然的表情很似在玩味一件趣事，「本來我被困在陣中，也想不出脫身之計。可當柳苑苑念出那首〈世情薄〉之後，我便忽然想到，唐琬與柳苑苑、陸游和彼得之間一定有什麼關聯。」

「就憑他們倆當年那點風流韻事？這推斷未免太蒼白了。」周成將信將疑。

「筆靈可不是隨便選人的。筆塚吏與筆靈原主之間，往往有著奇妙不可言說的淵源。柳苑苑與彼得相戀而又分開，她又被怨筆選中，這冥冥之中或許會有天意。我賭的，就是這個天意！」

韋勢然說到這裡，音量陡然升高，右手高高舉起，一指指向天頂。

周成冷冷道：「所以你故意誘我先去焚燒柳苑苑的怨筆，算準了彼得和尚會蹈火自盡，想靠這樣逼出他的轉世命格？」

韋勢然點點頭：「雖然我的把握亦是不大，但唯有這一個辦法能保住這一干人等的平安了——很幸運，我賭對了。」

「倘若你猜錯了呢？豈不是親手把你的同伴逼入火海？」

「正是。」韋勢然答得絲毫不見矯飾。

周成嘖嘖感嘆了兩聲，忽然衝韋勢然深深鞠了一躬：「這種乖戾狠辣的手段，您都使得出來，無怪主人稱韋大人您是人中之傑。小人佩服得緊。」

「彼此彼此。對同伴如寒冬般地無情，這一點小周你也不遑多讓啊！你若有半分同僚之誼，不去先燒柳苑苑，只怕我如今也敗了。」

這兩個人竟然開始惺惺相惜，一旁顏政忍不住要破口大罵。秦宜一把拽住他，伸過手來封住他的口，用眼神對他說：「別衝動！」顏政拚命掙扎，奈何力氣耗盡，堂堂大好男兒被秦宜按在地上，動彈不得。

周成忽然朝後退了三步，五色筆陡然又放出五色光彩。在太極圈內的陸游像是被什麼東西驚起，抬起頭來朝五色筆這邊望來。

韋勢然揚了揚白眉，沉穩道：「小周你是打算動手了嗎？」

周成面色如常，語氣誠懇：「承蒙老前輩教誨，該出手時，不可容情。彼得和尚饒是轉成了陸游，也是個沒有筆靈的廢人，又有何懼？恕晚輩得罪了。」

話音剛落，黃、紅、青、白四色從周成身後齊齊綻出，化作四道光影朝著太極圈中的陸游刺去。周成仔細觀察過，靈崇筆並非和陸游神會或寄身，所能發揮的威力也有限，是可乘之機。

四色光芒疾如閃電，只一閃過，就已全部刺入陸游的體內。

「好！」周成大喜，這精神與肉體的雙重打擊，換了誰也是無法承受的，就算是陸游也不能。

可很快他就覺得有些不對勁，這四色光芒平日殺敵，都是一觸即退開，可現在卻深深扎入陸游身體，任憑他如何呼喚就是不回來。周成有些慌張，再用力御筆，發現就連五色筆本身都變得難以控制，彷彿一具被斬斷了數根絲線的木偶。

陸游這時候站起身來，雙目平靜地盯著周成，右手一捏一抓，竟把那四色光線握在手裡。周成腦子轟的一聲，他出道以來，可從未見過這種以手擒光的事情。這時韋勢然爽朗的笑聲從遠處傳來：「呵呵，小周朋友，你今次可是有失計較矣！」

「什麼？」

「我賭的其實並不是彼得轉世，而是陸游復生啊！」韋勢然呵呵大笑。周成拚命拉拽，可那四色光牢牢被陸游擒住，絲毫難以挪動。

「我剛才說憑著彼得與柳苑苑之前的一段情猜出他是陸游身分，不過是騙你罷了。試問我又怎會只憑著這點縹緲的線索，就敢冒如此之大的險？」

「……」周成正在全神貫注，雖然韋勢然的話聽在耳裡，卻不敢多說一字，生怕氣息一洩，就被陸游得手。

「其實彼得是陸游轉世這事，我從他出生的時候便已盡知。他甫一降生，韋家筆靈無不戰慄嘶鳴，無筆能近其身，老族長為他卜了一卦，發現他竟是百年不遇的筆通之才，兼有古人英靈。老族長情知此事干係重大，便嚴令封口，除了彼得的父親韋定邦、他哥哥韋情剛與我以外，並無人知道。彼得從小被人疏遠，不許接觸筆靈，其實皆是出自老族長的命令。」

「可這與陸游又有什麼關係？」周成咬緊牙關，一個字一個字地從牙縫裡蹦出來。

韋勢然仰天長笑：「我們只知彼得有古人英靈，卻不知具體是哪位古人。一直到剛才柳苑苑亮出怨筆，我才徹底確認這位古人是陸游——你既看到陸游體內無筆，猶然不知嗎？陸游陸放翁，正是筆通之祖啊！」

此時周成的四色光帶被陸游完全箝制，猛然聽到韋勢然這麼一說，不由得手腕劇顫，心下大慌。

天下除了能與筆靈相合的筆塚吏之外，尚有兩種異人。一種是羅中夏這樣的渡筆人，可承載多枝筆靈；還有一種人，叫做筆通。

筆通本無筆，卻能統馭眾筆之靈，結成一座行筆大陣。

最早的筆通，乃是王羲之的老師衛夫人[2]。衛夫人能用筆靈，化為大陣，還為此寫了〈筆陣圖〉一篇。不過真正將此發揚光大的，卻是南宋陸游。

陸游曾寫過一首〈醉中作行草數紙〉：「還家痛飲洗塵土，醉帖淋漓寄豪舉；石池墨瀋如海寬，玄雲下垂黑蛟舞。太陰鬼神挾風雨，夜半馬陵飛萬弩。堂堂筆陣從天下，氣壓唐人折釵股。丈夫本意陋千古，殘虜何足膏砧斧；驛書馳報兒單于，直用毛錐驚殺汝！」

他在詩中化筆入兵，排兵布陣，文義中透出凜凜豪氣，寫盡了筆通之能。那「堂堂筆陣從天下」，正是筆通之人修至巔峰的境界。

筆塚主人在高陽洞布下的這個格局，說不定就是參考「石池墨瀋如海寬，玄雲下垂黑蛟舞」那兩句而來的。

筆陣、陸游、彼得和尚、筆通、鼎硯筆陣、高陽裡洞。

這些看似雜亂無章的東西，一下子在周成腦海裡都連綴成串，一條暗線無比清晰地浮現。周成眼角滲出血來，不禁厲聲駭道：「韋勢然，這才是鼎硯筆陣真正的破法嗎？」

韋勢然不動聲色站在原地，不置一詞。

陸游聽到鼎內響起「筆陣」二字，彷彿觸動了身上的某個開關，面上的懵懂神情霎時褪得一乾二淨，整個人挺直了身板，雙目英氣逼人，如鷹隼臨空。皮膚覆蓋下的滾燙岩漿，開始洶湧翻騰起來，原本內斂深藏的氣勢，毫無顧忌地散射出來。

陸游本非清淨閒散的隱士，他一世浮沉，快意江湖，馳騁疆場，卻始終有著一顆慷慨豪俠的赤子之心，文風亦是雄奇奔放，沉鬱悲壯。剛才的沉靜，只是今世彼得的精神未蛻乾淨。而此時，那一個熱情似火的陸游，從彼得和尚的軀殼內真正覺醒了。

無邊的威勢壓將下來，雄壯渾厚，就像是剛才那狂野之火化作了人形。

危急之下，周成咬緊牙關，他悍勇之心大盛，現在還沒輸，他還有撒手鐧。

筆通再強大，也是個沒有筆靈的白身，他卻是堂堂筆塚吏！只要能牢牢控住五色筆，仍舊能與陸游一戰！

陸游盯著周成，慢慢攥起了拳頭，用指縫夾緊了四色光帶。周成默念郭璞〈遊仙詩〉，五色筆乃是郭璞所煉，與〈遊仙詩〉本是渾然天成。此是天然之道，陸游一時也難以控制，略微遲疑地鬆了鬆手。

機會稍縱即逝，周成一經占先，精神大振，立即出手。

只見四光齊齊熄滅，陸游的手中登時漏空。

玄色第三度出擊。

隨即整個大鼎被黑暗籠罩。

玄色為正，凌駕眾色之上，無所不在，乃是天地至理。而只要是黑暗所及之處，周成便可瞬息而至。由此觀之，宇宙無論如何深邃，借著玄色功用，對周成來說亦不過是一個沒有距離的點罷了。

周成睜開眼睛，此時能力發動，他懸浮在沉沉玄色之中，已超脫於時間與空間之外。他大可以好整以暇，吃飽喝足，再從容撕破玄幕，挑選一個合適的角度切回時光洪流。

但是他現在沒有心思，只想盡快出去。陸游的突兀出現，打亂了他的思緒。沒想到那個其貌不揚的彼得和尚，居然還藏著一尊陸游的真身。

周成朝前走去，卻愈走愈覺古怪，一種不可思議的不安感襲上心頭。

「何必緊張，玄色是無敵的。」

周成安慰自己，然後撕開了一片玄色，朝外看去。這個角度非常好，恰好出現在陸游的背後。而且因為他是處於時光洪流之外，對外界來說只是一瞬間的事，陸游根本無從反應。

計議已定，周成猛然收起玄色，整個人「唰」地跳回正常時空中來，間不容髮，白光立即化作一柄長劍，如白虹貫日，直刺陸游後心。

可當劍尖即將抵到陸游背心之時，速度卻陡然降了下來，每往前一分都會慢上數分。雖與陸游只有咫尺之遙，卻感覺無論如何也觸摸不到。周成大驚，連忙喚出其他三色策應，卻覺得那三色的動作也變得遲緩，自己如同身陷沼澤，進退兩難。

他想故技重演，藏去玄色空間之內，五色筆卻發出一陣嗚叫，靈氣流轉壅塞，難以駕馭。這時候，周成方才注意到，他的四周已經被密密麻麻的絲線包圍，這絲線為靈力所紡，或青湛，或粉紅，或瑩白，或絳紫，五顏六色不一而足，互相纏繞憑依，盤根錯節，貌似雜亂一團，其中卻隱隱有著玄妙之道。

在這陣勢當中，周成大感吃力，他情知這種東西必有關竅，破了關竅，便可出陣，於是便拚命沿著靈絲走勢追根溯源。他到底是聰明人，透過這層層疊疊的絲線，看到有數枝熟悉的筆靈各據一角，原來那些靈絲就是它們的筆鬚所化。青蓮、如椽、畫眉、詠絮、麟角、點睛、靈祟，只見每枝筆靈各牽出數束靈絲，彼此穿梭交錯，巧妙地構成一個無比複雜的空間。

他甚至看到了陣外的陸游。陸游星眸頻閃，唇邊微微露出笑意，舉起雙手，儼然一位鋼琴大師，輕快地在虛空中擺弄著修長的指頭，彈奏著筆靈的樂曲。

隨著他的彈奏，絲線纏繞愈密，壓制愈強。此時的陸游已然徹底復甦，像魔術師一樣上下翻弄那七枝筆靈，眼花撩亂，把筆陣天賦發揮得淋漓盡致。

直到這時候，周成方知道，自己到底還是失算了。

陸游確實沒有筆靈，但筆陣天生便可御盡眾筆。五色不服，尚有別的筆靈在。周成實際上要面對的，不是陸游，而是憑著筆陣合一的七枝筆靈，裡面還有三枝管城七侯，其威力之大，可想而知——而這，才是筆陣真正的意義所在。

隨著陸游雙手翻飛，往來如梭，那靈絲筆陣中，赫然織出十四個漢字，十四個神完氣足的大字。

堂堂筆陣從天下，氣壓唐人折釵股！

當年陸游筆陣初成之時，意氣風發，寫下這兩句氣吞山河的詩句來，道盡一腔豪情，大有睥睨天下群雄之勢。是句一出，那陣勢立時光芒大盛，七枝筆靈同氣連枝，交相輝映，燦爛至極。千年以來，還不曾有過如此聲勢。

筆勢之盛，一盡於斯！

「罷了……主人，我只能帶給你這個了……」

周成閉上了眼睛，他在這筆陣之中已是肝膽欲裂，戰意喪盡。五色筆光色頓斂，跟隨它主人被周圍逐漸升高的力量擠壓、擠壓……當五色筆與周成被擠壓到了極限的一瞬間，一道光柱從人筆之間驟然爆出，蕩開靈絲，破陣而出，直直向上衝入石液墨海之中。再看周成，為把這一絲筆靈傳送出去，已經是耗盡了最後的力量，氣絕身亡。

陸游對那衝破筆陣的一絲筆靈毫不在意，他見周成已死，便十指勾連，把那些彼此纏繞的靈絲解開，收歸本筆。青蓮、如椽、畫眉、詠絮、麟角等如蒙大赦，紛紛飛回自己主人胸中。陸游做完這一切，把注意力重新放在了羅中夏身上。此時羅中夏雖被小榕的清涼體質救回性命，可還未恢復神志。剛才青蓮筆被借出，他渾然不覺。

顏政盯著陸游，開口道：「我說彼得？」

陸游端詳著羅中夏，沒理睬他。

「彼得和尚！」顏政又叫了一聲。仍舊沒有回音。

「韋情東！」顏政憤怒地叫道，彼得可從來沒如此怠慢過他。

韋勢然把手搭到顏政肩膀：「別費力氣了，彼得已被葛洪丹火洗蛻，現在他是陸游。他根本就不認得我們，你我也根本就不入他法眼。」

「靠！那他盯著羅中夏做什麼？」

韋勢然嘆了口氣道：「古人心思，誰能揣摩。我們現在只能旁觀，卻無從插手啊！」

顏政冷哼一聲，諷刺道：「原來算無遺策的韋大人，也有無法掌控局面的時候啊！」

韋勢然也不著惱，淡淡答道：「我只是盡人事，聽天命而已。」

顏政忽然想起什麼，盯著韋勢然的眼睛道：「你藏的筆靈到底是什麼？怎麼連剛才陸游結筆陣，都沒把它收走？」他記得清楚，方才陸游輕輕一招，自己的畫眉筆和其他幾枝便乖乖集結到了陸游四周，任他驅使，而韋勢然卻巋然不動，沒見一點動靜。

韋勢然回答：「此事非你所能理解，時候到了，自然就知道了。」

陸游對他們二人的對談絲毫沒有興趣，專心致志地欣賞著昏迷不醒的羅中夏。他忽然伸出小拇指，輕輕一挑，羅中夏的筆靈從胸前飛出，彷彿被絲線牽引著，朝陸游游去。

這筆不是青蓮，卻是點睛。

陸游把點睛筆靈握在手中，面上浮現滿意的微笑，轉身走回太極圈內。顏政顧不得再質問韋勢然，與秦宜一起屏息凝氣，看這個千年前的古人到底想幹什麼。

陸游回到太極圈內，把點睛在雙手中摩玩了一陣，一下子把它插入鼎臍之中。點睛善於預言，本身的筆力卻很弱，可如今甫一入鼎，卻激起了火勢連天。好在這次丹火並未衝破鼎臍而出，而是在鼎下遊走，很快就有無數縷金黃色的火線透鼎而入，沿鼎壁四散而走，把大鼎切割成了無數古怪的形狀。

原來這葛洪丹鼎並非是鐵板一塊，而是由大小不一的鼎片構成。這些點睛筆催出的火線，正是沿著鼎片的結合縫隙而行。

一個沉重的聲音傳來。鼎壁上的一片長方形厚片竟然開始脫離鼎體，朝外挪動。以此為始，整個葛洪大鼎除了底部以外，轟然解體，全都「劈劈啪啪」地被火線拆成了大大小小的矩形青銅塊，在幽暗的空間中來回游動，其上鐫刻的符籙歷歷在目。從底部仰望，真有一種奇妙的敬畏之感。

「鼎硯筆陣，鼎硯筆陣……果然若非陸游，誰人能破啊！」韋勢然喃喃道，一貫沉穩的他，額頭竟然出現涔涔汗水。若依著他原來的法子，不知要焚上多少枝筆，才能破解此陣；而陸游只用一枝點睛，便輕鬆拆解，兩人的差距，真是何其大也。

由是觀之，陸游也並非這鼎硯筆陣封印的對象。正相反，他是布陣之人。真正要封印的東西，還在更深處。

韋勢然眉頭緊擰，這高陽洞內的隱祕層出不窮，上有沈括墨、米芾硯，下有七侯之一的葛洪靈崇筆所化的丹火爐鼎，現在居然連筆通陸游都復活了。筆塚主人花了這麼大心血排布這個陣勢，簡直是如臨大敵。

他直覺意識到，這裡所封印的東西，與筆塚關閉有著千絲萬縷的關係。

隨著最後幾聲碰撞與轟鳴，葛洪大鼎完成了它的解體與再建。它不再是一尊丹鼎了，那些鼎片構建成的，是一具碩大無朋的青銅筆架，在幽冥的空間靜靜懸浮，就像是青銅鑄成的帝王陵寢。

陸游周身氣魄愈盛，雙目愈亮，素淨的臉上浮現興奮與懷念的神色。他俯身抽出點睛筆，把它重新送回羅中夏的體內。

這時候，青銅筆架上綻出一毫微光。這微光如豆，熒惑飄搖。陸游望著那毫微光，雙手一招，又一次喚來青蓮、畫眉、詠絮、麟角與如椽。只是他這一次卻不急布陣，而是把五枝筆拱衛在四周，筆端皆正對著筆架上緣，如臨大敵。

毫光逐漸變盛，逐漸滿布青銅筆架，有紫霧騰騰、和光洋洋。這霧朦朦朧朧，卻廣大深邃；這光柔和謙沖，卻綿中帶直。陸游上前五步，似要憑自己的通天氣勢迫住這泱泱光霧的瀰漫。光霧擴散雖慢，卻堅定無比，不多時已經把整個青銅筆架浸染成了絳紫。

若非有陸游的氣勢相逼，只怕此時連韋勢然等六人所在的鼎底，都被這紫霧籠罩了。紫霧與陸游相持了一陣，倏然捲回。剎那間，紫芒大盛，就連陸游也不得不退了三步。

一枝大筆，從青銅筆架上緩緩浮現，如日出東海，絢爛至極，一時間讓人甚至忘記了呼吸。這枝筆通體紫金，紫鬚挺拔，從筆斗、筆桿到筆頂無一不正，一望即生肅然之意；筆桿之上鐫刻著「紫陽」二字，亦是正楷正書，端方持重。

這才是高陽洞裡，真正封印的東西。

陸游復上前去，與那筆靈對望不語；這筆靈見了陸游，亦不動聲色，只靜靜懸浮半空，肅穆而陰沉。

這一人一筆凝視良久，陸游方開口嘆道：「昔日封你於此者，是我；今日解你於此者，不意亦是我，真是天數昭然。仲晦兄，你毀塚封筆的罪過，可知錯了嗎？」

一語既出，時光倒流千年。那段氣沖長天的往昔舊事，再度浮現。

1　出自陸游〈示兒〉。

2　衛夫人，本名衛鑠，東晉書法家，為王羲之的老師。

第十八章　青松來風吹古道

宋，淳熙三年六月，上饒鵝湖寺澄心亭。

今日的天氣有些異樣，雖然剛入初夏時分，卻已有了盛夏的蒸蒸氣象。長天碧洗，烈日當空，無遮無攔，任憑熾熱如焰的日光拋灑下來。然而在西邊天盡處卻有黑雲麇集，隱隱有豪雨之勢。

澄心亭其名為閣，實則是個雅致涼亭，亭內僅有數席之圍。此時閣內已有三人分踞東西兩側，中間一壺清茶、三只瓷碗。周邊有數十名儒生站開數丈之遠，恭敬地垂手而立，保持著緘默。整個寺院內一片寂靜，唯聞禪林之間蟬鳴陣陣。

亭內並肩而坐的兩人，年紀均在三十多歲。年長者面色素淨、長髯飄逸，雖身著儒服，卻有著道家的清雅風骨，整個人端跪席上，儼然仙山藏雲，深斂若壑；而那年少者面如冠玉、眸含秋水，頎長的身軀極為洗練，望之如同一柄未曾出鞘，卻已然鋒芒畢露的凌厲長劍。

而在他們對面的，是個四十多歲、臉膛微黑的中年男子，面相生得有些古怪，闊鼻厚唇，下巴卻很平鈍，是相書上說的那種「任情」之人，那種人往往都專注得可怕。他跪得一絲不苟，表情無喜無悲，像是一塊橫亙在二人面前的頑石，不移，亦不動。

「今日鵝湖之會，能與名滿天下的陸氏兄弟坐而論道，實是朱熹的榮幸。」黑臉男子略欠了欠身子，雙手微微按在兩側桌緣。

陸九齡、陸九淵見他先開了口，也一一回禮，年紀稍長的陸九齡躬身道：「豈敢，晦庵先生是我與舍弟的前輩，閩浙一帶無不慕先生之風。我等今日能蒙不棄，仿效孔丘訪李耳故事，親聆教誨，可謂幸甚。」

朱熹淡淡道：「孔丘雖問禮於李耳，然周禮之興，卻在丘而不在耳。賢昆仲追躡先跡，有此良志，可謂近道矣！」

他的話微綻鋒芒，稍現即回。陸氏兄弟頓覺周身微顫，彷彿剛才被一股無形的浪濤拍入體內，心神俱是一震，兩人不由得對視一眼，暗暗思忖，莫非這個朱熹真的如傳言所說，已經養出了孟子所言的浩然之氣嗎？

倘若真是如此，這一次鵝湖論道怕是一場苦戰。但同時也說明，那個流傳已久的傳說是真的……

陸九齡正欲開口應答，忽然聽到寺外傳來一陣長嘯，一下子驚起了林中數十隻飛鳥。旁觀的儒生們面露驚慌，紛紛東張西望，很快一聲大叫自遠及近傳來：「陸家與人論道，怎能不叫老夫來湊湊熱鬧！」

朱熹頭也不回，略抬眼問道：「是梭山先生？」

陸家是學問世家，陸九韶、陸九齡、陸九淵號稱三陸子之學，陸九韶長年在梭山講學，是以朱熹有此一問。

陸九齡苦笑道：「家兄隱行持重，又怎會如此狂誕。這人是我族分家一位長輩，叫陸游，如今在夔州做通判。這位族叔學問不小，只是最喜歡湊熱鬧。不知他哪裡聽來我們今日與朱兄論道的風聲，想來是過來攪局了。」

陸九淵霍然起身，大聲道：「我去勸他回去，理學之事，豈容那老革[1]置喙！」

陸九齡道：「你若勸得住，早便勸住了，且先坐下，免得讓朱兄看了笑話。」兄命如父，陸九淵拂了拂袖子，只得悻悻坐下，卻是劍眉緊蹙，顯然氣憤至極。

忽聽見院牆外一陣喧譁，一人朝著澄心亭大步走來，左右三、四名沙彌阻攔不住，反被推了個東倒西歪，竟被他直直闖將進來。

這人看年紀有五、六十歲，寬肩粗腰，體格高大，行走間不見絲毫頹衰之氣。他頭頂髮髻歪了一半，一頭銀白頭髮幾乎是半披下來，遠遠望去如同一個瘋子，同院內髻穩襟正、冠平巾直的一干儒生形成鮮明對比。

這個老人走到澄心亭前，穩穩站定，把亭內三人掃視了一圈，眼神銳利如刀，陸九淵雖然年少氣盛，被他直視之下，也不免有畏縮之意。朱熹卻面無表情，始終不曾朝這邊望來。

老人穿的是一身官服，只是塵土滿衫，處處俱有磨缺，想來是一路長途跋涉不曾換過。陸九齡拱手道：「叔叔，既然您從蜀中趕來，一路勞頓，何妨先請去禪房沐浴更衣，稍事休憩，再來觀論不遲。這一次論道，少則兩日，多則十天，也不差這一時。」

老人根本不理睬他，自顧自瞪著朱熹的後背看了一陣，然後伸出右手搭在他左肩，毫不客氣地問道：「你就是朱熹？」

朱熹道：「正是。」

「好朱熹，吃我陸游一拳！」聲音未落，拳風已臨。這一拳猝然發難，毫無徵兆，眼見將轟到朱熹右肩，萬無閃避之理。

這時，紫光乍現，包括陸家兄弟在內，在場之人無不面色大變。他們看到了生平未有的奇景。

一枝筆。

一枝紫金毛筆。這紫金毛筆端方嚴謹，銳氣深斂，通體都被一層微微的紫光籠罩。陸游的拳風一碰到這枝筆，倏然發出一陣低沉的爆鳴，紫光劇顫，那看似斷石裂木的一拳，居然被這薄薄的光芒彈開了。

陸游不怒反喜，他把拳勢一收，哈哈大笑道：「果不其然，你這傢伙居然自己煉出筆靈來了！那麼再來試試老夫這一拳！」他話音剛落，右拳頓出。朱熹仍舊沒有回頭，那紫筆毫光綻放，比之剛才更盛，幾乎把整個身體都包裹起來。在場之人，無不驚詫萬分，只能傻愣愣地看著這不可思議的景象。

陸游這一拳挾風裹雷，居然隱隱帶有風波流動。朱熹的紫筆碰到這一拳，又是一陣劇顫，霎時光芒四射。拳頭砸到紫光之上，紫光微微往內凹了半分，便再不退讓。一拳一筆膠著在了一起，兩者接觸之處劈啪作響。

陸游讚道：「好一個浩然正氣！」五指攥緊，手腕偏轉，整個拳勢與剛才的氣勢已大為不同。

尋常人來看，這一拳雄渾凌厲，實在是不可多得的強悍武功招數。可在陸氏兄弟眼中，這一拳與剛才相比，少了幾分武道的暴戾，卻蘊藏著幾絲熟悉的文質。

「《漢書》[2]？」陸九淵疑惑地喃喃道。

陸九齡點點頭道：「你也這麼覺得？不知為何，我看到那一拳時，心中不由自主浮現的居然是《漢書》，真是奇妙。」

陸九淵緊皺眉頭道：「不錯。拳法與文學，這兩者明明風馬牛不相及，可為何我看到叔叔的拳路，就如同在閱讀《漢書》一般，好生難以索解……」他一向很厭惡這個族叔，總覺得他粗俗不堪，與讀書士子不是一路人，可如今見到陸游的拳法，竟有了讀覽大家名篇的感覺，心中驚詫，如波濤翻捲。

陸九齡輕捋鬍髯，猜測道：「《漢書》向來是以古樸剛健而著稱，也許與叔叔這一拳的風格有所暗合吧……」

這邊拳筆相持了數十息的工夫，拳頭愈壓愈深，紫筆微顯不支之象，眼看就要被戳破。朱熹露出驚訝之色，他緩緩轉過頭來，盯著陸游道：「你原來是……不，你不是……」

陸游笑道：「你若能勝我，我便告訴你！」同時把拳頭的力道又加大了幾分。

「好！」

朱熹雙肩微震，兩道精芒從眼中射出。他頭頂的紫筆陡然漲大了數圈，登時把整個澄心亭籠罩在一個完美的紫光圓球之中。陸氏兄弟立刻覺得身體變得重逾千斤，沉重無比，渾身的骨骼都被壓得咯咯作響，不由得雙手撐在地上，動彈不得。

強大的壓力之下，陸游的拳勢也被迫減緩下來，他眉頭一聳：「這筆是什麼來頭，竟有這等能耐？！」

朱熹淡淡答道：「算不得什麼能耐，無非是順應天道、理氣體用罷了。」

「理氣體用？」陸氏兄弟聽了暗暗心驚。

這理氣論，本是朱熹一貫主張的，他認為天地之間，先有「理」，後有「氣」，理是形而上者，是萬物運轉的規律；氣是形而下者，是生成萬物的質料。理依氣而生萬物，所以這天地之間，無非只有理、氣二字。

這套理論陸氏兄弟早已熟知，他們請朱熹來鵝湖寺論道，也是想就這個學說進行辯駁。想不到，這個朱熹居然已經把理氣發揮到了這種程度，早已脫離了學術的範疇。這究竟是什麼樣的體用啊！

陸游冷冷哼了一聲：「什麼理氣體用，我看也不過是故弄玄虛。倒要看看我這拳頭，是不是破得開！」他猛一提氣，整條右臂肌肉緊繃，右拳居然硬生生扛住重重壓力，朝著朱熹面門搗去。

朱熹不閃不避，站起身來沉聲道：「天人感應，萬物歸道。在這枝筆的範圍之內，我就是理，我就是氣，我就是這天地之間的規矩！」說完這一句話，朱熹的身軀陡然變得高大起來。紫光圈內的壓力立刻發生了逆轉。猝不及防的陸游和陸氏兄弟身子俱先是一沉，然後飄浮到了半空，好似大地對他們已無任何束縛。

陸游有些惱怒，他之前可從來沒想到過朱熹的領域控制如此強大。他悶哼一聲，在半空轉動腰身，雙拳連連擊出。朱熹不慌不忙，一一閃避。只要在紫光的領域內，他就可以輕鬆改變規則，饒是陸游拳勁再強，也難以碰到他。

陸游連續打出數十拳，全都被朱熹改變了拳勢。澄心亭內一會兒沉滯壅塞，一會兒飄忽無定，他的動作變形得厲害，拳拳落空。陸游暗想這樣下去早晚會被朱熹玩弄於股掌，立刻雙掌猛然一合，一股氣勁噴薄而出。身子借著這股力量霎時退開了數十步，脫離了紫光的籠罩範圍。

朱熹也不緊追，只把圈內的規則恢復正常，慢慢把面如土色的陸九齡和陸九淵重新擱回地面。

看到陸游退開，朱熹站在亭中道：「閣下已經見識到了，可以收手了嗎？」

陸游發覺自己頭頂的髮髻已經散開，他索性一把扯下束巾，把頭髮散披下來，大聲道：「這理氣果然不得了，讓我再試試。」

朱熹皺了皺眉頭，心想我已留足了面子，這瘋子怎麼還如此糾纏不清。

他生性並不爭強好勝，但卻極為執拗，陸游既然如此逼迫，朱熹自然也不會一味地忍讓退縮。

他雙袖一拂，如同一塊頑石坐定，對數丈開外的陸游道：「倘若這一次你還攻不進這圈子，便不要妨礙了我與陸家兄弟論道。」

陸游道：「好，一言為定！」他這次也不再靠近澄心亭，只是遠遠地輕抬右臂，手掌做了個握筆的姿勢，手臂微屈，忽然道：「九齡、九淵，你們兩個仔細了，我這一招威力太大，可說不定會傷到你們。」

陸氏兄弟面色俱是一變，正要起身離開，朱熹卻道：「聖人泰山崩於前而色不變，兩位學究天人，超凡入聖，不必如此驚惶。有我的浩然正氣，可保全兩位安全。」

陸九淵、陸九齡相顧苦笑，心想今日本來是好端端的論道，卻變成了莫名其妙的神異決鬥，對他們兩個讀書人來說，可真是場無妄之災。

朱熹負手而立，頭頂的筆靈盤旋數圈，包裹著澄心亭的紫色光球又漲大了幾分，而且圈內光芒比從前更加密集。

陸游忽然右臂一動，做了一個擲筆的手勢，大聲道：「投筆式！」

一股極大的力量從陸游的手中擲出，化作一道筆形的青光，朝著澄心亭射來。這道青光速度極快，一瞬間已刺入紫球之中。

朱熹袍袖一揮，紫圈內的規則立刻改變，密度凝固為無限大，生生煞住了青光的衝刺勢頭。不料這道青光勇往直前，仍向前鑽破了數寸紫光。

朱熹黑黝黝的面孔看不出一絲情緒，繼續靠著理、氣的規則之力去施加威壓。這青光天然帶著一絲決然，雖是被重重攔阻，卻始終力道不變，像一把錐了一樣頑強地一寸寸鑽過去。朱熹連忙又變換了數種規則，卻都難以撼動青光的衝擊力。

眼看這青光即將鑽破紫圈，朱熹沉沉喝了一聲：「道心！」從他胸中驟然爆出一個小太極，牽引著紫圈內流轉的光氣，整個領域逐漸流成一個大的太極圖式。那青光縱然強橫，終究只能順著太極轉動循環，直至力道耗盡。

這算是朱熹目前最強悍的一招。按照他的哲學理念，人性分「道心」和「人心」兩種，其中「道心」依照天道而生，最為強大。剛才他便是召喚出自己的道心，使其與領域中的理、氣融合，達到「吾即是道」的太極境界。

只是這一招威力雖大，消耗也是相當驚人。要知道，規則承載著大地運轉，要讓一個人的肉身變成規則，哪怕是承載澄心亭大小的領域運作，也是極耗心神的。朱熹的道心尚不夠強韌，等到這青光被太極消磨光之後，他幾乎油盡燈枯，面色微微發白，腳下有些虛浮，澄心亭周圍的紫光圈也暗淡了許多。

陸游看到那青光逐漸被太極消解，目露讚賞之色，忽然哈哈大笑，連連擺手道：「不打啦，不打啦，我已經輸了。」

朱熹和陸氏兄弟這才鬆了一口氣。朱熹神念一動，護住亭子的紫光圈飛到半空，重新凝為一枝筆靈，然後消失在他體內。

陸游再度走進亭中，先對陸氏兄弟道：「沒嚇到你們吧？」

陸九齡勉強笑道：「叔叔你搞出這許多神異花樣，倒是把我們兄弟給唬到了。」

陸游雙手按在他們兩個肩膀上道：「這是為叔的不是，給你們壓壓驚。」他雙掌輕送，兩兄弟立刻覺得體內流入一股暖流，霎時游遍四肢百骸，登時心平氣和。

安撫完兩位族侄，陸游轉過來盯著朱熹，表情變得鄭重無比，一字一頓問道：「這枝筆靈能體用理、氣，構成自己的領域，自成規矩，實在是一枝好筆！老夫生平閱筆無數，還不曾聽過有這種功用的。你這筆，叫什麼名字？」

朱熹坐回坐墊上，雙手撫膝，恢復到面無表情的樣子：「紫陽筆。」

「這筆從何而來？」

「紫陽是朱某的別號。這筆，自然就是我自己所化。」朱熹回答。

陸游先是一怔，旋即翹起大拇指讚道：「你果然是個不世出的奇才。」

朱熹奇道：「先生何出此言？」

陸游兩綹花白鬍子激動得一顫一顫。他在亭裡來回走了兩圈，不住搓手，嘴裡說道：「要知道，歷代筆靈，無不是在筆主辭世前，由筆塚主人親自煉成靈體，還從來不曾有人憑著自己的力量，在生前為自己煉出筆靈來。你這紫陽筆，實在是亙古未有的奇遇哪！你自己都不知道嗎？」

朱熹肅然道：「理氣本是天道所在，我順乎天道，自然無往而不利，又豈是別人能比的。」

陸游微微皺起眉頭，覺得這人的回答有些迂腐，他可不喜歡，不過言辭間那股捨我其誰的傲氣卻值得欣賞。

陸游聳聳鼻子，忽然想到一個問題：「筆靈與人心本是息息相關，俗話說一心不能二用，所以必須要等筆主臨死之時，才能採心煉出筆來。你如今尚活著，又怎能煉出筆靈來呢？難道你有兩顆心不成？」

朱熹聽到這問題，只是矜持地微微一笑，簡短答道：「無非是正心、誠意而已。」這確實是他的肺腑之言。朱熹多少年孜孜向學，心無旁騖，只想讀聖賢書，可從來沒考慮過煉什麼筆靈。一直到他的「理氣論」大成之時，不知為何，這一枝紫陽筆便自然而然地出現在體內。他是個簡單的人，一向認為學問之道，只在「正心誠意」四字之內，想來筆靈的修煉之道，亦復如是。陸游既然問起，他便這樣答了。

陸游見他說得簡單，只道是不願意透露自家修煉法門，也不好強求，搓著手嘆息道：「這歷代以來，筆靈煉了也不知有多少，還不曾見過這樣的，閣下可謂開天闢地第一人，難得，實在難得。」他這個人愛筆成痴，於歷代筆靈掌故十分熟稔，如今見到有人自煉成筆，自然是見獵心喜。

朱熹忽然問道：「閣下……莫非就是筆塚吏？」

「我？我可不是。」陸游連忙擺手否認，「筆塚吏都是有著屬於自己的筆靈，我可沒那緣分。」

朱熹微訝，緩緩抬眼道：「我看閣下剛才出拳，無一拳不帶有史家風範，剛硬耿直，頗有漢風，還以為閣下身上帶著班大家的筆靈。」

陸九淵在一旁插嘴道：「我和哥哥剛才看到叔叔你的出拳，也不由自主想到《漢書》，難道這枝筆，與班固有關？」

他們三個人俱是一代大儒，熟讀經史，都能從陸游的招式中感應出幾絲經典的端倪。只不過朱熹對筆靈了解頗深，比起陸氏兄弟感覺得更為精確。聽到這個問題，陸游呵呵一笑，攤開右手手掌，一枝短小尖銳的細筆自掌心冉冉升起，青光微泛。

「你們說的是這枝吧？」

「不錯！」三人異口同聲，那短筆青光轉盛，氣息強烈。

陸游道：「你們不妨再猜猜看。」

朱熹閉目細細感受了一下，緩緩睜開眼睛道：「豪氣干雲，不甘沉寂，這枝筆中的英靈，胸襟大有抱負。我先前想錯了，原來不是著《漢書》的班固，而是投筆從戎的班超——班定遠哪。」

陸游一拍桌子，大為激賞：「老朱你果然不一般！你說得不錯，這一枝筆，名字便喚作從戎筆，正是煉自漢代名將班超。當初班定遠毅然投筆從戎，這一枝被投出的筆靈被主人豪氣所感染，亦不甘平庸，繼承了班超沉毅果決的殺伐之氣，極見豪勇。說起來，在諸多文士筆靈之中，要數它是武勇第一哩。」

那從戎筆彷彿聽到陸游的誇讚，筆身搖擺，躍躍欲試，頗有虎虎的英氣。

「大丈夫就該學班定遠。如今中原淪喪，金人肆虐，我輩不去上陣殺敵，反來熱衷於這些文章小事，老夫我是看不慣的。」陸游說完衝陸氏兄弟翻了翻白眼，後者只能苦笑連連，不好與他爭辯。

朱熹讚道：「剛才那驚天動地的一擲，想必就是班定遠的『投筆從戎』吧？那一擲蘊含了建功異域的雄心，難怪我幾乎抵擋不住。」陸游點頭稱是，然後台起手掌，把那筆靈重新收了回去。

朱熹又問道：「班超的這筆，真可以說是威勢驚人，不過在下還想知道，其兄班固之筆，是否更為雄奇？」

陸游哈哈一笑：「這你可猜錯了。班固雖然名聲赫赫，卻從來沒煉出過筆靈。」

朱熹「哦」了一聲，略顯失望，他本身對班固的熱愛，遠勝於班超。文章千古事，又豈是一介武夫所能比。

他又問道：「可我聽說，筆靈發揮能力之時，是要現出本相的。為何剛才陸通判你只見拳勢，卻沒有任何筆靈的影子？」

「都跟你說了，我不是筆塚吏！」陸游有些急躁地辯解了一句，隨即黯然道，「我這個人，雖然愛筆成痴，熟知一切筆靈典故，卻限於機緣，一輩子也做不成筆塚吏。」

他停頓了一下，復又有自得之色：「只不過我有種特殊的才能，叫做筆通，可以驅使各種不同的筆靈為我所用，行筆布陣。單獨的筆靈在我手裡，只能發揮出六成威力，但如果有數枝筆靈在場，讓我結成筆陣，威力卻可翻番。正所謂一個筆塚史我打不過，兩個筆塚吏我能打平，三個筆塚吏便不是我的對手。」

朱熹暗嘆，原來這筆靈之中，還有這許多門道。

陸游抓抓頭皮，慚愧道：「筆塚主人說我性子太急，詩雖寫得多，卻欠缺了些靈氣。尋常的文士筆靈不易發揮，倒是這種從戎筆最對我的胃口。所以這一次我來鵝湖寺，就特意向筆塚主人討借了這枝從戎筆。」

朱熹聽到「筆塚主人」四字，眼睛閃過一道凌厲的光芒，喃喃道：「原來，這筆塚主人，果然真有其人。」

陸游拍了一下腦袋，道：「哎，對了，我正要問你呢，你怎麼會認識筆塚主人的？」

「哦，數月之前，我回建陽老家辦事，半路邂逅了一個奇妙男子，自稱是筆塚主人。這人瀟灑飄逸，倒是世間絕倫的人物。他對我十分熱情，講了許多筆塚的祕辛。但聖人不語怪力亂神，我身為儒門弟子，自當對這種人敬而遠之，於是當場拜別，後來就再沒見過。」

陸游張大了嘴巴，幾乎不敢相信自己的耳朵：「筆塚主人閉關已久，極少外出，縱然是筆塚吏也難得見他一回。你竟能與筆塚主人邂逅，這是何等的機緣與福分，你……你居然就這麼回絕啦？」

朱熹正色道：「聖人教誨，我須臾不敢逾規。這人逆天而行，有悖於儒家倫常，跟他交談又有什麼益處呢？」

聽了他的話，陸游不怒反笑，一拍几案，大聲道：「哈哈哈哈，老夫我生平所見，就只有你敢如此批評他——其實我也看不慣那些筆塚吏把筆塚主人奉若神明卑躬屈膝的樣子。別看筆塚主人大我一千多歲，我也只喜歡與他平輩論交，搞什麼主僕，實在太無趣了。」說完他熱情地拍了拍朱熹的肩膀：「好小子，真有膽識，老夫喜歡——當然，如果能改改你這古板的毛病就更好了。」

朱熹看看亭外的天色，端起茶杯啜了一口，冷淡地對陸游說：「筆靈之事，暫且不提，我與陸氏兄弟的論道已經耽擱太久，陸通判可還有別的事嗎？」

陸游抓抓頭髮，暗暗苦笑，心想這傢伙的頑固還真是了得。他從懷裡掏出一封精緻的雲箋，遞給朱熹：「我此行，一是想親眼見識一下生煉的筆靈是什麼模樣，二是代人轉交這份請柬。」雲箋上面寫有一行小楷，字跡雋秀工整，一看就出自大家之手：

「聞君絕才，冀望來筆塚一敘。僕聊備清茗兩盞，盥手待君，幸勿推辭。筆塚主人字。」

1 老革，對老兵的嘲諷稱呼。

2《漢書》，中國首部斷代史，全書包括十二「紀」、八「表」、十「志」、七十「列傳」，共記自西漢漢高祖元年（前二〇六年），下至新朝地皇四年（二十三年）間歷史。

第十九章　遇難不復相提攜

「筆塚？」朱熹拈著這份雲箋，面沉如水。

陸游解釋道：「這筆塚，乃是筆塚主人的居所，其中藏著萬千筆靈，是個至靈至情的洞天福地。靖康之時，筆塚主人突然封閉了筆塚，自己歸隱其中，至今已經快五十年了。」

朱熹問道：「那筆塚主人既然已然閉關，又如何能見人呢？」

陸游把情緒收回，回答道：「那是個秦末活到現在的老神仙，一身本事超凡入聖。他平時只用元神與筆塚吏溝通，沒人見過他的本尊……你是這五十年來第一個被邀請入塚之人。」

朱熹「哦」了一聲，把雲箋隨手擱在身旁，不置可否，絲毫沒表現出榮幸的神情。這種神異之地，在他看來終究是旁門左道，遠不及鵝湖辯論這種道統之爭更讓他有興趣。

陸游見他那副表情，便知道這塊頑石的古怪脾氣，只好拍拍巴掌，從坐席上站了起來：「好啦，你也不必急於這一時答覆我，你們先去論道便是，老夫在外面等你們說完。」

他掃了一眼陸氏兄弟，半是揶揄半是玩笑地說：「只是有一條，可不要用紫陽筆嚇唬我的這些賢侄哪。他們可是老實人，除了讀書什麼都不懂。」

「學術上的事，自然要用學術上的道理去說服。」朱熹一本正經地回答。

陸游的笑話撞到了鐵板，露出一副興味索然的表情，無奈地擺了擺手：「你們繼續。」

說完陸游大搖大擺走出澄心亭，隨手抓住附近的一個小沙彌問道：「喂，小和尚，去給我找間住處來。不用太乾淨，不過得要能喝酒吃肉。」

小沙彌縮著脖子顫聲道：「敝寺戒律嚴，從無酒肉……」

陸游瞪大眼睛怒道：「沒有酒肉，算什麼和尚！」

拎著他後襟大步走出山門。

看到陸游離開，朱熹雙袖拂了拂几案，不動聲色地對陸九齡、陸九淵道：「兩位，我們可以開始了。」他身子微微坐直，開始散發驚人的氣勢，就像是一位即將開始決鬥的武者。

鵝湖之會，一會便是三日。

這幾日，朱熹持「理論」，陸氏兄弟持「心論」，雙方引經據典，唇槍舌劍。陸氏兄弟知道朱熹的理氣已經修成了筆靈，氣勢上未免弱了幾分。好在朱熹事先承諾陸游，不曾動用紫陽筆，亦不曾運用浩然正氣，純以論辯對陣，一時間倒也旗鼓相當。

……一陣悠揚的鐘聲從鵝湖寺向四外傳開，這代表論道終於結束。眾人紛紛聚到鵝湖湖畔，議論紛紛。他們都來自全國各大書院學派，都想來看一看朱氏理學和陸氏心學之間的學術大碰撞，這將決定整個大宋王朝哲學道路的走向。

只見朱熹與陸氏兄弟並肩步出澄心亭，三人均是氣定神閒，看不出輸贏。陸游推開聚集在門外的旁人，搶先一步到了門口，連聲問道：「你們聒噪了三日，可有什麼結果嗎？」

陸九齡和陸九淵相顧苦笑，陸九齡拱手道：「晦庵先生與我們各執一詞，都有創見。」

陸游把目光轉向朱熹，朱熹還是那一副波瀾不驚的表情，黝黑的面孔不見絲毫波動，淡淡道：「陸氏兩位，在心性上的見解是極高明的，只是他們所言剝落心蔽則事理自明的說法，拙者實在不能贊同，須知格物致知……」

陸游哪裡聽得懂這些，完全一頭霧水，不耐煩地打斷朱熹道：「誰要聽你們囉唆，直接告訴我誰贏了就好。」

朱熹道：「我既不能說服他們，他們亦不能說服我。但拙者自信真理在握，以陸氏兄弟的智慧，早晚會體察其中精妙的。」

陸九齡和陸九淵一起躬身道：「晦庵先生謬讚了。他日有暇，我們兄弟自當再登門請教。」

朱熹淡淡笑道：「我有志於將聖賢之學，廣播於九州，正打算在廬山五老峰開辦一所書院。兩位可以隨時來找我。」

「輸就是輸，贏就是贏，你們這些人矯情不矯情！」

陸游對這些客套話十分不耐煩，他一把推開陸九齡，把朱熹拽到一旁問道：「我也等了足足三天了。筆塚之邀，你到底要不要去？」

朱熹不急不忙道：「這位筆塚主人，有什麼奇處？治過什麼經典？」

陸游一下子被噎住了，「呃」了半天說不出個所以然，還從來沒人在接到筆塚主人邀請後，還會問這種問題。愣怔了半天，陸游才晃了晃腦袋，反問道：「你問這些幹嘛？」

「我要去見的這個人，倘若並非善類，豈不要壞了我的心性？曾子有云：『君子以文會友，以友輔仁。』不能輔仁的朋友，又見之何益呢？」

朱熹說得理直氣壯，陸游卻為之氣結。好在他畢竟也是個文人，轉念一想，便道：「筆塚主人自秦末起，專事搜集天下才情，舉凡經典，必有涉獵。秦漢以來的諸子百家精粹，盡集於筆塚之間。你既然有志於傳播聖賢之學，那裡實在是應該去看看的。」

朱熹似乎被陸游說動，他低下頭去，凝神沉思。陸游見這個慢性子沉默不語，急得原地轉了幾圈，末了一拳狠狠砸在鵝湖寺的山門之上，震得那山門晃了幾晃，旁邊一干人等都嚇得面如土灰。

陸九齡連忙勸道：「叔叔你幹嘛如此急躁，哪有這麼強迫請人的。」

陸游拽了拽自己的鬍子，又瞪著眼睛看看朱熹。他來之前誇下海口，說一定會勸服朱熹同去筆塚，眼下這傢伙三棍子打不出一個屁，這讓陸游如何不急。若不是忌憚朱熹的紫陽領域，陸游真想用從戎筆狠狠地敲一下他的頭。

大約過了半炷香的光景，朱熹終於開口說道：「那筆塚之中，可有鄭玄、馬融、王肅、孔穎達等人的筆靈？」他所說幾位，皆是歷代儒學大師。

陸游長舒一口氣，連聲道：「自然是有的。」

朱熹點點頭：「既然如此，讓我瞻仰一下先賢的遺風，也是好的。」陸游大喜，拽著朱熹袖子就要走。

朱熹連忙把他攔住，又問道：「只是不知那筆塚在哪裡？我不日將去廬山開書院，不方便遠遊太久。」

陸游道：「只管跟我來就是，耽擱不了你的事情！」

於是陸游一扯朱熹袍袖，兩人一前一後離了鵝湖寺。陸游腳下有神通，幾息之間就躥出去很遠，而朱熹看似身法滯拙，卻始終不曾落後。兩人轉瞬間就消失在山路之中。陸九齡、陸九淵兄弟倆立在山門前，久久不曾說話。

「哥哥，他們已經走遠，我們也回去吧？」陸九淵忽然道。鵝湖之會後，他的銳氣被朱熹磨去了不少。那一場辯論，他感覺自己像是撞在礁石上的海浪，無數次的凶猛拍擊，都被輕鬆地化解掉了。朱熹沒有伶牙俐齒，甚至還有些口拙，但那種穩如泰山的氣勢，卻完全超越了自己。

陸九齡嘆道：「這個朱熹哪，深不可測，未來的境界真是不可限量。」

陸九淵不服氣道：「焉知我等將來不會修到那種程度？」

陸九齡搖搖頭道：「他們的世界，已非我等所能置喙……我們走吧。」

陸游和朱熹一路上也不用馬車坐騎，只用神通疾馳。一日內便出了鉛山縣，三日便出了江南西路，數日之內兩人已經奔出了數百里。

這一天他們進入荊湖北路的地界，沿著官道疾行。走過一處村莊，陸游突然放慢了速度，興奮得大叫大嚷。朱熹朝前一看，原來遠處官道旁邊竹林掩映處，有一個小酒家。這酒家只是茅屋搭起，規模不大，卻別有一番鄉野情趣。屋前一桿杏花旗高高挑起，隨風搖擺，伴隨著陣陣酒香傳來，對那些走路走得口乾的旅人來說，十分誘人。

陸游這一路過得很憋屈。他本想跟朱熹聊聊那紫陽筆，誰知朱熹是個悶葫蘆，沉默寡言，偶一張口，也大多是聖人言談、理氣心性之類，讓陸游好不氣悶。他本是個性子瀟灑的人，哪裡耐得住這種寂寞，好不容易看到前面有個鄉間酒館，怎會放過這大好機會，不讓香醇美酒好好澆一澆心中的塊磊呢？

「老朱，我們連著跑了幾天了，就算雙腿不累，也得鬆鬆筋骨。前面有個酒家，你我過去歇息片刻如何？」陸游一邊說著，一邊已朝那邊走去。

朱熹知道他的性子，也不為難，簡單地說了一句「好」。孔子說過「唯酒無量，不及亂」，偶爾小酌一下，無傷大雅。

兩人收了神通，回到官道上來，如同兩個普通的遠途旅人，並肩走進酒家。這天正值午後，日頭正熱，早有店小二迎出，帶著他們揀了張陰涼的桌子，先上了兩杯井水解解暑氣。

陸游把杯子裡的水一飲而盡，拍著桌子讓店家快上些酒食。朱熹卻雙手捧起杯子，慢飲細啜，不疾不徐。店家看陸游一身官員服色，不敢怠慢，很快就送來了兩大罈酒、四碟小菜。陸游也不跟朱熹客氣，自斟自飲起來。

他們正吃著，忽然門外有三個人走了進來。這三人俱是青短勁裝，頭戴范陽笠，背著竹書箱，斗笠一圈上都有素白薄布垂下，看不清來者的面容。店小二迎上去，為首之人便冷冷道：「三碗清水，六個饅頭。」

店小二很是乖巧，見這幾個人舉止古怪，不敢多說話，趕緊轉回廚房去。那三人隨便挑了張桌子坐下，把竹書箱擱在地上，只是不肯摘下斗笠。

陸游正喝得高興，忽然「咦」了一聲，放下酒罈，朝著那三人橫過一眼。朱熹亦睜開雙眼，朝他們看去，似乎覺察到了什麼。

那三人卻對陸游、朱熹二人毫不注意，只是低頭喝著水，嚼著饅頭。

一人忽道：「時晴大伯，眼看就到宿陽城了，我們可需要事先做什麼準備嗎？」

為首之人冷哼一聲：「兵貴神速，在這裡稍微休息一下，就立刻趕路，爭取在傍晚入城。我不信諸葛家的人比我們快。」

另外一人又道：「可是幾位長老最快也得明日才到，就怕今晚諸葛家的人也到了，我們實力不足啊！」

為首之人把水碗「砰」地擱到桌子上：「怕什麼，以我們三人的實力，最不濟也能牽制住他們一夜。」

「嘿嘿，有意思。」陸游低聲笑道，他湊到朱熹身旁，「那三個人，你可看出什麼端倪？」

朱熹道：「我的紫陽筆有所感應，莫非他們也是筆塚吏嗎？」

陸游道：「不錯，應該是韋家的小朋友們。他們居然跑到這種窮鄉僻壤，不知有什麼古怪。」

筆塚主人在筆塚閉關之後，就一直靠諸葛家、韋家這兩大家族和外界聯繫，只是兩族互相看不起對方，隱隱處於對立狀態。這些常識朱熹都是從陸游那裡聽到的。

陸游忽然露出唯恐天下不亂的表情：「聽他們的交談，似乎在這附近要有一場亂子。怎麼樣，我們跟過去看看熱鬧吧？」

「何必多事，我們還是早日到筆塚的好。」朱熹對這些沒有絲毫興趣。

陸游悻悻地閉上嘴，暗罵這傢伙就是塊冥頑不靈的石頭。可是他天生喜歡研究筆靈，眼看三個筆塚吏在身旁，就像強盜看到了黃金，心裡搔癢難忍，便又壓低聲音道：「讓我去探一探他們的筆靈底細，看個究竟吧，這不費什麼事。」

朱熹啜了口茶，夾起一塊醃菜放入口中，毫不關心地說：「君子非禮勿看，非禮勿聽，你不是君子，隨便好了。」

陸游笑咪咪地放下酒碗，閉目感應了一陣，咧嘴笑道：「兩個神會，一個寄身，卻是難得。」

「神會」指的筆靈自行認主，與筆塚吏融合度最高；「寄身」是強行把筆靈植入筆塚吏體內，能力便不及「神會」。

陸游扳起指頭細細數著：「帶頭的那個叫韋時晴，是司馬相如的凌雲筆；另外兩個年輕人，一枝是王禹偁的商洛筆……嗯，那枝寄身的，是顏師古的正俗筆。這陣容還不錯。凌雲筆是不消說的，商洛筆差了點，但勝在神會；那顏師古的正俗筆，也是不得了……」

朱熹聽到其中一人居然帶著顏師古的筆，不免多看了他兩眼。顏師古是唐初儒學大家，與孔穎達齊名，朱熹身為儒門弟子，自然格外關注。

「那枝筆靈，是屬於顏師古的？」朱熹悄聲問，語氣裡多了絲恭敬。

陸游得意地看了看他：「你不是君子非禮勿聽嗎，怎麼這會兒又來問我？」

朱熹理直氣壯地回答：「非禮自然勿聽。顏師古撰寫過《五禮》，至今仍大行於世，乃是禮制宗師，我打聽他老人家，又豈能算是非禮？」

兩人正說著，那三位筆塚吏已經吃完了東西，起身上路。

陸游問朱熹：「你說我們這次跟不跟上去？」

朱熹毫不猶豫地回答：「跟！」跟剛才的淡漠簡直就是判若兩人。

陸游盯著他，無奈道：「你這人該說是太直率了呢，還是太無恥了……一點都不加遮掩嗎？」

「君子守正不移，略無矯飾。」

朱熹推開桌子，朝酒家外走去。陸游嘆了口氣，扔給店家幾串銅錢後，也跟了出去。這一次，一貫淡然的朱熹表現出了前所未有的積極態度，那種執著的勁頭連陸游都自愧弗如。兩人緊緊尾隨著韋家的三位筆塚吏，一路潛行。他們一個是筆靈世界的老江湖，一個是生煉筆靈的天才，很輕易就藏匿了氣息。那三位筆塚吏渾然不覺，只顧趕路。

到了傍晚時分，官道前方果然出現一座小縣城，城門刻著「宿陽」兩個字。他們正好趕到城門關閉，混在最後一撥老百姓裡進了城。

那三位筆塚吏進城之後，卻沒去客棧，而是掏出幾方硯臺，在小城巷子裡四處遛達。陸游悄悄告訴朱熹，這硯臺叫聚墨硯，是筆塚吏用來搜尋筆靈的指南針。自古筆墨不分家，在這硯臺的凹處滴上幾滴靈墨，這些墨水會自動朝著筆靈的方向聚過去。

「看來在這個宿陽城內，可能會有筆靈蟄伏哪！」陸游的語氣裡有著遮掩不住的興奮。他最大的樂趣，就是研究新出現的筆靈。

朱熹奇道：「可你不是說每一枝筆靈都是筆塚主人收在筆塚裡嗎？」

陸游解釋道：「不是每枝筆靈都會收歸筆塚，偶爾也會有例外。像是李白的那枝青蓮筆，被煉化後立刻消失無蹤，筆塚主人都拿它沒辦法；如果筆塚吏在外面死亡，他的筆靈也可能會變成野筆，四處遊蕩。筆塚吏最重要的工作，就是在世間搜集這些野筆，送回筆塚。」

正說話間，三名筆塚吏聚到了城中一處祠堂。這祠堂看得出是個小家族的產業，陳設不多，石碑也只寥寥幾塊。祠堂前的小空地落滿了殘葉枯枝，看來這個家族的子孫們對祖先的孝順不是那麼殷勤。

三人站定，環顧四周，為首的韋時晴喜道：「這靈墨已經在硯上聚成一團，想來那筆靈就在附近。」其他兩個人聽他一說，立刻卸下背上的書箱，從裡面取出筆筒、筆掛，準備收筆之用。

朱熹伏在離祠堂不遠的屋頂，忽然壓低聲音問陸游道：「那枝顏師古的正俗筆，是什麼功用？」

陸游想了想道：「顏師古一生最擅長審定音讀、詮釋字義，他的筆靈沒有戰鬥能力，但卻可以隨心所欲地控制人的聲音，改變人眼中看到的文字。和別的筆靈配合起來，威力無窮。這次派他出來，韋家可真是下了血本。」

「一代宗師，就只落得會篡削的境地嗎……」

朱熹喃喃道，重新把身子伏下去，在陰影裡看不出表情。

不知何時，四個黑影悄無聲息地出現在祠堂四周的山牆上，都是頭戴斗笠、一襲青衫，在夜空中矗立不動，說不出地詭異。站在祠堂空地正中的韋時晴正忙著勘定方位，突然心生警覺，抬頭一看，一聲大喝：「諸葛家的，你們來做什麼？！」

沒人回答。

四枝筆靈「呼」地從四人頭頂沖天而起，霎時將整個祠堂籠罩其中。

祠堂空地中的三名韋家子弟均是面色大變。這四枝筆靈出現得極其突兀，事先全無警兆，顯然是早有蓄謀。不待他們有什麼反應，另外又有六個人影躍入空地，他們每一個人都是頎長身子，面色烏青。

「諸葛家的散卓筆童！」

韋時晴反應最快，他雙手一展，振聲怒喝。凌雲筆應聲而出，平地掀起一陣劇烈的風暴，祠堂外一時間飛沙走石，讓人幾乎目不視物。那幾個筆童被這大風吹得搖擺不定，韋時晴喝道：「才臣，上！」

那名叫韋才臣的筆塚吏迎風一晃，手中便平白多了一桿白棍。這棍子極直極長，渾身純白，不見有一絲瑕疵與節疤在上面，精悍無比。韋才臣雙手握住棍子，虎目圓睜，用的居然是本朝最為流行的太祖棍法。有一個筆童本來就被大風吹得站立不穩，又突然被商洛棍掃中雙腿，發出「劈啪」的竹子爆裂聲音，腿部寸斷，立時跌倒在地。

「好一枝商洛筆！」陸游不由讚道。

這枝商洛筆的筆主，乃是宋初名士王禹偁。他開宋代詩文改革之先河，以文風耿直精練著稱，被蘇軾讚為「雄文直道」，所以臨終前也被煉成了筆靈。只可惜與歷代高人相比，王禹偁才學有限，所煉的商洛筆僅取其寧折不彎，化成一桿可長可短的直棍，成了筆靈中少有的近戰武器。

只見那商洛棍在大風之中舞成一團，棍法精熟凌厲，剩下的五個筆童只能勉強與之周旋，很快又有一個被一棍掃倒。

牆頭東北角的黑影一聲冷笑：「原來是凌雲筆和商洛筆，看來韋家今天就來了你們幾個。」

韋時晴面色一僵，這六個筆童，原來只是敵人用來試探虛實的。韋家與諸葛家這麼多年爭鬥，對彼此之間的筆靈都瞭若指掌，誰能先判斷出虛實，誰就占有戰術上的優勢。如今已方兩枝筆已經暴露身分，而對方仍舊實力不明，這仗便有些難打了。

韋時晴畢竟是老江湖，他舔舔嘴唇，鼓動著勁風在祠堂附近急速轉動。那四個人顯然對他的凌雲筆十分忌憚，一直不敢跳入空地，這是一個機會。他知道筆童這東西，與控制者一定會有靈絲相連，雙眼一掃，便發覺那幾個筆童的靈絲都與東北角的黑影牽連——這黑影顯然是控制這六個筆童的人。

「只要把他打倒，敵人就沒有優勢了！」韋時晴暗想，眉頭一豎，低聲喝道：「韋才臣，東北！」說完一道凌厲至極的烈風掃過牆頭。韋才臣二話不說，用商洛棍一撐地面，借著風勢整個人朝著東北牆頭躍去。

彷彿早已算準他們的反應，四枝懸在半空的諸葛家筆靈開始移動。韋才臣衝上牆頭，運足力氣，當頭用力一砸，那黑影居然碎成無數水珠，消失無蹤。

「是幻影！」

這一擊落空，韋才臣空中無處借力，復又跳回空地上來。他甫一落地，發覺腳踏到的那一塊青石板變得稀軟如粥，彷彿化作一片石液，雙腿如陷泥濘。韋才臣大吃一驚，想要把腿從青石中拔出來，石板卻陡然恢復了堅硬，硬生生把他裹在石中，動彈不得。

「大伯！」

韋時晴不待韋才臣求救，雙手已然出招。風勢變刮為旋，凝聚成兩道急速旋轉的錐形小旋風，朝著石板縫隙死命鑽去，想把整個石板撬開。

這時候，兩把幾乎透明不可見的小鎖悄無聲息地從背後貼近了他，它們的移動很慢，卻不帶任何波動。韋時晴一心想把韋才臣弄出來，同時還要分散精力去控制風勢，沒有餘裕的精力去觀察四周。

當韋時晴覺察到不對勁的時候，已經晚了，那兩把小鎖倏然一閃，已經鎖到了他的兩處神經。一股劇烈的疼痛襲上腦海，讓他忍不住慘叫一聲，神識大亂，原本凌厲的風雲登時衰減。幾個一直被風力壓制的筆童獲得解放，一齊朝著韋才臣衝去。韋才臣兩條腿動彈不得，只能靠商洛棍勉強抵擋，但終究寡不敵眾，被打倒也只是時間問題。

「居然是麟角筆啊！」

陸游眉頭一揚，看來這一次韋家和諸葛家都出動了好手。不過諸葛家明顯更加訓練有素，這四位筆塚吏配合默契，進退得宜，一筆負責控制筆童攻擊，一筆製造幻影掩護，一筆化石為泥牽制，一筆製造痛覺，各個擊破。整個攻擊手段如行雲流水，環環相扣。陸游精研筆陣，一眼就看出這四人陣勢的不俗。

此時商洛筆被困在石中，凌雲筆又因為韋時晴心神大亂而無法使用，另外一個人不知所終。大局已然底定，諸葛家的四名筆塚吏好整以暇地跳入祠堂中。

為首之人笑咪咪地對癱坐在地上的韋時晴道：「時晴哪，想不到這次你居然落到了我手裡。」他指頭一挑，韋時晴的痛楚又上一層，豆大的汗珠從額頭流下來。

韋時晴怒喝道：「諸葛宗正，你小子只會用奸計！有本事跟我正面單挑，卑鄙小人！」

諸葛宗正悠然道：「這叫什麼卑鄙，我的麟角筆勝過你的凌雲筆，這次你們算是白……」

說到一半時，諸葛宗正的臉色突然一變，面部肌肉扭曲了幾分，用古怪的聲音對身後三人道：「你們三個，趕緊離開祠堂！」他身後的三名諸葛家子弟迷惑不解，明明場面大優，為何要走？

「快走，否則家法伺候！」諸葛宗正怒喝道，臉色愈加古怪。諸葛家家法甚嚴，那三名諸葛家子弟也不敢多問什麼，轉身就要離開。可其中一名子弟臨走前回眸看了一眼，發覺諸葛宗正一手抓住喉嚨，發出呵呵的聲音，一手卻拚命衝自己搖擺，心頭大疑。他連忙叫住其他兩名子弟，回轉來看。

卻見諸葛宗正口中不住嚷道：「再不走，就來不及了！」右手卻抓住一名子弟的袖子，眼神急迫，顫抖的指頭在衣服上畫來畫去。

那名負責控制筆童的諸葛家子弟心思最為縝密，皺眉道：「宗正叔似乎有話要說，快取墨來！」其他兩人連忙取來墨汁。諸葛宗正迫不及待地用指頭蘸了墨水，在袖子上龍飛鳳舞地寫下幾個字。

等到他寫完，三名子弟一看，原來是「速離無疑」四個字。三人再無異議，起身便要走。諸葛宗正看到這四個字，雙目赤紅，拽住一人袖子，又揮指寫了幾個字：「無須管我」

諸葛宗正氣得一口血噴出來，口中卻道：「你們再不走，我們都要死在這裡！」

諸葛家的三名弟子還在生疑，祠堂空地中的風勢突然又興盛起來。韋時晴的聲音隨著風勢傳來：「臭小子們，受死吧！」

百丈龍捲平地而起，如同漢賦一般汪洋恣肆的雄渾大風，瞬間充滿了整座祠堂。司馬相如的凌雲筆靈號稱筆中之雄，極為大氣，很少有人能夠正面相抗。剛才諸葛家以眾凌寡，尚且不敢正面攖凌雲筆之鋒，要等筆主受制，才敢跳下祠堂。此時韋時晴趁著諸葛宗正分神之際，擺脫了麟角筆的束縛，帶著怒氣正面直擊，其威力可想而知。

三名子弟和諸葛宗正的身體被凌雲筆的風勢高高吹起，在半空盤旋數圈，然後重重撞到祠堂的山牆上。

一個面色蒼白的少年從祠堂石碑後站出來，在他的頭頂，一枝淡黃色毛筆默默地懸浮在半空。

「嘿嘿，韋家這用正俗筆的小子，時機選擇得可真好啊！」

陸游忍不住讚嘆，他看到朱熹還是一臉渾然未解，便解釋道：「正俗筆只能控制別人發聲與寫字，本來在戰鬥中的價值很有限。但這小子在己方不利的時候，竟能隱忍不發，一直等到諸葛家的人現身的絕佳時機，這才猝然出手。諸葛宗正被這麼一攪和，控制力度便大大減弱，給了韋時晴擺脫麟角筆正面攻擊的機會——沒人能跟凌雲筆正面相抗。」

朱熹道：「這孩子的正俗筆，只是寄身。倘若到了神會的境界，又會如何？」

陸游道：「這我還真不知道，這筆自煉成以來，還沒人真正神會過，所以韋家才會放心地把它扔給家裡子弟寄身。」

朱熹心裡劃過一絲嘲諷，想：「這是當然，誰配得上這位儒學大師呢？」

祠堂中的戰鬥仍在繼續。韋時晴一擊得手，立刻把束縛韋才臣的青石板用勁風掀開。韋才臣雙腿一經解放，手持商洛棍一陣窮追猛打，把那幾名失去控制的筆童統統掃倒，緊接著又揮棍朝著那四個諸葛家的筆塚吏砸去。

王禹偁何等剛直，他化成的棍子更是堅硬無比。那四人剛被凌雲筆撞到牆上，精神未復，又被商洛棍砸中，轉眼已有兩名子弟胳膊被打折。他們有心駕馭筆靈抵禦，怎奈韋才臣的棍法速度太快，如暴風驟雨。他們原本站在牆頭，靠筆童隔開距離，可以占盡優勢，一旦陷入肉搏近戰，則劣勢頓現。點點血花，就在棍舞中濺現。

諸葛宗正怒極，他一咬牙，用麟角筆鎖定了自己的痛覺，硬挨著棍雨拚命站起來，渾身綻放出怪異的光芒，麟角筆在半空開始分解成無數細小物件，朝著韋才臣招呼過去。韋才臣生性堅毅，任憑這些麟角鎖撩撥自己的五感，憑著一口氣支撐，下棍更不手軟。兩個人都打紅了眼，完全不管自身，只是瘋狂地朝對方轟擊。諸葛宗正的筆靈，慢慢開始蛻變成許多的鱗片。

遠遠觀望的陸游看到這一幕，霍然起身，怒道：「糟糕，這些小子玩真的了，至於拚到這地步嗎？」

諸葛家和韋家雖彼此看不慣，但畢竟同屬筆塚。所以兩家雖然鉤心鬥角，卻很少鬧出人命官司。而眼下這個諸葛宗正要用的招數，陸游知道是麟角筆中最危險的一招，一經發出，方圓幾十丈內無分敵我，盡皆會被麟角分解的小鎖破壞掉五感，等於是同歸於盡。

「這些渾小子，怎麼跟見了仇人似的，下手如此之重。」陸游罵罵咧咧，對朱熹道，「你在這裡先看著，我得出手教訓一下他們。不然鬧出人命，世間平白又多了幾枝無處可依的野筆。」

朱熹緩緩站起來，雙眼卻變得銳利起來：「這教化的工作，還是交給我吧。」

「什麼？」

陸游還沒反應過來，朱熹已經袍袖一揮，整個人如同一隻大鳥飛了過去。

祠堂內的諸葛、韋兩家筆塚吏正殊死相鬥，忽然之間，四下如同垂下了巨大的帷幕，所有人都陷入黑暗之中。他們愕然發現，周遭世界的運轉似乎變慢了，整個人進入一種玄妙的狀態，不能看，不能言，不能聽，唯有一個極洪大的聲音響起，彷彿從天而降高高在上：「子夏曰：君子敬而無失，與人恭而有禮。有子曰：禮之用，和為貴。爾等這等勇戾狠鬥，豈不違背了聖人之道？」

若在平時，這些筆塚吏聽到如此教誨，只會覺得可笑。可如今他們身在無邊黑暗中，心態大為動搖，卻覺得這真是字字至理名言，直撼動本心，鬥志一時間如同碰到沸湯的白雪，盡皆消融，剩下的只是溫暖如金黃色光芒的和煦氛圍。他們覺得身體一軟，精神完全放鬆下來。

「每個人都有兩心，人心與道心。合道理的是天理、道心，徇情欲的是人欲、人心。汝曹所為，無非歧途；筆靈種種，皆是人欲。所以應當革盡人欲，復盡天理，方是正道。」

朱熹刻意把領域內的規則修改成無聲靜寂的懸浮狀態。在這種狀態之下，人的五感盡失，身體又無依靠，往往會對唯一出現的聲響產生無比的信賴。

那七個人懸浮在領域中，朱熹仰起頭來，一一觀察著他們。最讓他在意的，就是那個韋家少年——準確地說，是那個少年身上帶著的正俗筆。

那可是顏師古啊，那個勘定了五經、撰寫了《五禮》的顏師古啊！朱熹早在少年時代，就懷著崇敬之心閱讀他的諸多著作，從中體察真正的天道人倫，發現他無限接近孔聖的內心世界。而現在，這位儒學宗師的靈魂，卻被禁錮在這麼一枝可笑的筆靈中，被無知少年拿過來像玩具一樣戲弄。

「當我們連祖先都不尊重時，又怎麼能克己復禮，重興聖學。」

朱熹對著黑暗中的七個人大聲吼道，七個人都有些臉色發青，身子搖搖欲墜，就連他們的筆靈都隨之暗淡無光。

「喂，差不多可以了。」一隻手搭到了朱熹肩上。朱熹心念一動，整個領域立刻被收回紫陽筆中，七個人愣怔怔地坐在地上，眼神茫然。

陸游有些不滿地對朱熹說：「只要勸開他們就好，何必說這麼多話呢！」他覺得朱熹這一手，有些過分，這讓他想起「大賢良師」張角蠱惑黃巾軍的場景。

朱熹淡淡道：「總要讓他們知道，什麼叫天理。」

陸游沒好氣地說：「得，得，你又來這一套了。跟我家那兄弟倆你都沒辯夠啊？」說完，陸游走過去，把韋時晴和諸葛宗正兩個人拉起來，灌輸了兩道靈氣給他們。兩人渾身一震，這才清醒過來。

「陸大人？」兩個人異口同聲地喊道。陸游雖非韋家和諸葛家中人，卻頗受筆塚主人青睞，平日裡與這兩家也多有來往，族中子弟對這位筆通大人都很尊敬。

陸游雙手抄在胸口，盯著這兩個小輩皺著眉頭道：「你們到底在想什麼，拚命拚到這種地步，嫌諸葛家和韋家人太多了嗎？」

韋時晴和諸葛宗正兩人互瞪一眼，同時開口道：「都是他們家不好！」

陸游伸出拳頭，一人頭上狠狠鑿了一下，喝罵道：「你們兩個都四十多了，還這麼孩子氣！」他一指諸葛宗正：「你先來說。」

面對陸游，諸葛宗正大氣都不敢喘，恭恭敬敬答道：「數天之前，我家有人在宿陽附近遊歷，忽然看到一隻靈獸，這隻靈獸狀如白虎，口中銜著一枝毛筆，進入這宿陽城內，便再不見了蹤跡。您知道，靈獸銜筆，非同小可。我家中自然十分重視，便派了我與三名子弟先赴宿陽調查，族中長老隨後便來。」

「靈獸銜著毛筆，你確定？」陸游瞳孔驟然放大。

諸葛宗正看了眼韋時晴，說道：「他們韋家當時也有人目擊，當然，那是先偷聽到我家的情報，再去確認的。」

韋時晴一聽，勃然大怒，兩人眼看又要吵起來，被陸游一人一記從戎筆，打得不敢多說。這件事看來是兩大家族都有人目擊，基本排除了作偽的可能。

陸游捋著花白鬍子，表情變得嚴峻起來。這事蹊蹺，筆靈向來獨來獨往，罕有別物相伴。如今竟然出現靈獸銜筆。

要知道，靈獸其實並非是獸，牠和筆靈一樣，也是靈氣所化。只不過筆靈是取自人類的才情，而靈獸則多是天地間自然的靈氣偶然凝結而成，幾百年也不見得能碰到一回。靈獸口銜筆靈，這說明很可能是筆靈本身的力量太強，外溢出來，形成筆靈獸，所以這靈獸才會與筆形影不離。

力量強大到能夠誕生靈獸，可想而知那筆靈是何等的珍貴罕見，無怪諸葛家、韋家拚了命也要得到它。

那枝受靈獸眷顧的筆靈究竟什麼來頭，想來只有筆塚主人才能查到了，可他如今閉塚不出，無從索問。看來只有先收了這筆靈，再做打算。陸游一向愛筆成痴，如今一想到要碰到這前所未見的神祕筆靈，渾身都興奮起來，充滿期待。

「你們說，這靈獸，莫非就在這祠堂之內？」陸游問。

「正是，在下用聚墨硯反覆勘察過，整個宿陽城就數這個祠堂靈氣最盛。」韋時晴取出墨硯，上面的墨水聚成一團，已是濃度的極致。

陸游滿意地點點頭：「嗯，不錯。古硯微凹聚墨多。」

諸葛宗正知道這是陸游自己寫的詩，連忙恭維了一句：「陸大人這句詩，真是切合實景。」

陸游拍拍他肩膀，得意道：「你這馬屁拍得有些明顯，不過老夫喜歡。」

「請問，剛才出手阻止我們時，陸大人用的是什麼筆？」諸葛宗正恭敬地問道，他對剛才那奇妙的領域與聲音記憶猶新，這種震徹人心可是他從來沒經歷過的。

陸游呵呵一笑，指了指站在一旁的朱熹道：「這是我一位同行朋友，剛才就是他出手。」

諸葛宗正和韋時晴看到這中年人貌不驚人，手段卻如此了得，都十分欽佩，上前一一施禮。陸游道：「你們可別小看了他，他的筆靈，乃是自己煉的。」

「生煉筆靈？！」韋時晴錯愕萬分，不禁疑道，「筆靈是人心所化，難道說先生可以一心二用嗎？」

朱熹道：「我剛才便跟你們說了。人都有道心，有人心。追求天道的，就是道心；追求貪欲的，就是人心。我堅心向道，滅絕欲望，這筆靈裡，蘊含的正是我一心求證大道的道心。」

兩人齊聲道：「這生煉筆塚的法子，實在叫人佩服。先生高明之至。」

朱熹沉聲道：「剛才我與你們講的道理，不是什麼筆靈的法門，而是至理，你們可不要忘記。」兩人連連點頭稱是。

陸游怕朱熹又是長篇大論，心想趕緊找個別的什麼話題，忽然發現他正站在擁有正俗筆的少年身旁，便笑咪咪道：「老朱，這趟熱鬧，我們得好好摻和一下。你既然那麼關心正俗筆，等一下我們收筆的時候，那小孩子就交給你照管了。」

朱熹「哦」了一聲，不再有什麼表示，只把右手搭在他肩上。那可憐的韋家少年被朱熹站在身旁，覺得威壓實在太大，面露畏懼之色，卻不敢動彈。

把朱熹安排妥當，陸游走到祠堂門前，來回踱了幾步，觀察了一番，開口道：「筆靈有靈獸守護，想來收起來也有難度。我這一次出來得急，身上只帶了從戎筆。你們把筆靈都借給我，我要擺一個筆陣。」

第二十章　龍門蹙波虎眼轉

「我要擺一個筆陣。」

陸游的口氣輕鬆，卻有無法拒絕的權威。

諸葛、韋兩家的筆塚吏面面相覷，開始還有人不情願，最終還是在韋時晴和諸葛宗正的帶頭下，把自己的筆靈喚了出來，懸浮在頭頂。雖然陸游是半路殺出來的，可實力和地位在那裡擺著，有他主導收筆，總比被另外一家占了先的好。

陸游五指併齊，微瞇雙目，在半空劃了幾個玄妙的手勢，略一伸手，竟赤手將一枝筆靈捉在手裡。沒見過陸游本事的筆塚吏無不驚詫，他們可從沒見過有人能用肉掌去抓別人的筆靈。陸游東抓西握，很快便在雙掌之間收羅了六枝筆靈，連同自己的從戎筆，一共七枝。

「才雋，快把你的正俗筆靈叫出來，給陸大人用。」韋時晴見朱熹身旁的少年還不動，連忙催促道。

朱熹攙起那孩子的手道：「顏師古之筆，不要輕用。就讓我的筆靈代替正俗筆入陣吧。」

陸游知道他的心思，微嘆一聲，點頭應允。朱熹拍拍那孩子肩膀，示意安心，心意一動，紫陽筆憑空而出，自動飛到陸游的手中。

旁觀眾人剛才已經見識了朱熹的能力，此時又見到紫陽筆靈的本體，心中均是一凜，都在想這筆究竟什麼來歷，怎麼如此有壓迫感。

「哈哈，有了老朱你的生煉筆靈助陣，這筆陣便更完美了。」陸游雙手十指開始吐出淡藍色的靈體絲線，隨著指頭輕靈地擺動牽引，那些絲線彼此交織，以這八枝筆靈為核心，從簡單到複雜，構造出一面大網，把整個祠堂牢牢地圍住。八枝筆靈在陸游手裡都服服貼貼，各自占據了陣法的一角。

在場眾人雖然早聞陸游筆陣之名，此時卻是第一次親眼見識，無不瞠目結舌。

「這一次的筆陣，擺得實在舒服。諸多筆靈功能愈是不同，搭配出的功效也就愈豐富多彩。」陸游站在陣中，呵呵大笑，「我馬上便可布完筆陣，你們在周圍好生護法。」

最後一根絲線從陸游指尖飛出，在半空停頓了片刻，輕柔地飄到了紫陽筆的筆頂，繞了幾繞，如同一隻春蠶吐出的蠶絲，隨即又飄向凌雲筆，把兩枝筆靈連接到了一起。當它們連接起來的一瞬間，整個筆陣光芒大盛，赤紅、絳紫、鵝黃、青碧……肉眼可見的諸多色彩沿著靈絲急速遊走，一圈圈的光環從陣中筆靈四周有規律地振盪而出，層層疊加，把整個筆陣逐漸加厚，直到整個祠堂都被反覆纏繞起來，像是一個大繭。

在場的每一個筆塚吏，都透過自己的筆靈，感受到這筆陣中充沛的力量。陸游手指一擺，八枝筆靈振盪的速度突然變快，八個厚實的光圈朝著祠堂緩緩壓去，並且不斷被筆靈加強。當這八道光圈幾乎聚合在一起時，忽然在筆陣之中的祠堂深處，傳來一聲沉沉的低吼。

這一聲吼音量不高，但卻擁有極強的穿透力，圍觀者心中均是一震，久久不能平靜。若不是陸游設下筆陣，恐怕這一聲吼能把宿陽所有居民從睡夢中吵起來。

「來了。」所有人暗想。

一隻野獸緩慢有致地從祠堂的石碑之間走出來。這是一隻巨大的純白老虎，身上勾勒著條條玄黑色的條紋，如同在雪白宣紙上潑上數道濃黑的墨汁。牠兩隻黃玉色圓眼微微轉動，形體的邊緣不停變幻，看得出應該是靈氣所凝，很不穩定。

許多人立刻就認出來牠的真身：「是白虎！」連陸游和朱熹都忍不住「咦」了一聲。他們想過各種靈獸，卻沒想到居然是白虎。白虎是四靈之一，地位尊貴無比，這神祕的筆靈光靠外溢靈氣而凝成白虎，委實讓人瞠目結舌，這得多少靈氣！

這隻白虎只淡淡地掃了筆塚吏們一眼，便不再理睬他們，而是支起前身，瞪視著筆陣中的八枝筆靈，虎鬚顫巍巍如劍戟森森。牠端詳半晌，忽然把頭頸低下來，虎尾高挺，擺出欲要撲擊的姿態。主持整個筆陣的陸游微微怔了怔，雙手飛舞，筆陣立刻開始發動。

筆陣的原理，是將各種筆靈連貫一氣，渾如一體，兼具了陣中筆靈的全部能力。所以筆靈能力愈多，筆陣威力愈大。宿陽祠堂前的筆陣有八枝，而且還有從戎筆、凌雲筆、紫陽筆這樣的強筆，就威力而言，是陸游布陣以來最強悍的一次。

八個光圈朝著白虎層層套去，白虎感受到了束縛，發出一聲怒吼，身子一擺，鋼鞭一般的虎尾朝著筆陣一角剪去。八枝筆同時開始劇顫，發出微微的共鳴聲。虎尾猛烈地抽到陣腳，數道閃電般的靈氣飛馳而至，硬生生扛住了白虎這一次抽擊，整個大陣的表面都泛起圈圈漣漪。

陸游暗暗吃驚，這白虎只是尾巴一剪，就讓整個筆陣搖撼了半分，力量著實不小。他不敢怠慢，連忙指劃手翻，調度筆靈。

白虎見一擊未成，又換了個方向，試圖伸出爪子去撲擊。不料後腿還未運足力氣，就覺得身子一沉，整個虎身都開始朝著青石板裡陷了下去。原來這是筆陣其中一枝筆靈的能力——屬於諸葛家的雪梨筆。雪梨筆煉自岑參，因為岑參吟出過「忽如一夜春風來，千樹萬樹梨花開[1]」的奇想變幻，所以這筆的能力，便是可以改變物體質地。

剛才把韋才臣陷入石中的，正是這枝雪梨筆。因為用這筆的筆塚吏年紀尚輕，這筆僅能改變一小塊區域的材質，只能把韋才臣雙足困住。而在陸游的筆陣中，雪梨筆能力得到大幅提升，竟能把整個一隻巨虎腳下的石板都改變了，讓牠身陷其中。

與此同時，凌雲筆吹起大風，已經液態化的石板被這陣風吹起層層波浪，甚至激起了石液水花，濺在半空之中。等到白虎被這石泥潭陷進去半個身子，陸游併指一彈，整片青石板頓時凝結如鐵，那些恰好捲起的浪花，便保持著波濤的形狀，化成了數把天然彎曲的石鎖，牢牢鎖住白虎的四肢和虎軀。

這一連串攻勢讓諸葛家那位雪梨筆的弟子看得如痴如醉，同樣的戰術，這位陸大人用起來可比自己強出太多了。而韋時晴也沒想到，凌雲筆和雪梨筆搭配起來，還有這樣的奇用。只可惜二筆分屬兩家，否則……

白虎掙扎了幾番，發覺這石鎖牢固無比。牠擺了擺頭，虎軀一震，整個身體漲大了數分，額頭那「王」字黑紋清晰分明。只聽轟隆一聲，數塊寬大厚重的青石板竟被牠硬生生掙碎了。

陸游毫不意外，如果這白虎連這點束縛都掙脫不了，那才真叫怪事。他手指挪移，商洛筆化作數條棍棒，幻化成無數白影，迎頭打去。白虎本是靈體，對於這種實體攻擊根本不懼。只見商洛棍輕易便穿過白虎身體，然後敲在地面上，騰起一陣塵土。

打空了？

陸游的攻擊，就不會這麼簡單。

白虎沒有注意到，每一根商洛棍上，都沾著幾絲可疑的白銀色絲線。當商洛棍穿過白虎身體時，這些絲線便留在了白虎體內。

而絲線的另外一端，則連接著筆陣中的另外一枝筆——常侍筆。

常侍筆煉自盛唐詩人高適。高適擅寫邊塞詩，雄渾悲壯，胸襟高廣，尤擅描摹兵戎之景，史稱「高常侍」。這一枝常侍筆能散發靈絲，靠靈絲操控筆童，如臂使指，無不如意。剛才朝韋家發動突襲的六個筆童，就是由它一體操控，控制力度之大，乃筆中翹楚。

這些絲線雖有控制，本身的力道卻十分微弱，白虎表皮只消輕輕一彈，便可把它們拆開。所以陸游便把這些絲線拴在商洛筆上，來了一招明修棧道，暗渡陳倉：商洛棍是實體攻擊，打不中白虎，可它穿過虎軀的時候，那些靈質絲線便悄悄留在體內。

而這絲線一旦拴上身，就等於把身軀的控制權拱手相讓。白虎很快發現，自己身體開始不受控制。牠虎嘯連連，力量噴湧，甚至於連整個筆陣都為之顫動。可這些絲線已經深深埋入了體內，外部力量根本無法切斷。

常侍筆光芒大盛，筆端絲線愈噴愈多。筆陣的妙處，就在於諸筆能互相輔助，互通靈力。得了其餘七枝筆靈的支援，常侍筆的控制能力得到了前所未有的加強。白虎舉手投足，都無法隨心所欲，甚至連吼上一吼都難以做到。

白虎怒極，揮舞著鋒利的爪子與尾巴，拚命掙扎。牠一爪下去，祠堂「嘩啦」一下便被毀去了半邊；一尾掃過，一排山牆轟然倒塌。短短數息之間，整個祠堂便被牠搞成一片廢墟。然而附在祠堂上的筆陣，卻未受到分毫衝擊。

陸游見白虎折騰夠了，微微一笑，手中銀絲輕動。那些絲線如同牽引傀儡一樣，牽引著這隻可怕的巨獸朝著筆陣最中央走去。在那裡，一個巨大的虬木筆筒安靜地等待著，巨大漆黑的筒口瀰漫著淡淡的氣息與吸力，等待著吞噬筆靈。

到了這個時候，陸游忽然發現了一個問題，隨即所有人都發現了這個問題。

白虎在此，可是白虎口中的筆靈呢？

牠的口中，根本沒有筆靈。

陸游站在筆陣中心，皺起了眉頭。他們鋪設這一切，就是為了要收筆靈。可如今筆靈不在，只有這隻危險的靈獸，難道說，情報有誤，這只是一隻天地間靈氣凝成的野獸，而非筆靈獸？但這白虎的身上，卻散發著十分清晰的筆靈氣息，實在令人費解。

陸游猶豫片刻，手中絲線一緩。那白虎趁機仰天大叫一聲，身體上的黑紋條條綻起。陸游驚道：「不好！」急忙操控數筆齊發，可為時已晚。

白虎張開血盆大口，「吭哧」一聲，一口便把那虬木筆筒咬掉半邊。

那筆筒是筆塚主人所用，天長日久也沾染了靈氣，可卻經不住這威力驚人的一咬，可憐一代名器就這麼毀於虎口。

兩家筆塚吏無不大驚，都沒想到這隻野獸凶悍到了這個程度。韋時晴心中更是痛惜，這虬木筆筒是他收藏的寶物之一，收筆無數，想不到竟毀在這宿陽城內。

陸游這時終於也動怒了。他大手一揮，從戎筆昂然出陣，化作一個巨大的拳頭，砸將過去。從戎筆坦坦蕩蕩，直來直去，那白虎入陣以來，總算碰到可以痛痛快快一較長短的對手，精神一振，張牙舞爪撲了過去，與從戎筆戰作一團。

一筆一虎在筆陣內翻滾鏖戰，打得昏天黑地，拳爪飛舞，周遭的金光帷幕不時被撕扯開幾道裂口。其餘幾枝筆靈被這聲勢震懾，只敢在一旁掠陣助威。從戎筆在筆靈中至為武勇，可碰到這隻白虎，卻顯得有些束手束腳，和它平日裡一往無前的氣勢頗為不符。

陸游知道自己只是筆通，不是從戎筆的真正主人，對它這種純粹是天性的表現無可奈何，只能拚命凝神控制，試圖透過陣法來彌補這種缺陷。

從戎筆和白虎戰了半晌，彼此誰也奈何不了誰。白虎忽然縱身一抖，周身與額頭的黑紋開始流轉凝結，最終在脊背上變作一對玄黑色的飛翅。陸游心中一突，一種強烈的不安襲上心頭。但凡靈獸，都有異能。這隻白虎居然生出雙翅，正應了如虎添翼這句話，沒人能想像這隻巨獸的威力會提升多少。

白虎雙翅一擺，閃過從戎筆的拳頭，朝著半空飛去。陸游以為牠要逃逸，連忙加厚筆陣的防禦。不料白虎在半空盤旋了半圈，突然把頭一轉，張開大嘴，朝著懸在半空的一枝筆靈咬去。

那筆靈屬於諸葛家，功用只是製造幻影，作用不大，陸游一直只把它遠遠地擺在筆陣邊緣。白虎驟然襲來，筆靈根本毫無防備，只聽「喀嚓」一聲，被白虎咬作兩截。白虎還嫌不夠，把那兩截殘筆又嚼了幾嚼，索性吞下肚子裡去。

原本高速運轉的筆陣在瞬間停滯了，在場每個人臉上都浮現極度的震驚和惶恐。

筆靈乃是才情所化，本該是不朽不滅的，自有筆塚與筆塚吏以來，還從未有筆靈被滅的事情發生。而今日這隻白虎，居然可以一口吞噬筆靈——究竟是什麼樣的筆靈，才能鑄就這樣一隻凶獸啊！

在地面的一個筆塚吏突然發出淒厲的慘叫，正是諸葛家那枝筆靈的主人。人筆連心，筆靈既死，筆塚吏的精神亦會受到極大損害。

彷彿受到他的刺激，筆陣中的其他筆靈都開始顫抖起來，筆陣一時間大亂。沒有筆塚吏願意自己的筆靈被這隻可怕的怪獸吞噬，他們拚命控制自己的筆靈移動，生怕成為白虎下一個目標。陸游怒喝道：「你們不要亂，筆陣一破，誰也跑不了！」

可惜他的呼喊無濟於事，白虎吃筆給筆塚吏帶來太大的衝擊，每一個人都完全被恐怖懾服。人心一亂，筆靈便不受控制。幾枝筆在半空雜亂而無助地飛翔著，不時發出類似哀鳴的響聲，筆陣在勉強支撐了幾息之後，轟然崩潰。

白虎吃下筆靈之後，身軀又漲了幾分。牠意猶未盡地拍打著雙翅，睥睨著驚慌失措的卑微人類，慢慢地挑選著下一個目標。牠本身沒有智慧，但誕生時就被賦予了一種強烈的本能，就是要吞噬見到的所有筆靈。

牠掃視一圈，忽然看到遠處有一個驚慌的少年，他頭頂浮著淡黃色的一枝毛筆。不知為何，牠總覺得那枝筆有幾分古怪的氣息，與別的筆不大一樣，於是便決定就從這一枝下手。白虎身形一動，朝著那少年飛撲而去。從戎筆是唯一還保持著鎮定的筆靈，它尾隨著白虎拚命追去，奈何虎生雙翼，速度太快，一時間追趕不及。

韋才傌見白虎衝著自己撲來，兩股戰戰，害怕得忘記了把正俗筆靈收回體內。所有人都看得很清楚，但所有人都無能為力。即便是陸游，也只能讓從戎筆尾隨著白虎，卻差一步趕不及。

只有一個人例外。

就在白虎撲向正俗筆的一瞬間，朱熹身形一動，伸開雙臂擋到了韋才雋的前面。就在白虎即將撲到韋才雋的一剎那，牠的腦海裡忽然浮現一種奇妙的熟悉感。白虎遲疑了一下，仍舊張口衝著筆靈咬去。

這一咬，有千鈞之力，正俗筆立刻斷為兩截。

白虎咬斷正俗筆的同一瞬間，紫陽筆急速在朱熹和韋才雋周圍形成了一圈領域。這領域雖小，卻湧動著極其濃厚的紫金顏色，可見朱熹把所有的力量都壓縮在這方寸之地。

白虎還未及嚥下正俗筆的殘骸，就發現天地間變成了一片充塞四野的洋洋紫光。牠疑惑地鼓動雙翼環顧四周，發現這空間裡什麼都沒有，又似乎什麼都有，周遭散發著如同初生記憶一般的氣味，很舒服，很熟悉……牠晃動碩大的腦袋，沉沉地發出一聲懷念的吼叫。

然後牠看到了紫陽……

在場眾人看到那凶悍的白虎先吞噬了正俗筆，然後撲入朱熹的紫陽領域，碩大的身軀竟一下子融入紫光，消失無蹤，都待在了原地不動，沒人知道這是吉是凶。

陸游衝到朱熹跟前，大聲喊道：「老朱，那白虎呢？」他唯恐這白虎又有別的神通，把朱熹的紫陽筆毀掉，那可就真的是大麻煩了。

朱熹直愣愣地待在原地，似乎神遊天外。陸游的大嗓門連喊了數聲，他方才緩緩抬起頭，注視著陸游道：「牠在我的紫陽領域裡。」

「需不需要助拳？你一個人撐得住嗎？」陸游急切問道，從戎筆在半空也焦躁地鳴叫著。它空有戰意，卻找不到敵人。

朱熹道：「不妨事。」他揮了揮手，意思是自己要靜一下。陸游知道，在紫陽領域內，朱熹就是天道，一切規則都要順從他的意思，便不再堅持，把注意力重新放回祠堂來。

「才雋！」

韋時晴忽然悲憤地喊了一聲，三步併作兩步跑過來，把失去筆靈的少年扶起來。他喊著名字，聲音已經顫抖得不成樣子。韋才雋是韋家年輕一代中最受族長寵愛的孩子，這枝正俗筆是族長破例賜給他用的。如今幾乎弄至筆毀人亡，他如何能不驚。

在剛才的混亂中，他一下子發了懞，凌雲筆遲滯了半分，便只能眼睜睜看著白虎撲過去毀了筆靈。若不是朱熹慨然護在了少年前面，別說正俗筆，恐怕就連韋才雋這一條小命也難逃虎口。韋時晴如今對朱熹充滿了感激，覺得這人真是程嬰[2]再世、田橫[3]復生，天下第一等的義士。

他的臂彎忽然一沉，原本暈過去的韋才雋終於恢復了神志。只是這孩子眼神渾渾噩噩，整個人似乎處於懵懂狀態，對外界的呼喊顯得十分遲鈍。韋時晴心裡暗暗慶幸。這枝正俗筆與韋才雋只是寄身，與他的精神連接不甚緊密——像剛才諸葛家那枝被毀的神會筆靈，那個不幸的筆塚吏恐怕已經是精神錯亂了。

筆靈與筆塚吏就是如此，用之深，傷之切。

陸游看過韋才雋的傷勢，知道他並無大礙，轉去看其他人。諸葛宗正和其他兩名諸葛家的子弟聚在另外一處，他們的同伴伏在地上一動不動，已形同廢人。這個失去筆靈的人像是失去了魂魄，眼神空洞，原本濃黑的頭髮現出根根白髮——這是失筆時精神受創過巨的症狀。

諸葛宗正見陸游走過來，不禁悲從中來，半跪在地上：「陸大人，事情怎麼會變成這樣子……」

陸游眉頭緊皺，欲要攙起他來，卻不知該如何回答是好。這一戰，可以說是異常淒慘。諸葛家和韋家前所未有地各自損失了一枝筆靈，兩位筆塚吏也淪為廢人。若不是朱熹在最後關頭及時出手，他們甚至抓不住那隻白虎。

從秦末至今，每一枝筆靈都代表了一個獨一無二的天才，毀掉一枝，便少掉一枝，永不可能復原。這次居然有兩枝筆靈隕落，他比韋家、諸葛家還要心疼。

「老朱，那隻畜生怎麼樣了？」陸游滿腹怨氣地問，他現在對那隻不知從哪裡跑出來的白虎，充滿了怨恨，恨不得把牠剝皮抽筋。

朱熹此時一動不動，額頭沁出一層細密的汗水，黝黑面孔隱約透著紫光，心力耗費到了極點。過了半晌，朱熹方疲憊道：「我已用紫陽筆將牠打回原形，陸兄請看。」他心念一動，一件物事「啪」地憑空掉落在地上。

這件東西五尺見長，兩尺見寬，外形平扁方整，赫然是塊與剛才那隻白虎身量差不多的牌匾。牌匾底色玄黑，邊框勾以蟠虺紋理，正中寫著三個氣象莊嚴的金黃色篆字：白虎觀。

陸游一看這三個字，倒抽一口涼氣。饒是他見多識廣，這時也是震惶到了極點，整個人如同被萬仞浪濤捲入無盡深淵，一時間茫然無措。

「竟……竟然是白虎觀……難怪我的從戎筆畏縮不前——若是那枝筆的話，吞噬筆靈也就毫不為怪了……」

朱熹聽到陸游自言自語，雙眸綻出絲絲微芒。他何等見識，憑這三個字已經大略猜測出了真相，心中掀起的波瀾不比陸游來得少。諸葛宗正和韋時晴對視一眼，奇道：「陸大人已經知道這白虎的來歷了？」

陸游瞥了他們一眼，冷冷道：「白虎觀，哼，天下又有幾個白虎觀？」那兩人畢竟都是各自家中的長老級人物，飽讀詩書，身上都有功名，經陸游這麼一點撥，兩人俱是「啊」了一聲，嘴巴卻是再也合不上了。

史上最出名的白虎觀，唯有一座。

東漢章帝建初四年，四方大儒齊聚洛陽白虎觀內，議定五經，勘辯學義，將孔子以降數百年來的儒家學說做了一次大梳理，為時數月之久。史官班固全程旁聽，將議定的內容整理成集，就是大大有名的《白虎通義》。至此儒家理論，始有大成。

在白虎觀內的俱是當世大儒，個個學問精深，氣勢宏遠，辯論起來火花四射。白虎觀前高高懸起的那塊牌匾，日夜受經學薰陶，竟逐漸也有了靈性。等到班固《白虎通義》書成之日，夜泛光華，牌匾竟化成一隻通體純白的老虎，盤踞在《通義》原稿之上做咆哮狀。班固心驚膽戰，幾失刀筆。此後世所謂「儒虎嘯固」是也。

後來班固受大將軍竇憲牽連，入獄病死。臨死之前，筆塚主人本欲去為他煉筆，不料那隻白虎穿牆而過，先銜走班固魂魄，合二為一，讓筆塚主人撲了一個空。

所以陸游的從戎筆碰到白虎，有畏縮之意。因為從戎筆乃是班超之物，班超見到自己兄長班固，自然難以痛下殺手。

這一段公案，筆塚中人個個都知道，只是不經提醒，誰也想不起如此冷僻的典故。

陸游有些不甘心地拽了拽鬍鬚，眉頭鼻子幾乎快皺到了一起，他抓著朱熹胳膊追問道：「老朱，就只有這塊牌匾而已？沒別的東西了？」

朱熹道：「不錯。我已搜集到了那頭白虎散逸在紫陽領域內的全部靈氣，一絲不漏，最後凝成的，只有這塊牌匾。」

「大禍事，大禍事啊……」陸游一邊自言自語，一邊蹲下身去，用手去撫摸那塊牌匾，手指剛一觸到表面，不禁一顫，匾內有極其狂暴的靈氣橫衝直撞——就算是被打回了原形，這白虎觀的凶悍仍是絲毫不減。

朱熹道：「白虎觀三字，無非是聯想到班固而已，為何陸兄如此緊張？」

陸游的表情浮出苦笑：「如今也無須瞞著老朱你了。這塊白虎觀的牌匾，可不只是代表一個班固，它其實只是另外一枝筆靈的虎僕——而那枝筆靈，只怕是筆塚建成以來最大的敵人。」

朱熹長長呼出一口氣，袍袖中的手微微有些發抖：「是哪一枝？」

陸游搖搖頭道：「它的來歷，連我也不太清楚。筆塚主人諱莫如深，極少提及，我所知道的，只是那筆靈十分凶險。既然白虎觀的牌匾在此，我想那枝筆靈一定離這裡也不遠了，說不定，它就在什麼地方窺視著我們。」

他的語氣低沉，還帶著一絲敬畏，言語間好似那筆靈已悄然而至。此時夜色森森，星月無影，四周黑漆漆的天空如同叢林，不知有多少雙漆黑的雙眼藏匿在黑暗中，正目不轉睛地注視著這一小圈人類。筆塚吏們你看看我，我看看你，每個人心頭都莫名發毛，有沉甸甸的壓迫感襲上，不自覺地朝著彼此靠了靠，顧不得分什麼諸葛家與韋家。

朱熹聽了陸游的話，陷入了深思。陸游圍著那塊匾轉了幾圈，不時掐指計算。他沉吟片刻，然後把朱熹、諸葛宗正和韋時晴叫過來，嚴肅道：「再把你們兩家發現這白虎的情形描述一下，盡量詳細點。」

諸葛宗正與韋時晴不敢多話，老老實實地各自說了一遍，鉅細靡遺，誰也不提對方爭功的事。陸游仔細聽著，兩道白眉幾乎絞到了一起，嘴角的肌肉不時微微抽動，平時那種瀟脫豪放的氣概，被混雜著焦慮與震驚的情緒所取代。

聽他們說完，陸游背著手緩緩道：「白虎這種靈獸，若要刻意隱匿，又怎麼會被人看見。諸葛家和韋家居然同時發現牠銜筆而走，那麼只有一種可能——牠是故意在人面前顯露行跡，然後躲藏在這個祠堂之內守株待兔，誘使筆塚吏過來，好吞噬筆靈。」

一想到自己原來才是目標，諸葛宗正和韋時晴面色俱是一寒，一陣後怕。這次若不是陸游現身、朱熹出手，恐怕這兩家的七位筆塚吏都會淪為那白虎的口中食。

朱熹問道：「可是那白虎吞噬筆靈，又是為了什麼呢？」

陸游道：「以我的揣測，這隻虎僕是想積蓄筆靈的力量，去幫牠的筆靈主人破開封印。」

朱熹聽到這個，有些驚訝：「怎麼，那枝筆一直是被封印的嗎？」

陸游苦笑道：「老朱你有所不知。據說那枝筆自煉成之日起，就異常凶險。甚至筆塚主人都不敢把它與其他筆靈同置在筆塚之內，而是另外找了個地方，把它跟那隻虎僕重重封存。不過筆塚主人當初布下的禁制十分強大，我猜它的封印還不曾完全解除，所以才需要白虎出山來捕獵筆靈，好讓它有足夠的力量掙脫制約束縛。」

陸游說完，又補了一句：「倘若剛才是那枝筆靈親自出手，嘿嘿，我估計在場之人一個也活不了。」

還未曾現出真身就讓陸游如此忌憚，可見那筆靈是何等可怕。

諸葛宗正面色變了變，連忙道：「茲事體大，看來得請示一下族長才是。」

韋時晴亦開口道：「就算是族長，恐怕也難以應付。沒人知道那筆靈的正體是什麼，更別說如何應對了。而今之計，只能請筆塚主人來定奪了。」說完他看著陸游，知道能夠隨時見到筆塚主人的，只有眼前這個老頭子。

兩個人都是一般心思，先盡快離開這片是非之地再說。一隻虎僕，已經把這幾個筆塚吏殺得人仰馬翻，更別說虎僕的那個神祕主人了。今天已毀了兩枝筆，兩人已經心驚膽寒，不想繼續冒險了。

陸游雙目一瞪，右掌猛拍牌匾，厲聲喝道：「少說廢話！這一來一回，得多少時日？若不趁著它如今還虛弱的時候動手，就再沒機會了！」

諸葛宗正連忙改口，賠著笑臉道：「那依您的意思呢？」

陸游嚴肅地說道：「那筆靈如今離這裡肯定不會太遠。事不宜遲，我們現在立刻動身，就去找到那筆靈棲身之處，把它重新收了——多拖一日，便多一分危險。」

諸葛宗正道：「陸大人您說的是正理不錯，可宿陽附近實在太大，那筆靈該如何尋找呢？」他對陸游十分尊敬，只是如今關係到性命問題，他不得不硬著頭皮頂上一頂。陸游被他這麼一問，不由一愣，他倒是沒想過這件事。

這時候，朱熹在一旁忽然插道：「那筆靈的藏身之處，在下倒是知道。」

其他三個人同時把視線轉移到他身上，陸游一把按住他肩膀，大聲急切道：「在哪裡？」

朱熹一指南邊：「宿陽南三十里。」

諸葛宗正奇道：「朱先生，您又是如何知道的呢？」言下之意，不是很信任朱熹。

韋時晴因為朱熹救下韋才雋，對他一直心存感激，連忙斥道：「朱先生行事謹慎，沒有根據肯定不會亂說，還用得著你來質疑？」

諸葛宗正冷冷道：「不是質疑，只是出於謹慎考慮。陸大人剛才也說了，時間十分緊迫，若是您弄錯了方位，我們白跑一趟不要緊，就怕那筆靈已衝破了封印，屆時我們這些筆塚中人可就麻煩大了。」

朱熹微微一笑，絲毫不以為意，略指了指那牌匾：「方才我迫使那白虎化回原形之時，已經從其中隱約感覺到牠主人的藏身之地。雖不清楚具體位置，但方向、距離應當是錯不了的。」

陸游點點頭，他知道朱熹從不輕言，這麼說一定是有信心。此時已經將近四更天，陸游看看天色，把所有人聚到一起道：「把兩名受傷的子弟送去客棧休養，其他人跟著我和老朱去宿陽南邊查探。」

諸葛宗正忙道：「如若碰到那筆靈，我們該怎麼辦呢？」

「一切隨機應變。」陸游道。還未等諸葛宗正和韋時晴有何表示，陸游又冷笑道：「我告訴你們，這事往大了說，關係到筆塚與你們兩族的存亡。你們再像剛才那樣畏縮不前，貪生怕死，莫怪我替筆塚主人清理門戶！」說完劍眉一立，一拳砸到一塊石碑上，石碑「嘩啦」一聲斷成兩截，倒在地上。

陸游既然把話說到了這分兒上，眾人也便不敢再有異議。陸游又轉向朱熹，鄭重其事道：「老朱，按說這事跟你沒有什麼關係，實在不該把你也牽扯進危險之中。只是那筆靈實在強悍，若沒你的紫陽筆助陣，勝算實在太低。」

朱熹忙道：「陸兄不必為難，在下自當鼎力相助。」

陸游大喜，復又哈哈大笑：「有老朱你在，我就不擔心什麼了。」

他們連夜把兩名受傷的筆塚吏送到客棧休養，然後陸游、朱熹外加諸葛家三人、韋家兩人，一共七人連夜奔赴宿陽城南。

三十里的距離，對於他們來說只是瞬息而至。不過一炷香的工夫，陸游一行人已經到了城南之地。這裡已接近山區，地勢起伏不定，四野寂靜無聲，一條大路在幽冥中幾乎看不清痕跡，唯見遠處山影聳峙。夜風吹過，遍體生涼。

朱熹忽然停下腳步，道：「就在前面。」

無須他再多說什麼，其他六人也已經感應到前方那洶湧澎湃的力量。他們的眼前，是一座小山丘，上面栽種著蒼檜古柏，整齊劃一，分列在道路兩側，一看就是人工手栽而成。而那一條上山之路，全是條石鋪就。石階的盡頭，是一座高大巍峨的石坊，四根柱子火焰沖天，中夾石鼓，匾額上寫著三個大字：櫺星門。

「居然是藏在孔廟。」朱熹笑了。

---

1 出自岑參〈白雪歌送武判官歸京〉。

2 程嬰，春秋晉國人，著名義士。受託協助藏匿趙氏孤兒，且將自己親兒子冒充趙氏孤兒，後親兒子被搜出殺死。

3 田橫，秦末時六國群雄之一，抗秦自立為齊王，因拒降於漢高祖劉邦，自刎而死。

第二十一章　廟中往往來擊鼓

南宋尊孔崇聖，只要是稍微富庶些的地方，都設有孔廟，四時享祭，香火不斷。宿陽雖是小城，卻素有仰聖育賢之心，在各地鄉紳捐助與官府的支持下，在幾十年前也建起一座孔廟，安享周圍村鄉縣城的香火。

此時正是四更天，無論是廟祝還是守廟的莊戶都已沉沉睡去，孔廟內外一片寂然。唯有幾棵唐槐上的烏鴉，偶爾嘶叫一聲，更顯得寂寥空廓。可在筆塚吏眼裡，那一股強烈的靈氣波動，卻是遮掩不住的。

朱熹與陸游對視一眼，心中暗暗提高了警惕，兩人並肩拾級而上。其他五名筆塚吏帶著惶恐跟在後面，彼此下意識靠得很緊。諸葛家與韋家如此和睦，還是破天荒。

這座孔廟規模不大，像是大成門、泮池、狀元橋之類的建築都付之闕如，過了櫺星門之後，便是一片不算太大的廣場，廣場盡頭便是坐北朝南的一座正殿。這正殿是典型的孔廟構造，上有單簷歇山頂，通體只有五楹，前後三跨，殿頂蹲著數隻岔脊獸，做工倒還算精緻。殿旁為東西兩廡房，左邊是鄉賢祠，右邊是子弟堂，連結的紅牆上還寫著「德配天地」、「至聖先師」等字樣。

他們一行人到了大殿之前的廣場，各自站定。陸游環顧四周，發覺那股強烈的靈氣來自擺在殿中的孔聖塑像。那孔聖人的塑像峨冠博帶，面容栩栩如生，一襲素色長袍飄飄若仙，一看便知出自名家手筆。

陸游挽了挽袖子，邁步就要進殿，卻被朱熹拽住了。朱熹正色道：「孔廟是天下學統的淵藪，就算我輩要在此做法收筆，也該先禮而後兵，心懷恭敬，不可褻瀆了聖賢。」

陸游撇撇嘴，知道他是個迂腐儒生，也不跟他爭辯，招呼其他幾位筆塚吏一起跪倒在地，依著祭孔的禮儀拜了幾拜。朱熹拜得特別認真，全套動作一絲不苟。

等到七個人都拜完之後，那孔聖的塑像突然動了一下。這時候，大家才看清楚，孔聖的懷中，居然立著一枝筆。這枝筆與普通毛筆並無二致，只是氣勢極強。但凡筆靈，多少會帶有些許光芒，而這一枝筆卻寸芒不散，反而把周圍的幽光也吸收一淨，它身周數尺之內極黑極深，如同籠罩著一層黑霧，難以看清形體，讓人覺得深不可測。

陸游雙目寒光一綻，認定它正是此行的目標。這時一陣強大的靈力以筆靈為中心向四周瀰漫開來，眾人均覺得氣息一窒。陸游發現這氣息與朱熹的浩然正氣十分相似，只是強出百倍之上。這枝筆靈似乎全無藏匿的打算，就這麼大剌剌地顯現在他們面前。

它的筆管之上豎銘一列字跡，上書：「道源出於天，天不變，道亦不變。」短短十二個字，居高臨下，睥睨眾生，彷彿與天地聯結，蘊含著無限氣勢。

「果然是這一枝筆啊……」朱熹仰起頭來，目不轉睛地盯著這枝有筆塚以來最凶惡的筆靈，心中無限感慨。他的養氣功夫再深沉，此時也無法抑制情緒，從肩膀到膝蓋都激顫起來。

天人筆！董仲舒的天人筆！

那筆靈居高臨下，毫不掩飾地釋放通天的浩然正氣，朱熹、陸游與一干筆塚吏的靈臺一下子被這氣勢淹沒。朱熹雙膝一軟，幾乎要跪在地上。饒是他心高氣傲，此時也不得不收斂氣息。

董仲舒是何等樣人？天下儒生，誰能抗拒他的威嚴。

董仲舒生時去孔聖四百年，去孟聖二百年，乃是儒家承前啟後之一代大宗師。此人奠定了儒家三綱五常的倫理基礎，更首倡「天人感應」學說，成為後世儒家治學第一精要——故而筆稱「天人」。董夫子在儒門的輩分之尊，只在孔孟之後。莫說是朱熹的紫陽筆，就算是顏師古的正俗筆，見了它亦只能俯首。

面對前代大賢，朱熹只有俯首叩拜的心思，陸游卻神色凝重起來。董仲舒這枝筆，他是知道的，也知道當初曾經發生過什麼。

董仲舒儒學大成之後，曾向漢武帝進言「罷黜百家，獨尊儒術」。得到漢武帝首肯之後，董仲舒便親率門下弟子橫掃天下，大肆捕殺百家傳人。諸子百家雖得筆塚主人暗助，但他們所面對的是掌握了「天人」精要的董仲舒與整個大漢朝廷。「罷黜」歷時二十餘年，直至董仲舒去世，百家已被殺得人才凋零，十不存一，慘烈至極。儒家遂成官學，大行其道。

筆塚最為珍惜歷代才情，總設法不使其付諸東流。而這董仲舒為了儒家獨尊，竟滅盡天下百家學說，稱為筆塚最凶惡的敵人，真是毫不為過。

「難怪那白虎僕能毀殺諸筆，原來牠的主人是董仲舒的天人筆……」陸游喃喃道，脊背開始有冷汗流出。《白虎通義》根本就是董仲舒《春秋繁露》一脈相承的理論學說，那隻白虎做了天人筆的奴僕，可以說是順理成章。

陸游原本不知這筆靈身分，心中只是惴惴不安；如今他看清是董仲舒的天人筆，卻忽生絕望之感。董仲舒當年風頭極盛，就算是筆塚主人都難以制伏，如今光憑這幾個筆塚吏，真的能順利收筆嗎？

他回頭看看，那幾名諸葛家和韋家的人，都傻呆呆地站在原地，被天人筆的氣勢所懾，他們的筆靈如同遇見雄鷹的雛雞一般，甚至不敢露頭——這也難怪，當年死在董仲舒手下的筆靈不知有多少，自然形成極重的煞氣。尋常筆靈見了，無不退避三舍。

忽然之間，陸游眼神瞥到筆身，他注意到這天人筆雖然氣勢驚人，筆頭卻是半白半黑。尋常毛筆蘸墨，多是筆尖黑而筆肚白；而這枝天人筆卻與常識迥異，筆尖是白的，再往上的筆肚卻黑得像浸透了墨汁。

「莫非那個就是筆塚主人的封印所在？」陸游心念一動，連忙靠近朱熹道：「老朱，老朱。」朱熹被那天人筆的氣勢所驚，雙眼迷茫，直到陸游拚命搖晃他的肩膀，才如夢初醒。陸游道：「你注意到了沒有，這枝天人筆雖然主動現身，卻不曾出殿一步。我們站在這裡，除了精神上略受衝擊，別的也沒什麼異狀。」

朱熹何等聰明，只略一想便道：「你是說它其實根本出不了殿門？」

陸游道：「對，我覺得筆塚主人的那道封印，仍舊還有效果，所以這天人筆活動範圍有限，只要我們在殿外，它便奈何不了。」說完他把天人筆筆頭半墨半白的異象說給朱熹聽。

朱熹為難道：「可我們在殿外，雖然它無奈我何，我們亦無法闖進去。」

陸游雙臂交攏，關節發出嘎巴嘎巴的脆響，從容道：「這好辦，讓我進殿去試探它一番便是。」他說得輕描淡寫，可誰都知道這一去絕對是凶險無比。

朱熹聞言一驚，把他扯住，沉聲道：「你可不要輕敵，那可是董仲舒董夫子，不是我們所能抗衡的。」他自幼向學，把這些大儒先賢奉若神明，如今親見，生不出半點反抗之心。

陸游盯著那天人筆，嘴邊露出一絲戲謔的笑意：「若換了別人，恐怕是不行。不過合該這天人筆倒楣，今日之我，正好是它的剋星。」

朱熹見他說得堅決，便從懷裡取出一卷書來放到陸游手裡：「董夫子一生精粹，就在這本《春秋繁露》。你帶上它，或許這天人筆能看在往日情分，不會痛下殺手。」

陸游笑道：「你這傢伙，平時木訥少語，這會兒卻忽然話多起來。」

朱熹「哼」了一聲，抿住嘴唇，仍是一副面無表情的模樣，冷冷回答：「書到用時方恨少。」陸游見他難得地說個笑話，哈哈大笑起來。

陸游又轉身對身後幾名筆塚吏叮囑道：「我若是出了什麼事，我的性命可以不顧，你們記得一定把從戎筆收好，去交還筆塚主人。這是他借給老夫的，不還給他可不行。」諸葛宗正和韋時晴面面相覷，覺得這位陸大人似乎在交代遺言，答應也不是，不答應也不是。

這時候一人從隊伍裡毅然站起來，大聲道：「陸大人，我陪您進去！」

陸游一看，原來是韋才臣。他拍拍這一臉激昂的年輕人肩膀，搖搖頭道：「這天人筆，不是你們這些小孩子所能應付的。」韋才臣還要堅持，被陸游輕輕一推，他頓覺手腳痠麻，不由得倒退了幾步，撞到韋時晴懷裡。

諸葛家的雪梨筆與常侍筆兩位筆塚吏也都是年輕人，被韋才臣一激，也要站出來慷慨赴義，卻被諸葛宗正一眼瞪了回去。諸葛宗正怒道：「一切全聽陸大人安排，不要自作主張。」陸游知道他的心思，也不說破，只是掃了他一眼，讓後者一陣心虛。

交代完這一切，陸游把《春秋繁露》收到懷裡，頭巾紮緊，慨然邁步入殿。他腳步一踏進去，殿內空氣流轉立刻加速，天人筆從孔聖塑像懷中微微浮起來，彷彿一位起身離座來迎接客人的主人。

「董仲舒，別人怕你，我陸游可不怕！」

陸游哈哈大笑，隨即把嘴閉上，開始吸氣。只見他腹部收縮，整個胸膛都高高挺起，這一氣吸了不知多少氣息。他蓄氣到了極限，突然開口一聲暴喝，如霹靂驚雷，一腔氣息急速噴吐而出，整個大成殿內的空氣都被推動，霎時形成一個小漩渦。

「出來吧！」

從戎筆自漩渦中昂然出陣。這筆精光四射，鋒芒畢露，就像是無數林立的長矛大戈，殺氣騰騰。四周的氣息被它的勃勃英氣逼開數十步外，靠近不得。

天人筆冷冷地盯著它，一道淡不可見的威壓推過去。從戎筆夷然不懼，挺立在半空巋然不動，像一塊切開激流的江中巨石，讓那道威壓從兩側衝開，消散一空。

天人筆似乎很意外，它的地位無比尊貴，威壓驚人，就連凌雲筆這種級數的都要俯首稱臣，怎麼眼前這枝其貌不揚的小筆卻絲毫沒受影響呢？它又連續散出三道威壓，一道比一道大，最後一道甚至還隱含著儒學道統的浩然正氣。

從戎筆從容而立，任憑這些威壓拂過身體，只當是春風過驢耳，視若無物。陸游一陣冷笑，也不管那天人筆是否能聽懂，挑釁似的大聲道：「老夫子，今日你的剋星到了！」

陸游一聲低喝，從戎筆立刻化成兩道黃光，籠罩在他的雙拳之上。陸游一晃身形，提著兩個酒罈大小的拳頭，朝著那天人筆來了一個雙風貫耳。

天人筆猛然從孔聖懷中騰空而起，避其鋒芒。陸游的拳勢太過剛烈，收之不住，正砸在孔聖人的塑像上，登時把這泥俑砸了一個稀巴爛。朱熹在殿外看到，面色有些難看，暗想這可太褻瀆聖賢了。

陸游在殿內大聲喊道：「老朱你莫生氣，孔子曰：始作俑者，其無後乎。這不過是個泥俑，我這也是恪盡聖人之道啦！」

令所有人大吃一驚的是，這天人筆在從戎筆前，似乎根本無心爭鬥。陸游連連出拳，挾著投筆從戎的決絕氣勢朝它轟去，它卻只一味在半空浮游躲閃，不見有任何反制手段。

朱熹等人對筆靈了解不及陸游透徹，不知道這從戎筆是筆靈中的特例——當日班超投筆，凝練的是武人豪氣，而不像其他大多數筆靈一樣靠的是文人才情。所以面對處於文人巔峰的儒學宗師，從戎筆不像其他筆那樣畏懼，反而躍躍欲試。

正所謂一物降一物。白虎因為寄寓有班固的靈魂，恰好能克制班超的從戎筆；而從戎筆的武人戾氣，又恰好能對付文宗之魁天人筆。面對其他任何筆靈，天人筆都能占上一合之先，唯獨碰到從戎筆，只能落荒而逃。正所謂「秀才碰到兵，有理說不清」。

果然不出陸游所料，他與天人筆相逐了許久，發現它只在大成殿內騰挪轉移，卻從不出門一步，果然是封印的緣故。陸游忽然注意到，那天人筆筆肚的墨色似乎比剛才變多了，朝著筆尖又前進了半寸。

「莫非那筆尖的白色，代表了它如今的靈力，而那墨色，便是封印的力度？」陸游暗暗思忖。

他知道筆塚內有一個法門，是用筆靈去蘸含有禁制之力的墨汁，借此來封住筆靈的力量，墨不退盡，封印不除。如今看來，封印天人的，正是這種辦法。只是這裡的封印是筆塚主人親自施為，比尋常禁墨威力不知大去凡幾。

而天人筆筆頭兩色的此消彼長，說明剛才這筆靈消耗靈力甚巨，無力抗拒禁墨，讓墨色又重新開始浸染筆頭。陸游暗喜，心想只待這麼耗上一時三刻，就可讓天人筆的力量消耗殆盡，禁墨便可重新封印了。

這時，殿外忽然傳來一聲呼喊：「才臣，快回來！」隨即有一個人影衝入殿中。陸游大驚，轉頭去看，卻發現韋才臣手持商洛棍，滿臉得色：「陸大人，你我合力，把這妖孽盡快擒下！」

原來韋才臣見陸游打得很是輕鬆，心裡覺得這天人筆聲勢驚人，原來也不過如此。韋才臣素來心高氣傲，剛才被白虎衝陣，覺得十分恥辱，此時見天人筆如此示弱，便想借此機會將功補過，立一大功。

天人筆一見又有筆塚吏進來，筆頭輕擺，筆身周圍的浩然正氣凝聚成了數個漩渦，一派道統氣派。韋才臣拿著商洛棍，朝天一指，叱道：「妖孽，還不快來受死！」

陸游急忙喝道：「蠢材，快滾出大殿去！」

話音未落，那些道統正氣匯聚一處，形成一隻巨大手掌。這巨掌掌心朝下，五指分開，幾乎可以遮住半個殿面，指間凝結著無比的威儀。一聲嚴厲而恢弘的喝聲憑空響起：

「罷黜！」

這聲音高高在上，宛如來自天神的制裁。巨掌朝著韋才臣迎頭拍去，如泰山壓頂。韋才臣手舉長棍，打算擋上一擋。只聽「轟」的一聲，煙塵四濺，那手掌已經把韋才臣和商洛筆實實拍中，整個大殿都為之一顫。

陸游又驚又怒，右拳猛震，一道金黃色的拳波衝了過去。可惜為時已晚，那巨掌再度揚起之時，地板上已不見了韋才臣的身影，只是指縫間多了一些靈骸碎片。殿內外的幾個人都驚駭到了極點，想不到這巨掌輕輕一拍，就把一個筆塚吏和筆靈生生拍成了齏粉。

「受死吧，老夫子！」

陸游拳影霎時蓋滿了半空。那天人筆收了巨掌，翻滾了幾圈，閃避極快，筆尾還拖著一長串浩然之氣形成的霧團。那霧團盤旋了幾圈，把那些散碎的商洛筆靈骸一一吸收進去，霧中偶有掙扎的靈光一現。過不多時，嘶鳴聲漸漸消失，說明那誕生不過百年的商洛筆靈，已經被天人筆徹底吞噬了。

天人筆的筆體此時多了幾分光華，就像是一隻飽餐了一頓獵物的野獸。陸游驚訝地發現，天人筆筆肚那截墨色，朝上褪了幾寸，筆尖的白色比剛才占的面積大了許多。看來這天人筆，是靠吞噬筆靈來增強力量。吃的筆靈愈多，禁墨褪得就愈多。等到筆頭全數變白，就是天人筆徹底解脫之時。

陸游就這麼稍微一走神，那天人筆突然躥到他跟前，滾滾黑氣化作血盆大口，朝著附在他拳上的從戎筆吞去。陸游見天人筆吞噬了筆靈之後，已經不懼從戎筆的鋒銳，只得遊走纏鬥，不敢與它正面對抗。大成殿內的形勢，立刻逆轉。

殿內很快便被浩然正氣形成的滾滾迷霧充斥，殿外之人根本看不清殿內情形。

朱熹看到陸游身臨險境，急忙喚出紫陽筆，同時對其他四人喊道：「我們快一起上前送筆，只要陸兄結成筆陣，便可立於不敗之地。」

可無論是韋時晴還是諸葛宗正，都面露遲疑之色。諸葛宗正苦笑道：「陸大人尚且不能抵抗，我們去了，豈不是白白送死，辜負了陸大人的囑託？韋兄，我說得對吧？」韋時晴默默點了點頭，自從看到韋才臣身死之後，他整個人形容枯槁，根本已是無心戀戰。

朱熹冷哼一聲，伸出手去：「拿來。」

諸葛宗正一愣道：「什麼東西？」

朱熹道：「你們收筆，應是有靈器的吧？韋家的筆筒已被白虎毀了，你們一定還有。」

諸葛宗正有些不相信自己的耳朵：「你現在還想收筆？能逃得性命就不錯了！」

朱熹一把揪住他脖領前襟，冷冷道：「拿來。」他頭頂紫陽筆閃閃發亮，諸葛宗正知道這人的實力深不可測，只得嚥下口水，從懷裡取出一個魚書筒。

這魚書筒乃是湘竹所製，雕工十分精緻，鏤刻著冬日寒梅，最難得的是筒口寫有一首王適的詠梅詩：「忽見寒梅樹，花開漢水濱。不知春色早，疑是弄珠人[1]。」乃是柳公權的親筆真跡，頗具靈性。

諸葛宗正有些不捨道：「這是我家祖傳靈物，只能暫借……」朱熹聽都不聽，從諸葛宗正手裡一把搶過魚書筒，飛身衝入殿內。

過不多時，殿內傳來一陣嘶吼喧譁。諸葛宗正幾人不知發生了什麼，走近幾步想看個究竟。突然一聲長嘯，有一枝筆突破了浩然霧氣，從殿裡衝了出來。那四人定睛一看，臉色驟變，轉身想要逃走，可已經來不及了。

懸在這幾個筆塚吏面前的，正是得意揚揚的天人筆。

---

1 出自王適〈江濱梅〉。

第二十二章　走傍寒梅訪消息

朱熹握著魚書筒衝入殿內，毫不遲疑地放出紫陽筆來。他也是儒家中人，修煉得一身浩然正氣，與天人筆的性質相近，是以並沒多少排斥。

這大殿其實並不大，朱熹只稍走了數步，便看到遠處陸游正在與霧氣纏鬥。他金燦燦的雙拳飛快地朝四面八方擊去，帶動著空氣流動，不讓霧氣近身。這種出拳的速度雖然暫保安全，卻持續不了多久，陸游已經是氣喘吁吁，垂下來的亂髮被汗水緊緊貼在額頭。

「陸兄！」朱熹大叫一聲，連忙跑了過去，紫陽一展，四周霧氣倏然退散。陸游的壓力頓消，這才得以喘息。他抬頭看到朱熹出現，眼裡閃過一絲欣慰之色。朱熹走到他身旁，問道：「天人筆呢？」

陸游搖搖頭道：「不知道。剛才它跟我鬥了幾個回合，忽然就噴出這個什麼浩然正氣，把我困住。」

朱熹環顧四周，眼前一片霧氣茫茫，什麼都看不到：「你最後一次看到它，是在什麼時候？」

陸游忽然想到什麼，拍了拍腦袋，感激道：「說起來，這還得多虧了你給我的那本《春秋繁露》。剛才我一時不小心，險些被天人筆刺中。好在有這本書擋住，那天人筆一觸到我的胸口，發出一聲長鳴，立刻就退了回去。那是我最後一次直面它。」

說完他從懷裡把書抽出來，發現上面一半的字跡都消失了，只剩下半頁半頁的白紙，不禁一愣。

朱熹看到這缺字白書，面色忽然一變：「糟糕，我忽略了一件事情！」陸游狐疑地望著他，朱熹道：「《春秋繁露》本是董夫子所寫，這書固然可以救你一命，天人筆卻也能借機從中汲取力量。」

「這區區一本書，能有多少靈力給它？」陸游仍舊有些不信。

朱熹憂心道：「《春秋繁露》畢竟是儒家經典，富含聖賢之意。天人筆是儒學之筆，我想它多少能夠從中獲得一些儒家的精神作為補償。」

陸游恍然大悟：「難怪它要棲身在孔廟之中。這裡四時享祭，書香瀰漫，儒學氛圍濃厚。它待的時間久了，恐怕不用吞噬筆靈也能自行脫困。」

朱熹道：「不錯。我那本書不是靈物，能提供的力量不多。但怕就怕是剛夠它突破瓶頸，便是大麻煩了。」

陸游面罩寒霜，對朱熹催促道：「你趕快驅散霧氣，我們出殿！」說完就要把那書扔開，朱熹忙攔住他道：「你且留著，那書好歹還有一半字跡，以後說不定還有用處。」

陸游依言把書揣回懷裡，朱熹立刻驅動紫陽筆，把前方霧氣吹開。兩人飛奔出大成殿，一看外面情形，心臟一下子幾乎要凝結如冰。

只見那天人筆浮在半空，從筆頭伸出四隻巨大的手掌，分作四方，牢牢捏住凌雲、麟角、雪梨、常侍四枝筆靈的筆身，肆無忌憚地抽取著靈氣。只見那四枝筆靈渾身發顫，動彈不得，只能任由天人筆予取予求，光芒比從前暗淡了不少，倒是天人筆筆頭的禁墨顏色褪得越發淡薄。至於那四名不幸的筆塚吏，早已經精神崩潰，仰著頭茫然地望著天空。

「怎麼會這樣……」陸游有些失神，眼前的這一切實在太讓人震撼了，親眼見到四枝筆靈被毀，這對愛筆成痴的他來說，是多麼大的打擊。他的雙手微微發顫，原本無比旺盛的活力一下子從身子裡消逝，就像是變回一個真正的老人。

朱熹這時重重拍了陸游的後腦勺一下，沒頭沒尾問了一句：「你是筆通，應該可以徒手拿住筆靈對吧？」

陸游被他這麼一拍，恢復了些神志，恍惚地回答道：「啊……正是，正是。」

朱熹扳住他的肩膀，雙目瞪視，怒聲道：「聽著！夫子有云，行百里者半九十，你想在最後關頭放棄嗎？」說完一股強烈的浩然之氣從他的身體傳出，透過搭在肩膀上的雙手，猛烈地衝擊陸游的精神領域。陸游悚然一驚，隨即完全清醒過來。

「老朱，這真是，咳！」陸游回想起剛才自己一瞬間的軟弱，覺得實在無地自容。

朱熹卻沒有繼續跟他扯這些閒話，重新問道：「你是筆通，應該可以徒手拿住筆靈對吧？」

陸游道：「不錯。」

朱熹盯著天人筆，淡淡道：「那麼陸兄等一下聽我號令，我們兵分兩路。我去收天人筆，你去救下那些筆靈。」

陸游吃驚地望著他：「你……你怎麼能一個人與它抗衡？」

朱熹傲然道：「我的紫陽筆煉的也是浩然正氣，它奈何不了我。何況你看它一次想吞噬四枝筆靈，也已經是自身極限，不吞完筆靈它是動彈不得的，這是我們唯一的機會。一旦它吞噬完畢，封印解除，就徹底沒希望了。」

「你也是儒生，能對付得了董仲舒嗎？」

「學人自有學人的堅持。」朱熹淡淡道。

陸游想了想，覺得如今也只有這個辦法，他攙著朱熹的手沉聲道：「那麼，老朱你一切小心。事成之後，我請你喝上好的蜀山茶。」

朱熹「嗯」了一聲，不再多說什麼。

那天人筆身形越發漲大，僅僅只有一絲筆毫上還殘留了少許禁墨痕跡，那十二個大字構成的浩然之氣無比耀眼。整個小山上光芒萬丈，如朝日初升，儼然是聖人將出之兆。反觀那四枝筆靈，卻被一層灰氣籠罩，暗淡無光，只怕再過上一小會兒就被完全吸乾了。

就在這時，天人筆看到有另外兩枝筆靈朝著自己高速移動過來。一枝是雖然很討厭但已沒了威脅的從戎筆，還有一枝則是與自己氣息十分接近的紫陽筆。它想應對，可是這四枝筆靈需要它全神貫注地去吸收，難以分神。它有些為難，最終還是決定不去理睬這些小輩，等到徹底解封再應對也不遲。

陸游看到朱熹周身都被紫光籠罩住，這一圈紫光很快擴展到整個廣場，把天人筆和其他四枝筆靈都籠罩在領域之內。

領域內的朱熹，就是道之所在。他意念一動，運轉規則立刻改變，空間介質陡然變厚了數十倍，天人筆吸收靈力的速度登時慢了下來。

陸游見朱熹初擊得手，不敢耽誤。他暗暗禱祝老朱平安無事，同時發揮自己的筆通能力，飛快地去徒手捉拿那些筆靈——能救回一枝是一枝。

距離他最近的是凌雲筆，陸游左手套上從戎筆，用力一擊，那捏住凌雲筆的巨掌立刻斷裂了數片，他右手手腕趁機一翻，已經把筆靈握在手裡。陸游心中稍安，略一感應，忍不住一陣喟嘆。這凌雲筆靈力已經損耗了九成以上，沒個幾百年怕是恢復不過來。

天人筆憤怒地嘶鳴一聲，一邊用自身浩然之氣中和朱熹的領域，一邊加快了吸食速度。那枝雪梨筆已經油盡燈枯，被天人筆猛然用力一吸，整枝筆的光芒猝然熄滅。

那宛如制裁的聲音再度響起：「罷黜。」

巨掌用力一捏，雪梨筆斷成數截，自半空跌落，那些殘骸還未落地便消逝至無形。可惜一代才人岑參，今天徹底才消魂殞。

陸游心中一痛，他顧不得惋惜，奮力朝著另外兩枝筆靈衝去。這時一隻巨掌朝著從戎筆泰山壓頂般拍來。陸游正要反擊，那手掌卻突然縮了回去。他一抬頭，看到朱熹懸在半空，雙手伸開，整個人貼在天人筆正前，兩股浩然之氣激烈地糾纏在一起，都在爭奪對領域的控制權。朱熹整個人面泛紫光，神情可怖，顯然已是凝聚了最大的心神與董仲舒抗衡。

這兩位都是儒學大師，如今就看誰對天道的理解更為透澈，便能奪取領域的控制。

陸游伸手一撈，又把麟角筆抓在手裡，這枝筆也是幾近枯竭，奄奄一息。陸游把它暫時收入懷中，腳不瞬停，立刻奔向最後一枝常侍筆。那天人筆的幾隻手掌，已經全部集中到了常侍筆的身上，靈力瘋湧。它想要借著這筆靈的力量，破開最後一絲封印。

陸游化拳為掌，挾著從戎筆的鋒銳之勁猛劈過去，當即斬斷了數根觸鬚。天人筆像是一隻痛極了的八爪魚，拚命揮舞著剩餘的觸鬚，朝陸游刺來。陸游一接觸到浩然正氣，便覺得渾身緊繃，彷彿被這些正氣僵化了身體一般。他咬緊牙關，勉強拽開雙手，用出從戎筆最強的一招——投筆從戎，從戎筆化成一柄漢代古劍，劍刃上淡淡的一圈寒芒。

班超當年投筆從戎，正是因為不甘為文筆小吏，想要在疆場上建功立業。所以這一招，最強的便是與文氣決斷的堅定。凡是與「文」有關的東西，在這一招面前都只能被毫不留情地斬開。

陸游揮筆如劍，身子如陀螺般飛速轉動。鋒銳所及，手指寸斷，那些罷黜之掌紛紛被削斷了指頭。剩下的手掌見狀，不敢再正面對抗，在半空中掌掌相對，重新匯聚成一扇巴掌。這巴掌大得幾乎可以遮住天空，五指微動，挾著無比的威壓朝著陸游本體猛拍過來。

「罷黜！」

聲音第三度無情地響起，要把這無法無天的從戎筆徹底抹殺。陸游紋絲不動，待到手掌行將拍到自己頭頂時，驟然舉劍，口中暴喝：

「小子安知壯士志哉？」

彷彿這一聲呼喊引發了強烈的共鳴，那漢代古劍陡然身漲數十倍，劍身劇顫，劍鳴不已。

班超當初欲要投筆從戎，其他文吏嘲笑他，他慨然說出這一句話，氣壯山河，名留史冊。今日眼看那文氣十足的罷黜巨掌拍下來，陸游一聲暴喝，讓從戎筆回想起了當年的記憶，那隱藏許久的雄心壯志，徹底甦醒過來。

萬里封侯這等豪情，又豈是尋章摘句的老雕蟲所能制禦！

劍掌相對，轟然作響。那巨掌被從戎筆怒擊之下，終於抵受不住，掌心被一劍刺穿。無數裂痕一下子爬滿了掌心手背，不過數息之間，便徹底潰散。

手掌既消，只剩一息尚存的常侍筆陡然失去了支撐，歪歪斜斜朝地上跌去，被陸游一把接住，暗叫僥倖。若再遲上一步，這筆便保不住了。

陸游還未及仔細查看這筆靈的狀況，就覺得身後突然紫光大盛，隨即聽到朱熹發出一聲長嘯，嘯聲響徹長空，竟是要把一身生命一次嘯個乾淨似的。陸游急忙轉頭，卻看到天人筆的筆頭一片純白，連最後一絲禁墨也褪得乾乾淨淨。

「不妙！」

他腦海裡剛有所反應，滔天的浩然正氣就撲面而來，陸游如同被巨浪正面抽中胸膛，心口一窒，眼冒金星，一下子栽倒在地上。胸口那半本《春秋繁露》「啪啦」一聲碎成萬千紙屑，化散在半空。

陸游趴在地上，只覺得胸口劇痛，疼得頭暈目眩，莫說爬起來，就是想定定神都不能。好在《春秋繁露》與浩然正氣同屬儒家一脈，剛才吸去了大部分力道，否則陸游只怕早已被抽得筋骨碎裂而死。從戎筆受這一擊，也受損非輕，歪歪斜斜勉強飛回陸游胸中。

他大口大口喘著粗氣，拚命轉動脖頸，眼前卻全是虛影。陸游花了好大力氣才把視線凝住，朝前面看去。

殿前已經恢復了以往的清冷寂寥，剛才掙脫了封印的天人筆已不見了蹤影，只剩下朱熹倒在地上，一動不動，手裡還緊緊握著一樣東西。

只見朱熹的前襟嘔滿了大片血跡，面色煞白，雙鬢竟染上了一片雪白，可見耗神之深。

陸游掙扎著爬過去，抓住朱熹的手臂拚命搖晃，可他任憑陸游如何呼喚都沒有反應。

陸游鼓起最後一絲力氣，捏住朱熹的右手虎口，把從戎筆的鋒銳之氣硬生生從右手灌入朱熹體內，去衝擊他的靈魂和心臟。從戎筆天生擅長直勁衝擊，它每衝擊一次，朱熹的身子便抽搐一下，旋即又恢復平靜。如是者三，陸游已是大汗淋漓，以他如今的狀況，能讓從戎筆連衝三次，已經是極限了。

陸游看了眼廣場上散碎的紙片，咬了咬牙，盡鼓餘勇，還要衝擊第四次。朱熹突然弓起身子，張嘴嘔出一口鮮血，緩緩睜開了眼睛。陸游又驚又喜，連忙道：「老朱，你醒啦？」

朱熹虛弱地點了點頭，把手裡那個東西遞給陸游，低聲道：「最後一刻，我把它收……收進來了。」

陸游接過那東西，發現是諸葛家用的寒梅魚書筒，有些詫異：「你收了什麼筆？」他記得那四枝筆靈被自己救下三枝，還有一枝已經毀了。

「天人……」朱熹的面容一瞬間蒼老了許多，臉上溝壑縱橫，如同一塊歷盡滄桑的頑石一般。這兩個字已經耗盡了他全部體力。

陸游大驚：「天人筆？董仲舒？我記得它不是脫離了封印嗎？你怎麼能……」他見朱熹沒有力氣再說什麼，便拿起魚書筒湊近自己耳朵。隔著凹凸的寒梅鏤刻，他能感覺得到，魚書筒裡有一個強大的筆靈在掙扎，在吶喊，不時來回衝撞，似乎不甘心才獲得自由就又被關起來。透過筒口的封印，他甚至能感覺到那股強烈的浩然正氣。

「果然是天人筆！」

陸游大喜，一時間忘了自己的傷勢，一骨碌從地上爬了起來。他輕輕拍打著魚書筒，不禁仰天大笑起來，笑得連連咳嗽不只。縱然天人筆再強大，入了寒梅魚書筒這類專收筆靈的器具，也是難以逃遁的。

陸游一下子覺得全身一點力氣都沒有了，他把魚書筒揣好，慢慢躺下來，舒展四肢，仰臥在孔廟大成殿前。適逢日出東方，一道和煦的光線自天空投射下來，照在了他臉上，暖洋洋的，剛才生死相鬥的慘烈，被這縷陽光一掃而淨。陸游忽然覺得，人生真是說不出的奇妙有趣。他瞇著眼睛，不由得脫口吟道：

一物不向胸次橫，醉中談謔坐中傾。
梅花有情應記得，可惜如今白髮生[1]。

1 出自陸游〈看梅絕句．其四〉。

第二十三章　武陵桃花笑殺人

煙波渺茫，水氣升騰，此時正是一天之中霧氣最盛的時候。

沅江之上，一條烏篷小漁船正緩緩逆流而上，狹長的船艄將江水從容不迫地迎頭切開，嘩嘩的細膩水聲卻讓周遭更顯得靜謐。

船尾立著一位披著淺灰色蓑衣戴著斗笠的漁翁，正在用一根竹竿撐船前行。只是看他的動作頗有些怪異，四肢關節似乎從不彎曲，也不知疲倦，撐船的動作總是保持著相同的速度，一連幾個時辰過去也沒變化。

船內端坐著兩個人。一個人粗腰寬肩，身架極闊，一頭花白長髮被方巾草草束起，顯得有些浪蕩；另外一人則是方臉厚唇，面色黝黑，雙鬢白如雪。兩人一同望著船外兩側不斷後退的山林，有意無意地閒聊著。

「我說老朱，你每天這麼坐禪，不覺得悶嗎？」

「這可不是佛家的坐禪。孟子曰：我善養吾浩然正氣，這養氣的功夫，可不能荒廢。」

「好啦好啦，我怕了你了！你不引聖人之言就不會說話了嗎？」

「我這一輩子，倘若還有機會能為聖人注解，使道統不斷，傳於後世，也便沒什麼遺憾了。」

他口氣中卻有淡淡的惋惜，對方聽了這話，卻有些慌張，勉強一笑道：「莫要胡說，你才多大年紀！老夫還不曾傷春悲秋，何況你？」他微微露出笑意，不再說話，拂了拂袖子，繼續望著遠方水域，目光透過稀薄霧氣，不知注視何方。

這兩個人正是陸游與朱熹。而那撐船之人，則是一位散卓筆化成的筆童。

宿陽孔廟一戰，諸葛、韋家共有七名筆塚吏死傷，四枝筆靈被毀，再加上天人筆橫空出世，可謂從未有過的大亂。筆塚自建成以來，還從未有這麼多筆靈一次被毀。要知道，每一枝筆靈，都代表了歷史上一位驚才絕豔的天才。它們的損失，無可挽回。

最後天人筆僥倖被朱熹所收，總算是不幸中的萬幸。為免夜長夢多，陸游顧不得通知諸葛家和韋家，只是留了筆銀子給孔廟的廟祝，囑咐他代為照顧兩家傷者，然後帶著封印天人筆的魚書筒，和朱熹日夜兼程，直奔筆塚而去。

這一路上，最讓陸游焦慮的，是朱熹的身體。自從孔廟之戰之後，朱熹的健康一日不如一日，面色暗淡枯槁，比起從前更是寡言少語。陸游猜測，這是朱熹強行去收天人筆造成的後遺症。完全破開封印的天人筆太過強悍，雖不知朱熹當時用的什麼神通與之抗衡，可以想像那種神通反噬的威力一定不會小。

陸游問過幾次朱熹，朱熹都只是笑著搖搖頭，只說他是杞人憂天。朱熹這種悶葫蘆，如果不想說的話，任憑誰來也別想問出什麼，陸游毫無辦法，只好加快腳程，爭取早日把他帶到筆塚去，讓筆塚主人想辦法——這種筆靈造成的傷害，尋常藥石是沒有用的。

他們疾行數日，進入荊湖北路常德府境內，在當地買了一條漁船，溯沅江而上。為了掩人耳目，陸游沒有僱船家，而是用了一個筆童做船夫。他在孔廟救下的那枝常侍筆，恰好可以控制多個筆童，如今正好派上用場。

一般的筆塚吏，一世只能驅使一枝筆靈，也只有像陸游這樣體質特異的筆通之才，才能把各種筆靈隨意拿來當工具使喚。

船行兩日，逐漸進入沅江的一條支流。陸游實在無聊，就弄了根釣竿，坐在舷邊開始釣魚。可小船一直在向前行進，又哪裡能釣來什麼魚。陸游耐不住性子，就用常侍筆又弄出一個筆童，讓它代為拿竿，自己躲到船篷裡去了。如果高適在世，看到自己的筆靈被如此濫用，不知會做何感想。

這條支流河面狹窄，兩岸桃林枝條繁茂，落英繽紛，有些甚至伸展到河面上空，船上的人觸手可及。而且這條河流地處偏僻，自從入河以來，除了他們這條船，還不曾碰到別人。

「陸兄，你可知此地為何叫常德？」朱熹難得地首先開口說道。陸游正呆坐在船頭發愣，聽朱熹今天居然有了興致說話，大出意料。

「呃，不是一直叫常德嗎？」陸游摸著脖子回答。

朱熹搖搖頭，抬起手腕在半空畫了幾個字：「常德二字，是取自孔穎達的《詩經．大雅．常武疏》，他說『言命遣將帥，修戒兵戎，無所暴掠，民得就業，此事可常以為法，是有常德也。』」

「哦。」陸游簡短地表達了自己的看法。

朱熹感嘆道：「倘若天下都如此常德，便好了。」

「就靠如今的朝廷？」陸游不屑道，「如今半壁江山都淪入韃虜之手，斯文毀於羶腥，也不見他們有什麼著急。」他忽然想到什麼，又道：「你可知道，靖康之時，筆塚主人毅然閉關筆塚，就是不欲與夷狄為伍，免得千年國學，橫遭汙染。」

朱熹冷笑道：「這躲起來眼不見心不煩的法子，也不見得有何高潔。若真有救世之心，何不入世？」

「筆塚主人是半仙之軀，怎麼肯入俗世。他只是想盡力保全華夏的一點根苗，不教天下才情付諸東流嘛！」陸游壓低聲音道，「你知道嗎，筆塚主人這幾十年來，就出關了一次。他去了極北之地，為臨終的徽宗陛下煉了一枝瘦金筆出來。這是多麼用心。」

朱熹木然道：「莫說了，這若是傳出去，可是要殺頭的罪過。」陸游笑了笑，兩人心照不宣。迎回徽、欽二宗這種話題，一直到現在也算是個禁忌。假如當今聖上知道徽宗還有筆靈留傳下來，恐怕會食不知味，夜不能寐。

船裡又重新陷入沉默。

朱熹拍了拍船頂，從裡面扯出一根篷草，若有所思地盯了一會兒，又主動開口道：「說實話，筆塚主人如此行事，我雖然佩服他的用心，卻覺得此舉愚不可及。」

陸游不悅道：「老朱你怎麼這麼說？筆塚主人憐惜文人才情，這有什麼不對嗎？」

「這些所謂才情，無非就是詩詞歌賦、丹青書法，再加上各類方技，不過是些小道而已，於世情無所裨益，於仁德也是無所促進。」朱熹似乎在心裡醞釀了許久，這一次索性一吐為快，「這些小道，若只是娛情自樂，也就罷了。這位筆塚主人呢？卻把這些聲色犬馬鄭重其事地煉成筆靈，高高供起，視若珍寶。教世人都覺得大有可為，把精力都投諸這些東西上，樂此不疲，罔顧了聖賢之學——要知道，為人一世，求天道、悟正理尚且時間不夠用，又怎可以把光陰浪費在旁的東西上？他開創筆塚，豈不是誤人子弟，引人誤入歧途嗎？」

陸游被這一席話說得啞口無言，只得搓著手道：「你這話，太偏頗，太偏頗！」

朱熹朝著虛空一拜，然後道：「比如徽宗陛下。若他不是耽於書畫筆墨，專心政事，又怎會有靖康之恥？」

陸游被這句話給問住了，半天才支吾道：「這又不同。他是皇帝，不是詩人嘛！」

「若是民間道德整肅，這些東西形不成風氣，君主又怎會沉迷於此？所以我說小道害人，於上於下都是損德無益！」朱熹似乎又陷入鵝湖之會的精神狀態，論辯起來言辭鋒利，毫不留情。他的詞鋒連陸氏兄弟都不敵，更別說陸游了。陸游只得歪著腦袋，癟著嘴，看著篷頂發呆。

「若是人人都能明白存天道、絕人欲的道理，早便是個清平世界了，何必要筆塚？」朱熹得出了結論。

陸游轉過臉去，從筆童手裡接過魚竿，望著江面，免得被朱熹看到自己的尷尬表情。他寧可跟天人筆再打上幾場，也不想跟朱熹辯論這些玩意兒。過了半晌，他發覺身後沒了聲音，覺得有些奇怪，回頭道：「老朱，你囉唆完啦？」

還是沒有反應。陸游再仔細一看，發覺朱熹直挺挺倒在了船艙裡。他這一驚，非同小可，連忙扔開釣竿，衝進船艙把他扶起來。一探鼻息，幾乎微弱不可聞。陸游握住朱熹的手，覺得手的溫度在飛快地降低，他的生命力在逐漸流失。

陸游立刻拿出從戎筆，想故技重施，像孔廟那會兒一樣靠衝擊喚醒他。但這一次卻不靈了，從戎筆連衝了幾次，朱熹還是緊閉雙眼，氣息全無，一層若有若無的灰氣開始籠罩在臉上。難怪朱熹剛才主動說了那麼多話，原來是感覺到自己大限到了，想在臨死前一吐為快。

陸游急得雙目圓睜，他一抖手腕，喚出了六名筆童分列小船兩側，用常侍筆操控它們一起撐船。六根撐竿整齊劃一，小船陡然變得飛快。陸游將朱熹一把横著抱起來，衝到船頭，對著薄霧冥冥中的水岸大聲吼道：「筆塚主人，你快出來！快出來，晚了可就要出人命了！」

他的嗓門奇大，周圍幾里內可能都聽得到。漸漸地，小船鑽入濃重的霧中，很快只能聽到陸游的呼喚。再過了一陣，連他的喊聲都幾不可聞……

朱熹從未感覺如此奇妙，他發現自己超脫了時間的束縛，化作天上的雲，化作山間的風，化作清晨的第一滴露水，化作城鎮中的每一個男女老少。在世間，又似乎不在世間，他化身萬物，冷靜地俯瞰著大地之上的時光變遷。

白雲蒼狗，滄海桑田。不知多少歲月流逝，在斗轉星移之間，朱熹逐漸觸摸到了那神祕而不可言說的天理軌跡，看到了它是如何操控著「氣」和「氣」所凝結的整個宇宙。每一樣東西，哪怕是最小的最微不足道的，都嚴格地遵照「理—氣」的秩序，莊嚴而精密地運轉著。

理和氣，就是這個宇宙的本源，這就是道之所存啊！

朱熹忽然仰天長笑，他的聲音響徹宇宙的每一個角落：「原來我就是理，我就是氣，我是最初的，也是最終的。」

然後他終於醒了過來。

朱熹的第一反應，是自己已經死了。因為這裡四周都閃著奇妙而和煦的微光，而且有幽幽的香氣撲鼻而來。儒家從不提及人死之後會去哪裡，朱熹也從來沒考慮過這一點，但是人性使然，他還是忍不住暗自希望會是個舒服點的地方。

很快他發現自己也許想錯了，因為眼前正懸浮著數枝筆靈，每一枝筆靈都有一根絲線與自己的身體相連。它們都很陌生，也都很熟悉。數股充沛柔和的靈力正滔滔地灌輸進來，修補著他精神上的每一處殘缺。朱熹覺得渾身暖洋洋的，讓人變得慵懶，提不起精神。

「我，這是在哪裡？」朱熹艱難地嚅動嘴唇，甚至沒有轉動脖子，他知道陸游一定會在附近。

「老朱，你沒事了，放心吧！」陸游的聲音出現在耳邊，顯得異常興奮。

「回答我的問題，這裡是陰曹地府還是凌霄寶殿？」這是朱熹想像中僅有的兩個人死後可能會去的地方。他不敢奢望自己還活著，猜想這也許是奈何橋上的什麼鬼把戲。

這時候，他的耳邊又響起了第二個聲音——不，準確地說，是他的意識直接被這聲音潛入。這是一種極為特殊的聲音，寬厚溫和，絲毫沒有煙火氣，如山間溪流般清澈淡泊。

「歡迎來到筆塚，晦庵先生。」

一聽到「筆塚」這兩個字，朱熹一下子清醒過來。

他雙手一撐，努力抬起身子，放眼望去，發現自己置身野外。四周土地平闊，一片片農田阡陌相連，田間稀稀拉拉坐落著十幾處茅屋，偶爾還可聽到雞鳴狗吠，儼然一派恬靜的田園風光，讓人心神一暢。那一片村落之中，還有棟三層樓閣矗立其中，顯得別有風雅。

而自己正躺在一片桃林之中，觸目皆是桃樹，陣陣馨香正是從那些桃花中飄來。陸游笑咪咪地拍了拍他的肩膀道：「老朱啊，這一次你可撿回了一條命。」

朱熹沒睬他，轉動腦袋，試圖找出剛才那個聲音的來源。這時候，那個聲音再度響起：「我留意晦庵先生已經很久了，今日先生來訪，可真叫人高興。」

「尊駕……可是筆塚主人？」朱熹躊躇了一下，謹慎地問道。

那聲音「呵呵」一笑，略帶羞澀地回答：「正是在下。」

朱熹環顧四周道：「這麼說，這裡就是筆塚嘍？」他忽然想到了什麼，不由一驚道：「難道這裡就是……」

陸游得意道：「我初入此地，就和老朱你現在的反應完全一樣。你猜得不錯，這裡就是五柳先生一直嚮往的那個桃花源了。」

陶淵明的〈桃花源記〉朱熹不知讀過多少遍，但只當是一則寓言而已。就算是陸游說去常德的時候，他也沒多想什麼。現在仔細回想，常德府正是舊武陵郡的所在。

「想不到，陶淵明所寫居然都是真的。」朱熹喃喃道，覺得喉嚨有些乾燥。陸游也不去打攪他，讓他慢慢去消化這個事實。自陶淵明以來，這世外桃源多少人夢寐以求，誰能想到居然是筆塚的所在呢？

「當初五柳先生來訪，我曾叮囑他不為外人道，卻沒想到他離開以後，居然寫出一篇半真半假的〈桃花源記〉，既讓世人皆知此地之名，亦沒有違背對我的誓言，可真是個妙人。」筆塚主人的聲音充滿了懷舊和感慨。

「原來桃花源就是筆塚。」朱熹沉吟。

陸游糾正他道：「非也非也，應該說，筆塚是在桃花源內。只是如今筆塚主人閉關，我們無緣得見罷了。」

這時候，桃林深處的土地忽然高高拱起，泥土像被一隻無形的大手抓起來，瞬間聚成一張小圓石桌與三個石凳。一陣山風悄然吹過，桃花遍撒，那些掉在石桌上的桃花變成了一壺醇酒與三只酒杯。

桌邊一棵桃樹身形忽變，化成一位面如冠玉、身著青袍的男子，微笑地望著陸游和朱熹。他身旁還站著一個梳著雙髻的童子，那童子忽然見到生人，有些畏縮，連忙躲到了男子背後。這男子忽然開口道：「在下閉關不出，不能親身恭迎，只能權借桃木為身，略備薄酒，還請晦庵先生見諒。」

朱熹仔細端詳這筆塚主人的桃樹化身，長眉細眼，年若三十，除皮膚上隱約可見一些樹皮紋理，表情神態竟與真正的人類無異，不禁暗暗稱奇。筆塚主人聲音一起，這化身的嘴唇就隨之嚅動，倒也似它在講話般。那個小童生得唇紅齒白，眉目清秀，不知是不是真人？

朱熹朝前走了兩步，忽然發現那半空中懸浮的筆靈們嗡嗡作響，這才想到那些筆靈仍舊還連著自己的身體，為自己輸送著力量。

陸游見他這副發怔的表情，嘿嘿一笑，連說帶比劃道：「你當時在船裡忽然暈倒，可把老夫給嚇得三魂出竅，嘖嘖。好在那時候離桃花源已經不遠，找一路狂奔，用壞了三、四個筆童，這才趕到筆塚。」

「多謝陸兄。」朱熹拱手稱謝。

陸游「哧」了一聲，不屑道，「我有什麼好謝，要謝就謝筆塚主人吧。你能撿回這條命，可全靠他了。」

朱熹看不到筆塚主人實體，只得隔空一拜。筆塚主人的化身笑道：「何必如此，於我筆塚有大恩的，是晦庵先生你呀！孔廟之事，我已聽陸游說了。若非你仗義出手，那幾枝筆和陸游這個冒失鬼，都難免會被吞噬。先生為我筆塚受傷，我拚力救治，那是分內之事。」

陸游插嘴道：「你調教的那兩家好後人，要麼貪生怕死，要麼愣頭愣腦，可拖累了我們不少，白白糟踐了這許多好筆。」他隨手一揮，把從戎、凌雲、麟角和常侍四筆扔給筆塚主人。筆塚主人略一招手，它們便消失了。

筆塚主人略帶痛惜道：「這凌雲和麟角怎麼傷得如此之重……咦，連從戎都沒什麼生氣了。沒幾百年時間，只怕是恢復不過來。」

陸游道：「哼，還不是你所託非人！」

筆塚主人淡淡道：「看來當初我把凌雲賜給韋家，麟角賜給諸葛家，是個錯誤，也許交換一下，會好很多。」他說完轉向朱熹鄭重其事道：「見笑了。我一心盼望晦庵先生來訪，可沒想到居然會是以這種方式。全怪我御下無方，以致有此橫禍。」

陸游撇撇嘴，冷哼了一聲，拽著朱熹一屁股坐到石凳上。小童嚇得朝後躲了躲，陸游大眼一瞪：「怕什麼，難道我會吃了你？你這娃娃哪裡來的，怎麼先前沒見過？」

小童囁嚅半天，不敢出聲。

筆塚主人道：「別欺負小孩子了。」隨即讓朱熹伸出右手來，摸了摸他的脈搏，頷首道：「現在好多了。晦庵先生你剛被送來時，靈力損耗過巨，又失去了本源，無可補充，以致真氣不繼。再晚來幾個時辰，整具肉身生氣都會被耗盡。」

「失去了本源？難道說，他的紫陽筆沒了？」陸游驚道，他也是第一次聽筆塚主人說起。一轉頭，他看到朱熹那花白兩鬢，便明白了幾分，心中一陣黯然。朱熹反而是神色坦然，看來是早已知道這個事實了。

筆塚主人吩咐小童給三人都斟滿一杯桃花酒，繼續道：「好在你是純儒之體，意志精湛。我便召來這幾枝儒筆，與你直接灌輸靈臺。」他手指一併，那幾枝原本懸在半空的筆靈紛紛飛到朱熹跟前，排成一列。

「這幾枝筆靈，煉自馬融、徐遵明、孔穎達、韓愈等人，俱是歷代大儒，與你的體質頗有相似之處，不會產生排斥。你如今身上已經身具眾家之長，儒氣充沛，就算筆靈已失，性命應是無礙了。」

朱熹聞言，凜然離座整冠，對每一枝筆都恭恭敬敬拜上三拜，又跪下來叩了三個頭，一絲不苟。

筆塚主人訝道：「晦庵先生為何先執弟子禮，又行奠喪之禮？」

朱熹正色道：「這幾位先師的著作，我自幼便熟讀，深受教誨，這次又得他們傾力相救，僥倖活下來，自然須執弟子禮致謝。可我看到這些先賢的靈魂，不散於萬物，卻被禁錮在筆靈之中，如轅馬耕牛一樣受人驅使，淪為傀儡小道，所以再行祭奠之禮，以致哀悼感傷之情。」

筆塚主人聞言一怔，旋即哈哈大笑，讚道：「晦庵先生真是個直爽人。」然後斜眼看了眼陸游，戲謔道：「老陸，你平日自命瀟灑直率，怎麼如今卻拘束起來，還不及晦庵先生？」

陸游瞪大眼睛道：「我哪裡拘束了？」

筆塚主人道：「你若是看得開，又何必在桌子底下猛踢晦庵先生的小腿呢？」

陸游被筆塚主人說破，面色一紅，抓起桌上的酒杯先氣哼哼地乾了一杯。筆塚主人轉向朱熹，朝他敬了一杯。朱熹規規矩矩捧起杯子，一飲而盡，只覺得一股甘露流入喉嚨，散至四肢百骸，說不出地舒坦。這時，那幾枝筆靈飛入童子身體內，隱沒不見。

筆塚主人捏著空杯子，若有所思道：「筆靈的存在有何意義，這問題見仁見智。不瞞晦庵先生說，自我從秦末煉筆開始，就一直有所爭議。我所煉化的那些人中，有些人欣然同意，覺得肉體雖滅，筆靈卻可存續千年，不失為長生之道；有些人不甚情願，但也不抗拒，覺得無可無不可；有些人卻如先生想的一樣，視筆靈為囚籠，寧願魂飛魄散，也不願被收入筆塚。」

朱熹眉頭一揚，對筆塚主人的開誠布公覺得有些意外。筆塚主人停頓了一下，忽然感慨道：「盛唐時節，曾經有一位詩仙，我本已得了他首肯，把他的才情煉成了筆靈。可那筆靈卻是天生不羈，煉成之後便直接掙脫了我的束縛，消失於天際。我還從未見過如它一樣對自由如此執著的筆靈。」

陸游猛拍大腿：「那可是你做過最蠢的事情了，多麼優秀的一枝筆靈哪！你每次一提起來我都難受。」兩人都是一副痛惜神情，彼此又乾了一杯。

筆塚主人又道：「還有唐琬那枝，就算被煉成了筆靈，仍是幽怨沖天。」

陸游神色一黯，低聲道：「我本是想可以時時見到她……早知她如此痛苦，還不如放她解脫。」

朱熹沒想到一貫豪放的陸游還有這麼一段情事，不禁多看了他一眼。小童端著酒壺走過去，好奇地望著他，朱熹擺擺手道：「去替他們倒吧。」

小童嘻嘻一笑，又走去筆塚主人那邊。

等到另外兩個人又喝了兩杯，朱熹方才慢慢問道：「筆塚之事，董夫子又是什麼想法？難道他甘心化身為筆奴，供人驅使嗎？我想尊駕當年煉天人筆的時候，一定與他有過交流。」

兩個人聽到董仲舒這人，都停住了手中的酒。他們都知道，以朱熹的性子，早晚會問到這個問題。

「哦……天人筆啊！」筆塚主人雙眼流露一種異樣的神色，儘管只是桃樹化身，可這化身的表情可謂豐富至極，「……那可是很久以前的故事了。天人筆與我筆塚淵源極深，你可願意從頭聽起？」

朱熹立刻道：「願聞其詳。」

筆塚主人點點頭，袖子一揮，讓小童把桌面的酒具都收走，然後道：「晦庵先生於我筆塚有大功，自然有資格知道這些事情。」

陸游興奮道：「我之前也只是知道個大略，從沒聽你詳細講過。這次我可不走，要聽個明白。」

筆塚主人笑道：「隨便你了。」他手腕一翻，一個鏤刻著寒梅的魚書筒出現在手裡。這魚書筒，正是朱熹用來收天人筆的那件靈器。此時它被筆塚主人拿在手裡，反覆把玩，裡面的筆靈似乎仍未死心，隱約可聽見鳴叫聲。朱熹見了，微皺了下眉頭。筆塚主人注意到他的表情，手裡便不再摩玩，把那魚書筒擱到石桌上，任憑它自己立在那裡。

「若說董夫子，須得從秦代那場儒家浩劫開始說起……」

筆塚主人的化身重新變成了桃樹，聲音卻從四面八方響起。陸游和朱熹發現身邊的景象和小童倏然消失了，整個世界似乎只剩下兩個石凳，和一個清朗的聲音。很快，他們兩個人感覺時間開始飛速流逝，愈流愈快，最後形成了一圈漩渦，呼呼地圍著他們瘋狂地旋轉著。陸游和朱熹的眼前，出現許多倒轉的影像，它們稍現即逝，從宋至五代，從五代又至唐，一直一直在朝前追溯，彷彿在時光洪流中逆流而上。

千年光陰，過眼雲煙。

朱熹和陸游發現自己變成了一個歷史的旁觀者，能夠聽到，能夠看到，卻不能動彈，如同一個死魂靈，只能默默地注視著這一切重演，卻無法干涉。

他們的眼前，是一片滿是沙礫的黃褐色曠野。曠野的開闊地上，有數十個巨大的火堆。這些正熊熊燃燒著的火堆都有數人之高，方圓十幾丈，滾滾黑煙扶搖直上，如同幾十條粗大的黑龍在半空飛舞，遮天蔽日。

在火堆旁邊，有數百輛牛車排成了長隊，每一輛牛車上都裝載著滿滿一車的竹簡。穿著黑甲的士兵從牛車上抱下竹簡，投入火堆中去，不時傳來劈啪的爆裂聲。在更遠處的山坡上，一群身著襦袍的老者跪倒在地，望著火堆放聲大哭，涕淚交加。

在更遠處，一位中年人站在一輛馬車上，臉上陰晴不定。此刻，一位年輕書吏懷抱著三、四卷竹簡，滿臉驚惶地跑到車前，努力地把竹簡伸到中年人跟前，似乎在懇求著什麼。中年人卻置若罔聞。

「秦王政三十三年，始皇帝焚盡天下書。那一天，我碰到了一個人，他叫叔孫通。」筆塚主人的聲音不失時機地在兩個人耳邊響起。

「我祖上是陰陽家鄒衍，可到我這一代，只是一個愛書如命的小書吏。當始皇帝陛下下令焚書之時，我嚇壞了，就把自己珍藏的幾卷書簡交給叔孫通，希望他能夠出面保全這些前人心血。叔孫通這個人，他的公開身分是侍奉秦皇的一位儒生，實際上卻是天下的『百家長』。當年蘇秦合縱六國的時候，六國的諸子百家也祕密聯合起來，共同推舉了一人為百家合縱的領袖，統攝百家，抵抗暴秦。叔孫通，就是百家合縱在這一代的繼承者。

「他是百家之長，有責任保護百家的利益。可當我見到他的時候，他卻拒絕了我的請求。他說滿齒不存舌頭猶在，面對強大的朝廷，激烈的反抗只會讓百家徹底滅亡。書簡只是死物，燒就讓它燒吧。一時的委曲求全，是為了人能夠繼續活下去，只要人在，學問就會有傳承。說完這些，他從我手裡拿走那些珍藏的典籍，投入火堆裡。我對此很傷心，也很無奈。叔孫通倒是很欣賞我，把我召去他身邊做了隨身書僮。」

朱熹和陸游發現周圍的時空又開始變幻了，他們很快意識到還是同樣的黃褐色曠野，但是曠野上的人卻變了。

這一次可以看到有數百名身穿黑甲的士兵執戈而立，分成四個方陣。在四個方陣的中間，是一個巨大的坑穴，坑穴裡站滿了人。朱熹和陸游能辨認出其中的幾張臉，是焚書時在山坡上痛哭流涕的幾個儒生。

這一次，中年人仍舊遠遠站在車上，臉色鐵青。他身旁的小書吏卻是滿臉激憤，暗自攥緊了拳頭。當士兵們開始朝坑裡填土的時候，那個小書吏毅然轉過身去，獨自離開。

「叔孫通也罷，我也罷，我們都沒有想到，在焚書的第二年，始皇帝居然又開始坑儒。這是一次前所未有的慘劇，四百多名儒家門徒和其他幾十名百家門徒都死於這次事件。叔孫通在這次事件中，仍舊保持著沉默。諸子百家譁然一片，紛紛指責叔孫通的懦弱。儒門的領袖孔鮒甚至揚言要罷免他『百家長』的頭銜。我也對這種委曲求全的窩囊做法表示不滿，當面質問他，如今人也都被殺害了，那麼學問該如何傳承才好？叔孫通苦笑著搖搖頭，什麼也沒說，於是我決定離開。

「叔孫通沒有挽留我。在臨走之前，他告訴我，當初設立『百家長』，是為了防止諸子傳承滅亡。歷代百家長嘗試過各種辦法，扶植過墨家的非攻，資助過儒家的復禮，推動過道家的絕聖棄智，甚至效仿過法家的權術主張，可惜無一例外都失敗了——最後的答案就是焚書坑儒。叔孫通說也許是時候換一條新道路了。」

周圍的場景又開始變幻，這一次是綿延數十里的巨大宮闕，華棟玉樓，無比壯麗。一名小書吏端坐在其中一座宮殿外，痴痴地仰望著天空。在他身後的宮門內，堆放著浩如煙海的竹簡。

「叔孫通對我說，他預感到即將有一場比焚書坑儒更大的浩劫，身為百家長，有責任引領諸子從浩劫中倖存，為此他不憚用任何手段。可是他說，老一代有老一代的做法，新一代有新一代的希望，他對我寄予厚望，認為我也許能走出一條新路來。因此他把我送入了阿房宮，負責在國宬裡整理六國倖存下來的書籍——那裡是天下書籍最全的地方。叔孫通說，如果我能夠找出如何傳承的答案，到那個時候，他會把百家長的印信與責任都交付給我。說這句話的時候，他一瞬間老了許多。

「在接下來的十幾年中，我在阿房宮足不出戶，瘋狂地閱讀著，吸吮著，希望能從這些典籍中尋找出答案。宮外世界的變化，對我來說已經沒有了意義，我不知道始皇帝的駕崩，不知道太子扶蘇、丞相李斯的敗亡，不知道胡亥的踐祚與趙高的擅權，更不知道大澤鄉和天下的崩亂，我只是沉浸在書海中，直到那一場大火發生。」

筆塚主人的聲音帶著一絲自嘲。

朱熹和陸游看到身邊忽然幻化成一片浩蕩無邊的火海，剛才那片壯麗宮闕就被這可怕而瘋狂的祝融吞噬。四周無數的士兵朝著這些建築丟著火把，拍手大笑，一面楚字大旗迎著火勢高高飄揚。一名少年蜷縮在宮內，倚靠在堆積如山的竹簡中瑟瑟發抖。

「項羽火燒阿房宮的時候，宮中的人早已經跑乾淨了。可我實在太過入神，竟然一直到大火燒到國宬才覺察到，那時候已經太遲了。我看到火焰吞噬了一本又一本好不容易傳承下來的典籍，發了瘋一樣地找水來滅火。可一個人的力量，能有多大呢？很快，整個宮殿都燃燒起來，我放棄了救火，也放棄了逃生，那些書就是我的生命，是諸子百家最後的希望。沒了它們，我還能去哪裡？

「大火足足燒了三天三夜，整個阿房宮被燒成了白地。我親眼看到我的軀體和那些竹簡都化作了灰燼——這不是什麼修辭，是真真切切地看到。不知道為何，我的魂魄沒有消散，而是停留在阿房宮上空，渾渾噩噩，茫然不知所措。

「這世上每一本典籍中，都傾注著作者的心血與精力，當書被毀滅的時候，這些微不足道的意念也會隨之飄散。可是阿房宮裡的卷帙數量實在太多了，當它們都被焚毀的時候，書中含有的精神一起釋放出來，匯聚到了一處，前所未有地密集。恰好我的魂魄飛入其中，也許是觸發了什麼玄奧的法門，魂魄被它們緊緊包裹著，無法消散，直到彼此合為一體。

「我在阿房宮的廢墟上空飄蕩了許多年，像一名孤魂野鬼，彷徨無定，四處徘徊，吸收著典籍的靈氣。每吸收一分，我的魂魄便凝固一分，我的神志也便清醒一分。當最後一絲靈氣也被吸納之後，我發覺自己變了，不是仙人，也不是鬼怪，而是一種極其特殊的存在，擁有著奇特的神通。於是我便離開了阿房宮，想去看看外面的世界。」

朱熹和陸游的周圍又開始幻化。一個個畫面飛速飛過，各色旗幟來回飄搖，兵甲交錯，箭矢縱橫，慘叫聲與歡呼聲交錯響起，一派混亂至極的場面。

「外面的世界，已經變成了亂世。我漫無目的地隨處飄蕩，所見皆是殺戮與破壞，學者們被狂暴的士兵殺死，寫滿真知的書簡被踐踏在腳下，令我痛心不已。我試圖找到叔孫通，卻沒有任何頭緒。後來我來到了當年焚書坑儒的地方，竹簡燃燒的劈啪聲和人們的慘呼仍舊縈繞在耳邊。我忽然記起了我生前的責任與承諾，可惜一切似乎都晚了。我回憶起了那時候的痛苦與無奈，即便只剩下魂魄，仍舊感覺到了一種痛徹心靈的悲傷。

「就在這個時候，我碰到一位儒家的傳人。他姓董，是從舊燕地專程趕過來，想祭拜一下自己的老師。可惜的是，由於沿途艱險，這位儒生抵達坑儒遺址的時候，已經瀕臨死亡。他在臨死之前，流著淚問我諸子百家是否真的完了，我無法回答他。他抓著我的袖子，在失望中死去。他死去的一瞬間，我驚訝地發現，我可以清晰地看到他身體中散發出來的精魄，其中包含著他的憤懣、他的不屈和他的才情。

「我不希望他的魂魄就此消失，於是靈光一現，把它凝練成了一枝筆。那枝筆很粗劣，靈力也很低，與後世所煉的名筆根本無法比，可那卻是我煉的第一枝筆。當這枝筆煉成之時，我霎時找到了自己的答案，也明確了我的目標：天下如此之多的才情，不可以坐視這些寶貴的瑰寶付諸東流。我要去拯救它們，這是上天賜予我這個神通的使命。」

戰亂的場景消失了，取而代之的是一座寬闊的大殿，一位皇帝模樣的人高高在上，下面有文武百官。一位老者站在殿內，高聲呼喊著，指揮著諸位大臣遵照朝儀向皇帝行禮，進退井然有序。皇帝露出滿意而興奮的神情，老者卻面無表情，一絲不苟。

「後來九州歸漢，終於天下太平，我也終於找到了我的老師叔孫通。原來他後來一直在秦王身邊侍奉，殫精竭慮想依靠皇權來保全傳承。在秦二世時，他甚至不惜自汙己身，只為換得諸子百家喘息之機。楚漢爭霸時，他冷眼相看，直到劉邦得了天下，他才以儒生的身分重新出山，從教導諸臣朝儀開始，得到皇帝信賴，為百家謀求發展之途。

「叔孫通對現狀充滿了信心，經過戰亂的諸子百家，也很高興能有一個寬鬆的環境休養生息，一切都欣欣向榮。我找到他，告訴了他我的決心和神通。叔孫通很驚訝，但也並不十分在意，他說既然天下太平，傳承之事不成問題，這種神通意義已經不大了。不過他依然信守承諾，把百家長的信物交給了我，並且希望我成為一位監督者，在他死後負責挑選每一代百家長，繼續守護這一切。我有些失落，但還是答應了他的請求，然後飄然離去。

「我先去了舊燕地，在廣川附近找到了董姓儒生的家族。把那枝筆交給了他的後代。在接下來的歲月裡，我開始了煉筆的生涯，並開創了筆塚。天下有那麼大，叔孫通能夠照顧到的，只是一小部分。那麼那些被遺漏的天才，便由我來保存吧。焚書坑儒和阿房宮的悲劇，我不想再發生第二次。」

場景再次變幻，一位頭戴葛巾、身著素袍的儒生昂然走進未央宮內，周圍的臣子恭敬非常，就連皇帝都親自走下座來迎接。他瘦削的臉上透著躊躇滿志，雙目的光芒如太陽般閃亮，一枝筆靈在他的頭頂盤旋著。

「光陰似箭，白駒過隙，轉眼已經是幾十年過去。到了漢景帝時，一位天才出現了。他是廣川人，叫董仲舒。我一眼就認出來他是當年那位董儒的後人，因為那枝筆靈與他如影隨形。要知道，秦末損失的典籍極多，許多經典都散佚或者失傳，就算是知名學者，亦很難獨自治經。而董仲舒憑藉著那一枝先祖的筆靈，展現了極其耀眼的才華，被人稱為『通才』、『鴻儒』。

「我饒有興趣地看著這個年輕人一步步成長起來，覺得他應該是新一代百家長的最佳人選。董仲舒和叔孫通的想法一脈相承，他認為百家若想發展，必須依靠皇權的力量。我對此不是十分贊同，但也並不打算刻意壓制，便把百家長的頭銜正式授予了他，並把我收藏的一些珍本與心得都交付給他，希望能夠對他有所幫助。結果他果然不負眾望，在我給他的經典基礎上，發揮出『天人感應』、『三綱五常』等學說，大大把儒學推進了一步。其他學派也因為他的扶植而發展迅速。很快他便在朝廷中取得一席之地，深得漢景帝信賴。

「董仲舒很興奮，把這些成就說給我聽。可我看得出來，董仲舒並不怎麼滿足，他繼續鑽研這些東西，簡直入了迷。逐漸地，我發現他變了，他一頭陷入自己的那一套學說中去，並認為其他人都是錯的。我試圖規勸他，他反而變得不耐煩，脾氣暴躁。他的精神狀態變得亢奮、執著，對儒家以外的流派態度十分惡劣。他甚至很少履行百家長的職責。我一直試圖彌補這個缺陷，可董仲舒完全不肯聽，反而指責我對真理漫不經心。他已經變成一個剛愎自用的人，對與自己意見相左的人都視如仇讎。」

朱熹和陸游看到，一個中年男子面色陰沉地從未央宮走了出來，雙手捧著一卷聖旨，每走一步，都無比沉重，彷彿那聖旨重逾萬斤。他一走出宮門，就有一群與他同樣服色的人擁上來。中年男子略說了幾句，一揮手，他們便面帶著興奮四散離去，在更遠的地方，早已經準備好的信使大聲呵斥，幾十輛馬車隆隆地輾軋著大道，衝出長安四面的城門。

「到了漢武帝即位後，變故出現了。董仲舒突然祕密上書，建言天人三策，其中最重要的一條，就是『罷黜百家，獨尊儒術』。當這個消息公布天下的時候，諸子百家和我都被嚇呆了，這簡直就是赤裸裸的背叛。我去質問他，他冷淡地告訴我，天下只需要儒學就夠了，其他的傳承都是錯誤的。我無法說服他，只能警告說他的舉動意味著戰爭，當場剝奪了他的百家長頭銜。他沒反抗，乖乖地把信物還給了我。

「很快我和諸子百家的人發現，我們都錯了，這不是戰爭，是一面倒的屠殺。董仲舒從很早以前，就開始處心積慮地積蓄著力量，利用他百家長的職權暗中培植儒家的力量，不動聲色地削弱其他諸家的實力。他之前的每一次建言，每一個決定，都經過了深思熟慮，屬於一個宏大計畫的其中一步。等到我們公開決裂的時候，他的網早已經編好，只待著輕輕收緊，便可以勒住我們的脖子。」

似曾相識的場景又回來了。車轔轔，馬蕭蕭，到處都是腳步聲和喊殺聲，號哭聲和慘叫聲此起彼伏。不同服色的人被驅趕，被追殺，在火與血的交織中倉皇逃竄。整個大地又陷入了混亂之中。

「那對於毫無準備的諸子百家來說，簡直就是一場災難。董仲舒的儒門苦心經營了這麼多年，一動便是雷霆萬鈞。每一個試圖反抗的人都被他們『罷黜』，每一個學派的學館都被拆毀，每一本書都被焚燒。在董仲舒的背後，是整個大漢朝廷，無人能夠反抗。我試圖阻止這一切的發生，可已經領悟了天人感應的董仲舒，變得十分強大，而我那時候開始煉筆尚不足百年，手裡還沒有多少筆靈，根本無法制住他。

「罷黜持續了二十多年，諸子百家被屠戮一空。我唯一能做的，就是在這些傳人臨死的時候，多煉一些筆靈出來，搶救出他們的傳承，以免白白泯滅。二十多年後，董仲舒終於也到了大限之時。出乎我意料的是，他主動找到我，希望能夠變成筆靈。我諷刺他說，如今的儒門如日中天，你何必要把自己變成筆靈。董仲舒沒有解釋，只是問我是否願意。經過考慮，我答應了他的要求，作為交換，我希望他停止對諸子百家的追殺，而是任其自生自滅，他答應了。那時節諸子百家風雨飄搖，如同一棟千瘡百孔的房子，即使沒人去推，早晚也會轟然倒塌。」

廝殺的場景陡然消失，整個空間扭曲了片刻，變成了一間屋子。一位老者盤坐在屋子中央，頭髮已經是全白，身前的憑几上擱著一份剛剛寫完的奏章。他雙目緊閉，紋絲不動。一個身材頎長的青袍人站在他的背後，正在用右手按住他的天靈蓋，一種玄妙的光亮從手掌與腦袋接觸的地方流瀉而出。

「董仲舒死後，我把他煉成了一枝筆，並取名叫天人。我在煉筆的時候，發現了一件奇怪的事情，就是當年我為他先祖煉的那枝無名筆靈，不在他的身體裡。可我沒有多加思考，匆匆把天人筆放回筆塚，然後去尋找諸子百家的殘餘力量，告訴他們不必繼續亡命了。當我再一次回到筆塚之後，卻驚訝地發現，筆塚裡存放的筆靈們，全部都被天人筆吞噬了。

「我一直到那時候，才意識到董仲舒的用心。他知道我為諸子百家煉筆，也知道這些筆靈會一直留傳下去。他不能容忍儒家在後世還會受到潛在的挑戰，於是便故意被煉成筆靈，讓自己化身成為天人，把其他筆靈吞噬下去，以絕後患。而他祖先的那枝無名筆靈，就是第一個犧牲品。

「必須得承認，他的執著與智謀都是極其可怕的，居然可以把信念貫徹到這一步。我憤怒至極，可我發過誓言絕不毀掉我煉出的筆靈，於是我只能把天人筆用最強的禁墨封印起來，關在筆塚之外的一個地方，讓它無法再對別的筆靈造成傷害。」

場景變幻，這一次變成了一座精緻的磚石宮闕，殿門上方掛著一塊匾額，上書「白虎觀」三字。一群白髮蒼蒼的儒生分坐於兩側，手持書卷與刀筆，激烈地辯論著，唾沫橫飛，十分熱鬧。在殿角坐著一個人，書吏模樣，他一邊傾聽著學者們的聲音，一邊緊皺眉頭，奮筆疾書，試圖要把這一切都記錄下來。

「董仲舒身後的儒學地位，已經是不可動搖。接下來的日子裡，我唯一能做的，就是一邊安撫諸子百家的餘族，一邊重新尋才煉筆。時間轉眼就到了東漢建初四年。各地大儒齊聚京師，在白虎觀內開會探討學術。這次會議持續了三個月，最終由班固整理成《白虎通義》一書。接下來的故事，我想你們也許都知道，那塊牌匾受感化虎，叼走了班固魂魄，以致我未曾為這位《漢書》作者煉出筆來。

「可他們不知道的是，這一切，居然又是董仲舒的一個伏筆！他在臨終之時，在我到來前，把他親手抄寫的一本《春秋繁露》交給了最信任的弟子，讓他轉呈給漢武帝。這本書，就一直留在了祕府之內。一直到白虎觀會議，章帝決定從祕府裡調了一批珍貴古本給學者們參考，於是《春秋繁露》便成了白虎觀會議上重要的參考資料——事實上《白虎通義》就是繼承了《春秋繁露》的思想。這是董仲舒早在幾百年前就預料到了的。

「這本《春秋繁露》早被董仲舒浸染了他的一部分魂魄。趁著這次大儒齊聚、儒學氛圍濃厚的機會，這縷魂魄從書本中逃逸出來，附在白虎觀匾額之上，盡情吸收大儒們的靈氣，化成虎形。可如果想破開天人筆的束縛，這還遠遠不夠。於是白虎便選中了整理《白虎通義》的班固，趁他瀕死衰弱之時，叼走了他的魂魄，並與之合為一體。」

崇山峻嶺之中，一位青衫君子負手而立，身旁數筆圍繞。他身前有一隻巨大的白虎，不時吼嘯撲擊，試圖接近他，卻每次都被那些筆靈打退。白虎轉身欲走，卻被另外幾枝筆靈擋住。這些筆靈紛紛放出光華，布下天羅地網，讓那隻巨獸根本無處可逃。

「《白虎通義》是儒門經典，班固又是一代才人。白虎吞噬了班固魂魄後，實力大漲，讓天人筆重臨天下的欲望愈加強烈。我絕不容許筆靈被吞的悲劇重演，也不容許天人筆再度斷絕百家的傳承，於是親自出手，成功地破去了白虎九成的靈力，使它功虧一簣。在接下來的一千年，白虎徹底銷聲匿跡，逐漸被筆塚所淡忘。」

筆塚主人的語速轉慢，逐漸低沉下去。周圍的場景又飛速旋轉起來，朱熹和陸游眼睛一花，發現他們又回到了桃林之中，眼前是石桌石凳，還有一壺桃花酒。而筆塚主人的化身，正坐在旁邊，面帶著溫和的笑容，手裡還把玩著那個魚書筒。小童蹲在地上，自顧自看著螞蟻搬家入神。

「沒想到原來它這一千年，一直臥薪嘗膽，暗中積蓄力量，仍未曾放棄復活天人筆的希望。嘖嘖，看來董仲舒與我筆塚的緣分，還未窮盡。可見造化弄人，命數玄妙啊……兩位，歡迎回來。」

無論朱熹還是陸游，都沒有立刻說話。他們沒想到，這一枝天人筆，居然牽扯到如此複雜的故事。一下子有太多訊息湧入腦中，他們不得不花時間慢慢消化。

筆塚主人看著朱熹，清俊的臉上浮現有些無奈的笑容：「晦庵先生，如今你是否明白了？

董夫子的天人筆，不是我要束縛它，而是它要滅盡筆靈。我將其封印，非為私怨，實在是不得已而為之。」他指頭一彈，小童連忙為朱熹斟滿酒杯。

朱熹對此不置可否，他默默地端起酒杯，啜了一口，不知在想些什麼。

陸游忽然問道：「那諸葛家和韋家……」

筆塚主人道：「不錯。他們兩家，就是諸子百家中僅存的兩脈遺族。我為了照顧他們，便讓他們的子弟做了筆塚吏，也算是履行當年我對叔孫通老師的承諾。」

陸游露出恍然大悟的神情，他摸摸額頭，張了半天嘴才冒出一句：「你們原來還有這種淵源。那現在的『百家長』是誰？」

筆塚主人悵然道：「諸子百家的學說消亡許久，只剩下幾枝殘筆餘墨和為數不多的血脈留傳，這百家長的名銜，早已是名存實亡了。」他搖了搖頭，復又欣慰道：「好在百家雖逝，後繼有人。這千餘年來，才人名士層出不窮，其繁盛之勢，不亞於當日百家爭鳴。不知董夫子若再度臨此盛世，是否會改變他當初的執念。」

陸游一拍桌子，大聲道：「說得好，說得好。當浮一大白！」小童給嚇了一跳，手裡酒壺幾乎跌在地上。陸游索性搶過酒壺為其他兩人斟滿，然後高高舉起酒杯，叫嚷著再碰一個。朱熹想要說什麼，卻欲言又止，只是舉起酒杯略碰了碰，卻沒喝就擱下了。

原本擺在桌上的魚書筒忽然沒來由地微微一顫，似乎在裡面發生了什麼變故。筆塚主人指尖輕彈書筒封口，眼神霎時閃過一絲異色。

「打開它吧。」朱熹忽然嚴肅地開口道，前所未有地嚴肅。

第二十四章 咆哮萬里觸龍門

筆塚主人似乎等待他這句話很久了，仍是那一副淡然笑容：「晦庵先生，看過那段往事，你仍堅持要如此嗎？」

朱熹把杯中酒一飲而盡，然後站起身來，像是下了一個極大的決心：「是的，這個決定我從一開始就沒有動搖過。」

陸游聽得有些糊塗，他驚訝地望望筆塚主人，又看看朱熹：「老朱，你腦子糊塗啦？打開這書筒，天人筆就會跑出來啊，我們豈不是前功盡棄了？」

朱熹轉頭對陸游平靜道：「陸兄，對不起，這魚書筒裡，其實並沒有什麼天人筆。」

陸游霍然起身，愕然道：「不可能！我親自檢驗過的，裡面那股浩然正氣，不是天人是誰！」

「有浩然正氣的，可不只是天人筆啊。」筆塚主人輕輕敲了敲桌面，語氣有些惋惜，似乎在說一件耐人尋味的事情。陸游一下子怔住了，他的情緒彷彿黃河壺口的奔騰水流一下子凍結成冰凌。

朱熹默默地起身離座，朝陸游與筆塚主人深鞠一躬，然後把身體挺得筆直，黝黑的面孔變得不可捉摸。一股強悍的力量從他身子裡噴薄而出，朝四周湧去。這股氣勢就像是決口的洪流，一瀉千里，周圍的桃樹被震得東倒西歪，幾乎站立不住。筆塚主人揮一揮袖子，才讓它們回復原狀。小童早躲到了筆塚主人身後，面色有些驚恐。

其實不獨小童，就連陸游也驚呆了。他眼前的朱熹似乎換了一個人，還是同樣的眉眼，卻變得冷峻威嚴，甚至還有一絲絲悲憫世人的哀傷。很快那些通天氣勢匯聚到了朱熹的頭頂，凝聚成一枝筆。

「不可能！」陸游失聲叫道，他攥緊了拳頭，全身的筋骨咯咯作響，如臨大敵。

他看到那一枝筆的筆管之上豎銘一列字跡：「道源出於天，天不變，道亦不變。」正是董仲舒的天人筆！那枝本來應該在宿陽孔廟被收回了的天人筆。

筆塚主人一副好整以暇的表情，似乎他對這件事早了然於胸。他雙手一拱，朗聲道：「董夫子，我們可是有一千多年沒見啦！」

朱熹緩緩挪動脖頸，沉聲道：「這裡沒有什麼董仲舒，只有我朱熹，和我的意志。」他只是嘴唇稍微嚅動了一下，聲音卻居高臨下，無比清晰。這區區一句話，卻帶給周遭無比的壓力。石凳石桌「劈啪」一聲裂開數條裂縫，轟然坍塌在地，化成一堆瓦礫；幾棵稍微細瘦一點的桃樹攔腰折斷；就連小山坡本身都微微一顫，抖起許多塵土。

陸游連忙運氣抵禦，才勉強站穩，胸口一陣憋悶。他略偏了偏頭，發現筆塚主人的臉露出無數細小裂縫，整個面部支離破碎。它只是桃樹所化，自然承受不住這澎湃的壓力。那個小童嚇得雙手抱頭，陸游一個箭步過去，把他拽到自己身後。

過不多時，這化身「啪」地碎成了千百片木屑，四散而飛。筆塚主人的聲音變得有些意外：「閣下仍舊是晦庵先生？」他原本以為天人筆一定會侵占朱熹的身體，借機復活，但現在看起來，朱熹似乎仍舊擁有自由意志。

朱熹舉起右手，食指朝天。

「我並非被它控制，而是我選擇了與它神會——現在的我，不是天人筆的奴僕，而是可以操控天人筆的筆塚吏。」天人筆乖巧地圍著朱熹轉了一圈，似乎是為了證明他的說法。

陸游大吼道：「不可能！你已經有紫陽筆了，沒人能同時擁有兩枝筆靈！」

朱熹意味深長地看了一眼陸游：「陸兄你說得對，沒人能同時擁有兩枝筆靈。」他朝著那寒梅魚書筒道：「在那魚書筒裡裝的，才是我的紫陽筆。」

陸游倒退了三步，如遭雷擊。他突然意識到，書筒裡那濃厚的浩然正氣，原來並不是出自天人筆，而是紫陽筆散發出來的。

「可你是怎麼做到的？」陸游不甘心地問。

除非筆塚吏死亡，否則人筆絕不可能分離，因為一心不能兩用。朱熹卻能把自己的紫陽筆封印起來，換上了天人筆，這實在太違反常識了。

「陸兄你是否還記得我在宿陽教訓那些筆塚吏的話？」朱熹語氣很溫和，「每個人都有兩心——人心與道心。順應天理的是道心，徇情欲的是人心。只有革盡人欲，復盡天理，方才是正道。」

陸游不情願地點了點頭。他當時對朱熹這套說辭不屑一顧，覺得太過迂腐。

「我修煉理氣多年，人心漸蛻，道心漸盛，此消彼長之下，方才有了紫陽筆。我為了不影響修身養性，就讓紫陽筆選擇了與我的人心結合。在孔廟中，這一筆一心同時被收到魚書筒中，反倒因禍得福，讓我只剩下一顆純粹的道心，旁無雜念——這正是『滅人欲，存天理』

的至純境界啊！」

「原來你受重傷的事，根本就是在騙我！」陸游怒不可遏，鬍鬚根根豎立。

「並不是那樣。」朱熹微微露出苦笑，「這樣的事情，也是我始料未及的。孔廟之時，我本意是想拚出自己的道心，與天人筆同歸於盡，因為我不能容忍一位儒學天才死後還被禁錮在筆靈裡。可當我衝過去的時候，天人筆卻感應到了我的浩然之氣，向我的意識傳遞了一則訊息。」

陸游還記得，當時朱熹衝到天人筆前，綻放出了耀眼的光芒。天人筆在一瞬間有些退縮，這才被陸游捉住機會救回筆靈。他一直以為那是朱熹最後的神通，沒想到居然別有內情。

「天人筆——或者說是董仲舒——要求我履行儒生的天職，讓他借助我的身體振興儒家。我拒絕了，我告訴他，儒學復興只能經我的理氣之學，而非其他。就算他是尊崇無比的老前輩，也別想動搖我對真理的追尋。遭到我的拒絕之後，天人筆無比憤怒，它想要把紫陽筆徹底吞噬，我別無選擇，只能讓紫陽筆和人心主動鑽入魚書筒。」

朱熹回憶著當時的情景，如今說起來很長，其實只是一瞬間罷了。

「失去了紫陽筆和人心，天人筆以為我只剩下一副軀殼，便打算乘虛而入占據我的身體。可它沒有料到，我仍舊有一顆道心留存。你們都知道，當一枝筆靈侵入一個人空蕩蕩的身體，卻發現他的心還在的時候，會發生什麼事。」

「神會或者寄身……」陸游喃喃道，事實上這正是筆靈認主的原理：筆靈深入人身，與筆塚吏的心碰觸結合，然後供其驅使。無論多麼強大的筆靈，都無法超脫這個規律。

「不錯，陰差陽錯之下，天人筆反而被我吸收，變成了我的筆靈。」朱熹語氣變得激動起來，「就在那一瞬間，我做到了『滅人欲，存天理』。人欲被徹底摒棄，只有坦坦蕩蕩的天道。」他雙眼閃閃發亮，周身的氣勢更為猛烈。

「那你還裝出一副重病……」

朱熹苦笑道：「我初失人心，心神耗盡，就算是有天人筆，仍舊無以為繼，這又豈是裝出來的。當時我已經存了必死之心。我那時心想，已經悟得大道，就算死亦無憾了……」朱熹說到這裡，遙空一拜，語氣裡頗多感激，「若非陸兄仗義，又有那幾枝儒筆為我灌輸浩然之氣，只怕我已凶多吉少。」

朱熹說清了原委，陸游長長鬆了一口氣，他抓住朱熹肩膀，半是埋怨半是欣慰道：「老朱你這悶葫蘆，怎麼不早說，幾乎被你嚇死了。誰想到這天人筆竟成了你的筆靈。」

朱熹後退一步，躲開陸游，左手一扯，嗤啦一聲扯去了衣袍的一角。

陸游疑道：「老朱你又想做什麼？」

朱熹嘆道：「陸兄你和筆塚主人，於我朱熹恩重如山，本當湧泉以報。只是今日我不得不斷袍絕義，不能以私誼廢了公義。」

陸游錯愕萬分，開口問道：「公義？什麼公義？」

「我為天下公義，要將筆塚永久廢棄，不復臨世。」

聲音恢弘，字字洪亮，一傳數百里，幾乎響徹整個桃花源。

朱熹的身體開始慢慢浮空，雙手平舉，周圍的空氣以他為中心開始盤旋，黝黑的臉膛滿布浩然正氣。陸游靠得太近，無法承受這種壓迫，五臟六腑翻騰不已，幾乎要嘔吐出來。他忽然覺得身體一輕，再低頭一看，自己已經在數十丈之外，筆塚主人不知何時已經站在身旁，一隻手按著他肩膀，另外一隻手牽住小童。

這位筆塚主人仍是桃樹化身，他看到朱熹終於吐露出目的，仰起頭幽幽一嘆：「在下特意為晦庵先生你一窺往事，想不到先生仍是固執己見，不能體察在下用心。」

朱熹浮在半空之中，肅容而立，一張黑臉越發威嚴起來：「董夫子的所作所為，為儒家千年計，與朱熹實在是心有戚戚焉。我正是看了這段往事淵源，才更加堅定了心意。正如我在船上與陸兄所說，筆塚小道，無益世情，只會叫人罔顧正理，不復尊儒重道。」

「那你何必惺惺作態，在孔廟與那天人筆打作一團！直接去舔董仲舒的臭腳，把我們都幹掉不是更痛快！」陸游再也按捺不住心中憤怒，破口怒罵，這種遭人背叛的滋味，讓他渾身的血液都沸騰起來。

朱熹閉上雙眼，似乎閃過一霎的痛惜之情：「我在孔廟乃是真心助你，只是天降大任於我朱熹，我又豈能逃避公義之責。」

陸游大怒：「什麼狗屁公義，筆塚收藏天下才情，又礙著老朱你什麼事了！」

「天下才情？聖人之外，又有什麼人敢僭稱天下才情？」

朱熹的聲音轉而威嚴，他猛然睜開眼睛，兩道淩厲的力量「唰」地掃出。霎時飛沙走石，天地震動，桃花源原本一個恬靜的田園世界，立刻變得扭曲不堪，崩裂四起。小童看到這熟悉的地方被那個人折騰得面目全非，嚇得瑟瑟發抖。

筆塚主人抱起小童，面色凝重道：「想不到天人筆到了晦庵先生身上，威力更勝從前。這『滅人欲，存天理』的境界，果然不得了。」

陸游一揮拳頭，咬牙切齒：「我說，把從戎筆先借我，我去教訓一下老朱。這傢伙腦子一定壞掉了！」他著實氣得不輕，以至於全身的皮膚浮起一層淡淡的鋒芒。

「天人一出，如之奈何。」筆塚主人輕輕嘆息。

天地變色，隱有雷鳴，朱熹已經完全為天地所融。以朱熹為中心，天人筆的領域在逐漸擴大，所及之處，山川河流都轟然崩塌，化作細小的齏粉，被捲入漩渦之中。

陸游能感覺得到，朱熹的力量不斷在增強，恐怕再這樣下去，整個桃花源都會被天人筆吞噬下去。他看到筆塚主人還是一副從容的表情，不禁急道：「我說你這桃木疙瘩，就算本尊閉關不出，也該想個辦法啊！」

董仲舒的「天人感應」，僅僅只是探究天意之於人世的關係；而朱熹的「理氣論」卻是直刺天道本源，比之前者要深刻透澈得多，對規則的掌控亦高出不只一個級數。筆塚主人學究天人，一眼就看出兩者之間的差距。就算是董仲舒復生，恐怕也不及此時的朱熹強大。

陸游道：「你若不行，就讓我來。把你的筆靈借十幾枝來，老夫就不信收拾不了那個腐儒！」

筆塚主人按住他的肩膀，用一種奇妙的語氣對他說道：「你不要衝動，我有些話要說與你知。」

陸游一副氣勢洶洶的模樣：「都什麼時候了！說什麼說，先打過再說！」

筆塚主人徐徐說道：「今日乃是我筆塚注定的大難，你不必為我陪葬。但有一件事，卻非要你來做不可。」

陸游疑道：「難道你邀請朱熹來的時候，就預料到他和天人筆之間會有勾結？」

筆塚主人展顏一笑：「我曾煉過一枝筆，名喚點睛，你可知道？」

陸游點點頭，這筆的功能他是知道的，可以對未來做出一些模糊的預測。

筆塚主人繼續道：「靖康之時，我看到中原橫遭荼毒，京城淪陷，心中鬱悶，就取出點睛卜問，看我中華文化，是否會毀於羶腥鐵蹄之下。」

「結果如何？」陸游急忙問。

此時朱熹的領域已經擴展到了他們面前，戾風陣陣，小山坡連同那一片大好桃林都被捲入漩渦之中。筆塚主人隨手一揮袍袖，他們三人登時被包裹在一個氣罩之內，這個氣罩阻隔了外面的威壓，懸浮在無盡的黑暗之中。朱熹見了，也不去逼迫他們，繼續專心橫掃桃花源的殘餘部分。

筆塚主人這才對陸游說道：「點睛給我的預示說，筆塚將會有一大劫，毀於宿敵之手。我當時便猜到必然與天人筆有莫大的關係。於是我從十幾年前起，便潛心準備，只待天人筆到此。若能收服此筆，筆塚便可去一大敵。」

陸游聽了，大為懊惱：「怪我把老朱帶過來，讓你的盤算落了空！」

筆塚主人搖搖頭，又望了望遠處的朱熹，語氣裡卻無一絲遺憾：「就算你沒邀請，我也會請他過來。晦庵先生驚才絕豔，正是我所欽敬的天才。只是沒想到他的性情堅毅到了這地步，人算不如天算，最終卻促成了他與天人筆的結合——可見這一切皆是定數，非人力所能扭轉。」

陸游忍不住急道：「那又如何？難道筆塚之內萬千筆靈，敵不過那區區一枝天人筆嗎？」

筆塚主人頗有深意地看了他一眼：「我當年和天人筆曾經交過手，勉強救下百家才情。如今儒門已傳承千年，積澤深厚，又承歷朝正統氣運，我早已不是對手。今天它既然借朱熹之身進入桃花源，也是天數昭然。」

「誰說的，我們打不過，難道還跑不了嗎？」

「如今在你面前的，不過是一具分身。我元神已在桃花源深處的筆塚之內，避無可避。封塚之日，就在今朝。」

「可惡……那以後誰還能制得了他？」陸游一拳捶在地上，砸出幾道裂痕。

筆塚主人把懷裡的小童抱到陸游面前：「莫急，莫急，這正是我要你做的事情。」

陸游一愣，伸手把小童接過來，忍不住仔細端詳：「是你的私生子？」

筆塚主人愛憐地摸摸那童子的腦袋，說道：「這孩子，可是貨真價實的人類。這是我去北方為徽宗煉筆的時候，在半路無意中發現的，是個戰亂孤兒，只知道姓羅。這孩子體質十分特異，就連我也從來沒見過。他居然可以在身體裡任意承載筆靈，最多時可裝七枝之多。」

「什麼，七枝？」陸游皺起眉頭。一筆一人，這是筆靈的鐵律，就算是朱熹，嚴格來說也並沒違背這個規矩——他有兩心，所以才有兩枝筆。可眼前這小孩子，一裝就裝七枝，可著實有些駭人聽聞。

「我把這體質稱為渡筆人，罕有至極。」筆塚主人道，臉上浮起憐惜慈愛之色，「以後他就託付給你了，不可讓別人欺辱，多讓他喝水，多餵他吃糖，好好過完此生。」

陸游聽他的口氣有些不對頭，連忙截口道：「怎麼聽起來，你好像是在託孤一樣。」

筆塚主人笑道：「這一世，筆塚自封已成定局。可天道無恆。今日儒門如日中天，卻未必萬古不變。只要身秉不移之志，心懷希才之冀，筆塚總有重開之日。」他說到這裡，指了指懷裡小童：「這孩子，就是筆塚的希冀所在了。」

陸游眉頭擰成一團，伸手把孩子接了過去。孩子有點怕生，身子不斷扭動。筆塚主人道：「他是罕有的渡筆之才，如今我把管城七侯裡的五枝都存在他的體內。」

陸游一聽，驚得差點沒抱住孩子。

「管城七侯？你都定下來了？」

陸游知道筆塚之中，有七枝筆靈地位最高，號稱「管城七侯」。一直以來，筆塚主人只選定了六枝，尚有最後一枝懸而未決。

「不錯，如今都齊了。這孩子體內，有天臺白雲、靈崇、點睛、慈恩、太史，還有一枝青蓮遺筆，一共六枝。」筆塚主人略一頷首，指了一下遠處的朱熹，「最後一枝，不正是它嗎？」

「它？你說的是朱熹還是天人筆？」

「都是。」

陸游眉頭一皺，不由得開口道：「老朱何德何能，能與那幾位先賢同列？」

筆塚主人微微苦笑：「晦庵先生如今摒棄紫陽筆，選擇本心與天人筆合而為一。我有種預感，接下來的幾百年，他的成就之大，影響之深，簡直不可想像。於情於理，都該位列七侯之內。」

「那這寒梅魚書筒裡的紫陽筆算什麼？」

筆塚主人嘆道：「如今這紫陽筆被主人捨棄，也成了遺筆。換言之，天人筆和紫陽筆合二為一，才是真正的七侯之一。」他說到這裡，斂起笑意：「且不說晦庵先生，天人筆對筆塚志在斬盡殺絕，打算把所有筆靈一併吞噬。倘若讓它得逞，那筆塚才是徹底毀棄，再無半點希冀留存。」

兩人對話之時，朱熹的領域已經擴展到整個天空，墨色的雲彩從四面八方悄然麇集，遮天蔽日。厚重雲層綿延長達幾十里，宛若一條怒氣勃發的黑龍懸浮在半空，冷冷地注視著桃花源。在雲層之中，力量正在悄然蓄積著、翻騰著，不時有一道金光撕裂雲層，露出一瞬間的崢嶸，緊接著一連串低沉的隆隆聲滾過天際，如同一輛馬車的巨大車輪輾在御道之上。

他知道眼前的筆塚主人只不過是化身，真正的本尊還隱藏在桃花源中的某一處，便不急於與之一戰，而是索性把整個桃花源世界都封掉。只要筆塚一閉，就可以吞噬掉所有筆靈，成為華夏人心中唯一的存在。

「所以你要我把這個裝著七侯的孩子帶出去，為下一個千年的筆塚保存元氣？」陸游並不笨，立刻猜到了筆塚主人的意圖。

筆塚主人微微點頭，遞給他一枚竹簡：「出去以後，這裡有七侯的封印之法。你依簡而行，以待天時。時機一到，自有人會集齊七侯，重開筆塚。我的本尊元神和一切真相，都留在了那裡。」

「別跟老夫打啞謎，什麼時候才是時機？」

筆塚主人看向那小童：「那就要著落在這枝青蓮遺筆上了。」

陸游知道，當年筆塚主人去煉李太白的青蓮筆，結果筆靈逃遁，只留下一枝遺筆。此後筆塚主人一直孜孜以求，卻從未尋見，時常嗟嘆不已，特意在七侯裡留了一個位置給它。

筆塚主人道：「天人筆之志為滅人欲，錮性靈，乃是筆靈天敵。縱然其他五侯齊出，也未必是它對手。唯一能破開天人封固的，非得是不羈於世的青蓮筆不可。可惜它神遊天外，今世已不可得，所以我才不得已而封塚——你記住，青蓮重現之日，即是筆塚重開之時。」

陸游面色一凜，沒再多問什麼，仔細地把竹簡揣好，把小童抱得緊緊。這小孩子如今可是尊貴得不得了，可不能有任何閃失。

「做完這些事，這孩子應該也就沒用了。你也不必跟他說什麼，好生撫養，讓他如普通人一樣，過完這一生吧！」

他說完以後，伸開雙臂，輕輕抱了抱童子。童子似乎知道筆塚主人心思，乖巧地縮在陸游懷裡，淚光盈盈。過了半晌，筆塚主人終於鬆開了童子，右手輕輕一拂，陸游發現身上又多了數件靈器，有筆掛、筆洗、筆海（插筆的用具），都是收筆之用的器物。

「這裡裝的是凌雲、麒角、從戎、常侍。留在我這裡已經沒用了，你也把它們帶出去，交給諸葛家和韋家吧。」筆塚主人就像是一位臨死的偉大君主在向他最忠心的臣子託付江山，嚴厲而又細緻，希望在自己身後，這一片大好江山不至於拱手讓人。

其實這筆塚，又何嘗不是另外一種江山呢？

朱熹的聲音忽然從遠處隆隆傳來：「陸兄，你快快離開，這桃花源很快就要被徹底封閉，再無開啟之日。」朱熹知道陸游不是筆塚吏，只是筆通之才，他唯一的一枝從戎也已還給筆塚主人，身無筆靈，因此不妨放他一馬。

陸游仰天揮動拳頭，吼道：「老朱，你小子不仗義，現在還來賣什麼人情！」

朱熹在天上嘆息一聲，不再相勸，專注於操控天人筆吞噬掉整個桃花源。陸游一手抱著童子，另外一隻大拳緊緊捏著，恨恨道：「這個腐儒，氣死老夫了！」

「就是這樣了。」筆塚主人的口氣終於出現了一絲落寞與疲憊。託孤結束了。他的本尊元神早已經被封閉在筆塚之內，這裡的分身也完成了自己的工作。「我暫時還能抵擋得住天人筆的吞噬，你就趁這機會離開吧。」

陸游「嗯」了一聲，面色嚴峻，他感覺自己的肩膀無比沉重。他如今負載的，可不只是沉積千年的才情，還有未來千年的希望所在。整整兩個千年，過去與未來，都交匯在了這一個沒有筆靈的人身上，陸游忽然覺得有一種超級荒謬的奇異感受。

分身交代完這一切，轉身離去。只見他慢悠悠地踱出一步、兩步、三步，身體冉冉升起，朝著桃花源深處飛去。半空中傳來最後的朗笑：「雖然天數不可違，但我相信，天下才情，又豈是他區區儒門所能磨滅！塚有重開之日，才有再現之時。去吧！」

一瞬間，筆塚主人那種睥睨天下、縱觀千年的氣魄毫無保留地展現，甚至連朱熹的浩然正氣都一下子被壓制。暗紅色的天空出現了幾抹碧藍。朱熹睜開眼睛，呼吸有些急促，道心一時間竟有些紊亂。他頭頂的天人筆，也嗚啾不已。

借著天人筆的記憶，朱熹的腦海裡清晰地浮現當年的場景：筆塚主人一人護在百家之前，憑風而立，也是這一番言辭，也是這一番神情。

鋒芒畢露，群儒束手。

縱然只是筆塚主人的一個分身，也擁有著極強的實力，朱熹半點僥倖之心都不敢存。

陸游抱著那小童，望著筆塚主人飄然而去的背影，忽然覺得自己的眼眶一片濕潤。他不知道這是因為朱熹的背叛，還是因為他忽然意識到這竟是與筆塚主人的永別。

「塚有重開之日，筆有再現之時。」

筆塚主人最後的聲音在他耳邊響起，無比溫和。隨即陸游和小童的身體逐漸變淡，他最後瞥了一眼遠方，在暗紅與碧藍交織的天空之下，兩個人影正在半空直面相對，要將那場千年之前的恩怨做一了結……

陸游再度睜開眼睛的時候，發現自己和小童躺在一片桃林之中，旁邊的小河邊拴著一艘烏篷船，三枝筆童斜靠在船邊，如同忠誠的船工在等待著主人歸來。

「我們走吧。」陸游抱起小童，慈祥而又和藹，他標誌性的鋒芒與銳氣似乎都留在了桃花源內。現在出現在武陵的，只是一個普通和善的老頭子罷了。

小童轉動著兩隻大眼睛：「我們去哪裡？」

「回家。」陸游回答，他沒有再回過頭。

淳熙四年，失蹤近一年的理學大師朱熹東山再起後，在廬山建立白鹿洞書院，開經講學，天下無不景從；淳熙十年，朱熹在武夷山設武夷精舍，刊定四書，為儒門萬世之法；紹熙五年，朱熹重建嶽麓書院，講授理學，一時聲勢極盛。沒有人知道，這位沉寂了許久的大師，為何會突然爆發，展現令人咋舌的才學與推行理學的執著。

慶元六年，朱熹在建陽與世長辭，臨終前尚在修訂《大學》，享年七十一歲。

十年之後，在山陰城中，一位老人亦溘然去世。他臨終之前，慢慢吟出「死去元知萬事空，但悲不見九州同。王師北定中原日，家祭無忘告乃翁」。然後伸出手來，緊緊握住了一個陌生青年的手不放，直到生命力從他身上徹底流失。周圍的家人都很驚訝，因為這個青年並不是他們家的一員。青年並沒有說出來歷，他朝老人的遺體磕了七個頭，大哭七聲，然後轉身離去，從此再沒人見過他。

他們兩人死後，朱子理學終於成為天下主流，之後歷朝無不奉為圭臬，定為官學。八股取士，皆以四書五經以及《朱子語類》為準繩，不敢逾越半步。儒學之盛，遠勝前世，直至近世，方呈式微之象。而後一個甲子，儒門日漸衰落，星流雲散，幾至不存，又是半個甲子過去，方有復燃之兆。

屈指一算，時間已這麼過去了八百多個春秋，已近千年之久……

第二十五章　爾來四萬八千歲

「仲晦兄，你毀塚封筆的罪過，可知錯了嗎？」

陸游的聲音響徹整個葛洪鼎內，這聲音不大，卻震得鼎壁嗡嗡，引起陣陣回聲。

紫陽筆靜靜地懸浮在半空，沒有做出任何表示。和尋常的無主筆靈不同，這一枝筆靈被封入寒梅魚書筒的時候，還帶著朱熹的一顆「人心」，所以嚴格來說，這枝筆仍舊有著自己的筆塚吏——只不過它的筆塚吏徒有魂魄，卻無形體。

絲絲縷縷的回憶如潮水一樣漫過陸游的意識，千年前的那段往事逐漸清晰起來。陸游的臉上露出一絲笑意，他是從彼得和尚身體中甦醒的，所以相貌也與彼得和尚無異，再不是千年之前那個放蕩不羈、虎背闊肩的老頭子。

羅中夏、韋勢然、秦宜等人站在陸游身後，垂手而立，大氣也不敢喘一聲，就連顏政都斂氣收聲。當年筆塚之內的種種祕辛，隨著陸游的記憶蔓延出來，同樣映照於他們腦中。一時眾人無由自明，都看到了筆塚關閉那最後一幕的前因後果。

此時站在他們面前的，不再是那個熟悉的彼得和尚，而是活生生的傳奇人物陸游陸放翁！這個曾經只在書本裡出現的古人，如今就站在自己面前，那種來自歷史的沉重壓力，無論是誰都是難以承受的。

小榕依舊昏迷不醒，但氣色比之前好多了。葛洪鼎的丹火已經徹底消失，她的玄冰之體不再有什麼排斥感。十九把她的衣服重新套好，心情突然覺得有些莫名複雜。這個女孩子，居然是被詠絮筆靈奪舍的筆童，一想到這個，她的惱恨就全不見了，取而代之的是一絲憐惜。

紫陽筆和陸游直面相對了片刻，陸游終於輕輕搖了搖頭，嘆息道：「這都快一千年了，老朱你還是一點沒變哪！」這一聲嘆息，裡面包含著極其複雜的情感，有惋惜，有感懷，還有些許的憤懣與無可奈何。

說完這些，他緩緩抬起右手，唇邊吐出一個字：「收。」

聽到這個字，紫陽筆連同那尊巨大的青銅筆架立刻開始急速縮小，很快便變得只有巴掌大小，陸游手一招，它就飛到手裡。陸游一手托著筆架，一手把紫陽筆取下來抓在手中，端詳片刻，便收入袖中——好在彼得和尚穿的是僧袍，倘若換了別人穿著現代裝束，恐怕就是無袖可藏了。

當年陸游離開桃花源之後，依照筆塚主人的指示將七侯一一封印安置。最後一站，就是在這南明山內。他用沈括墨、米芾硯和葛洪丹火做成一個陣局，把紫陽筆鎮壓於此。如今又是他親手把這個局解開，回首千年往事，別有一番滋味在心頭。

收下紫陽筆，陸游方才回過頭來，注意到身後這一群千年之後的晚輩。彼得和尚平易近人，慈眉善目，而這位陸游雖然眉眼相同，卻有不怒自威的氣勢，被他這麼一掃視，眾人都惶惶不敢作聲。顏政忽然想到，彼得和尚入火之前，把金絲眼鏡扔給了自己，連忙又恭恭敬敬遞過去給這位「彼得和尚」。

陸游接過眼鏡，好奇地擺弄了幾下，似乎不知道這東西該如何用。顏政大著膽子劃了一下手勢，陸游遲疑地把眼鏡架到了鼻梁上，看了看四周，顯得很滿意。他就這麼戴著彼得和尚的殘破眼鏡，環顧人群一圈，忽然展顏笑道：「不意還有故人之後在此，真是難得。」

「故人之後……是誰啊？」顏政低著聲音問秦宜，後者也是莫名其妙。

羅中夏發現陸游正盯著自己。他心中大疑，故人之後？難道他說的是我？我們家祖上還跟陸游有過瓜葛？

他正自己胡思亂想著，陸游已經走到他跟前：「渡筆人，我們又見面了。」

羅中夏想不到陸游一眼看破自己的體質，只得訕訕道：「正是，讓前輩您取笑了。」

陸游溫言道：「當年你的祖先被我帶出筆塚的時候，還只是個小孩子，如今都傳了這麼多代啦，也是不容易。」

羅家本是小姓，這一支歷經戰亂，能從南宋綿延至今天，也的確是不容易。

陸游又道：「伸出你的手來。」羅中夏只得乖乖伸出手，被陸游握住，心裡忐忑不安。他朝著韋勢然望去，韋勢然卻也是一臉茫然，只做了一個安心的手勢，這讓羅中夏更不放心。

一種奇特的熱感從陸游的手傳遞到羅中夏身上，很快就遍布四肢百骸，羅中夏覺得這種熱感似乎長著眼睛，把自己從內到外都看了一個通透。陸游瞇起眼睛，嘴裡喃喃道：「點睛筆，呵呵，原來這筆如今是在你這裡，很好，很好……」

他之前雖然施展筆通之能，把諸人之筆擺布出一座筆陣，可他當時轉生初醒，神志蒙昧，一切都依本能而行，到如今才算徹底清醒，沉下心來仔細點數一下身邊筆靈。

羅中夏撓撓腦袋，心意稍動，陸游「咦」了一聲，忽然又笑了：「懷素禪心……渡筆人，你很了不得啊！那懷素自閉於綠天庵內，我都不曾親見，想不到也被你收羅帳下。」

羅中夏見他輕輕一探，就把自己的底細說得清清楚楚，佩服得五體投地。陸游望著眼前這少年，雖然面相有些憊懶，但和桃花源中那小童是一般模樣，不禁又是感慨，又是欣慰。他又探了一探，雙目突然爆出兩道銳利光芒：「青蓮遺筆？！」

羅中夏撓撓腦袋，這個故事說起來可就話長了。

陸游忍不住仰天大笑：「想不到千年之後，青蓮遺筆又回到渡筆人心中，這可真是天意！天意！你可找到青蓮筆了嗎？」羅中夏慚愧地搖搖頭。

陸游略感失望。筆塚主人曾經交代，青蓮筆是天人筆的唯一剋星，青蓮筆出，方是決戰之時，如今只有遺筆，說明時機還未到。

這時候，韋勢然上前一步，拱手道：「陸前輩，在下韋家的韋勢然。」

陸游「哦」了一聲，又問道：「可還有諸葛家的人在？」十九連忙上前致意。陸游眉頭一皺：「怎麼只有你們兩個？」兩人相顧苦笑，不知該如何解說才好。

其實嚴格來說，韋勢然早已不算是韋家之人，他已經被族內除籍了。加上秦宜、顏政、羅中夏三個外姓，還有已死的柳苑苑、周成兩人，真正意義上的筆塚兩族後人，在這裡的只有十九一個人而已。

陸游端詳了十九一番，長長嘆息了一聲。他面相清秀，偏偏是一副老氣橫秋的氣度：「我布下鼎硯之局，本是為諸葛、韋兩家後裔準備的。想不到如今有這麼多外姓筆塚吏，這近千年來，兩家已經衰敗到了這種程度啊？」

韋勢然正要說些什麼，卻被陸游一個手勢攔住了：「此地並非久留之所。既然紫陽筆已為我所收，還是先出去吧。」

他這麼一說，大家都露出喜色。他們在這葛洪鼎內連番大戰，已經是油盡燈枯，早就想脫離這鬼地方。顏政和羅中夏卻突然一起問道：「那……彼得和尚怎麼樣了？死了嗎？」

陸游看了他們一眼，讚許道：「義不忘友，危不離棄，你們很好。放心吧，他的魂魄只是暫時被我壓制住，不會有事——再怎麼說，他是我的轉世。」

兩個人這才如釋重負，顏政忽然悄悄捅了一下羅中夏：「喂，到你表現的時候了。」

羅中夏順著顏政目光，看到小榕躺在地上。他恍然大悟，連忙俯身過去想把她抱起來。彎腰彎到一半，他突然心生警兆，抬頭恰好看到十九正盯著他，一下子不知是抱起還是放下。顏政尷尬地笑了笑，裝成沒事人一樣把臉扭過去。羅中夏尷尬地笑了笑，心裡暗罵顏政挑事，兩手往回縮了縮。

十九冷著臉，猛敲了一記他的腦殼，喝道：「還愣著幹嘛，你想把她一個人扔在這裡？」羅中夏如蒙大赦，立刻把小榕橫抱起來。

十九冷哼了一聲，忍不住諷刺道：「動作還挺快，惦記很久了吧？」

羅中夏不敢接她的話，只得把小榕再抱得離自己身體遠一些，以表明只是為了救人，全無私心。小榕的身體散發著陣陣清冷，這說明原本一直被丹火壓制的體質又恢復了正常，這讓羅中夏稍微放下心來。

至於她到底是什麼人，羅中夏此時也顧不得了。

這時候，陸游的聲音傳了過來：「你們都把筆靈叫出來吧，我要開鼎了。」

眾人進鼎的時候就知道這墨海只有靠筆靈才能通過，聽到陸游吩咐，紛紛喚出筆靈，把周身籠罩在光圈之內。羅中夏也叫出青蓮筆，把自己和小榕包裹其中。不過他注意到，韋勢然背著手，並未喚出任何筆靈。陸游也不催他。

韋勢然的筆靈到底是什麼，為什麼不亮出來？

陸游看所有人都準備好了，他仰望穹頂，神色凝重，喃喃道：「一千年了。這一開，恐怕天下就要再度震動，希望你是對的。」

他手指朝天上一舉，原本聚在鼎口的沈括墨海開始翻騰起來，盤轉了數圈之後，驟然失去了托力，大團大團的墨汁從半空爭先恐後地跌落，化作巨大的雨滴鋪天蓋地傾瀉而下。在一瞬間，葛洪鼎底黑水四濺，聲勢極其驚人。

墨雨愈下愈大，已經從原本的零星雨滴變成了無數條直線的傾盆大雨。眾人都有筆靈保護，沒有被這場瘋狂的墨水海嘯波及，可這種聲勢還是令他們有些不安。因為短短一分鐘內，鼎底的墨水就已經積到了膝蓋部分。他們不由得把目光投向陸游。

陸游站在鼎臍之上，保持著仰望的姿勢。他沒有筆靈，但那些潑下來的墨汁卻乖乖繞開他走，彷彿懼怕他身上的強烈氣息。這個活過了千年的魂靈，此時的心情卻並非是古井無波，反而微微有興奮之情。

他見墨水在鼎裡積得差不多了，雙指一併，旋即電光石火般地分開，口中喊道：「開！」

整個葛洪鼎四面沉重厚實的青銅壁分成數百片矩形，像積木一樣自行挪動起來，發出嘎啦嘎啦的碰撞聲。整個鼎邊一下子露出許多縫隙，那些積墨順著縫隙流了下去，直湧到葛洪鼎的鼎底，又重新匯聚起來。

陸游又把雙手虛空一托，道：「起！」

整個大鼎先是微微搖擺，然後發出一聲悶悶的碰撞聲，晃了幾晃，居然浮在了墨海之上。墨雨的雨勢不減，愈積愈深，於是水漲鼎高，整個葛洪鼎載著這些人飄飄搖搖朝著洞口升去……

很快眾人便從高陽裡洞升起來，重新回高陽外洞。此時已是深夜，洞外一片狼藉，木石毀斷，看來諸葛一輝和那個叫王爾德的筆塚吏狠狠地打了一架，只是兩人都不見蹤影，不知勝負如何。

陸游背著手，踱步走到山崖邊緣的石階，俯瞰整座漆黑的括蒼山。眾人訥訥不敢靠近，只有與他有淵源的羅中夏膽怯地跟在身後，等著吩咐。陸游忽然抬起頭來，仰望天空一輪皎潔明月，臉上頗有落寞神色，唇齒微動，慢慢吟出一首蘇學士的詞來。

「明月幾時有？把酒問青天。不知天上宮闕，今夕是何年。我欲乘風歸去，又恐瓊樓玉宇，高處不勝寒。起舞弄清影，何似在人間。轉朱閣，低綺戶，照無眠。不應有恨，何事長向別時圓？人有悲歡離合，月有陰晴圓缺，此事古難全。但願人長久，千里共嬋娟。」

吟完之後，他長長嘆息了一聲，低聲道：「不知天上宮闕，今夕是何年，是何年哪……」

羅中夏自然知道這首詞，也大概能體會到陸游此時的心境。一千年的時光，世易時移，滄海桑田。如今，已經與陸游所在的時代大不相同。即便是陸游這樣的天才，碰到這樣的事情，也會變得惶惑不安吧——這個世界，對陸游來說，畢竟已不再熟悉。

「想不到這世界已變成這副模樣，好在還有這輪明月，還和從前一樣……」陸游把目光從月亮移到遠處山腳下那一片燈火通明的高樓廣廈，如同一片瓊樓玉宇，高處只怕更不勝寒。

彼得和尚的記憶，已經和陸游共用。他已經知道，他所熱愛的宋朝與他所痛恨的金國早已灰飛煙滅，如今之華夏，已與當日情勢截然不同。莫說諸子百家，也莫說詩詞歌賦，就連朱熹一心極力維護的儒學，也已經陷入了前所未有的低潮。

「你說，我在這個時代復活，究竟是幸事還是不幸？」陸游喃喃道。他自復活後，就以絕對的強勢壓制住眾人，無比自信；可此時他展露的，卻是一位思鄉情怯的老人，於陌生的異國惶惑不安地望著家鄉的明月，心潮起伏不定。

筆塚主人交託給他的責任太重了，而這個世界又太陌生了。就連陸游，都微微生出疲憊之心。

羅中夏想到鞠式耕曾經對他說的話，於是脫口而出：「只要不違本心，便是好自為之。」陸游聽到羅中夏的回答，先是搖了搖頭，然後點了點頭，沒有再說什麼。

羅中夏在心裡浮現出一個假設：假如再給他一次機會，陸游還會承擔如此沉重的責任，讓自己的魂魄穿越千年，來到這個陌生的世界挽救不可知的命運嗎？

這個問題他不敢問陸游，可留在心裡，很快變成了另外一個問題：我竟是渡筆人的後裔，那麼這一切是否注定？如果我那天沒有去長椿舊貨店，人生會變成什麼樣呢？大概會是和普通大學生一樣，蹺課、玩遊戲、考試作弊、談戀愛、被甩，然後糊里糊塗畢業找一份普通工作，終老一生。

那樣的人生，和現在比起來，究竟哪一個更好一些，羅中夏還真是說不上來。他這個人懶惰、膽小、怕麻煩，最喜歡安逸，但和所有的男人一樣，血液裡始終隱藏著渴望冒險的衝動。他一直希望退筆，回復到正常的人生。可當初在綠天庵內，他自己選擇了救人，而不是退筆，把最後回歸平淡的機會毀掉。自己對此是否後悔？又是否做得對呢？那時候是為了拯救別人的生命，不得已而做的抉擇；假如現在再給他一次機會，不需要考慮任何風險，他是否還會選擇把所有的筆靈都退掉？這答案羅中夏自己都不知道。

這一老一小肅立在月色之下，各懷心事，一時誰也沒有說話。

直到月亮被一片雲彩所掩，陸游才笨拙地抬起右手，把鼻子上的金絲眼鏡扶了扶，還差點把眼鏡弄掉。他露出一絲難為情，對羅中夏道：「我還不大會用這個東西。」

「這個很簡單，慢慢習慣就好，惟手熟爾嘛！」羅中夏難得地開了一個很有文化典故的玩笑。

陸游看了看他，嘴角露出一絲笑意：「你和那傢伙，還真像啊！」

「誰？」

「你的那位渡筆人祖先。」陸游拍了拍他的肩膀，忽然回過頭去，「說吧，何事？」

羅中夏回頭一看，發現韋勢然站在那裡。這傢伙剛才在洞裡，似乎就有話要對陸游說，現在又湊過來了。

韋勢然躬身道：「回稟放翁先生，天臺白雲已在我手。」羅中夏正準備告訴陸游這個消息，沒想到韋勢然居然先坦白了。不愧是隻老狐狸，他大概是算準這消息瞞不住，索性主動說出來，還能賣個好。

果然，陸游眉頭一挑：「你居然能破掉辯才的怨氣？」他又端詳片刻，語氣變得不善：「你沒把它帶在身上，果真是個心思細密之人，如今對老夫說這些，想必是別有意圖吧？」

韋勢然道：「在下本來是打算自己集齊七侯，打開筆塚。如今既然放翁先生轉生，在下隨時可以雙手奉上——只有一個不情之請。」

「講。」

「萬望重開之日，能隨侍左右，親睹盛況。」

這個要求並不過分，可羅中夏覺得，這隻老狐狸肯定還有別的企圖，只是自己實在看不出來。陸游沉吟片刻，不置可否，反而抬起手掌道：「那個叫函丈的人，你可了解？」

陸游繼承了彼得和尚的記憶，今世之事，已有了大略了解。韋勢然躬身道：「函丈此人，身分不明，但顯然與天人筆有著千絲萬縷的關係。」

陸游「嗯」了一聲。

韋勢然又道：「如今世情已變，儒門亦蟄伏日久。在下疑心這個函丈，已經掌握了天人筆。他欲聚齊七侯，重開筆塚，恐怕是想讓天人筆吞噬掉其他筆靈，完成當日未竟之事，儒門必可中興。」

陸游哂然一笑。渡筆人體內有青蓮、點睛，鼎硯陣裡封著靈崇、紫陽，再加上天臺白雲——青蓮、紫陽算是遺筆，只能算半枝——七侯已得其四，無論如何也要比函丈占據優勢。

「那麼青蓮筆的下落，你可有頭緒？」

韋勢然道：「在下愚鈍，只是在當塗尋獲了青蓮遺筆，青蓮真筆卻一無所獲。」

陸游看向韋勢然，眼神微有讚賞之意。這傢伙能憑一己之力獲得天臺、青蓮兩枝筆靈，無論實力還是心機，都是一等一的高明。他瞇起眼睛盤算了一陣，開口道：「既然青蓮未出，說明時機未到。而今之計，得先把其他尚存的七侯收入筒中。韋勢然，你既然有心要重開筆塚，那就隨我去把它們取出來。」

當年七侯封印了五枝，都是陸游運用筆陣親自排定。他若親至，打開封印可謂輕而易舉。韋勢然大喜，當即按照古禮拜倒。

陸游微微一笑：「你若是跟隨我去，須得……」他話音未落，突然伸出一掌，打在韋勢然胸口。韋勢然猝不及防，倒退了數步，幾乎倒在地上。

這一下驚變，讓所有人都為之一怔。說得好好的，怎麼突然又動手了？陸游上前一步，沉聲喝道：「你的筆靈呢？」

這一聲提醒了周圍的人，對啊，韋勢然的筆靈呢？剛才在高陽洞裡，陸游喚出了所有的筆靈排陣，韋勢然的筆靈都沒露面，可若說這隻老狐狸沒有筆靈，那怎麼可能？

韋勢然身軀微晃，卻是苦笑不語。陸游道：「你瞞得過別人，卻瞞不過我。」他伸手一指依舊昏迷不醒的小榕：「你的筆靈，就是這個殉筆童吧？」

羅中夏聽見這一句，如遭雷擊。在高陽洞裡，周成已說了小榕是殉筆童，可羅中夏卻一直不願意去相信。直到陸游也說出這個判斷，他才對這個殘酷現實避無可避。

羅中夏忍不住上前揪住韋勢然的領口，脫口而出：「你快說，小榕到底是什麼？」

韋勢然看著他，整個人似乎蒼老了幾分：「放翁先生說得沒錯，她就是我的筆靈啊！」

「胡說八道！」羅中夏大怒，「小榕是活生生的人，我又不是沒見過殉筆童！」

陸游冷笑道：「老夫曾經跟殉筆吏打過交道，那都是些瘋子，想不到還有餘孽留傳至今。我看你和紫陽根本就是一夥，想矇騙老夫，真是自投羅網！」他抬起一掌，正要拍向韋勢然天靈蓋。一枝筆靈卻突然擋在前頭，迫他停手。

「麟角筆？」陸游一怔，轉眼去看旁邊的秦宜。

秦宜雙手抱臂，一改之前的嬌媚，冷笑道：「哎喲，放翁先生，你既然有彼得的記憶，就該好好回憶一下。殉筆童乃是奪人心智，為筆靈所用，何曾像小榕這樣靈動活潑的？」

陸游斥道：「殉人煉筆，本就有違天道，煉得好壞又有什麼分別？」

他的壓力源源不斷地傳過來，秦宜非但沒有撤筆，反而繼續說道：「殉筆亦分正邪，邪者害人，正者救人，放翁先生可不要太武斷啊！」

陸游沒想到這個小字輩居然教訓自己，眼睛一瞪，正要發作，羅中夏卻突然顫聲道：「妳說，這怎麼算救人了？」

一提小榕的事，就連懷素禪心都抑制不住他的心。

秦宜看了一眼韋勢然，見對方沒吭聲，便輕嘆了一聲：「此事說來，牽扯可不小呢！我的母親，其實是殉筆吏一脈的傳人，當年她和我父親韋情剛相好，韋家異常震怒，派了許多人來追殺。我父母被圍攻至重傷，結果我父親與諸多長老同歸於盡，只剩下我母親和一個叫韋勢然的長老。」

羅中夏此前聽彼得講過這個故事，當時只知道是一場情場悲劇，沒想到裡面居然還牽扯到殉筆吏。

秦宜繼續道：「我母親當時懷了我，以為這次一定無幸。誰知韋勢然卻出乎意料地提出一個條件，要我母親把煉筆的法門交出來，他可以放我們母女一條生路。我母親別無選擇，只得交出來，然後韋勢然便離開了。我母親隱姓埋名，在一個小城市生下我。在我十六歲那年，她因病去世，臨終前告訴我這一切。我恨極了韋家，一直想要設法報復，可我去一打聽，發現韋勢然居然也在那時候叛逃了……」

羅中夏「嘿」了一聲。韋家那邊的說法是，諸位長老被韋情剛所殺，只有韋勢然一人逃回。如今看來，這顯然是韋勢然為了掩蓋殉筆法門而編造的謊言——可見他從那時候，就起了叛心。

這時一個蒼老的聲音道：「還是我接著講吧。」秦宜一看，韋勢然臉上已恢復了幾絲血色，便輕輕一點頭，後退數步。

韋勢然掃了羅中夏一眼：「我有個孫女，叫韋小榕，這並非謊言。她胎裡帶來一種怪病，醫生說這叫漸凍症（肌萎縮性側索硬化症），到十幾歲就會變成植物人，無可逆轉。我到處尋醫問藥，都無濟於事，便把主意打到了筆靈身上。我主動請纓圍攻韋情剛夫妻，其實正是為了她手裡的殉筆法門。當時的我想，哪怕把小榕變成一具行屍走肉，只要能活著就好。」

「你都不問問小榕自己的想法，就自作主張？」羅中夏質疑道。

「別跟病人家屬談人權。」韋勢然一句話擋回去，又繼續道，「當塗一戰，我成功拿到了殉筆法門，本來要立刻回去實驗，可這時我卻被一樣東西所吸引。」

「青蓮？」陸游沉聲道。

「不錯，翠螺山下的江中青蓮。」韋勢然道，「我知道這裡是李太白的辭世之地，也曾來此訪古采風過。不過那一次，我心懷煉筆法門，感受到的東西卻和以往不同。」

陸游問：「你看到了什麼？」

「醉江映月。」

陸游「哼」了一聲，知道韋勢然說中了。曾經有一個傳說，說李白在當塗江上飲酒，飲到酣暢處，看到江中有月亮倒影，便棄船去撈，不幸溺水而死。這傳說自然是假的，不過筆塚主人因此得了靈感，設計了一個實中帶幻、幻中藏實的封印，尋常看只是普通江面，只有映出月色之時，青蓮遺筆正藏在月色水影之中。若要開啟這個封印，非得領悟太白詩中「舉杯邀明月，對影成三人」的虛實相變之法不可。

青蓮封印是陸游按照筆塚主人的指示，親手布置，所以一聽韋勢然說出那四個字，就知道他窺破祕藏關鍵了。

韋勢然道：「我得到青蓮遺筆，簡直欣喜若狂。只可惜無論我如何催動，它都不理不睬。我知道這是緣法未到，沒有強求。但從它身上，我卻悟出另外一個道理。所謂遺筆，是用前人遺蛻煉成，難道不也是一種殉筆法門嗎？邪法殉筆，是把筆煉入人身，我卻反其道而行之，把人煉入筆靈之中，反借筆靈滋養本主魂魄。若說邪法是奪宅殺主的話，我這法子，卻是合住共生。」

這一番話說完，連陸游都為之動容。這個韋勢然多大能耐，居然能從殉筆之道獨闢蹊徑，另外推演出一個法門。而這個法門，已很接近筆塚主人的正統煉筆之法了。

「若要救我孫女，必須得用一枝筆靈，而且那筆靈還得與我心意相通，才能保證煉製過程不出錯。唯一的選擇，就只有我自己的筆靈——詠絮筆。僥天之幸，這一次我居然成功了，從此小榕和詠絮筆合而為一，她就是筆，筆就是她。若歸類為殉筆童，也不為錯，但小榕的魂魄卻從不曾被奪走。她始終是我孫女。」

秦宜亦補充道：「函丈手裡，掌握的就是殉筆的邪法，差點把我也給煉成殉筆童，相比之下，韋老爺子這個就好多了。何況這法門和我家也有淵源，我這才過來幫他。」

說到這裡，韋勢然看向陸游：「前因後果，就是如此。至於放翁先生如何處斷，我聽憑安排。」說完把頭垂了下去。

羅中夏聽完這些，一時百感交集，不知是該慶幸小榕的經歷，還是該同情。仔細回想他們兩人相識的種種細節，確實都能從韋勢然的話裡得到印證。按照羅中夏的理解，和自己打交道的，豈不就是一枝化為人形的筆靈？他回過頭去，突然發現，小榕已然醒轉過來，在十九的攙扶下看著這邊，面色蒼白，眼神卻很平靜。

兩人四目相對，卻沒有半點言語。羅中夏猛然想起小榕留給他那四句詩，前面三句都有寓意，唯有最後一句「青蓮擁蛻秋蟬輕」殆不可解。現在再看這一句，卻如撥雲見日。韋勢然自己推演出的這個法門，不正是受了青蓮的靈感，讓小榕如秋蟬蛻殼嗎？

原來她早就暗示我了，只恨我愚鈍無知，竟不能體察她的心意。若是早點明白，也不至於鬧出這麼大誤會。他想走過去抱抱小榕，卻又看到十九那複雜的眼神，腳步一頓。

羅中夏正不知如何是好，這時陸游朗聲道：「小榕，妳過來。」

十九攙著小榕從羅中夏身邊走過，來到陸游身前。陸游伸手摸著她的額頭，深入一探，便知道韋勢然所言不虛。他嘖嘖稱讚，在這個時代還能有這等天才，著實令人驚嘆。

陸游收回手來：「詠絮筆是冰雪體質，太靠近葛洪丹火，受損不小，十年之內，不可摧動能力，否則會有性命之虞。」他言下之意，把小榕當成了活人對待，自然也就不追究殉筆童的事了。

陸游轉過身來，面色嚴肅地對秦宜道：「妳適才說，函丈現在掌握了殉筆法門，還把一批筆靈都煉成了殉筆童？」

「不錯。」

「那麼你們可曾見過？」

眾人面面相覷。這一路打過來，函丈組織的人見了不少，可都是活生生被收買的筆塚吏，殉筆童卻沒見過幾次。

陸游眉頭緊皺：「我有一個預感，儒門如此行事，只怕是在蓄積一個大陰謀。決戰迫在眉睫，我等須得早做籌謀——十九。」

「在。」十九沒想到陸游忽然叫到自己名字。

「妳回諸葛家，讓家主來見我。」陸游說。這也是題中應有之義，既然要與函丈及其組織決戰，那麼追隨筆塚主人的諸葛、韋兩家必不可少。不過奇怪的是，陸游卻沒提韋家的事。

他又對一人道：「韋勢然。」

「在。」

「時間緊迫，如今七侯尚有兩枝在封印中，你隨我去取其中一枝。」陸游吩咐道。這既是信任，也是提防，韋勢然知道陸游疑心未去，所以要把自己帶在身邊。他也不辯駁，只是拱手稱是。

陸游又看向羅中夏：「渡筆人，另外一枝，則要靠你去取了。」

「啊？」羅中夏一怔，「去哪裡？」

「韋莊。」

「韋莊？」這一下子，別說羅中夏，就連韋勢然都面露驚駭。這玩笑可開大了，他在韋莊找了那麼多年，竟然不知道七侯之一藏在自己莊裡？

「嘿嘿，筆塚主人的規劃，豈是尋常人所能揣度。」陸游看起來不想多做解釋，「總之我會告訴你們取筆的竅門，你們取了筆來，盡快與我會合。」

「那……韋家的族長，還需要讓他過來拜會您嗎？」羅中夏怯怯一問。既然陸游讓十九去通知諸葛家，那麼論理也該通知韋家才對。不過羅中夏算是韋定邦去世的嫌疑人之一，這次去韋莊，實在有點尷尬。

陸游淡淡道：「若我這一具肉身的記憶無差，韋家如今的族長韋定邦，之前曾在你的面前離奇死亡，秋風筆也消失不見？」

羅中夏點頭稱是。

陸游嘆了口氣：「既然如此，只怕韋家如今已無暇顧及這些了。」

第二十六章　栗深林兮驚層巔

眾人在括蒼山上計議既定，韋勢然跟隨陸游前去另外一處收筆；十九趕回諸葛家；而羅中夏、顏政和秦宜三人則再次趕赴韋莊。

說來可笑，這三個人裡，秦宜是竊筆賊，羅中夏是殺人犯，都是韋家欲除之而後快的人。這麼一個陣容回到韋莊，實在不知對方會是什麼反應。

其實羅中夏挺想和小榕多說幾句，可陸游說小榕這種體質很特別，出發前也把她帶上了，兩人基本上連單獨說話的機會都沒有。顏政倒是挺高興，可以和仰慕已久的秦宜並肩同行，可惜此時秦宜對顏政卻不怎麼感興趣，反而沒事來撩撥羅中夏。

羅中夏對秦宜的撩撥，渾然未覺。這一路上，他一直沉浸在深深的矛盾中。十九離開括蒼山之前，把羅中夏叫去，很直接地問了一個問題：「咱倆到底算什麼？小榕又算什麼？」

羅中夏張張嘴，實在不知該如何回答。因為他自己也不知道對小榕是什麼心意，對十九又是什麼心意，懵懵懂懂。十九一反常態，沒有逼他表態，只是淡淡表示把函丈組織解決後，再來聽他的答案，然後轉身離去。

愈是如此，羅中夏感覺愈是難受，可他實在沒什麼解決方案。這一路上，他就在這種鬱悶中度過，懷素禪心能幫他戰鬥，可對男女之事也幫不上什麼忙。

這三人就這麼各懷心事地來到了韋莊。

眼前的韋莊外莊還是老樣子，屋舍相連，竹林掩映，一條蜿蜒小路從村中伸出來，兩側綠樹成林，說不出地幽雅靜謐，連空氣都為之一澄。

三人也沒叫車，就這麼沿著小路，信步走入外莊。

「奇怪，怎麼氣氛這麼怪異。」

羅中夏忽然聳動一下鼻子，他發覺，這外莊實在是太安靜了。就算是一個不問世事的小村子，這人……也未免太少了些，他們已經進入了外莊，可一個人都沒看到。街道上冷冷清清的，沿街各家關門閉戶，連狗叫都聽不到一聲，和上次迥異。

「你不是說，韋定國打算把韋莊改造成一處旅遊景點嗎？」顏政問道，他也開始覺得不大對勁。

眼下這外莊，簡直就像是無人區一樣，彷彿所有人在一瞬間就徹底消失了。空氣還是一樣清新，只是多了幾絲異樣的詭祕味道。誰家風景區會是這個模樣？

羅中夏對這種氣氛有些發怵，便開口道：「那我們趕緊去內莊吧，他們可能都聚集去了那裡。」他感覺此時外莊的氣氛，很像他玩過的一款遊戲《沉默之丘》——那可不是什麼讓人身心愉快的遊戲。

秦宜社會經驗最為豐富。她眼波一轉，快步走到街旁一處房屋，敲了敲門，看沒人應聲，她就掏出一根別針，三捅兩捅就弄開了。

顏政衝她一翹拇指，兩個人很有默契地進了屋子。

這是一間雜貨店，裡面堆著許多日用品，櫃檯下還有幾個未開封的紙箱子，幾乎沒個落腳的地方。兩個人前屋後屋轉了幾圈，一個鬼影子都沒有。最後還是顏政眼尖，在櫃檯旁的窗臺上發現了一張紙。

這張紙看起來像是政府公文，還蓋著韋莊村委會的大紅章。公文裡說因為最近有投資商要來考察，韋莊要全面改造，要求所有居民暫時離開一週，在這一週，他們在外地的住宿餐飲和經濟損失都由村委會補償云云。條件十分優厚，口氣卻十分強硬，一點餘地都沒留。

「看起來……是韋家的人強行讓外姓人離開莊子？」秦宜捏著公文，「怎麼搞得像是如臨大敵一般？」

這大敵，不是函丈還能是誰？

「事不宜遲，我們趕快去內莊吧。」羅中夏道，抬腿就想走，可秦宜卻把他給攔住了，「慢！」

羅中夏一愣：「怎麼？」

秦宜一屁股坐在旁邊石階上，慢條斯理道：「如今內莊形勢不明，敵我難辨，我們就這麼貿然一頭闖進去，可是很危險的。怎麼進去，我們可得仔細琢磨一下。」

羅中夏道：「韋家有那麼多筆塚吏，怕什麼？」

秦宜冷冷道：「誰說韋家那些人，就不是敵人了？」她這一句話把羅中夏堵了回去。他們兩個身分特殊，如今在這個敏感時期，很容易被韋家人當成敵人。

羅中夏道：「那依妳的意思呢？」

秦宜撩了撩頭髮，輕鬆自如地答道：「等晚上吧，我知道一條可以潛入內莊的小路，我們先潛進去看看情況，再做定奪。」

顏政好奇道：「這就是妳盜筆用的那條通道吧？」

秦宜展顏一笑：「小傢伙，你不知道的事，還多著呢。」

於是他們三個人在外莊忐忑不安地待到了天黑，隨便吃了一點東西，然後在秦宜的帶領下鑽進外莊內部，在複雜如迷宮的巷道裡七繞八繞，最後也不知怎地就一頭扎進一片密林之中。這林中的樹木極粗極密，密密麻麻，幾乎沒有下腳的地方。後面兩個人都必須緊緊跟隨秦宜的腳步，才不至於掉隊。

「我說，這麼走真的能進入內莊嗎？這路也太難走了。」

羅中夏一邊喘息一邊抱怨道，努力把樹枝從腦門前撥開。這裡又黑又陡峭，還有層出不窮的樹幹、樹根，稍不留神就會被絆倒。

秦宜在前面頭也不回：「好走，那還能叫密道嗎？」

韋莊的內莊和外莊之間，不是簡單地用道路相連。韋家祖先為了保證不會有外人誤打誤撞闖進來，在兩莊之間設下了一個遮掩陣法，把整個內莊包裹起來。沒有得到許可的人，就只能在周邊打轉而渾然不覺，甚至還讓這一帶流傳起鬼打牆的傳說。

秦宜如此輕車熟路，說不定是得自她父親韋情剛的真傳，而韋情剛又是彼得和尚的兄長……總之這些人的關係實在複雜。

羅中夏正垂頭沉思，忽然前面秦宜喊道：「好啦，我們到了。」

其他二人抬頭一看，前面是一座廢棄的小山神龕，這神龕不知是哪年修建的，衰朽得不成樣子，裡面的石像滿是汙泥，不仔細看，根本看不出來人形。

秦宜祭出麟角筆，朝著神龕上面一點，神龕立刻隆隆地挪開，背後露出一個洞口，洞口極圓極黑，邊緣還在不斷蒸騰變化，很像日食時候的太陽。三人一看便知，這不是真實存在的洞口，而是用筆靈生生開拓出來的一個靈洞，至於這靈洞通往哪裡，就不知道了。

羅中夏忍不住問道：「這是妳弄的？」

秦宜搖搖頭：「這東西存在已經有幾百年了吧，要不是別人告訴我，我才不知道有這麼一條小路。當初我在韋家偷出筆靈，就是順這條路出去的。」

秦宜說完一貓腰，俐落地鑽進洞裡，其他二人緊隨其後。

這個洞並不長，他們只略爬了幾步，就看到了出口。畢竟這是一個靈洞，物理距離對它來說沒有意義。

羅中夏爬出洞去，剛打算抬起頭來觀察四周，卻被秦宜猛地按住腦袋：「小心！」

秦宜壓低聲音，用手勢示意他爬出來以後也不要直起身子，羅中夏依言而行，心中不免有些打鼓，心想莫非韋家的人就在附近嗎？

靈洞的這一側出口是在一片山壁的岩縫之中。岩縫不大，距離地面有數公尺之高，恰好被地上數簇竹子的茂密竹冠遮擋住，極為隱蔽。不刻意去尋找的話，是不可能被注意到的。

很快顏政也鑽了出來，他們三個安靜地趴在岩縫裡，屏息靜氣，透過茂密竹葉之間的縫隙朝遠處看去。遠處可以看到一座雅致的青色小竹橋，小橋從容不迫地跨越過一個月牙形的純淨湖泊，在橋的盡頭是一座古樸的村莊，那裡就是韋家的核心——韋莊內莊了。

不過此時的內莊，比平時更加神祕。以湖泊為界限，一道淡紫色的屏障把內莊和內莊外面隔成了兩個世界。這道屏障接天連地，如同一個巨大的肥皂泡，表層不停地湧動、漲縮，似乎隨時都可能破掉似的，卻始終保持著足夠的表面張力。如果仔細觀察的話，能夠看到肥皂泡表層每一次掀起的漣漪，都狹長得像是一枝毛筆，整個內莊就像是被無數遊走的毛筆構成的屏障所包裹。

「衛夫人〈筆陣圖〉？！」

極度的驚愕，讓秦宜的聲音聽起來十分尖銳古怪。

衛夫人生於東晉時期，名叫衛鑠。她融鍾繇、衛瓘兩大流派於一身，自創新局，就連一代書聖王羲之，都拜在她門下為弟子，其書法功力可見一斑。衛夫人曾寫過一篇〈筆陣圖〉，傳為一時絕學。〈筆陣圖〉以筆為陣，以戰喻書，殺伐之氣濃厚激烈。

王羲之曾經借老師〈筆陣圖〉看過一遍，驚得汗水涔涔，連連嘆息說沒想到書法之中，也有兵戎殺伐之意，遂題在〈筆陣圖〉後：「夫紙者陣也，筆者刀矟也，墨者鍪甲也，水硯者城池也，心意者將軍也，本領者副將也，結構者謀略也，颺筆者吉凶也，出入者號令也，屈折者殺戮也。」筆陣真意，一盡於斯。

原本筆塚主人也想把衛夫人煉成筆靈，但看她〈筆陣圖〉如此精妙，便換了心思，讓她的魂魄寄寓在自己的〈筆陣圖〉中，留傳至今——筆陣在陸游手中，始有大成，但若論最早的源流，還要從衛夫人這裡算起。

秦宜曾經探聽過一二。這一幅衛夫人〈筆陣圖〉真跡，自從韋家定居於此，就一直被祕藏在內莊之中，被韋氏一族視若鎮莊之寶。〈筆陣圖〉從不輕出，除非韋莊遭遇極大的劫難，避無可避，族裡才會祭出它來。〈筆陣圖〉一出，便會自行將所有筆靈融入陣中，無須筆通主持，便可布下一個絕大的筆陣。

韋家藏筆洞中，筆靈少說也有二十餘枝，加上族裡筆塚吏的筆靈，足有天罡之數，此時盡皆吸入衛夫人筆陣，其威力可想而知。

而逼迫韋莊祭出這壓箱底絕招的敵人，實力得有多可怕？

三個人都看到，在衛夫人筆陣的周邊，內莊對岸，站著一大群黑衣人。他們個個身穿黑色西裝，戴著墨鏡，面無表情地用同一個姿勢仰望筆陣。

第二十七章　如此風波不可行

那些黑衣人人多勢眾，少說也有百餘人。他們三五成群，不動聲色地聚集在河對岸，隔著小竹橋與內莊遙遙對峙。

這些人都是兩手空空，看起來並沒有攜帶什麼武器，只有其中幾個像是小頭目的人，手裡攥著個手機。

衛夫人〈筆陣圖〉張開的氣泡不斷翕張，看起來隨時有可能破掉。大概也是忌憚這個筆陣的威力，這些人只是在河邊佇立，卻不敢踏上竹橋半步，更不要說去試圖戳破這個泡泡。這一百多人紋絲不動地站在原地，說不出的詭異。

顏政看了一會兒，低聲對其他兩人說道：「這些人，好像一個筆塚吏都沒有。」其他二人潛心觀察了一陣，確實感受不到筆靈的存在。可是這一百多個普通人，憑什麼能把內莊逼得祭出〈筆陣圖〉，龜縮不出？

就算是函丈的人，也不至於強悍到這地步吧？

羅中夏身具懷素禪心，自己的心意可以做到古井無波，也可以探測到別人情緒有什麼微妙變化。可他把感知的觸角伸到那些人身上的時候，卻像是摸到了一塊冰冷的石頭，無知無覺，又冷又硬。羅中夏心裡很不解，面對著衛夫人〈筆陣圖〉這種百年難遇的奇景，你們好歹也該畏懼一下吧？就算是不畏懼，好歹也要驚訝一下吧？就算是不驚訝，好歹也要著急一下吧？就算是不著急，好歹也應該興奮一下……

但這些人什麼表示都沒有，如果單純以腦波和情緒來判斷，他們與深度昏迷的植物人沒有任何區別。韋莊被一百多個植物人逼得使出了鎮莊之寶，這事怎麼想都覺得滑稽。

「難道說，他們在等待著什麼……」羅中夏隱隱覺得有些不安。

秦宜冷笑道：「等？他們把〈筆陣圖〉想得也太簡單了。」

就像是為了證明秦宜的話一樣，內莊上空的〈筆陣圖〉開始了奇異的變化，那個大泡泡開始自己撕扯起來，形狀逐漸發生了變化，整個內莊的空氣都隨之躁動不已。那些黑衣人感受到了壓力，把頭仰得更高，卻沒有一個人退縮。

很快〈筆陣圖〉的狀態重新穩定下來，這一次它的形狀變得欲直不直、彎環勢曲，儼然像是書法中「努」的筆勢。

「看來韋家人是打算轉守為攻了啊！」秦宜撥開竹葉，目不轉睛。

衛夫人〈筆陣圖〉按照筆勢特點，分成數種形式：「橫」如千里之陣雲、「點」似高山之墜石、「撇」如陸斷犀象之角、「豎」如萬歲枯藤、「捺」如崩浪奔雷、「努」如百鈞弩發、「鉤」如勁弩筋節。形式之間，威力大不相同，乃是一套攻守兼備的陣法，絕非尋常人想像只能龜縮防守。

而這一個努之筆勢，就是攻擊形式中十分強烈的一種。它欲挽不發，將筆陣內筆靈的力量蓄積在這「不發」之中，當這挽到了極限的時候……

就是百鈞弩發！

在一瞬間，所有人都喪失了視力，覺得整片視網膜都被白光充滿。一股極其巨大的靈壓呼嘯而過，像高速駛過身邊的蒸汽火車，讓人呼吸一窒，感覺整個身體都幾乎被吸入車輪底下。等到數十秒鐘之後，三人才從這種恍惚中勉強調整過來，心臟跳得怦怦作響，耳鳴兀自不已。

顏政最先恢復過來，他睜眼朝外面一看，不禁駭然道：「這……實在是……太牛了。」

內莊外側的大地上，生生被犁出了一道極寬極深的溝壑，溝形筆直，邊緣無比齊整，遠處的一個小山坡竟被徹底鏟平，變成一個古怪的大坑——就像是什麼人在一片綠地上寫下了濃濃的一筆撇，然後在這山坡上頓了頓，努了回來——至於剛才站在這片區域的黑衣人們，恐怕已經被這股巨大的力量徹底湮滅。

衛夫人〈筆陣圖〉的威力，竟至於斯！

「這是〈筆陣圖〉還是宇宙戰艦大和號[1]啊……」羅中夏咋舌不已，他雖然見識過陸游筆陣的威力，但那個筆陣跟這個相比，簡直就是手槍與導彈的差別。

那些黑衣人遭受了這一次嚴重打擊後，並沒有表現出任何震驚與惶恐，仍舊站立在原地，如同守陵的翁仲石像。這倒是大出羅中夏、顏政和秦宜的意料之外。

「該說他們是單純地悍不畏死呢，還是反應遲鈍？」顏政摸摸下巴，語帶調侃。

他正在沉思，遠處〈筆陣圖〉忽然又起了變化，整個泡泡朝著兩側拉長，邊緣也變得扁平起來，慢慢化成了一柄橫跨整個內莊的長刀形狀，起筆處渾圓，落撇處卻鋒銳無比。

「撇之筆勢！」

就算羅中夏再不懂書法，也從這滔天的氣勢和形狀中辨認了出來。

按照〈筆陣圖〉的說法，撇之筆勢是陸斷犀象之角。在書法中，橫撇的筆勢鋒銳最盛，一撇既出，橫掃六合八荒。看眼前這橫刀的架勢，看來內莊的人不打算跟這些傢伙拖延時間，打算畢其功於一役，一掃而淨。

這時候，秦宜卻皺起了眉頭，她拽了拽顏政的衣角：「我覺得這事情有古怪。」

顏政正看到興頭上，隨口回了一句：「什麼古怪啊？」

秦宜道：「那些黑衣人嘴裡，似乎都開始念誦著什麼，可惜太遠了我聽不到。」

顏政呵呵一笑：「大概是知道大難臨頭，在念經為自己超渡吧！」

秦宜見他一臉輕鬆，知道這傢伙根本沒放在心上，瞪了他一眼。

這時，那〈筆陣圖〉化成的巨大鋒刃開始動了，接天連地，橫掃而來，巨大的靈壓掀起滔天的泥沙，如驚濤駭浪，整個內莊地面都因此而劇烈震動。剛才的「努筆勢」是點攻擊，如今這「撇筆勢」卻是面攻擊，一掃就是一大片，在這種攻擊之下，任何人都斷無生還之理。

這一次，三人學乖了，連忙把眼睛閉上，免得被〈筆陣圖〉的光芒晃花了眼睛。只聽到耳邊轟隆聲源源不斷，還伴隨著尖厲的摩擦聲，十分刺耳。地震的波動十分強烈，連他們藏身的岩縫都劇顫不已。

很快他們就覺出不對勁來了。撇筆勢的攻勢，應該是瞬息之間的事情，不會拖得這麼久。他們先後睜開眼睛，再朝外面望去，不禁大吃一驚。

志在必得的撇筆勢，居然被擋住了。

擋住撇筆勢的，是幾十道氣柱。這些氣柱個個都有大殿廊柱一般粗細，柱身中的滾滾氣息凝而不散，最濃厚處還泛著暗藍色的光芒。這些氣柱縱橫交錯，頂天立地，構成了一片柱林。這構成柱子的氣息頗為古怪，說煙霧不是煙霧，說光芒卻又不是光芒，形散而神不散，撇筆勢切在上面，一時間竟無法寸進。

剛才那巨大的轟鳴和摩擦聲，就是〈筆陣圖〉與這幾十根柱子較勁所發出的聲音。

更令他們驚訝的是，每一道氣柱的源頭，都是一個黑衣人。那些黑衣人盤膝而坐，渾身都散發出那種暗藍色氣息，這些氣息朝黑衣人的頭頂天空湧去，不斷補充進氣柱，讓它愈加粗大。遠遠望去，就好像柱子底下壓著一個人一樣。

羅中夏擁有禪心，勉強能壓下驚訝，他掃視一圈，發現並非所有的黑衣人都化身成了氣柱，只是大部分人。還有一小部分黑衣人站在原地，一動不動，對周圍的異象熟視無睹。

此時天空中的交鋒已趨白熱化。〈筆陣圖〉的撇筆勢鋒銳雖盛，後勁卻不足，碰到這種盤根錯節的柱林，一時間也沒什麼辦法，於是它又開始變化。

狹長的橫刀開始收縮，刀刃的邊緣不斷起伏，刀身愈縮愈小，最後匯聚成了一個圓。嚴格來說，這不算是一個圓，而是一個點。點中頓落，清晰可見。

將筆陣中的筆靈凝結在一個點中，威力該有多大？點如高山墜石！

變成了點筆勢的〈筆陣圖〉，在半空盤旋半圈，驟然下墜，真的像是自高山墜落的岩石，挾風掣雷砸向其中一根柱子。那氣柱縱然有其他柱子支撐，也難以抵抗這種「只攻一點，不及其餘」的攻勢。只聽得一聲哀鳴，柱子底下的黑衣人晃了晃身形，撲倒在地。他一倒地，氣息頓無，無從維持的氣柱登時潰散，化成一片煙霧飄散，很快消逝在空氣中。

「我就說嘛，就算他們有點門道，也是班門弄斧。」顏政興高采烈地說。

他話沒說完，就看一個原本沒參與的黑衣人盤腿坐下，一道氣息從他身體裡沖天而出，凝結成一道新的氣柱。

原來他們來了這麼多人，是算好了備用的。可即使如此，又能改變什麼呢？點筆勢繼續橫衝直撞，所到之處，氣柱無不潰散。短短一分鐘內，已經有四根氣柱被撞斷，儘管立刻就有新的黑衣人補上去，可這麼消耗下去的話，很快黑衣人就沒有多餘的人手了。

秦宜心細，其他人在看著〈筆陣圖〉與柱林大戰的時候，她卻在心裡暗暗點數。很快她就發現，整個柱林一共有七十二根氣柱，每斷一根，就會立刻補齊，始終保持有七十二根柱子存在。

這七十二，究竟有什麼講究呢……秦宜陷入沉思，七十二般變化？七十二地煞？她忽然想到對方身分，立刻聯想到一種可能，一種最可怕的可能，臉色驟然變得煞白。顏政看到她的異常，握住她的手道：「妳擔心什麼，韋莊現在正處於優勢地位啊！」

秦宜顧不上理他，一把抓住羅中夏，大聲道：「快，我們快下去，快去韋莊，告訴他們把〈筆陣圖〉收起來！」

「怎麼了？」羅中夏有些迷糊。

「這裡有七十二根氣柱，你還不明白嗎？」秦宜瞪著這兩個不學無術的呆子，見他們還是茫然未解，一咬牙，翻身跳下岩縫，朝著內莊方向跑去。

顏政和羅中夏面面相覷，不知就裡，但他們不會放任自己同伴孤身冒險，也跟著跳下岩縫。三個人各運神通，朝著內莊疾奔而去。就在他們的頭頂，點筆勢和柱林正戰至酣處，雙方一個是船堅炮利，一個是人多勢眾，互不相讓。

黑衣人對他們的出現沒任何反應，羅中夏他們正好撿了便宜，埋頭狂奔。就在他們快接近小竹橋的時候，天空中突然傳來一陣沉悶的滾雷聲，一股巨大的靈氣從天而降。

這股靈氣的壓力實在太大了，羅中夏、顏政和秦宜一瞬間心中筆靈劇顫，登時力不從心，紛紛栽倒在地。

與他們相反的是，那七十二根氣柱卻彷彿像是打了興奮劑，士氣大振，朝著〈筆陣圖〉席捲而去。化作點筆勢的〈筆陣圖〉忽然發現，自己再不能像剛才一樣橫衝直撞，這些氣柱的靈活性和堅韌程度都上了一個境界，有好幾次都差點把〈筆陣圖〉死死纏住。

而天空中那股靈氣，越發強烈，雖還看不清形體，但那涌天氣魄已經把整個內莊完全籠罩起來。

「這……這到底是怎麼回事……」羅中夏喘著粗氣問道。

秦宜仰起頭來，恨恨道：「這些氣柱，乃是浩然正氣所化，形如束脩。七十二根束脩，正是代表著七十二位賢人哪。」

七十二位賢人？

孔子門徒三千，一共出了七十二位賢人。敵人，果然是儒門。

儒門在中華大地，曾經風光無限，可惜在這個時代，卻早已式微。那一群黑衣人又是西裝革履、墨鏡分頭，哪裡有半分儒生的模樣，因此羅中夏根本就沒有過多聯想，直到此時，他才猛然醒悟過來。

七十二根氣柱，又是浩然正氣所化，顯然就是那七十二賢人的化身了。

這是當年儒門最為著名的大陣，須得聚齊七十二位博學鴻儒，每人化為一名賢人，七十二人一起發力，氣柱林立，所以這個陣，就叫儒林桃李陣。董仲舒當年靠著這個凌厲大陣，在追殺諸子百家之時大占優勢，甚至筆塚主人都一度為其所困。

可從場面上看，這兩個大陣鬥得旗鼓相當，〈筆陣圖〉還占著優勢。儒門的後手，僅僅只是如此嗎？

天空中忽然光芒大盛，就如同暗夜裡放起了一束巨大的煙花一樣。

羅中夏抬起頭來，看到空中赫然出現了一枝筆靈。這筆靈居高臨下，周身洋溢著浩然正氣，比那些黑衣人的浩然正氣不知精純了多少倍，霧靄雲團的邊緣泛出金黃色光芒。它的筆管之上豎銘一列字跡，上書：「道源出於天，天不變，道亦不變。」

「天人筆？！」

那枝罷黜百家的天人筆，那枝毀棄筆塚的天人筆，那枝使儒門道統兩度中興、制霸中華傳承兩千年的天人筆。

居然再次現身了。

陸游曾經推測過，函丈之所以如此強大，很有可能是掌握著天人筆。如今天人筆現，豈不是證明函丈就在左近？看來函丈組織果然也覺察到隱藏在韋莊的七侯筆靈，所以才會傾力來攻啊！

三個人都覺得渾身一沉。天人筆天生喜歡吞噬其他筆靈，乃是天敵，它一出現，所有筆靈都會被壓制。

操控〈筆陣圖〉的人也已經覺出有些不妥，立刻改換成豎筆勢。豎如萬歲古藤，不蔓不枝，垂立於天地之間。如果說橫撇攻擊力最強悍的話，那麼這豎筆勢就是最強的守禦狀態。

任憑顛山倒海，只要它屹立於天地間，就穩守不敗之地。

可惜的是，眼前的對手，是天地都可以翻覆的。

天人筆的出現，令儒林桃李陣的亢奮達到了一個巔峰。七十一根氣柱如同瘋狂的觸手一般湧向〈筆陣圖〉，它們紛紛攀上化為豎筆勢的〈筆陣圖〉，緊緊盤住，就像是為一條金龍縛上重重的鎖鏈。

〈筆陣圖〉此時已經動彈不得，但它看起來並不急躁。你可以困住我，但是你卻也奈何不了我。豎筆勢的守禦，不是那麼輕易能破開的。

這些氣柱確實奈何不了〈筆陣圖〉，但是自然有人能對付得了。

天人筆此時緩緩從天而降，它的每一根筆鬚都優雅地翻捲著，泛著金黃色光芒。忽然，那些筆鬚猛然伸長，瞬間突破了無形的距離，直直插入了〈筆陣圖〉的核心之中。

〈筆陣圖〉在被插入的一瞬間變得僵硬，下一秒鐘，整個〈筆陣圖〉炸毛了。因為操縱它的人清晰地感應到，這個天人筆，居然在從〈筆陣圖〉中吸食筆靈！

此時韋莊內莊那些人的心情，就像是當年他們的祖先韋時晴碰到白虎時一樣：見慣了筆靈互鬥，卻還沒見過可以吞噬筆靈的。這該是件多麼可怕的事情！

為了支撐這個〈筆陣圖〉，韋家集合了一族之精華，將幾十枝筆靈布入陣圖中，才能有如此之大的威力。可誰能想到，這些筆靈，竟成了天人筆的盤中珍饈；堂堂衛夫人的〈筆陣圖〉，變成了盛滿金玉良食的餐桌。

縱然他們不知道天人筆的來歷，看到此情此景，也必然駭然到了極致。

〈筆陣圖〉突然發了瘋一樣，變成崩浪奔雷捺筆勢，接著變成百鈞弩發的努筆勢，又變成勁弩筋節的鉤筆勢，在幾秒內變了數種形式。可惜它的掙扎卻徒勞無功，七十二根氣柱牢牢地把這〈筆陣圖〉給鎖住，而天人筆好整以暇地慢慢吸吮著〈筆陣圖〉中的筆靈，從容得像是一隻大蜘蛛。

核心受制，整個韋莊的保護也隨之減弱。

一直到此時，羅中夏才明白當初韋定邦為何而死。

若是韋定邦還活著的話，有他的秋風筆坐鎮核心，天人筆還未必會如此輕易地攻進來。函丈早早出手，提前刺殺了韋定邦，吸走秋風筆，就是為了讓大陣平白削去數成威力。

所以陸游一聽韋定邦遇害，就立刻判斷出函丈對韋家將有大動作。

看到眼前的屏障越發稀薄，知道〈筆陣圖〉的力量已經開始衰減，羅中夏知道此時再不進去，只怕沒有機會了。他對秦宜和顏政喊道：「天人筆的壓制，壓不住青蓮遺筆。你們兩個在外頭策應，我進去看情況收筆。」

說完他也不等兩人回答，便毫不猶豫地衝了過去。他的身體與屏障甫一相觸，溫度急速上升，衣服發出一陣焦糊味道，開始捲曲燃燒起來。可畢竟這屏障的力量已經不足，還未等這股灼熱傳遞到肌膚，他已經閃身衝破了屏障，置身內莊之中。

敵人做的什麼打算，他已經完全明白了。

他們的真正目的，不是韋莊，而是衛夫人〈筆陣圖〉——更準確地說，也不是〈筆陣圖〉，而是陣中筆靈！

韋莊的筆靈，要麼是由筆塚吏持有，要麼存放在藏筆洞裡，十分分散。即使天人筆親自出手，也不能保證把筆靈一枝不漏地收回來，一個不慎，被對方搞得全盤翻轉也是有可能的。韋家留傳千年，誰知道除了衛夫人〈筆陣圖〉還藏著什麼東西？

所以為了確保把韋家收藏的筆靈一網打盡，就必須施加足夠大的壓力，逼迫韋家用出〈筆陣圖〉。〈筆陣圖〉必須要有筆靈才能驅動，韋家為了禦敵，勢必要把大部分筆靈放入陣中，聚集在一處——這便正中了天人筆的下懷。

黑衣人以及他們的儒林桃李陣，都是為了這個目的才圍而不攻。韋家拚盡全力發動衛夫人〈筆陣圖〉，以為這是最後的撒手鐧，殊不知那才合了對手的心意。

羅中夏想到這裡，心中一陣發涼。函丈這次真是志在必得啊！既要吞噬韋家的全部筆靈，也要順便收走隱藏其中的七侯筆。

他忽然覺得頭頂有異，不由得抬頭望去。結果他發現原本緊縛住〈筆陣圖〉的七十二根氣柱，此時卻少了數根，而且數量還在持續減少。羅中夏猛然意識到，這是顏政和秦宜幹的好事，在為他爭取時間。

羅中夏顧不得多生感慨，立刻發足狂奔。

韋家的覆亡，已不可逆轉，只能盡快去把七侯筆靈收走，避免落入函丈之手。這是他們唯一的機會了。

羅中夏還依稀記得韋莊的路，一口氣跑到正對著竹橋的韋氏祠堂前，立刻有兩個年輕人跳出來攔住他。羅中夏沒時間跟他們解釋，喚出青蓮筆幹倒那兩個護衛，趁機衝破封鎖。

此時內莊裡大部分筆塚吏都去支援〈筆陣圖〉了，沒人能攔得住羅中夏。他依仗著對地形熟悉，七轉八拐，很快便穿過內莊迷宮一樣的巷道，跑到了藏筆洞前。

果然不出所料，藏筆洞前此時有幾十人，他們全都坐在地上，聚成數個同心圓圈。最中間圓圈是幾位鬚髮皆白的老長老，他們一起托著一卷古老的卷軸，舉輕若重。在他們周圍，是三圈青壯年，這些人各自頭上懸浮著一枝筆靈，筆尖全都衝著圓心位置，與卷軸有著若有若無的連接。

這個應該就是衛夫人〈筆陣圖〉的操控中樞了。從人員構成來看，韋家確實拚盡了全力，這個陣勢裡的是韋家幾乎全部的筆塚吏。

此時所有人都面色凝重，目不瞬離。陣中有幾個人已經癱倒在地，想必是自己的筆靈已被吸食一空，心力交瘁的緣故。但沒有一個人敢擅自離開，大家都清楚這一戰關係到韋家的生死存亡。托著卷軸的一位長老不時喝道：「點筆勢！快，再換橫筆勢！」另外幾位長老則用手指在虛空中急速比劃。

顯然，他們還沒有死心，還指望著能靠〈筆陣圖〉本身的力量打破束縛。

在更周邊，則是一大群韋家無筆的成員，有老有少。他們此時什麼都做不了，只能憂慮地看著自己的家人在陣中奮戰，默默祈禱家族能撐過這一次大劫。

「快把筆陣撤掉！」

羅中夏突然從暗處跳出來，高聲喊道。

陣中之人恍若未聞，倒是一干無筆的韋家成員把注意力轉過來。場面先是沉默了幾秒，然後立刻就有人認出他來：「是羅中夏，那個殺死老族長的凶手！」

當時彼得和尚和他倉皇出逃，韋莊上下都把這兩個人的樣貌記了個十足。此時見他突然出現在這裡，都以為這個奸賊是為敵人做前驅，前來搗亂。立刻就有十幾名年輕人氣勢洶洶地朝羅中夏逼來，他們看著前輩們拚盡全力支撐大陣，自己沒有筆靈，幫不上忙，早憋了一肚子氣，此時正好發洩出來。

羅中夏哪裡有時間跟他們計較，他一面躲閃，一面大叫道：「韋定國，韋定國呢？」

彼得和尚曾經叮囑過他，如果說韋莊裡只有一個人能聽他說話的話，那就是韋定國了。他與俗世糾纏最深，執念也最少，行事腳踏實地。

韋定國沒有筆靈，〈筆陣圖〉的事他幫不上什麼忙，但他是現場不可或缺的靈魂。誰來負責支持〈筆陣圖〉，誰來負責護法，誰來負責疏散韋家子弟，誰來喚醒藏筆洞中的諸多筆靈，都需要他來統籌安排。此時他正忙著組織家中的老幼撤退到藏筆洞裡去，忽然聽到有人喊他的名字，韋定國從人群中站出來，不禁一愣：「羅中夏，你來這裡做什麼？」

羅中夏見韋定國出現，心中大喜，幾個箭步衝到他跟前，急促道：「你們得立刻把筆陣撤下來！」

「為什麼？」韋定國皺起眉頭，同時揮手讓那幾個要衝過來的年輕護法停一下。

羅中夏一指外面：「那枝吸收筆靈的，是儒家的天人筆，不是我們所能抵擋的！如果現在不撤，韋家筆靈就會全軍覆沒！」

韋定國聽到「天人筆」的名字，面色一滯。不過既然儒林桃李陣都出現了，那麼同屬儒家一系的天人筆的出世，也並不是很讓人意外。

「可你也看到了，現在這情況，那儒林桃李陣把〈筆陣圖〉鎖住了，一時半會兒根本動彈不得。長老們也沒什麼好法子。」

羅中夏道：「我的朋友們，正在外面拚命削弱陣法，他們應該能爭取到一段短暫時間。」

韋定國又道：「把〈筆陣圖〉撤回來的話，韋莊的屏障可就會全部消失了啊……」

「撤回來，靠剩餘的筆靈，還有一拚之力；如果不撤，就等於被徹底繳械，連反抗都沒有機會。」

韋定國看了看周圍充滿懷疑與憤慨的族人，對羅中夏緩緩開口道：「我相信你不是為了救我們才來的吧？」

羅中夏毫不猶豫地說道：「是的，我是來取管城七侯。」

又一個黑衣人一頭栽倒在地，渾身散發焦糊的味道。這是顏政幹掉的第四個黑衣人。

這些黑衣人十分奇怪，他們的實力很強悍，體內蘊藏著雄渾博大的力量。可是他們卻呆頭呆腦，對外界的反應不聞不問，只能做極為有限的反擊，就像一個身懷絕世武功的白痴。對付他們，就像是用小刀去砍木樁——砍起來真的很費勁，可木樁畢竟是木樁，只要肯花力氣，就可以輕易搞定。

這些傀儡的皮膚泛著奇異的光芒，應該就是函丈煉製的那一批殉筆童。不過顏政也明白，殉筆童是筆靈奪舍而成，威力肯定遠不只於此。如今之所以這麼好對付，是因為它們的大部分精力，都放在桃李陣的氣柱支撐上。

很明顯，函丈大量煉製殉筆童，就是為了對付韋家的衛夫人筆陣。這也就解釋了，為何他們之前沒碰到過，殉筆童生性呆板，對付單獨的筆塚吏幾無勝算，唯有在大規模陣仗裡才能發揮作用。

顏政再一次撲向黑衣人，幾番交手，將其踢倒在地。他氣喘吁吁地用畫眉筆給自己恢復了一下，忽然眉頭一皺。

「哎呀，如果是殉筆童的話，那秦姑娘那邊可麻煩了。」

他稍微辨認了一下方向，縱身朝著氣柱最旺盛的地方跑去。不出幾十步，他恰好看到秦宜在和三個殉筆童糾纏，打得難解難分。她用的是麟角筆，以干擾敵人心神為主，面對無神少心的殉筆童，無法發揮優勢，被逼得不斷後退。

顏政也不多說，抖擻精神跳進戰圈，擋在了秦宜前頭。他是街頭野路子拳法，反倒效率最高。有他衝鋒，秦宜在後面策應，兩人很快就搞定了眼前的敵人。

顏政指頭一晃，要替秦宜恢復。秦宜知道這不是矯情的時候，蛾眉微皺，身形不動，受了這一戳。

顏政笑盈盈道：「算命的說我有福將的命格，所到之處，有驚無險，逢凶化吉。」

秦宜白了他一眼：「少吹牛，姐姐我不吃這一套。」

「對啦，電影裡的男女主角在最危險的時候，往往都會問對方一個關鍵問題。我也有個問題，想請教一下。」顏政笑嘻嘻地說著，可下一瞬間，他的態度卻陡然變得嚴肅起來，「秦姑娘妳跟這件事明明沒多大關係，也沒什麼好處，為何要甘赴險地呢？」

秦宜沒料到，這個吊兒郎當的傢伙，突然問出這麼尖銳的問題。她一時有點慌亂，不知該如何作答。

顏政大笑著後退幾步：「只怕妳自己都不知答案吧？不必為難，我就是隨便問問，妳自己想明白就成，不必告訴我啦！」

秦宜氣得說不出話來，正要祭出筆靈來教訓一下這渾蛋，不料這時天色發生了異變，忽明忽暗，風雲肆流。兩個人看到，那〈筆陣圖〉本來遮天蔽日的陣勢開始急遽縮小。原本深入〈筆陣圖〉的天人筆鬚被這麼一撕扯，居然被扯斷了。

天人筆原本正吸吮得十分舒暢，沒料到〈筆陣圖〉居然掙脫了束縛，還扯斷了筆鬚。它不甘心地嗚叫一聲，數根新的氣柱立刻又拔地而起，湊足七十二賢人之數，朝著〈筆陣圖〉箝制而去，打算故技重演。

出乎意料的是，〈筆陣圖〉脫身之後，卻沒跟他們硬拚，反而漲縮幾番，化作一團紅光，一下子遁回了韋莊。原本籠罩在內莊上空的屏罩，也隨之消失不見，神祕莫測的韋莊內莊，終於袒露出了它真實的面目。

「呀，這傢伙真的成功了。」

顏政心裡大樂。可他還沒高興多一會兒，就發現周圍的氣氛有些詭異。

從內莊周邊的各個方向，不知從哪裡出現了許多人。這些人有男有女，有高有矮，穿著年齡都不相同。他們的步伐十分從容，朝著竹橋慢悠悠走來，那場景就像是一場電影結束，觀眾們紛紛散場。

可顏政感覺得到，這些傢伙都非善類。他們都有筆靈，每一個人都是貨真價實的筆塚吏，不是殉筆童。

敵人的新一輪進攻？

眼前的筆塚吏少說也有四、五十名，看來是打算趁著〈筆陣圖〉撤銷的空虛，一舉攻入韋莊。這麼多筆塚吏湊在一起，就算是實力未損的韋家，恐怕也未必能抵擋得住。

「寡不敵眾，還是先退入內莊，跟羅中夏會合好了。」

顏政護住秦宜正要撤離，忽然注意到遠處人群裡有幾張熟悉的面孔：費老爺子、魏強，還有在括蒼山不知所終的諸葛一輝。

「諸葛家？」顏政的身形一滯，腦海裡飛快地閃過一個原來一直被忽略的念頭：「難道說，函丈已經收服諸葛家了？」

1 宇宙戰艦大和號，是科幻動畫《宇宙戰艦大和號》登場的同名船艦。此動畫於一九七四年首播，以宇宙戰艦及其冒險為主題，對日本的科幻文化影響深遠。

第二十八章　爭雄鬥死繡頸斷

諸葛家和韋家，都是諸子百家的遺族，被筆塚主人悉心扶持，遂成了筆塚傳承的兩大流派。歷代筆塚吏多出自兩家門下，都是綿延千年的大族。

這兩家從創立之日起，就一直隱隱有著競爭關係，彼此互別苗頭，都想壓過對方一頭。自從南宋末年筆塚關閉以來，兩家為爭奪有限的筆靈資源，更是勢同水火，一度視若寇讎。

但無論兩家爭鬥如何激烈，有一條底線卻是始終不曾跨越——即是從不動搖對方根本，不趕盡殺絕斬草除根。這是因為儒門如日中天，勢力太過強大，作為筆塚傳承的兩家，實際上是唇齒相依。這一個傳統，這些年來從未被拋棄過。

一直到現在。

顏政沒有想到，這一次對韋莊發動攻擊的，居然是諸葛家。這可不是什麼普普通通的攻勢，而是從一開始就拉足了架勢的滅族之戰！

先是天人筆和儒林桃李陣，後是諸葛家的總動員。

很明顯，諸葛家已經投靠函丈組織，甘為函丈的前驅。

看著眼前密密麻麻的諸葛家筆塚吏，顏政咬咬牙，放棄了衝到費老和魏強面前質問的打算。他們根本無法與人多勢眾的諸葛家抗衡，而今之計，是盡快進入內莊，警告裡面的人。

看到顏政和秦宜往莊內退去，隊伍中的費老冷然道：「蕞爾小忠，不用理他們。」

諸葛家的筆塚吏一起點頭稱是。費老又道：「剛才天人筆只吞噬了一半衛夫人〈筆陣圖〉，現在韋莊內的筆塚吏恐怕還有不少。你們務必要跟隨自己的團隊行動，保持對敵人的優勢，不要落單。」

「那我們，要不要開始突擊？」

「就這麼慢慢走過去就好。」費老淡然道，表情露出些許疲憊，那是一種發自內心的疲憊，似乎這一切並非出於本願。

於是諸葛家的隊伍仍舊保持著鬆散隊形，緩緩朝著內莊移動，逐漸形成一條半圓形的包圍線。這包圍線疏而不亂，內中暗藏殺機。一看便知，他們是不打算讓一個人逃脫。

遠遠地，有兩個人並肩而立，正朝著內莊方向望過來。一人身穿長袍，一張略胖的寬臉白白淨淨，不見一絲皺紋，鼻梁上還架著一副玳瑁黑框眼鏡，正是諸葛家的現任族長老李；而另外一個人瘦高細長，通體皆白，面色木然鐵青，儼然是一個筆童的模樣。

「你們諸葛家，真是打的好算盤哪。」那筆童冷冷說道。它說話的時候，只見到嘴唇蠕動，其他面部肌肉卻沒有一絲變化，顯得極其生硬冷峻，就像是一個木偶，只有雙目炯炯有神，如同被什麼力量附體。

老李聽到它說話，微微側過頭來：「我們諸葛家不惜拋棄了千年以來的原則，來助函丈尊主，難道還不夠有誠意嗎？」

「還不夠。」函丈斷然道，「我要求的是絕對的奉獻，絕對的服從。」

「諸葛家五十六位筆塚吏，除了如椽筆以外全數在此。這對尊主來說，還不夠嗎？」

「哼，精銳盡出？儒林桃李陣被人攪亂時，你的護法在哪裡？」函丈未等老李分辯，它又說道，「你的心思，我豈會不知。你故意拖延遲至，先挑動我的天人筆與〈筆陣圖〉爭鬥，再縱容他們破壞桃李陣。如此一來，既削弱了韋莊的實力，又未讓天人筆實力大至不可收拾，你好從中漁利。」

老李露出溫和的笑容，他未做任何辯解，反而咧開嘴坦然道：「尊主明鑑，這正是我定出的方略。」

筆童不以為然道：「哼，你們這些小輩，總試圖玩這種小伎倆……我的殉筆童，可是損失了二十幾具呢！」

「反正尊主實力卓絕，並不在意這些錙銖之事。晚輩身為族長，畢竟得為族裡考慮嘛！」老李平靜地回答。他知道眼前這個傢伙，有著深不可測的實力與超凡的智慧，與其耍小聰明，還不如把一切都攤開來說。

「君子喻於義，小人喻於利。你算是哪一種？」筆童突然問道。

「往小處說，是為了諸葛家的存續；往大處說，是為了國學復興。是利是義，一念之間而已。」

筆童的雙目閃過一絲值得玩味的光芒，它機械地抬起手臂，指向內莊：「天人筆只吸取了五成筆靈。韋莊之內，尚有半數。你的人進去，恐怕也得費上一番手腳。」

「這種損失早已在晚輩計算之內。」老李恭恭敬敬道，「但回報總是好的。至少這一半韋家筆靈，我可以收回大半——倘若放任尊主的天人筆吸取一空，諸葛家固然可以輕易攻陷韋莊，但也只得到一個空殼罷了。」

這種赤裸裸的利益分析，似乎很對筆童的胃口。它稱讚道：「想法不錯。這樣一來，你諸葛家的實力又可以上升一階了。」

「尊主的天人筆，乃是七侯之中的至尊，又對諸葛、韋家經營那麼多年，取走了許多筆靈，晚輩再不精打細算，將來怎有實力與尊主一戰呢？」老李說到這裡，仍是穩穩當當，面帶笑容，彷彿他彙報的是件稀鬆平常的事情。

這兩人說話都十分坦蕩，把桌底下的心思完全擺上檯面，全不用擔心對方會存著什麼後手。對於老李的大膽發言，筆童大笑了三聲。只可惜這筆童沒有任何表情，和笑聲配合在一起異常詭異。

「那麼，接下來的攻擊我不插手，就看你的手段吧。」

「恭送尊主。」

老李衝著筆童一躬到底，等到他抬起身子來時，這筆童雙目已經暗淡下去，表情更加木然，已經恢復成一尊童僕，再無半點生息。它的雙肩突然歪斜，「嘩啦」一聲，整個身體一下子土崩瓦解，化作一堆竹灰。

而原本懸浮在半空的天人筆和地上的黑衣人，不知何時也悄然消失了。

恢復孤身一人的老李有些疲憊地閉上眼睛，原本泰然自若的神態消失了，一直到這時，他的冷汗才從額頭、脖頸和後背湧出來。他張開嘴，大口大口地喘息，彷彿一個溺水者剛剛爬上岸來。

「天人筆……真是個大麻煩。」

剛才他僅僅只是站在筆童身邊，就能感受到那強烈的壓力。這還只是附身筆童，如果是函丈親來，還不知道威勢會大到何等程度。天人筆使儒學中興了兩次，其實力用深不可測來形容，都嫌不足。

他十分清楚，自己正與一個歷史傳奇在燒紅的刀尖上跳舞。可事到如今，已經沒有回頭路可以走了。要麼被傳奇終結，要麼成為新的傳奇，沒第三條路。

老李想到這裡，搖搖頭，拿出手機，用冰冷的語氣說道：「費老，開始突擊吧。」

家主的命令一下，原本慢吞吞的諸葛家隊伍行進速度驟然加快，五十多個筆塚吏迅速分成了數十個戰鬥小組，從不同方向突入韋莊，幾分鐘內就抵達了內莊的入口——竹橋。

突擊正式開始。

過了竹橋，正對著的是韋家祠堂。可最先衝過去的幾個筆塚吏發現，韋家祠堂前的這一片開闊地變成了一片水澤，水深過膝，舉步維艱。那幾個筆塚吏剛想要拔腿出來，從內莊深處的建築裡突然飛來數條絲線，登時把他們綁了一個十足十。

其中一個筆塚吏見勢不妙，大吼一聲，渾身肌肉暴漲，把絲線撐斷。可是他的同伴們就沒那麼幸運，被絲線縛住手腳以後，平衡都無法掌握，「撲通」一聲栽倒在水裡，很快就沉了下去。那筆塚吏大為著急，雙臂探入水中去撈同伴，卻沒提防一朵小巧的黑雲飄到水面之上，驚雷直下。

水能導電，那筆塚吏一瞬間渾身跳滿電花，整個人抽搐了幾下，再也動彈不得。

毫無疑問，剛才是韋家的人做出的反擊。只是他們剛剛遭受天人筆的荼毒，居然這麼快就從混亂中恢復過來，還能組織起如此有條理的反擊，倒是出了諸葛家的預料。

吃了點虧的諸葛家沒有陷入慌亂，老李是個有心人，他很早以前就苦心孤詣按照現代軍事教程來培訓自家筆塚吏，此時終於體現過硬的心理素質來。

諸葛家的第二波攻擊來得非常快。那一片水澤突然之間被凍成了堅冰，十幾名筆塚吏踩在冰面上朝前飛快地跑去。對面的絲線又再度射了過來，隊列中的一個人右手一揮，那些絲線登時僵在了半空，然後一節一節地冒出火苗，很快便化成了一串灰燼，灑落到地上。那朵小雷雨雲有些急躁地飄過來，一連串雷電打了下來，一面鏡子憑空出現在雷電與諸葛家之間，雷電正正砸在鏡面之上，紛紛反射到了四面八方，一時間無比耀眼。

這些筆塚吏分工明確，合作默契。就在幾名主力對抗韋家的時候，其他幾個人打破了堅冰，把先前幾名遭難的同伴撈出來。立刻就有具備醫療能力的筆塚吏跟上前來搶救，旁邊有人張起護盾，擋在他們身前。

一名筆塚吏用雙手在眼前結了一個環，掃視一圈，面無表情地說：「前方右側房屋內三人，左側房屋兩人，屋頂上還有一人，距離六十五。」

兩名筆塚吏點了點頭，四掌齊出。那幾棟青磚瓦房感應到了一股迅速上升的熱力，然後像紙糊的一樣燃燒起來。幾個韋家的人慌張地從燃燒的房屋裡逃出來，又紛紛跌倒在地，渾身冒出血花。原來房屋周圍早就被布滿了隱形的刀鋒，他們只要一出來，就立刻會被割傷。

「收筆隊，上！」指揮官下了命令。

立刻就有四、五個人手持著筆架、筆筒、筆海等專收筆靈的器具，衝到那些韋家筆塚吏身前。老李在事先就已經確定了目標：盡可能多地把韋家筆靈收為己用。所以諸葛家的人出手都還掌握著分寸，輕易不會痛下殺手。

收筆隊的人俯身下去，查看這些人的鼻息。其中一個韋家人突然睜開眼睛，一拳打在收筆隊員的鼻子上，然後身子急速倒退，朝天一指。一隻泛著筆靈光芒的巨大蒼鷹飛撲而下，兩隻爪子一爪捉起一名受傷的韋家人，飛上半空，朝著藏筆洞方向飛去。

可惜這蒼鷹飛到一半，就被一柄流光溢彩的飛劍刺穿，斜斜落到了地上……

陣亡者的出現，讓整個事態都朝著狂熱和絕望的懸崖滑落，雙方都知道對方已經下了強硬的決心，誰也已經無法回頭。類似這樣的攻防戰在內莊各處都在轟轟烈烈地展開，整個內莊被分割成了無數個小戰場。筆塚吏的吼聲與筆靈的嘶鳴混雜在一處，一時間喊殺聲四起，冰火交加，不時還有巨大的轟鳴聲傳來。

諸葛家勝在人多勢眾，而且無論單兵素質還是同伴配合都非常出色；韋家雖然開始在天人筆手裡折了半數筆靈，但這一次面臨家族傾覆之劫，同仇敵愾之心大起，反成了哀兵。再加上韋家尚有許多無筆成員，也為了保衛家園而紛紛上陣，依靠地理優勢殊死抵抗，兩邊陷入了僵持狀態。

費老看到這番景象，忍不住嘆息了一聲。

「真的要做到這一步嗎？」費老心裡湧現疑問，筆靈乃是文人才情，是風雅從容之物，現在卻變成了殺戮用的武器，豈非背離了筆塚主人的本意？

這些疑問費老只能隱藏在心裡，他絕不會去質疑家主的決定。而且他現在是現場的指揮官，任何遲疑與猶豫都會害了他的族人。

「預備隊。」費老頭也不回地說。他身後立刻有四名男子挺直了腰桿，「你們去韋氏祠堂往裡的青箱巷，那裡的直線距離離藏筆洞最近。那是我們最終的目標，務必打開通道。」

「明白。」

那四個人一起躬身應道，然後飛快離去。他們都是費老精心調教出來的幹將，以四季為名，即使在諸葛家也少有人知。

這四人的筆靈都是寄身，但這四枝筆靈生前並稱四傑，性情自然相近，加上四人自幼一起生長，配合默契，極擅長集團作戰。他們單打獨鬥未必是尋常神會筆塚吏的對手，但若是四人對上四個神會筆塚吏，勝率卻在九成之上。

他們四人得了費老指示，對兩旁殊死爭鬥的兩家筆塚吏不聞不問，直撲青箱巷。一路上擊退了數個不知死活的韋家族人之後，四人很快就到了青箱巷口。

而就在他們的身影隱入青箱巷的時候，又有兩個人出現在巷口。一個是妖嬈的成熟美女，一個卻是愣頭愣腦的壯實少年，渾身都是斑斑的血跡，雙目赤紅。他們一前一後，來到巷口，停住了腳步。

「我說二柱子，真的是從這裡走嗎？」秦宜皺著眉頭問道。她的頭髮已是亂七八糟，身上的名牌衣服也破爛不堪，就連高跟鞋都丟了一隻，看得出也經歷了一番苦戰。

二柱子答道：「沒錯，這是現在通往藏筆洞唯一的一條路。」他說話的時候根本不看秦宜，整個人冒著熊熊的殺氣，與他平日裡的憨厚形象截然不同。

秦宜心中大疑：「怎麼我上次去的時候，不是從這裡走啊？」

「這是現在通往藏筆洞唯一的一條路。」

二柱子把「現在」二字咬得很重，然後不肯過多解釋。這是內莊的祕密之一，長輩們反覆叮囑過不可以對外人說起，尤其是不可信賴的外人。

二柱子對這個女人一點都不信任。他記得很清楚，當初他跟隨著彼得和尚出山，正是為了追捕這個女人。他還曾經靠著一套少林拳法，把她逼得走投無路。後來雖然這事就算是過去了，但在二柱子的心裡，這女人始終是那個竊取家中筆靈的壞人。

這一次，他們兩個是在混戰中相遇的。秦宜破壞完儒林桃李陣之後，本來是和顏政一起退入內莊，卻正趕上韋家的筆塚吏從藏筆洞趕回村子布防。她生怕與韋家人發生衝突，就暫且和顏政分開，躲在一個院子裡。好死不死，那些韋家筆塚吏和一批諸葛家的人正在這個院落附近相遇。韋家在院子裡據險抵抗，諸葛家把院子團團包圍，雙方相持不下，秦宜更加不敢露面，生怕被波及。

就在院落行將被攻破之時，二柱子帶著十幾個平日裡一起練習拳腳的小夥伴拿著刀槍衝了過來。他們沒有筆靈，卻有著年輕人特有的熱血與衝勁。憑著一口銳氣，那些諸葛家的筆塚吏竟被這些功夫小子打得人仰馬翻。院落裡的韋家人趁勢衝了出來，接應二柱子，居然一時間占據了優勢。

不料諸葛家覺察到這裡的異常，立刻派三個小組的筆塚吏前來接應。當諸葛家認真起來的時候，韋家便抵擋不住了，死傷慘重。二柱子力戰到了最後一刻，被諸葛家一枝筆靈打飛，落到了隔壁院中，正撞見了趁亂逃出來的秦宜。

秦宜急於趕去藏筆洞，於是便一把抓住二柱子，要他帶路。二柱子根本沒心思理她，自己的族人正被殺戮，自己的家園正被敵人踐踏，他唯一想做的，就是拚盡全力去抵抗，別的一概不予考慮。秦宜沒奈何，只得說出了羅中夏、顏政的名字。

二柱子對他們是極熟極親近的，聽到他們如今也身在韋莊，對秦宜的敵意就去了一半。秦宜趁熱打鐵，說有重要的事情必須稟告族長，事關韋家存亡。聽到她這麼說，二柱子只得答應下來。他的思維邏輯很簡單，這女人是不是騙子，自有族長判斷，他只要把她帶過去就可以了。

就算她騙人，還有羅大哥、顏大哥教訓她呢！二柱子這麼想。「走吧。」二柱子說。

他們兩個剛要閃身走進，卻看到迎面走來四個陌生男子。他們看到二柱子和秦宜，一起停住了腳步，眼神裡露出狐疑的神色。其中一個人環顧四周，忍不住說道：「這裡，不是我們剛進去的地方嗎？」

這四人正是剛才那諸葛四兄弟。他們走進青箱巷之後，本以為可以一通到底，卻沒想到裡面愈走愈複雜，岔路很多，轉來轉去，最後居然又轉回起點了。

「看來這裡也有韋家的人，不妨問問看。」諸葛秋舔了舔嘴唇，露出不懷好意的笑容。其他兄弟仨立刻站開一個陣勢，把他們兩個圍住。

諸葛春盯著二柱子和秦宜打量了一番，冷冷問道：「快說，去藏筆洞該怎麼走？」他語氣倨傲，也不提任何交換條件，顯然是認為對方只有老老實實回答一條路可走。

二柱子二話不說，立刻攥緊了拳頭，準備拚命。秦宜卻按住他的肩膀，悄悄說：「把他們交給姐姐。」然後她走上前去，笑盈盈道：「你們是上哪位老師的課？」

諸葛兄弟四人聽她一說，不由得都是一愣。諸葛家培養筆塚吏的手法很有軍事色彩，平時會按照筆靈性質把筆塚吏分成數班，每一班都有專門的文化講師針對性地培訓；到了戰時，同班的人都編入一隊，由講師統領，默契度與凝聚力都極高。所以諸葛家的筆塚吏，平時互相介紹時，都自稱是上某某老師的課，便知是哪一部分的。

秦宜這一句問的，十足是內部人口氣。諸葛兄弟暗想：「難道她是自己人？」

諸葛春立刻回答道：「我們上費老師的課，看小姐妳的樣子，很陌生啊……」

秦宜笑道：「呵呵，我是上夏老師的課，平時出現得少。」諸葛家的各個班級之間很少互動，所以學員彼此不熟也屬正常。

諸葛秋眼珠一轉，搶著問道：「夏老師？那諸葛長卿就是妳同學嘍？」

秦宜笑容一斂，彷彿受到什麼重大侮辱：「哼，別提他，我可丟不起那人。」

諸葛春一直盯著秦宜的表情，沒看出什麼破綻。她從一開始的驚訝、淡然到憤慨的轉折都十分自然，沒有任何突兀的地方。諸葛長卿通敵賣家的事，諸葛家內部早已通報，她如果是諸葛長卿的同學，這種反應可以說是恰如其分。

「可妳怎麼孤身一人在這裡？妳的隊友呢？」

秦宜道：「都被打散了，誰知道這些韋家的人反抗如此激烈啊！事先老李可不是這麼說的。」說完她聳了聳肩，顯得很不耐煩。

這下子可真是不好判斷了。諸葛家和韋家不同，老李的原則是有教無類，只要能與筆靈契合，就算不是諸葛一族的人，諸葛家同樣兼收並蓄，沒有任何歧視。時間一長，諸葛家其實已經是個大雜燴，三教九流的什麼人都有，個個個性十足。想從衣著氣質上來判斷秦宜是不是諸葛家的成員，委實有些難。

正相反的是，韋家的人一向對血統看得極重，連帶著對族人衣著的要求也很嚴格，反而可以輕易辨認出來。

「看這女人穿著與作派，肯定不是韋家的人。」諸葛春至少能肯定這一點。經過一段時間猶豫，他終於點了點頭，指著二柱子道：「他是誰？」

秦宜聽他這麼問，知道對方已被自己騙過，她拍了拍二柱子的肩膀，親熱地說：「他啊，他是韋家的一個小傢伙，現在被我控制了。」二柱子睜大了眼睛，卻被秦宜一下子拍了把麟角鎖在身體裡，表情立刻僵硬起來。

諸葛春掃了一眼，發現他沒筆靈，興趣立刻就少了一大半。一直沒說話的諸葛冬忽然開口說道：「這個韋家子弟，可能知道藏筆洞該怎麼走。」

這一句話提醒了諸葛春，諸葛家也抓到過幾個人來問，怎奈韋家人個個剛烈，竟沒一個肯與他們合作的。不知道這個憨厚少年，是否會和他的族人一樣強項。

他走到二柱子跟前，盯著他問道：「你知道去藏筆洞如何走嗎？」二柱子緊緊閉上嘴，不肯回答。

「不回答的話，可是會吃苦頭的。」諸葛春平靜地說。

秦宜卻攔住了他，很不高興地說：「喂，這可是我的俘虜。我好不容易才快要探聽出來，你們來搗什麼亂？」

諸葛秋不屑嗤笑了聲，他們是費老的嫡系部隊，平時眼高於頂，怎會理睬秦宜的牢騷。

諸葛夏一拱手：「事急從權，我們奉了費老指示，務必要打通藏筆洞的通道。若是耽誤了，恐怕妳我都要挨批的。」他這話說得綿裡藏針，還抬出費老來壓人。

秦宜卻冷笑道：「我怎麼知道你們不會搶我的功勞。總之這人是我抓的，要問也得我來問。」

「要顧全大局。」諸葛春有點急躁地說。諸葛家的統一大業就在眼前，她還在這裡嘰歪個人利益。

「我顧大局誰顧我啊？」秦宜似乎意識到這樣也不好，垂頭停頓一下，復說道，「反正我是必須要跟著的。」

「只要進得了藏筆洞，妳就跟著我們好了。」諸葛春如釋重負，這種小要求太容易了。

秦宜湊到二柱子耳邊，指了指諸葛四人，又指了指自己鼓鼓囊囊的褲袋，二柱子似懂非懂地點了點頭。

原來韋家的藏筆洞，與內莊的相對位置是不固定的，按照時辰與月分不同，通往藏筆洞的巷子也不同。韋家的人，都家傳了一套歌謠，歌謠裡包含了如何計算日期的方式。只要會背這歌謠，就可以推算出哪年哪月是哪條巷子通往藏筆洞。

二柱子在前面走，秦宜和諸葛兄弟四人在後面跟著。諸葛冬掏出手機，想要通知其他人，卻被秦宜攔住了：「先別告訴其他人，萬一這小子故意說錯位置，豈不丟臉？等確定了藏筆洞的位置，再說不遲。」

她的理由冠冕堂皇，但諸葛春卻聽懂了潛臺詞：「何必讓別人搶去頭功？我們拿走就是了。」諸葛春瞇起眼睛，對這個利慾薰心的女人有些不以為然：「百足之蟲，死而不僵。」

秦宜嬌笑道：「憑初唐四傑聯手，難道還有害怕的人嗎？」

諸葛春哈哈大笑，終於說道：「好吧，真是輸給妳了，就依妳的意思。」於是他們五個押著二柱子，走入青箱巷。

這條巷子又深又窄，岔路極多。這六個人走得愈深，四周就越發靜謐，遠處嘈雜的喊殺聲逐漸變小，到最後幾不可聞。不知何時，有淡淡的霧靄飄蕩在四周。諸葛秋最先耐不住性子嚷嚷道：「我們是被騙了吧，這哪裡是藏筆洞？分明是帶著我們兜圈子啊！」他用手在二柱

子後頸比劃了一下，意思是得懲罰一下這小子，

秦宜卻瞪著他：「這是我的俘虜，你不要越俎代庖。」

諸葛秋怒道：「妳這臭八婆，我們帶妳來，已經給妳面子，少得寸進尺！」

兩人正要開吵，二柱子忽然停下腳步說：「到了。」

諸葛兄弟和秦宜都鬆了一口氣，一起望去。

巷子的盡頭，是一片開闊地，三面皆是高逾數十公尺的石壁，壁上崖下種的全是鬱鬱蔥蔥的翠竹。正對著青箱巷口的是一片岩層呈赤灰色的峭壁，峭壁半空懸著一個半月形的洞窟，兩扇墨色木門虛掩。洞口兩側是一副楹聯：印授中書令，爵膺管城侯。洞眉處有五個蒼勁有力的赤色大篆：韋氏藏筆閣。

「這兒就是韋家藏筆洞？」諸葛秋大喜，正欲邁步向前，忽然發現洞腳處的小平臺上，早已有幾個人等候多時。

羅中夏、顏政，還有韋定國。

第二十九章　眉如松雪齊四皓

「奇怪，怎麼這麼多外人？」

在諸葛春原來的預測中，這藏筆洞韋家必然是重兵鎮守，可眼前數來數去也只有三個人。這三個人之中，他只認得出韋定國是現任族長，其他兩個人就完全認不出來了。這倒也不怪他，羅中夏和顏政雖然在諸葛家住過一段時間，但諸葛家只有幾個高層知道這件事。

諸葛春又掃視了一圈，發覺韋定國沒有筆靈，只有那兩個年輕人是筆塚吏。諸葛春冒出一個疑惑：「難道說他們是示弱於敵，玩的是空城計？」他下意識地朝他們身後的藏筆洞裡看了一眼，卻看不出什麼端倪。

「算了，都無所謂。」諸葛春決定不去想它。對方只有兩枝筆靈，諒他們也玩不出什麼花樣。在絕對的實力面前，任何陰謀詭計都失去意義。

這一點他可是有自信的。想到這裡，諸葛春微微一笑，他的三個兄弟知道兄長的心思，立刻默契地分開站立。諸葛夏還不忘好心提醒一下秦宜：「妳在旁邊站著就好，不要貿然衝進來被誤傷。」

秦宜一陣苦笑。她剛才悄悄把手機打開放到褲袋裡，是想讓她與諸葛兄弟的對話被顏政或者羅中夏聽到，在藏筆洞前提前做些準備，把他們四個孤軍深入的傢伙先誘進來幹掉。可她沒想到的是，韋家藏筆洞最後的防線，居然只是這副殘破的陣容。

看到對方準備動手，韋定國不得不站出來，朗聲道：「對面諸葛家的朋友們，自古諸葛家、韋家都是筆塚傳承後人，如今卻要搞得兵戎相見，你們究竟意欲何為？」

他義正詞嚴，鏗鏘有力。諸葛春卻無心與他爭這種口舌之利，只是拍了拍手，笑道：「韋族長，這都是上頭決定的。我只是個執行者，您跟我說，沒用的。」

韋定國嘆了口氣：「自我兄長去世之後，韋家已經逐漸世俗化，早有退出筆塚紛爭之心。你們又何必這麼急？」

「跟您說了，跟我說沒用。等把您接去諸葛家以後，您自去與老李說就是。」

諸葛春這句話說得輕鬆自如，卻透著一股霸道，彷彿韋定國被擒回諸葛家這事，已經板上釘釘了一樣。韋定國眉頭一皺，卻沒說什麼。他只是個普通的國家幹部，沒有任何異能，如果諸葛兄弟真要動手，他可真是沒任何反抗的餘地。

諸葛春又道：「您若是下令讓那些筆塚吏放下筆停止抵抗，乖乖跟我們回去，也許還能為韋家保留幾分骨血，免得兩家太傷和氣。」

「無恥之尤！諸葛家也是書香門第，怎麼會有這等無恥之徒！」韋定國冷冷地說，「我就不信，諸葛家所有人都願意跟著老李發瘋。」

諸葛春不以為然地說道：「那些逆歷史潮流而動的不合時宜者，早被處理掉了。」

諸葛秋不耐煩道：「何必這麼囉唆，直接抓走就是！」他邁步向前，要去抓韋定國的脖子，卻忽然被一道電光擊中，手臂一顫，登時縮了回來。諸葛秋大怒道：「誰敢阻我？！」

「我。」這邊一個人忽然走上前來，語氣平靜，平靜到有些可怕。

諸葛春一看，攔人的是個小青年，而且看得出不是韋家的人，便問道：「你是誰？」

「我叫羅中夏，中是中華的中，夏是華夏的夏。」

羅中夏淡然回答，他的禪心已經完全發動起來，整個人氣息內斂，進入一種禪意狀態，氣場登時一變。

「我跟你們說啊，他這次可是真生氣了。」

顏政大聲警告道。他剛才在混戰中與秦宜失散，迎頭撞見羅中夏和韋定國，那時就已經覺得這傢伙情緒不對。等到了藏筆洞前，顏政靠近羅中夏時，身體居然隱隱有灼傷之感。

諸葛兄弟聽到這警告，都放聲大笑，覺得韋家人真是窮途末路，這種小孩子嚇唬人的手段也好意思拿出來。

羅中夏靜靜地看著他們四個，神情淡漠。他其實對諸葛家還是挺有好感的，費老和諸葛一輝都是直爽的人，老李雖然拿腔拿調，但也不招人討厭，更何況他和十九之間，還有點不清不楚的感覺……但自從他發現諸葛家居然與函丈沆瀣一氣之後，整個心態立刻就起了變化。

諸葛家居然勾結函丈，聯手來毀掉韋家，甚至不惜殺人毀筆，這實在是超出了他的底線。

更重要的是，他想到了十九。以十九那種性子，如果知道自己家族做出了這樣的事情，絕不會同流合汙。當諸葛春說出諸葛家不合時宜者被處理掉時，羅中夏百分之百相信，那其中一定有剛返回家裡的十九。諸葛家究竟如何處理這些反對者，他不敢想像，也不願去想像。

所以他現在不得不站出來，哪怕要為此推遲收筆。

「老李說的國學復興，爭取人心，難道就是用這種下三濫的手段嗎？」羅中夏居高臨下地質問道。

諸葛春明明感覺不到他的任何情緒波動，卻能清晰地體會到對方散發的怒意，不由得認真起來。他知道這種對情緒收放自如的對手，一般都是挺難對付的。「羅中夏」這個名字聽起來很是熟悉，他仔細想了想，忽然想起來費老曾經略微提過幾句這個人。

「你……你不就是……」未等他說完，羅中夏已經給出了答案。

青蓮筆從他的胸前躍然而出，青光四射，把整個藏筆洞的岩壁映出一片青燦燦的光芒。兩側的竹林彷彿感受到了翻湧的氣勢，沙沙作響，為一代詩仙唱和。

「果然不錯，七侯之一的青蓮筆！」諸葛春望著那枝筆靈，露出一絲意味深長的神情。

諸葛秋脾氣最急躁，大聲道：「管他什麼筆，一併幹掉！」作勢就要上前。

「那你就來試試看！」羅中夏大聲喝道，眼睛圓瞪，兩道視線鋒銳如劍，青蓮的飄逸氣勢霎時在他身體中炸裂開來，一直蓄積內斂的鋒芒一下子毫無掩飾地輻射而出，光芒萬丈，整個人如同浮在一個無比耀眼的光球之中，就連頭髮都飄浮起來，一根根豎立如矛。

> 手中電曳倚天劍，直斬長鯨海水開[1]！

銀紫色的弧光在羅中夏右手劈啪回閃，不知何時，他手裡早已握起一柄虎嘯龍吟的倚天長劍，劍身頎長，刃間流火，還有雷電繚繞其間。劍柄與羅中夏的右手若即若離，只靠著電光相連。

諸葛兄弟只覺得眼前一亮，一道波紋狀的巨大半月衝擊波沿著直線疾突而來，一往無前。他們四個寒毛倒豎，紛紛朝兩側閃避。那道衝擊波呼嘯而過，正正擊中青箱巷的巷口，只聽「轟隆」一聲，巷口一帶屋舍碎成一地瓦礫，仍有殘留的氣流在半空劃出道道痕跡。

羅中夏手持長劍，冷冷望著他們四個。他無論是在憫忠寺、退筆塚、綠天庵還是高陽洞，從來都是被動去接受、被動去反抗，一生之中，還從未如此主動地鋒芒畢露過。

這一次，為了十九，他再也不能忍了。

強橫的氣息嗞嗞流轉，禪心與詩仙迅速融匯一體。青蓮筆本來就是任情之筆，懷素禪心亦是狂草之心，加上羅中夏此時滔天的怒意，至極至盛。

諸葛兄弟四人見識到青蓮筆的威力，絲毫不敢怠慢，諸葛春低聲道：「結陣！」兄弟四人毫不遲疑，各據一方，四枝筆靈呼嘯而出，在半空結成一個菱形，與青蓮筆遙遙相對。韋定國一看到這四枝筆靈，脫口而出：「初唐四傑？」

諸葛秋看了韋定國一眼，咧嘴笑道：「老東西卻識貨。」

初唐四傑是指王勃、駱賓王、楊炯與盧照鄰四位大家，這四人在初唐各擅勝場，詩文才學均是一時才俊，是以並稱四傑。諸葛兄弟四人的筆靈，正是煉自這四位大家。

諸葛春握有王勃的滕王筆；諸葛夏握有駱賓王的檄筆；諸葛秋拿的是楊炯的邊塞筆；諸葛冬身上的是盧照鄰的五悲筆。兄弟四人心意相通，四傑筆靈亦氣質相契，兩者結合在一處，威力絕不可小覷。費老苦心孤詣訓練他們，甚至不惜讓四枝筆靈寄身在兄弟四人身上，正是為了追求這種可怕的默契程度。

羅中夏對初唐四傑了解不多，只聽鞠式耕約略提及過，想來不是什麼驚才絕豔的人物——至少與李白不在一個級數。他對這個小小的陣勢毫不在意，看著諸葛兄弟如臨大敵的臉色，只是冷笑一聲，青蓮筆再度攻來。

這一次他沒有絲毫保留，上來便施展〈草書歌行〉。憑著懷素禪心，這詩的威力與高山寺那時候相比，不遑多讓。

少年上人號懷素，草書天下稱獨步。
墨池飛出北溟魚，筆鋒殺盡中山兔。

刀風颯颯，筆鋒洋洋。懷素草書一往無前的狂放氣勢，被青蓮筆宣洩而出。霎時天昏地暗，飛沙走石。

四傑筆陣在狂風中搖搖欲墜，卻偏偏不倒。諸葛春道：「五悲筆，出！」諸葛冬聞言雙手一掙，盧照鄰的五悲筆應聲而出。一股悲憤之氣迎面撲來，四下環境登時淒風苦雨。

盧照鄰一生命運多舛，先染風疾，又中丹毒而致手足殘疾，萬念俱灰，只能歸養山林，在家中挖好墳墓，每日躺在其中等死，是以寫出〈五悲文〉，極言人生際遇。這五悲筆，浸透盧照鄰的失落之意，筆靈所及，能叫人心沮喪、意志消沉，任憑對力通天的氣勢，也要被搞至煙消雲散，再也提不起勁頭來。

羅中夏初時還有些慌亂，隨即便恢復了正常。他冷笑一聲，口中詩句不斷，竟絲毫不受五悲筆的影響。那些悲雲被懷素草書衝得難以聚成一團。

自古文人多悲愁，如李煜的愁筆、杜甫的秋風筆、唐琬的怨筆、韓非的孤憤筆、陳子昂的愴然筆等，或殤國運，或嘆數奇，或感傷時事，或深沉幽怨，每各有不同。這五悲筆不過是個對自身仕途充滿怨懟的文人，從境界就已落了下乘，又豈能拘束得住放蕩不羈的李太白？

諸葛冬見拘不住青蓮筆，奮力驅使五悲筆靈。那五悲筆突然筆鬚戟張，分作五束，猙獰如黃山怪松。

那些悲雲陡然增多，層層疊疊，一浪浪朝著青蓮筆湧去。〈五悲文〉裡共有五悲：一悲才難，二悲窮道，三悲昔遊，四悲今日，五悲生途。世間任何人，都逃不過這五種悲傷的範圍。此時這五悲同時爆發，烏雲密布，滾滾黑雲中一悲高過一悲，一時間竟有要壓過青蓮筆的勢頭。

羅中夏此時境界，與往日大不相同。他只略抬了抬頭，先停下了〈草書歌行〉，改口輕聲吟道：「別君去兮何時還？且放白鹿青崖間，須行即騎訪名山。安能摧眉折腰事權貴，使我不得開心顏[2]。」

盧照鄰在〈五悲文〉字裡行間，充滿著未能出仕朝廷的委屈，進而懷疑人生。而這幾句太白詩，說的正是不事權貴、遊遍名山的瀟灑之姿，簡直就是當面抽他的臉，而且還抽得劈啪作響。

一頭幻化的白鹿自青蓮筆端躍出，甫一出世，便放蹄狂奔，如行走於五嶽之間，無牽無掛。五悲之雲被掛在鹿角之上，一會兒工夫就被急速飛奔的白鹿扯得七零八落，風流雲散。

諸葛冬吐了一口血，身子晃了幾晃。

悲愁之情與灑脫之意，並無絕對強弱之分。李煜的傷春悲秋，足可壓制岑參與高適的邊塞豪情；而蘇軾的豪放灑然，輕易便可橫掃「孤鳳悲吟」的元稹。

無非只是境界高低而已。

羅中夏準確地感知到了對方的風格，並準確地選擇了詩句予以對抗。這就是他的境界。顏政和秦宜在一旁看得瞠目結舌，他們印象裡那個無知大學生，不知什麼時候已經變成了這等強者。

諸葛春原本打算是讓五悲筆困住青蓮，使其意志消沉，然後其他三筆齊上徹底壓制，這也是他們兄弟四人的常規戰法。但現在諸葛冬已經動用到了五悲的層次，還是無法約束住羅中夏的境界，看來尋常方式已不足以應對了。

諸葛春十指併攏，低聲念動幾句，他頭頂的滕王筆，連續吐出氣象萬千的煙霞，煙霞中似還有孤鶩展翅。整個空間都開始劇烈地波動起來，無數裂隙憑空出現，旋即又消失不見，很快便構造出一棟精雕細琢的古樸樓閣，簷角龍梯無一不具。

「〈滕王閣序〉？」羅中夏眉毛一揚，這篇古文他曾經讀到過，不過當時他境界不夠，不能領悟其中精妙之處，只依稀記得那兩句「落霞與孤鶩齊飛，秋水共長天一色」是千古絕唱。看來眼下這諸葛春是打算把自己困在滕王閣內。

「可笑！」羅中夏深信，這些精雕細琢的東西，豈能比得過「明月出天山，蒼茫雲海間」的皇皇大氣。他從容換作〈關山月〉，足可以抵消〈滕王閣序〉的影響。

他早已經頓悟，筆靈之間的戰鬥，不是靠技巧，也不是靠能力，而是靠境界。一輪雲海間的明月，足以撐破滕王閣的狹小空間。

可就在這時，羅中夏突然覺得一陣寒風襲上背心，他下意識地蹲下身子，一柄長槍如蛟龍出水，擦著他的肩膀刺了過去。滕王閣內太過狹窄，羅中夏無法及時閃避，只得就地翻滾一圈，朝右邊躲去。長槍這東西硬直不彎，在如此狹窄的空間內如果一擊不中，很難立刻收回去重組攻勢。

可羅中夏這一次猜錯了。剛才長槍明明已橫著擦過肩頭，槍桿尚未收回，下一秒鐘槍頭卻突然從腳下的地板突出來，從下向上猛然撩起。他的肩膀能感覺到槍桿仍舊在繼續橫著前進，槍頭卻朝著豎直方向挑刺。

這就好像是多了兩個空間縫隙，一橫一豎，長槍從縫隙橫進，卻從另外一個縫隙豎出。

羅中夏暗暗叫苦，如果對方能夠隨意控制空間出入口，那麼那桿長槍無論怎麼刺，都可以從任何方向刺向自己，簡直防不勝防。

正在他思考哪首詩才能完美地破解掉困局的時候，諸葛秋的聲音邪邪地傳到他的耳朵裡：「臭小子，等著被我戳穿吧！」

諸葛秋的筆靈煉自楊炯。楊炯詩文以「整肅渾雄」、「氣勢軒昂」而著稱，諸葛秋的邊塞筆，便是一柄氣貫長虹的長槍。五悲挫其心志，滕王封其行動，然後這致命一擊，就交給了化為長槍的邊塞筆。

諸葛秋長槍一送，本以為羅中夏避無可避。可羅中夏情急之下掣出了倚天劍，反身一擋，劍槍猛然相磕，鏗鏘作響。羅中夏的倚天劍畢竟強悍一些，拚了數招，長槍一退，又消失在半空。

這長槍來去自如，無影無蹤，羅中夏手提倚天劍，環顧四周，心中忐忑不安，不知敵人何時從什麼方位再度出手。他忽然想到一句太白詩來，不禁苦笑道：「拔劍四顧心茫然……這句詩倒符合如今的情形。」他讓青蓮筆幻化出數面盾牌，橫在身前，以備敵人偷襲，一動不動地站在原地，捕捉著戰機。

諸葛春在滕王閣外，冷冷一笑，這個青蓮筆塚吏看似強悍，終於還是中了自己的圈套。

羅中夏以為他的筆靈叫滕王筆，便以為只有滕王閣序。殊不知，〈滕王閣序〉不過是王勃的成名作，他真正最高的境界，卻是另外那兩句詩：

海內存知己，天涯若比鄰[3]。

天涯若比鄰。

所以空間和距離對王勃的筆靈來說，沒有意義，它可以在任何空間打開一個縫隙，並在其他地方再打開一個縫隙，兩個縫隙之間的距離恆等於零。

剛才邊塞筆化作長槍，正是靠滕王筆「天涯若比鄰」的能力，才能自由地在空間之中穿梭。諸葛春並沒指望諸葛秋能打敗羅中夏，他的目的，只是讓羅中夏對「天涯若比鄰」心存忌憚，老老實實待在滕王閣裡。

而真正的殺招，就在此時出現。

就在諸葛春和諸葛秋兩人的配合完成的一瞬間，第三個人以無比精準的時機加入戰局。

諸葛夏，以及駱賓王的檄筆。

1 出自李白〈司馬將軍歌〉。
2 出自李白〈夢遊天姥吟留別／別東魯諸公〉。
3 出自王勃〈杜少府之任蜀州〉。

第三十章　飛書走檄如飄風

駱賓王在初唐四傑中排名最後，然而名望卻最響。這名望並非因為他詩文精緻，而是來自他討伐武則天的一篇檄文：〈代李敬業傳檄天下文〉，又名〈討武曌檄〉。

當年武氏篡唐，徐敬業起兵討伐，駱賓王親撰檄文。這篇檄文寫得風雲色變、氣吞山河，海內為之震動不已。就連武則天本人讀到其中「一抔之土未乾，六尺之孤何託」兩句時，都問左右這是誰寫的。左右回答說是駱賓王，武則天感慨說：「這樣的人才未能被朝廷所用，都是宰相的過失啊！」

〈討武曌檄〉字字鋒利，句句陰損，揭皮刺骨，不留任何情面。千古檄文，公推是篇第一。即便是陳琳的〈討曹檄文〉[1]，從氣勢上也要弱上三分。

此時〈討武曌檄〉中的每一個字，都化作了一枚拳頭大小的蒺藜，密密麻麻分布在整個滕王閣外，如同一群陰鬱的黑色炸彈。檄文最大的特點，就是每一個字都是挖空心思的誅心之作，務求將對手惡名擴至最大。所以無論多強橫的人，被這許多誅心蒺藜貼近爆炸，也會被炸得體無完膚，精神崩潰。

顏政見羅中夏遲遲不出來，又看到這許多來歷不明的蒺藜，大為擔心：「這傢伙不會有什麼事吧？」

韋定國忽然開口道：「這四傑陣，其實有個致命的缺陷。」

「什麼缺陷？」顏政急忙問。

「這個就要靠羅小友自己去領悟了。倘若羅小友發現不了，也只能怪他自己才學未濟，不堪重任，怪不得別人。」

「你……」

顏政悻悻地縮回頭去。

諸葛夏這時開始飛快地朗誦起〈討武曌檄〉，他每念出一個字，就有一枚蒺藜飛入滕王閣內，旋即發出一聲爆鳴。檄文講究的是行雲流水，讀之鏗鏘有力，行文愈流暢，感染力便愈大，隨著他念誦的速度加快，有更多的蒺藜飛入，爆炸聲幾乎連綿不絕。

筆若刀鋒摧敵膽，文如蒺藜能刺人。

恐怕就算是朱熹和董仲舒再世，也會被這持續不斷的誅心言論炸到精神崩潰吧。

歷代文體之中，詩言志，詞抒情，而攻擊力最為強悍的，莫過於檄文。而〈討武曌檄〉又號稱檄文第一，其殺傷力可想而知。

〈討武曌檄〉全文五百二十多字，就是五百二十多枚蒺藜炸彈。這些炸彈全都陸續落在滕王閣這彈丸之地，轟炸密度之大，恐怕比二戰時期的德勒斯登、利物浦和東京還誇張。在這種持續轟炸之下，滕王閣內外一片煙騰火燎，搖搖欲墜。面對眼前一片檄文火海，旁觀的顏政、秦宜等人均是面如死灰。

諸葛夏在兄弟四人裡最為低調，可他的檄筆卻是四筆之中最為強悍的一枝，試問誰能夠一口氣接下五百多枚可以自由操控的炸彈？更何況，還有「天涯若比鄰」的滕王閣封鎖了全部的空間移動，想不死都難。

「二哥也真給面子，難得見他一口氣把整篇檄文都念完。」

諸葛秋從虛空中探出頭來，笑嘻嘻地說道，隨即他的身軀和長槍從一道空間縫隙中慢慢鑽出來。他剛才靠著諸葛春的能力躲藏在空間之中，伺機要給羅中夏致命一擊。雖然邊塞槍終究不敵青蓮筆，但他成功把對手困在滕王閣內，也算是大功一件。

「青蓮筆畢竟是管城七侯之一，對先賢我們還是要保持尊敬的。」

諸葛春說是這麼說，可嘴角還是流露出一絲抑制不住的笑意。堂堂的青蓮筆都被他們兄弟四人聯手滅掉，這可是多麼值得誇耀的榮譽。他們四個人都是筆靈寄身，一直被家裡那些神會的筆塚吏看不起，若不是費老一力維護，他們四個恐怕在家裡就是二等公民。這一次，他倒想看看那些人還有什麼話說。他們四個是第一批突入了藏筆洞的，是第一批幹掉了青蓮筆的，而且是第一批擒獲了韋家族長的。

諸葛秋此時身體已經完全從空間縫隙中走了出來，只剩下半截長槍留在裡面。他輕鬆地一抖手腕，想要把筆靈帶出來，卻覺得手頭一沉。諸葛秋不在意，只是往手腕加了些力道，可長槍卻不動，彷彿另外一端被什麼東西死死鉤住一樣。

「有古怪。」諸葛秋嘟囔道，卻也沒太放在心上。他運起全力，雙手把住槍桿奮力往外一拽。這一次整桿長槍都被拽出裂隙了，可長槍的槍頭上，還掛著一個古怪的鉤子。

「西當太白有鳥道，可以橫絕峨眉巔[2]。」一個清朗的聲音從縫隙裡傳了出來，那鉤子聽到這聲音，把長槍鉤得更加緊密。諸葛秋拽了幾拽，竟再也拽不動了。

一隻手扶住了空間縫隙的邊緣，兩條腿從容跨出，勝似閒庭信步，聲音再度響起：「地崩山摧壯士死，然後天梯石棧相鉤連。」最後那「鉤連」二字，被咬得十分清晰。

羅中夏手裡握著鉤子的另外一端，從裂隙中悠然現身。於是，就出現了這麼一番古怪的場景：諸葛秋拽著長槍，長槍鉤住了鉤子，鉤子卻被羅中夏握在手裡。兩個人、一把長槍和一柄鐵鉤連綴成了一個整體。

諸葛春大驚，他「天涯若比鄰」的能力，是可以無視距離傳送一個整體——即是說，所有與被傳送者有物理接觸的，都會被算作一個整體被傳送出去。透過這種古怪的連接，羅中夏顯然和諸葛秋也算成了一個整體，當他把諸葛秋拽出空間裂隙的時候，羅中夏亦隨之而出。

「你……你怎麼能逃脫！」諸葛春駭然問道。他明明看到羅中夏被困在滕王閣內，什麼時候又鉤住諸葛秋了呢？

羅中夏冷笑道：「多虧我運氣好，平時讀書讀得不少，要不然幾乎被你們給炸死了。」他得意地晃了晃腦袋：「愧在盧前，恥居王後。連我都知道這典故，你們不會忘了吧？」

全場登時一片寂靜。

當年「初唐四傑」這一說法剛剛提出來的時候，人多以「王楊盧駱」排座次。也是知名文人的張說與崔融曾經問楊炯對這個排名有什麼意見。楊炯的回答是：「愧在盧前，恥居王後。」意即我很慚愧排名比盧照鄰靠前，但是居然排在王勃之後，這讓我很不爽。

這段公案，費老自然熟諳於胸，並悄悄做了調整，讓老二諸葛夏拿駱賓王的筆，讓老三諸葛秋拿楊炯的筆，而讓老四諸葛冬拿盧照鄰的，以便最大限度消弭這一個不可避免的天然缺陷。可缺陷始終是缺陷，兄弟四人能變成鐵板一塊，而這四枝筆靈的裂隙，卻是無可彌補。

按說這段故事很生僻，少有人知。偏偏羅中夏最喜歡八卦，在鞠式耕那裡受特訓的時候，他對品詩鑑詞什麼的一直興趣缺乏，對這些文人之間的齟齬八卦卻大有熱情。剛才在滕王閣內，羅中夏看到楊炯的長槍，又想到王勃的滕王閣序，一下子聯想起這個典故。

果然不出他的所料，王勃與楊炯兩枝筆靈之間，因為這排名的歷史問題，暴露出了一點點的不協調。縱然諸葛春和諸葛秋兩人心意相通，邊塞筆和滕王筆卻未必如此默契。羅中夏抓住機會，趁著邊塞筆欲撤、滕王閣未封的一瞬間空檔，用青蓮化出一條鐵鉤，鉤著邊塞筆鑽入空間裂隙，只在滕王閣內留下數面盾牌迷惑諸葛春。

諸葛夏拚盡全力轟出去的蒺藜，炸的只是一棟空蕩蕩的滕王閣罷了。

韋家這邊長出了一口氣，諸葛兄弟四人卻都是臉色鐵青。他們這一套戰法演練已久，還從未出過紕漏，想不到今天卻被人抓住了破綻。

羅中夏見他們四個的臉色僵硬，心頭大爽，右手一指，快意道：「你們玩夠了，那麼該我了吧？」青蓮筆勢一振，祭出了攻擊力最強的七律〈胡無人〉。

一時間天兵照雪下玉關，虜箭如沙射金甲，雲龍風虎盡交回，太白入月敵可摧。諸葛夏剛才已把誅心蒺藜釋放一空，這時恢復已經來不及了；諸葛冬的五悲筆更是被這肅殺氣氛搞得無計可施；諸葛秋氣得火冒三丈，挺槍刺去，卻不提防被雲龍風虎捲起在半空，然後重重摔下地來。諸葛春眼看自家兄弟抵擋不住，終於下了決心，大聲呼喊道：「兄弟們，血鎖重樓！」四人對視一眼，眼中盡是無奈。

羅中夏聞言一愣：「他們居然這麼拚命。」

兄弟四人一起咬破舌尖，噴出四枝血箭，灑向半空。諸葛春強忍疼痛，驅使滕王筆躍至半空，化作一棟滕王閣。那四道血箭正好噴到閣樓四周，小樓毫光微現，嗡嗡作響，整棟建築劇烈地顫抖起來，隨即朝羅中夏頭頂罩來。

羅中夏看到那小樓從天而降，不禁冷笑道：「黔驢技窮。」他雙臂一頂，大喝道：「飛步凌絕頂，極目無纖煙[3]！」整個人雙足踏空，飛到半空，堪堪與小樓錯開。那樓卻似有了靈性一般，閣樓一轉，周身血霧繚繞，又朝著羅中夏罩了過去。羅中夏沒想到這滕王閣看似笨重，卻如此靈活，一下子又一次被罩進了樓裡。

「糟糕！」

顏政跳起來大叫道，挽起袖子要去助陣，卻被韋定國輕輕攔住：「你且莫驚。」顏政被他這麼一說，定睛一看，卻看到諸葛兄弟四人沒像上次一樣對滕王閣狂轟濫炸，而是極力控制著筆靈，任憑舌尖鮮血涓涓流出，化成血霧圍繞在滕王閣四周。四個人面色蒼白，身軀都微微發顫，也被浸在自己的血霧之中。

「這是什麼？」顏政疑惑道。

韋定國道：「古人寫文，有『嘔心瀝血』一說，言其耗費心力之巨。這四位正是用自己的精血，把初唐四傑的筆靈發揮到了極致。換言之，他們是用自己性命，重重封鎖了滕王閣，讓羅小友動彈不得。」韋定國雖然身無筆靈，但學問眼光卻非顏政所能望其項背。

「那他在樓裡，豈不危險？」

「不會，這四個人只是寄身，未臻化境。就算是犧牲這四條性命，也只能困住羅小友一時三刻而已。他雖失去自由，卻無性命之虞。等到這四人血液耗盡，滕王閣便會自行崩潰。」韋定國說得十分篤定。顏政「哦」了一聲，放下心來。

彷彿為了證明韋定國說的話，羅中夏的聲音從滕王閣裡傳出來，自信十足：「你們不要擔心，這裡沒什麼古怪的。用不了一會兒，我自己就能破樓而出。」

眾人還沒接話，諸葛春忽然哈哈大笑道：「你當真以為，你們可以等到那時候？」他全身血量正在飛速下降，臉色也愈加蒼白，這笑聲開頭中氣十足，笑到後來便上氣不接下氣了。諸葛家其他三個人仍是面不改色地噴吐著血液，滕王閣已經變成一座血樓。

一直沒說話的韋定國皺起眉頭，背著手問道：「你什麼意思？」

「看看你的周圍吧！」諸葛春的聲音已經低沉下去，他看起來虛弱不堪。

這時諸葛兄弟四人和羅中夏剛才激戰掀起的煙塵已經平息。藏筆洞前的眾人看到，在已變成一片瓦礫廢墟的青箱巷口，影影綽綽出現了許多人影。他們陸續從周邊聚攏過來，衣著狼狽，沒有一個人不帶傷不掛彩的。可見在內莊這些人吃了不少苦頭，連人數都大不如前。

「諸葛家的主攻軍團？！」

韋定國身形一晃，幾乎站立不住，他感覺到嗓子裡有甜甜的液體湧出嘴邊。諸葛家主攻軍團此時在這裡出現，只說明一件事：

韋家的筆塚吏，已經全軍覆沒。整個韋莊內莊，再無半枝韋氏筆靈。

歷代戰亂依然頑強存活下來的韋家，卻在這太平盛世之時，遭受了滅族之痛。身為族長，韋定國感覺到一陣頭暈目眩，心如刀絞。

「他們怎麼會知道這裡的？」顏政詫異地問道。藏筆洞地處隱祕，諸葛兄弟四人都是靠著二柱子引路，才能走過來。就算韋家筆塚吏全滅，諸葛家也不可能憑自己的力量摸過來。

聽到顏政的疑問，諸葛春慘慘一笑，轉頭看著秦宜，道：「妳以為我們真的會相信妳嗎？小狐狸！」秦宜嘴角抽搐，她意識到自己犯了一個大錯。

「妳自以為用名利為藉口，誘使我等孤軍深入，便可以各個擊破？殊不知，我等兄弟四人又怎會為這些虛妄浮名而耽誤了費老的大事？我們出發之前，早就被費老暗中設置了筆靈印記，一舉一動費老都看得清清楚楚。從我們踏入藏筆洞的那一刻起，所有韋莊內的筆塚吏，就都知道了藏筆洞的方位。」

秦宜花容失色，她本來想略施小計，卻反被人將計就計。這對素來以謀略自豪的她，真是個無比沉重的打擊。

剛才羅中夏的勝利，一下子變得毫無意義。他已經被諸葛兄弟四人用生命封在了滕王閣內，剩下的人裡，只有顏政和秦宜兩枝筆靈勉堪一戰，卻與諸葛家的主力軍團根本不成比例。

「你們從來就沒占據過優勢，呵呵！」諸葛春傲氣十足地說道。

這時候，進入藏筆洞的諸葛家筆塚吏沉默地朝著兩邊分開，費老緩緩走了過來，兩條銀白色的眉毛皺在了一起。一個相鬥了千年的家族被他親手終結，可從他的臉上，絲毫看不出勝利的喜悅。

「費老。」諸葛兄弟四人同時低下了頭，他們必須要控制血樓，動彈不得，只能用這種方式表達對費老的尊敬。

「你們做得很好。」費老淡淡道。

「我們寄身的筆塚吏，並不比神會下等！」

諸葛春突然大聲說道，他的面色已經蒼白到不成樣子，雙眼先是堅定地直視著費老，然後移向了費老身後的主攻軍團。隊伍中的一些人朝他們看過來，眼神裡是敬佩和驚訝，還有一些人把視線移開。

費老面無表情地說道：「我知道，我從來沒覺得你們和別人不一樣，你們已經證明了這一點。」他沒有回頭，但所有人都知道他是說給諸葛兄弟四人聽的。

諸葛兄弟四人感激地瞥了一眼費老，同時運勁。他們周圍的血霧一下子變得濃厚起來，血液被更快地抽走，把那一棟小樓徹底淹沒在暗紅色的霧氣之中。滕王閣內的羅中夏忽然覺得周圍壓力陡增。原本他以為只要再過幾分鐘自己便可以脫身而出，現在看來又要多花些時間了。

「青蓮筆已經被我們鎖住了，請您盡快進入藏筆洞，勝利是我們諸葛家的！」諸葛春催促著費老，他們兄弟已經失去了全身四分之一的血量，恐怕已經支持不了多大會兒了。費老不再去注視諸葛兄弟，他邁著沉穩的步子，走到藏筆洞的洞口。此時韋定國、顏政、秦宜和二柱子等幾個倖存者都站到了一起，擋在了洞口，緊緊盯著這個造成韋家滅族的凶手。

可出乎意料的是，費老根本沒有理睬他們，而是朝著虛空一拜。「放翁先生，幸會。」隨著他的一聲呼喚，半空中浮現一個人影，寬背高肩，白髮虎目，正是陸游的本相。居高臨下，不怒自威，就連周圍的氣息流轉都起了變化。

陸游復活之事，除去羅中夏這一夥人之外，並無旁人知道。可此時費老居然一口便說破了陸游的身分，說明諸葛家事先的準備，比想像中還要充分。

「你是怎麼認出來的？莫非是周成那小子？」陸游道。

「陸大人目光如炬。」

在南明山葛洪鼎內，周成臨死前拚出一絲怨魂逃出去，將陸游之事告知天人筆，諸葛家與天人筆聯手，陸游復活這祕密自然也會知道。

顏政忍不住問道：「陸老爺子不是去桃花源了嗎，什麼時候又跑這裡來了？」

陸游看了他一眼，道：「我並非本尊，只是留在羅中夏體內的一縷意識，這是解開七侯封印必備的鑰匙。」他停頓了一下，又道：「若非如此，韋家怎會乖乖撤下〈筆陣圖〉呢？」

聽到陸游這麼說，韋定國不由得面露尷尬。剛才羅中夏闖入藏筆洞示警的時候，那些長老壓根不相信他的說辭，即便是韋定國也將信將疑。羅中夏情急之下，竟要伸手去破陣，被數名護法的筆塚吏一起出手制住，甚至打算當場格殺。

不料這一舉反逼出了陸游本相。幾個年輕的筆塚吏還欲上前動手，被陸游輕鬆打飛。陸游在諸葛、韋兩家的地位尊崇，只略遜於筆塚主人幾分。以他的權威，韋家這才心甘情願地撤下筆陣圖，讓解放了的筆塚吏去內莊禦敵。

而陸游則跟隨羅中夏、韋定國來到藏筆洞口，為收筆做準備。

顏政和秦宜各自鬆了一口氣，原本他們以為羅中夏被鎖入滕王閣後，兩邊實力懸殊，已是萬無勝機。而此時陸游居然甦醒過來，那還有什麼好怕？諸葛家的人再多，也不會是這千年之前老怪物的對手。

陸游瞇起眼睛，習慣性地打量了一下費老，費老恭敬異常，一動不動。「通鑑筆？不錯，史筆之中，除去前四史，就數它為最良。你能與之神會，實在難得。」陸游閱人，從來都是先看筆，點評一二，這是多年筆通積下來的習慣。

費老又施一禮：「老前輩謬讚了。」

他身後的諸葛家筆塚吏看到自家老大對一個鬼魂畢恭畢敬，無不訝異。不過費老向來治軍甚嚴，無人敢站出來相問，只得互相交頭接耳，紛紛猜測。

陸游道：「既然知道我是陸游，為何還不退去？」

他語氣倨傲，可身分在那裡擺著，並沒有什麼人覺得不妥。但在場之人仔細一品味陸游的話，卻能感覺到倨傲之後的一絲無奈。以陸游的烈火性子，面對諸葛家滅韋家這等大逆之事，居然只要求諸葛家退去，其中曲折，頗堪尋味。

費老何等樣人，細細一想便聽出弦外之音，便從容答道：「老前輩，在下也是箭在弦上，不得不發。」

這一句話本出自三國時期的陳琳。袁曹大戰在即，陳琳為袁紹寫討曹操的檄文，文采斐然。後來曹操打敗袁紹，便拿著檄文質問陳琳，陳琳回答：「當時箭在弦上，不得不發。」言其不得已之情形。

費老拿出這一句話來回答陸游，其中寓意頗深。陸游冷冷一笑：「當年諸葛家和韋家雖然屢生齟齬，終究還是同為諸子百家之後，同氣連枝，知道『外禦其侮』的道理。這一千多年過去，怎麼你們諸葛家愈活愈倒退，反與儒門勾結，兄弟鬩牆？」

費老道：「我家族長深謀遠慮，做這種決策，一定有他的道理。我們身為部屬，只是執行家主的命令罷了。」

「荒唐。」陸游面色陰沉起來，「他日筆塚復開，見了筆塚主人，你們也要如此辯解？」

「此非在下所能逆睹。」費老回答，這是諸葛亮〈後出師表〉裡的一句。說的是北伐曹魏之事，勢在必行，至於成功與否，就不是諸葛亮他所能看到的了。比起〈前出師表〉的意氣風發，這一句卻透著幾絲蒼涼與無奈。

陸游看著費老，半晌方道：「今日之事，沒有轉圜？」

費老迎視著陸游的逼視，毫不畏懼：「沒有，今日韋家必滅！」語氣斬釘截鐵。

「若是我不答應呢？」陸游皺起了眉頭，周身開始散發不善的氣息。諸葛家的筆塚吏如臨大敵，他們從未見過一個沒筆靈的人能釋放如此強烈的力量。

費老沒有回答，而是從袖中取出一件東西：「臨行前，家主叮囑我說，若是在韋莊遇到前輩，就拿出此物來。」

在他手裡放著的，是一卷裝裱精良的字軸。費老手腕一抖，這卷字軸「唰」的一聲，全卷展開，其上墨汁淋漓，筆畫縱橫，寫的乃是一首詞：

世情薄，人情惡，雨送黃昏花易落。曉風乾，淚痕殘。欲箋心事，獨語斜闌。難，難，難！

人成各，今非昨，病魂常似鞦韆索。角聲寒，夜闌珊。怕人尋問，咽淚裝歡。瞞，瞞，瞞！

正是唐琬那一首〈釵頭鳳〉。陸游見了這筆跡，面無表情，眼角卻微微一跳。他與唐琬的戀情故事，影響至深。他能從彼得和尚靈魂深處復活，與此女亦是大有淵源。實在沒想到，諸葛家的人居然又拿出了這詞來，不知有什麼打算。

費老道：「柳苑苑的怨筆雖然已毀，不過在她去南明山前，她的主人就留了後手。這首詞乃是她臨行之前，用怨筆筆靈親手所書，可以視作唐琬親筆。陸前輩，這便送與你吧。」

他伸手輕遞，那字軸便自動飛起來，飄飄悠悠飛到陸游身前。陸游雙手接住，微微顫抖，去摸卷上的墨字。唐琬的筆跡，他極為熟悉，這時重睹舊物，一時間竟有些心神激盪。

文人筆靈，素來有相剋之說。司馬相如的凌雲筆大氣凜然，卻敵不過卓文君；李太白的青蓮筆縱橫灑脫，碰到崔顥亦是束手束腳。所以當初秦宜用崔顥的〈黃鶴樓〉，能鎮住羅中夏；而諸葛家用卓文君的〈白頭吟〉，可以輕易封印諸葛長卿。

而陸游的剋星，便是這一首〈釵頭鳳〉了。

那字軸開始放出絲絲縷縷的光芒，這些墨跡如同一片瘋狂生長的藤蔓般，很快就爬滿了陸游全身，把他層層包裹起來，就像是一具墨色的木乃伊。那些哀怨詞句，纏繞在他身體之上，不得解脫。

若是陸游本尊在此，這字軸未必能有什麼大用。可如今只是陸游的一縷意識，實力甚弱，唐琬親筆所書的〈釵頭鳳〉足以克制。

陸游那一縷意識被字軸緊緊鎖住，雖不至湮滅，但卻無從發揮。換句話說，陸游如今淪為一個純粹的看客，只能坐視旁觀，喪失了干涉的能力。奇怪的是，面臨絕境，他沒有任何掙扎，只是任由這字軸把自己周身緊緊纏住。

費老見陸游已被制住，大大鬆了一口氣。在大戰之前，「他們」將這一幅字軸送給老李，又轉交給自己，說如果陸游出手干涉，就祭出這東西來。如今看來，「他們」真是算無遺策，完全料中了局勢的發展。

陸游既除，費老心中大定，把注意力轉向了韋定國：「韋族長，今日之事，不得不為，希望你能原諒。」

「哼，你殺我族人，毀我家園，還這麼多藉口。」韋定國冷冷回答，他已從剛才的悲痛中恢復過來，整個人變得極其冷靜。陸游的意外被縛，似乎對他沒有任何影響。

「只要你讓開藏筆洞，我可以答應你，韋家沒有筆靈之人，我們不會追究。」

「哦！」韋定國負手而立，卻沒有挪開的意思。

「韋族長，建立一個沒有筆靈的世俗韋莊，難道不是你的理想嗎？」費老似乎還想做最後一次努力。

「你說的是這種韋莊？」韋定國嘲諷地努了努嘴，在費老和諸葛家筆塚吏身後是一片曾經是內莊的廢墟，「還是算了吧。」

費老閉上了嘴巴，他知道已經不可能勸服這位韋家最後的族長。他現在所能做的，就是為韋氏家族來一場轟轟烈烈的葬禮。他雙目平視，緊抿嘴唇，高高舉起了右手，這是總攻擊的訊號。等到他的手落下來，韋家就會徹底消失。

在諸葛家全體筆塚吏的團團包圍之下，任憑誰來也玩不出什麼花樣。費老的手慢慢落下。

這時候，被字軸緊緊包裹住的陸游忽然站直了身子。

費老愣了愣，他先凝神觀察了一下，確定陸游仍舊被束縛著，沒有任何掙脫跡象，這才放下心來：「陸大人，您如今只是一縷魂魄，又何必螳臂當車呢？」

「儒以文亂法，俠以武犯禁。」陸游的聲音顯得異常平靜。

費老略怔，旋即嚴肅地回答：「如今即便是您，也不可能翻盤的，何必徒費心力呢？」

陸游卻像是沒聽到他說話一樣，自顧自說道：「而人主兼禮之，此所以亂也。夫離法者罪，而諸先生以文學取；犯禁者誅，而群俠以私劍養。故法之所非，君之所取；吏之所誅，上之所養也。」

費老學貫古今，立刻聽出來，陸游所說的乃是韓非子《五蠹》中的一段。這一段批判的是儒者與俠客，講這兩者從兩個角度禍亂國政。可這一段和現在的局勢有什麼聯繫嗎？他覺得有些莫名其妙。

這時陸游忽然問道：「以你之見，何者為患更大？」

費老雖不知就裡，還是老老實實答道：「武者恃勇凌弱，文者貶損陰刻，兩者各擅勝場。」

「若是兩者相遇，誰可勝？」

「武者可占一時之先，文者卻是得千秋之名。」

陸游哈哈大笑：「說得好，好一個『一時之先』！」他態度陡然一變：「函丈算得到我會留一縷魂魄在此，我又怎會算不到他的後手？」

費老知道陸游此時打算發難，他腦中飛快地運轉，羅中夏被封，陸游被封，對方如今能戰之人只有顏政與秦宜，就算把視野擴展到韋莊之外，也只有韋勢然算是一個強援，卻是遠水解不了近渴。無論怎麼計算，韋家都絕無翻盤的指望。

「陸大人剛才背誦那一段話，到底是何用意？」費老陷入沉思，「難道……他只是在故弄玄虛，玩空城計？」出於對古人的敬畏，費老覺得陸游不會這麼做，但事實擺在眼前，不由得他不這麼想。他身後的筆塚吏已經因為過多地耽擱而鼓噪起來。在他們看來，眼前的韋家已是弱不禁風，輕輕一推就會轟然倒地。

這時候陸游開口道：「二柱子，你過來。」

是言一出，在場無論諸葛家還是韋家都是一驚。二柱子在這一代韋氏子弟裡不算出類拔萃，性格憨厚，文學資質極為平常，只是憑著勤快而練得一身拳法。對付無筆之人還湊合，正面對上筆塚吏可是全無勝算。

難道他是韋莊最後的祕密武器？不可能！

二柱子自從進入藏筆洞後就一直保持著沉默。此時他迎著幾十道或驚訝或惡意的目光，安靜地走到陸游身旁，茫然地望著這位氣質大變的彼得叔叔。木訥的表情，只是因為他不知該如何表達自己的情緒。

「孩子，如今就靠你了。」

陸游摸摸他的頭，伸出手去，把自身化為一縷靈氣貫注到二柱子身體裡，二柱子雙目圓睜，渾身開始劇烈地抖動。費老先是一驚，隨即恢復了正常。他開始以為陸游是想上二柱子的身，借機擺脫怨筆字軸，但很快就發現陸游的意識徹底消失了，他給二柱子渡過去的靈氣，更像是一枝筆。

那沒什麼好怕了。二柱子那種資質，就算是強行給他寄身一枝強悍的筆靈，也發揮不出幾成威力。陸游若是做這種打算，只能說明他已是黔驢技窮。

費老剛打算吩咐手下人發動攻擊，腦子裡卻劃過一道火花。陸游剛才說的是什麼意思？儒以文亂法，俠以武犯禁？

在藏筆洞前的，都是文人煉就的筆靈，可謂文氣縱橫，占數千年之精華。而費老自己剛才明明答道：文武相爭，武者可占一時之先。

難道說……

費老的思維到了這裡就中斷了，他看到一個巨大的拳頭挾著勁風衝到了面門。還未等通鑑筆發揮出能力，那拳頭就重重砸在了他的鼻梁之上，擊碎了鼻梁骨，擊碎了面頰，鮮血橫飛。巨大的力量仍舊不肯停頓，繼續向前推進，費老的身體劃過一條弧線，遠遠地落到了遠處的廢墟之上。

二柱子收回拳頭，冷冷注視著這個讓自己家族滅亡的凶手，眼神裡毫無憐憫。在他的身旁，是一枝短小精悍卻湧著無窮戰意的筆靈。

俠以武犯禁。這一枝筆，在筆靈之中武勇第一。人定西域，筆稱從戎。

1〈討曹檄文〉，又名〈為袁紹檄豫州文〉，為東漢末年文人陳琳為袁紹所撰，主要目的為號召各州郡共同討伐曹操。
2 出自李白〈蜀道難〉。
3 出自李白〈自巴東舟行經瞿唐峽登巫山最高峰晚還題壁〉。

第三十一章 別時提劍救邊去

從戎筆，煉自班超班定遠，留下一段氣壯山河的投筆從戎。與文氣縱橫的筆靈相比，從戎筆憑的是一股武人的豪氣。

陸游負有筆通之才，可以使用萬筆。但他最喜歡的，就是這一枝從戎。從戎豪情萬丈，不講求惺惺作態，純靠胸中一股意氣，與陸游性情十分相投；而且筆主班超揚名西域，為漢家打下一片江山，正是身處南宋、憂心國事的陸游所最為傾心的一種氣質。

當桃花源的筆塚被朱熹所毀後，陸游將救出來的筆靈都散去了諸葛、韋兩家，唯有這一枝從戎筆被留了下來，與之形影不離。陸游辭世之後，從戎筆靈竟與陸游的精魄渾然一體，一直在世間輾轉，直至在高陽洞內復活。

這一次韋莊之行前，陸游在羅中夏體內留下一縷意識，從戎筆靈就藏身於這縷意識之中，一直到最終的危急關頭，方才現身。

諸葛家的筆塚吏原本摩拳擦掌，打算對韋家做最後一擊。可眼前發生的事情，讓他們一下子凍結在原地，變成一座座主題叫「驚愕」的雕像。諸葛家的泰山北斗、身負通鑑筆靈的費老，居然被一個其貌不揚的韋家少年一拳打飛，生死未卜。

這個轉變，委實讓人難以接受。不只一個筆塚吏以為，韋家肯定有什麼殘存的筆靈可以製造出幻境，用來蒙蔽大家——現實中怎麼可能會發生這麼荒謬的事！

最先反應過來的人，是諸葛夏。他和其他三個兄弟仍舊維持著滕王閣，不敢擅自離開，只能扯開嗓子喊道：「王全，還愣著幹嘛！快去救人！」

諸葛家裡有專門負責搶救的筆塚吏，他聽到諸葛夏的喊聲，渾身一震，連忙跑到青箱巷的廢墟上。費老躺在地上，四肢攤開，滿臉都是鮮血，已經陷入了昏迷。這筆塚吏不敢耽擱，連忙喚出自己的藥王筆，這筆煉自唐代名醫「藥王」孫思邈，是少有的幾枝能救死扶傷、活人性命的筆靈。

這一次大戰，這個叫王全的筆塚吏隨身帶著大量事先配好的藥丸，隨時準備著救助其他戰鬥型同伴。他把費老的牙關撬開，先餵了一丸，然後呼起藥王筆，將費老全身都籠罩起來。這藥王筆的能力，單獨來看毫無用處，但卻可以大幅催發藥性，促進循環吸收，讓平時藥效甚緩的藥物見效極快。

那藥丸一下肚子，立刻溶解開來，化作無數股細流散去四肢百骸，有蒸蒸熱氣開始從費老全身冒出。王全連忙又掏出幾包外敷藥粉，撒在費老破碎的面頰上，藥力所及，流血立止。他長長出了一口氣，只要這些外敷內服的藥物用上十幾分鐘，費老的性命便可保無虞。

可就在這時候，二柱子的第二擊也到了。

二柱子的想法十分單純，這些傷害了自己族人的傢伙，都該死。他感覺這枝陌生的筆靈十分親切，與自己配合起來得心應手，毫無澀滯。只要他像往常一樣揮動拳頭，就有巨大的力量從招式裡噴湧而出，無人能夠阻擋。

巨大的拳風撲面而來。

「保護費老！」諸葛家的筆塚吏急切地喊道。

立刻就有四、五個人擋在了二柱子與費老之前。他們各自喚出筆靈，要麼築起厚實的防護盾，要麼放出衝擊波去抵消，還有的試圖將整個空間扭曲，想把拳勢帶偏。

他們的努力收到了成效，從戎筆的強拳在重重阻礙之下，一部分被抵消、一部分被偏轉，沒有波及費老和王全。但是這一次阻擋的代價也是相當大的，這四個人的嚴密陣勢被殘餘的拳勁一轟而散，紛紛跌落在地上，一時都爬不起來了。

一拳打垮了四個筆塚吏，這個結果讓在場所有人啞口無言。二柱子保持著出拳的姿勢，一動不動，覺得渾身無比舒暢，少年的身體在微微顫動，這是一種從未體驗過的快樂。

「想不到，」被怨筆字軸緊縛住的陸游喃喃道，語氣裡帶著感慨和欣慰，「從戎筆，居然與這孩子神會了。」

從戎筆自煉成以來，還從未與人真正神會過。這其中固然有陸游將其祕藏的原因，但究其主因，還是宿主難覓的緣故。純粹的文人，根本無法駕馭這豪勇的從戎筆；而純粹的武人，也難以獲得從戎認同。筆塚主人煉的筆靈，畢竟是為保存才情而設，唯有類似班超這種文武兼備的，才能真正與從戎達到神會境界。

二柱子性格單純直爽，有古義士之風，又出身於韋家書香門第。連陸游本人都沒有想到，這從戎筆居然選擇了和二柱子神會。要知道，筆靈神會，與筆靈寄身的威力，可以說是天差地別。否則諸葛兄弟四人也不會耿耿於懷，要為寄身筆塚吏爭口氣了。

此時得了從戎神會的二柱子，如有神助。他從口裡發出沉沉低吼，一拳一腳施展開來，足以斷金裂石，在藏筆洞前的狹小空間裡，宛如一尊無敵戰神。

諸葛家的筆塚吏意識到，若任憑他拳拳攻來，自己這方是坐以待斃。於是紛紛選擇了先發制人，一時間各色筆靈，都朝著二柱子席捲而去。如此密集的攻擊，恐怕就是衛夫人〈筆陣圖〉也未必抵擋得住。

「投筆勢！」

二柱子不知為何，腦子裡浮現這麼三個字。他大吼而出，同時做了個投擲的姿勢，從戎筆化作一道銀白流星，扎入諸葛家筆塚吏的陣勢之中。

只聽到一聲巨大的轟鳴爆開，塵土四起，地動山搖。二柱子身形一晃，後退了數步，嘴角流出一絲鮮血。對面更是一片混亂，只有幾個筆塚吏勉強還能站住，更多人都被劇烈的碰撞震倒在地。

班超放棄做書吏、投筆從戎的那一刻，就注定了從戎筆對文人筆靈有心理優勢。二柱子的投筆勢，硬撼二十位筆塚吏而立於不敗之地，足可令班超欣慰。

「二柱子，先打滕王閣！」韋定國厲聲喝道。

二柱子擦了擦嘴角，抑制住腹中翻騰，揮拳搗向半空中的那一棟空中樓閣。一拳，兩拳，三拳，四拳，滕王閣在拳風下開始傾頹，有細小的瓦礫掉落。

到了第五拳的時候，諸葛兄弟四人再也無法支撐，四人一齊噴出一大口鮮血，同時朝後面倒去。滕王閣在空中轟然潰散，化成千萬片碎片，消逝不見。

被禁錮其中的羅中夏重新出現在眾人視線裡，他跪倒在地，不住地咳嗽，只有頭頂的青蓮筆依舊光彩照人。

二柱子的攻勢沒有停歇，他的拳頭一浪高過一浪，毫無間歇。而且這拳勢表面看長槍大戟，其實每一招都瞄準了正在被搶救的費老，這使得諸葛家的筆塚更不敢輕易出手攻擊二柱子，把全力都放在保護費老上。

「班超萬里侯！」

羅中夏忽地大聲吟道。這是李白〈田園言懷〉中的一句，滿是對班超的感慨之情。此時被他吟誦出來，恰好推波助瀾，透過青蓮筆為從戎筆大壯聲勢。

一枝是管城七侯，一枝是筆塚中唯一的武筆，兩者相合，相得益彰。諸葛家轉眼間就由絕對的勝利者變成了一個慌亂不堪的集群……

在通往內莊的竹橋盡頭，老李沉默地站在原地，表情僵硬。費老從剛才開始，就失去了聯繫，他從耳機裡聽到的只是無休止的腳步聲、嘈雜的叫喊聲、喝罵聲和此起彼伏的轟鳴，不時還有哀鳴閃過。

他知道自己的部隊遇到了大麻煩。

「有沒有人回答，到底發生了什麼事情？」老李連續換了三個頻道，都沒有任何回應，回答他的只有沙沙的電子噪音。他的神態和語調仍舊保持著鎮定，可頻繁的呼叫還是暴露了內心的焦慮。

「需要我們過去看看嗎？」他身後的護衛問道。

「不必，如果真是大麻煩，你們去了也沒任何用處。」老李搖了搖頭，深吸一口氣，繼續呼叫。

這一次，費老的頻道裡終於有人說話了，傳來的聲音卻是王全的。帶著哭腔的王全把陸游與從戎筆的爆發簡略地描述了一遍，然後傳來一聲慘叫，他的聲音又被雜訊蓋了過去。

老李聽完以後，無奈地把耳機從耳朵裡拿出來，攥在手裡，恨恨地自言自語：「被耍了……」

當初函丈告訴他，陸游一定會留一縷魂魄在羅中夏體內，還慷慨地送了怨筆字軸給諸葛家。老李雖然心懷疑慮，但反覆檢查，都沒看出任何破綻，便讓費老隨身攜帶，以備不時之需。當費老看到陸游時，立刻把訊息傳達給了老李，老李最後一點疑竇也煙消雲散了。

可到了現在，老李才突然想到，函丈之前只告訴他陸游可能出現，卻從來沒說過陸游出現之後會做什麼。諸葛家對陸游了解不多，但函丈不可能不知道陸游藏著從戎筆。

「該死，函丈故意提前離開，就是讓我們去撞陸游的鐵板……」

老李此時的心情又是惱怒，又是挫敗。這一場行動從策劃開始，他就與函丈鉤心鬥角，殫精竭慮。他故意拖延進攻時間，縱容羅中夏破壞儒林桃李陣，以致天人筆只吸收一半的韋氏筆靈，本以為穩占了上風。

可自己終究沒有算過函丈，被對方反算計了一手，以致諸葛家的主力部隊在藏筆洞前陷入了麻煩。

而且還是個大麻煩。

老李思忖再三，最終長長嘆了口氣，摘下眼鏡習慣性地擦了擦，又架回到鼻梁上。「只好讓我出手了……」

「族長，您不能這樣！」站在旁邊的魏強急忙勸阻道，「您一出手，幾年都無法恢復，以後怎麼跟函丈鬥啊！」

老李憂慮地望著遠處的內莊村落，鏡片後的目光有些暗淡：「那青蓮筆和從戎筆背靠藏筆洞，靈力源源不斷。就算能制伏他們，也勢必要付出巨大代價。今天諸葛家賠得夠多，必須要止損才行了。」

說完這些，老李盤腿坐在地上，對魏強道：「給我護法。」魏強不敢怠慢，連忙後退了幾步，擔心地望著族長。老李雙肘微微屈起，眼睛微瞇，雙手平伸，手指撥弄按撫，宛若正在彈著一架看不見的古琴。

老李的手法十分熟稔，右指勾抹、左指吟猱。初時寂靜無聲，然後竟有隱約的清淡之樂繞梁而出，在竹橋繚繞不走。老李左無名指突然一挑，琴聲陡然高起，如平溪入澗，這一片琴聲嫋嫋飄向遠方的韋莊內莊……

在藏筆洞前，青蓮筆與從戎筆聯手打得正歡，諸葛家的筆塚吏只能東躲西藏，不成陣勢。他們若是集合一處，彼此配合，未必不能有一戰之力，可費老的意外受傷讓他們心神大亂。沒了費老這根主心骨在背後坐鎮，士氣大受影響。

「再堅持一下，這麼猛烈的攻擊，他們很快就會沒體力的！」

一個筆塚吏聲嘶力竭地喊道，然後他就愣住了。他看到顏政笑咪咪地出現在羅中夏和二柱子身後，拍拍他們兩個人的肩膀，紅光一閃，兩人立刻恢復生龍活虎的模樣。

「時間倒流的畫眉筆……」筆塚吏覺得眼前一黑，這樣的組合實在太沒天理了。

「難道這就是將韋家滅族的報應？這報應來得未免也太快了吧。」不只一位筆塚吏的腦海裡浮現這樣的想法。

他們此時人多勢眾，本想幹掉藏筆洞前的這些餘孽只是時間問題，可碰到青蓮、從戎和畫眉的組合，只怕是要付出巨大代價才成。

就在他們有些猶豫之時，忽然有一陣琴聲傳入耳中。這琴聲清越淡然，聞者心泰，霎時便傳遍了整個藏筆洞前。二柱子和羅中夏聽到這琴聲，先是一怔，旋即攻勢更為猛烈。可他們很快發現，諸葛家的筆塚吏一個個身體都開始變淡，似乎要融化在空氣裡。

「難道又是諸葛春玩的伎倆？」羅中夏心想，諸葛春號稱「天涯若比鄰」，能把別人傳送到很遠的地方去。可這一次，看起來卻有些不同，諸葛家二十多人，包括遠處受重傷的費老，都同時出現了奇怪的淡化狀態。一次傳送二十多人，這絕不是寄身的諸葛春所能達到的程度。

這時候，琴聲中忽然出現一個人的聲音。羅中夏立刻分辨出來，是老李。

「韋家的諸位，今日就到此為止，你們好自為之吧。」語氣平淡，卻傲氣十足。隨著這個聲音的出現，諸葛家筆塚吏的身體愈變愈淡，這不是單純的消失，而似是化作了無聲的旋律，以不同音階微微地振盪著、跟隨著琴聲飄蕩而出。

二柱子眼見仇人要逃，哪裡肯放過，雙拳齊出。咚、咚、咚數聲轟鳴，周身掀起一片煙塵、數個大坑。可從戎筆再強，也只能攻擊實體目標，面對已經化成了宮、商、角、徵、羽的諸葛家眾人來說，從戎也無能為力。他最多是給這段旋律多加上一些背景雜音罷了，卻無法影響到遠方的老李。

二柱子憤怒至極，不由得「啊」地大吼一聲，巨拳搗地，碎石橫飛，生生砸出一個隕石墜地一樣的大坑。

這邊廂老李手指撥弄，身體俯仰，一曲〈廣陵散〉[1]讓他在虛擬的琴弦上彈得風生水起，意氣風發。最後一個音符緩緩劃過琴弦，老李小指一推，按住了尾音，身子朝前倒去，幸虧被魏強一把扶住。護衛看到家主的後心已經濕成一片，面色灰白，眼鏡架幾乎要從沁滿汗水的鼻梁上滑落。

魏強仔細地把老李扶正，老李睜開眼睛，看到諸葛家的筆塚吏都站在身旁，個個面露羞愧之色。這也難怪他們，以傾家之力，對半殘的韋家，尚且被打得狼狽不堪，最後還要家主犧牲數年功力相救，這實在有點說不過去。

此時老李臉色有些慘澹，頭頂懸著一枝竹竿長筆，其身姿挺拔飄逸，形體卻模糊不清，隱然似乎分成七枝。

老李這枝筆，叫七賢筆，乃是煉自晉代竹林七賢：嵇康、阮籍、山濤、向秀、劉伶、王戎、阮咸。這枝筆靈將七位賢者合煉在一處，可以在七種功能之間輪轉施展，極為罕見。不過以一人心神負擔七靈，消耗巨大，所以老李輕易不能出手。

見眾人都回來了，老李問道：「費老沒事吧？」

王全連忙說道：「性命無大礙，但是受傷太重，我只能保他一時平安，得趕緊運回家去治療才行。」

老李看了看仍舊昏迷的費老，歉疚之情浮於面上。周圍筆塚吏們登時跪倒一片，齊聲道：「屬下辦事不力，請家主責罰。」

老李疲憊地擺了擺手：「這次不怪你們，全是我失算，才有此一敗。」他忽然想起什麼：「你們的筆靈，收得如何？」

其中一人連忙道：「韋家這一次被我們幹掉的筆塚吏，他們的筆靈除了逃掉三、四枝以外，都被我們收了。」隊伍裡諸人紛紛舉起筆架、筆筒等物，都是在剛才大戰中繳獲的筆靈，每一枝都代表韋莊一條人命。

老李嘆了口氣，這下子兩家可真是血海深仇了，可為了復興國學，這也是不得已而為之。他環顧四周，下令道：「此地不可久留，撤吧。」

話音剛落，突然一陣巨大的壓力從天而降，讓在場筆塚吏胸口都是一窒。眾人同時抬頭，看到函丈的一個傀儡負手而來，頭頂光芒萬丈，紫雲滾滾，正是天人筆的本相。

老李勉強站起身來道：「函丈尊主，幸不辱命。」

「幸不辱命？」函丈的傀儡露出一個木然的嘲諷，「我的命令是，讓你們占領韋家的藏筆洞。你們卻被區區一枝從戎筆打出莊外，這算什麼？」

老李道：「韋家筆靈，大半已被我等收下，剩下一個空空如也的藏筆洞，占不占已不重要。」

函丈傀儡發出一聲怒喝：「跪下！我說得不夠清楚嗎？我要的是占領藏筆洞，誰讓你自作主張？！」

老李膝蓋軟了一下，可幾下掙扎，終究沒有跪下去：「函丈尊主明鑑，若非尊主隱瞞從戎筆的事，我等如今已經勝了。」

這一句話頂回去，函丈不怒反笑：「好，很好，到底是一家之主，伶牙俐齒。有你這樣的人，何愁儒門不興。」

老李眼神一厲：「此前我已稟明尊主。在下甘願背負殺戮罪名，違千年祖制，並非為效忠尊主，只因你我目的相同，都是志在復興國學——但世情已變，人心更易，如今國學之興，可不只在儒，而在兼收並蓄、百家爭鳴。那一套抱殘守缺、獨尊儒術的做法，已不適用於今日，尊主你不要不識時務。」

這一句話喊出去，函丈傀儡突然雙目失神，轟然崩塌。

老李瞳孔陡然收縮，一股絕大的危機感籠罩過來。他不顧身體，急忙催動七賢筆，想把周圍的筆塚吏都轉移出去。可為時已晚，天人筆以卓然之姿降臨下來，威能如泰山壓頂一般籠罩四周。

當年董仲舒施行「罷黜百家，獨尊儒術」，追殺諸子百家幾十年，要滅的正是「百家爭鳴」。老李說出百家爭鳴、兼收並蓄幾個字，正觸動了天人筆最敏感的地方。

一股金黃色的觸鬚刺入老李的頭顱，幾乎要把七賢筆靈吸過去。老李試圖抵抗，但他之前已用過能力，此時油盡燈枯。而天人筆的力量，卻充滿了不容拒斥的強大——諷刺的是，他所遭遇的局面，就和韋定邦死前完全一樣。

在心神恍惚之間，老李殘存的靈智想到了一個最可怕的猜想：也許，函丈驅使諸葛家攻打韋家，正是想借著兩敗俱傷之機，把他們一網打盡，盡數吞噬……那藏筆洞裡，到底有什麼……

周圍的筆塚吏看到家主被吸，無不驚怒交加，紛紛亮出筆靈來救。可這時，構成桃李陣的那些殉筆童從周邊聚攏過來，個個面無表情，步步逼近。

諸葛家的筆塚吏先前只覺得這個儒林桃李陣很好用，可當這個陣勢變成敵人時，他們才發現它的可怕之處。七十二道光柱構成重重迷宮，浩然正氣填塞其內，讓眾人如陷泥沼。所聞所睹，皆是聖人訓誡，避無可避。

換作幾個時辰之前，天人筆若要一次吞噬這麼多筆靈，可謂難上加難。如今諸葛家久戰殘破，家主又遇襲受制，正好落入函丈的算計。

一時之間，慘呼和喊叫聲四起，諸葛家陣勢大亂。混亂之中，筆靈光亮不時亮起，那是筆塚吏在試圖反擊，可每一次光亮，都會引來天人筆的觸手從天而降，一吸而走，留下一具撲倒在塵土裡的軀殼，幾如當年董仲舒獨戰百家的景象。

老李見函丈突然翻臉，霎時徹悟，嘶聲叫道：「你……你不是要利用筆靈，你是打算戕滅所有筆靈的靈性，都煉成你儒門的傀儡！」

函丈陰惻惻的聲音在耳畔傳來：「就是如此！我要這天下，再度開儒門道統！筆靈本就是奇技淫巧，惑壞人心。人間只要聽聖人之言就夠了！」

「你這哪裡是純儒，分明是腐儒！」老李怒喝道。

函丈似乎沒興趣跟他多談，觸手繼續加力，眼看就要把七賢筆從老李身體內吸走。老李的意識逐漸模糊，可他到底是一族之長，這時驟然爆發出一股力量，大聲念誦道：「……有貴介公子，搢紳處士，聞吾風聲，議其所以。乃奮袂攘襟，怒目切齒，陳說禮法，是非鋒起。先生於是方捧罌承槽，銜杯漱醪，奮髯箕踞，枕麴藉糟，無思無慮，其樂陶陶。兀然而醉，豁爾而醒，靜聽不聞雷霆之聲，熟視不睹泰山之形，不覺寒暑之切肌，利欲之感情。俯觀萬物，擾擾焉如江漢之三載浮萍；二豪侍側焉，如蜾蠃之與螟蛉。」

此乃劉伶〈酒德頌〉中的句子，先描述儒門禮法之士如何憤怒如何指斥，再表明自己全不在乎，怡然自樂。竹林七賢中，劉伶最為放浪形骸，視禮教如無物。是以當老李把七賢筆中的劉伶喚出來，儒門陣法竟然無法拘束，對其無從克制。

這一股力量並沒去拯救老李，而是送到了諸葛一輝身上，裹挾著他朝莊外飛去。諸葛一輝駭然莫名，只能隨著力量飄然飛開，遠遠看著老李的身軀消失在天人筆的光芒中。

天人筆吞噬了七賢之後，利芒愈盛，又分出幾十條觸鬚，分別刺向困在桃李陣中的諸葛家筆塚吏。慘呼聲此起彼伏，赫然成了天人筆的一次盛宴，把諸葛家和韋家收藏的各種筆靈盡數吞噬……

此時韋家藏筆洞前，死裡逃生的一干人等聚攏在一處，面無喜色，渾然不知外面的劇變。雖然青蓮筆與從戎筆成功迫退了諸葛家，可沒有人高興得起來。韋家這一次傷亡極其慘烈，筆塚吏近乎全滅，筆靈損失殆盡。

「韋家的小孩子們和女眷，都還在藏筆洞裡吧？」羅中夏問道。

韋定國轉頭望了望洞口那幾個大字，用一種沙啞、低沉的聲音道：「是的，他們就在藏筆洞的最深處。」

羅中夏搖搖頭，他怎麼也沒想到，為了筆靈，居然要殘殺到這種程度。諸葛家也罷，韋家也罷，似乎為了筆靈而不惜付出生命的代價。整個家族的命運和幾百條人命，就這麼不值錢？這實在超出了羅中夏所能理解的範圍。

難道才情就真的比人的性命更加重要嗎？筆塚主人保存才情的初衷，難道不就是為了讓人們更好地活下去嗎？

羅中夏覺得自己在贏得一場勝利後，反而變得惶惑了。他有些茫然地走到二柱子跟前，想把他攙扶起來，卻發現這個小傢伙倔強地瞪著內莊的廢墟，雙拳已然緊緊地攥著，不肯收回從戎筆。兩道眼淚嘩嘩地從他的眼眶流出來，卻無法融化他堅硬憤怒的表情。

羅中夏回頭對韋定國道：「把他們都叫出來吧，我要收筆了。」

韋定國抬起暗淡無比的眼睛，似乎對這一切都毫無興趣。

韋家藏著七侯之一，這麼驚天動地的消息，此時在這位老人心中，卻也掀不動任何波瀾。他緩緩起身，弓著背走進藏筆洞內。

羅中夏暗暗嘆了一口氣，開始按照陸游交代的法門準備。

深藏在韋家藏筆洞內的這一枝管城七侯，叫慈恩筆，乃是煉自唐代一位高僧，這位高僧算得上是中國歷史上最著名的一位和尚——玄奘。

玄奘當年一人西行五萬里，歷時十七年，取回經論六百五十多部，返回長安之後，他又潛心譯經，先後十九年，譯出七十五部經論，前後有一千三百三十五卷，成就了震古鑠今的大功德，可謂取經至心，譯經至筆。後來他在大慈恩寺內建起一座五層高塔，用來存經，名之曰慈恩塔——也即後世之大雁塔。玄奘圓寂之後，他一生心血，便凝煉成這一枝慈恩譯經筆。

佛家有云：「一花一世界，一葉一菩提。」慈恩塔貯中原之釋典，總佛法之精要，天生有容納收儲之能，儼然就是一處小世界。

當年筆塚主人把它放在韋莊後山，自然就形成一處祕藏洞穴。韋家傳承這麼多代，竟無一人覺察到，這韋家藏筆洞，竟然就是慈恩筆的本體所化。

所以羅中夏得先把韋家人叫出來，才能收筆。

因為外面有韋家遮護，慈恩筆的封印並不似天臺白雲、靈崇、青蓮、紫陽幾枝筆那麼複雜。只要用玄奘當年譯經用過的一枝小毫，就可以點化而開——前提是，使用者必須是另外一個七侯筆塚吏，這就防止有人誤打誤撞。

羅中夏取出陸游給的譯經小毫，喚出點睛筆來。點睛能指示命運，與志在超脫輪迴的佛經最為相合。它一出現，就自動附在小毫之上。羅中夏緊捏著筆桿，一等韋定國把人疏散出來，就立刻收筆。

眼見韋定國遲遲不出，羅中夏有些焦急。韋莊外頭如今是個什麼局面，他們也不知道，但函丈絕非善罷甘休之輩，得抓緊時間才成。

忽然二柱子從地上跳起來，警惕地看向天空，從戎筆如長劍凌空，無比戒備。顏政、秦宜等人也無不色變，幾乎要憋悶而死。

只見莊外紫雲滾滾，天人筆已經吞噬完了諸葛家的筆塚吏，收入金色觸鬚，朝著藏筆洞而來。它這一次吞噬了幾十枝筆靈，變得前所未有地強大。那藏匿不住的凶悍氣息，遮天蔽日，比當年吞噬桃花源還可怕，大有天上天下唯儒獨尊的氣勢。

「不好，它不是衝我們來的，是衝著慈恩筆。」羅中夏大喊。

如果是對付這些小人物，天人筆根本不必顯露真形。函丈苦心孤詣籌劃了這麼一個局面，根本目的，就是為了同在七侯之列的慈恩筆。

顏政和二柱子縱身要去擋住，可秦宜一下子把他們拽回來。天人筆現在太強大了，一、兩枝筆靈過去，只是送死而已。

「你倒是快點收筆呀！」秦宜衝羅中夏大吼。

「可是……裡面還有人呢！」羅中夏遲疑道。韋定國和韋家最後的老幼病殘，還沒從裡面出來。現在收走慈恩筆，那些韋家人就會全被嵌在山中，與死無異。

「都什麼時候了，還顧忌這些！」

羅中夏猶豫地抬起手來，握著譯經筆，卻遲遲不肯動手。收筆，可以阻止天人筆的吞噬，但要付出百條人命；不收筆，人命固然能夠保全，可也會讓函丈獲得管城七侯之一，為未來決戰投下無窮變數。

羅中夏在課堂上曾經聽過一個心理學實驗，叫做火車難題。一輛飛馳失控的火車開過來，前方是懸崖，如果不及時變軌，一車人都要死；而如果變軌的話，另外一條軌道上是一個小孩，一定會被火車輾死。如果你是扳道工，該怎麼做？

當時課堂上的討論，羅中夏已經不記得了，似乎沒討論出什麼正確答案。他萬萬沒想到，會有一天自己要面臨如此重大的抉擇。汗水悄然從他的額頭流下去，嘴唇微顫，這一次，就算去問懷素禪心都無濟於事了——禪心可以解決內心自省，卻解決不了外物抉擇。

最合算的選擇，當然是盡快收下慈恩筆，它的價值顯然高於一群韋家的陌生人，可是在羅中夏樸素的道德觀裡，性命豈能如此衡量。

天人筆的威勢愈逼愈近，顏政、秦宜等一干筆塚吏都被壓得抬不起頭，只有二柱子勉強站立，可也支持不了多久了。那無數金黃色觸鬚在半空舞動，似乎為即將到來的大餐而無比興奮。

羅中夏的手臂肌肉因為過於緊張而無比痠疼，手腕劇烈抖動。同伴們焦慮的聲音在耳畔迴蕩，腦海裡都是韋家人扶老攜幼朝門口趕來的畫面。兩邊交相壓迫，不斷擠壓著他的心思，避無可避，逃無可逃。

就在他幾乎要瘋掉時，腦海裡忽然閃現兩個人的面孔，兩張他都沒想到會出現的面孔。

一個是房斌臨死前的臉。在法源寺裡，羅中夏眼睜睜看著房斌在面前氣絕身亡，那是他第一次直面死亡，一個溫熱鮮活的生命，就在一瞬間消失了，從這個世界徹底消失，這對他的心靈產生了極大衝擊。

另外一張臉，卻是他的老師鞠式耕。兩人分別之時，鞠式耕覺察到了羅中夏的異樣，送給他一幅贈言，一共八個字：不違本心，好自為之。

這八個字一浮現在心中，如萬里長風吹過彤雲，羅中夏心中霎時一陣清明。他轉頭看去，天人筆已近在咫尺，最長的一條金黃色觸手的手尖，已勉強能掃到藏筆洞的入口。

羅中夏把譯經筆朝藏筆洞裡一插，低聲念起《心經》來。《心經》乃是大乘佛法第一經典，凝練了精髓要旨。玄奘法師親手將其譯為華文，文辭雅馴，言簡義豐，從此遂成定本，流傳千年。最關鍵的是，《心經》不長，只有二百六十個字，以羅中夏的懶散，也能迅速背下來，此時低聲誦出，正可以催醒沉睡在藏筆洞裡的慈恩筆靈。

隨著一陣陣誦經聲，藏筆洞微微顫動了一下，然後開始放出一圈氤氳祥和的佛光。其他人俱停下動作，朝著這邊看過來。

顏政瞪圓了眼睛，忍不住說了一句：「你真的要收……了？」

二柱子捏緊了拳頭，想要衝過去，卻被秦宜不動聲色地攔住。就連天人筆，都在半空停滯了一下。

對面的慈恩筆靈是管城七侯之一，若是覺醒過來，就算是天人筆也不得不認真對待。羅中夏對這些反應不聞不問，一門心思握著手中譯經筆，念誦不已。當《心經》念到了第三遍時，藏經洞從硬實的岩體化為片片靈光，從山體中徐徐脫出，邊緣隱隱有光圈輪轉，七寶繚繞，可出乎所有人意料的是，它最終並未變成一枝筆，而是化為一座四方樓閣式的莊嚴寶塔，儼然就是慈恩塔的模樣，鎮守在天人筆和眾人之間。塔頂一點靈光不昧，琉璃光旋，正是玄奘魂魄寄寓之處。

天人筆見狀，迫不及待地伸出最粗大的一隻觸手，朝它狠狠刺去。奇怪的是，慈恩塔並未抵抗，而是任由其刺入塔身，纏住塔頂佛寶。觸手一提，就在佛寶離塔的一瞬間，掛在塔邊簷角的百十個銅鈴突然無風自響，似如百十名高僧大德在同聲誦經。佛塔頂端徐徐展開一頂上覆瓔珞華蓋、四周張諸幢幡的寶帳，無邊無際，把慈恩塔罩了個嚴嚴實實。

眼看自己要被罩住，天人筆筆身一顫，觸手急忙從慈恩塔頂抽離，趕在帷帳蓋嚴前縮回本體，觸手尖仍攫住那一枚七彩琉璃佛寶。

這佛寶本是玄奘的精粹所在，得了它，即等於是得了慈恩筆。天人筆甫一得手，立刻迫不及待地一口吞掉，周身光芒登時又旺盛了幾分。它晃了晃，似是極為滿意，想俯身順口吞掉青蓮、點睛、畫眉、從戎、麟角諸筆，畢其功於一役。

可奇怪的是，明明慈恩筆的核心佛寶已被吞掉，可那座慈恩塔卻並沒消失。無論天人筆的觸手如何攻伐，塔頂的寶帳卻巋然不動。

此時羅中夏等人被籠罩在寶帳之中，外面的情形卻能看個通透。他們看到天人筆像條鯊魚一樣，在寶帳周圍盤旋許久，屢次試探，卻都空手而歸。過不多時，情況又發生了變化，天人筆的筆桿中央部分，突兀地亮起一排梵文種子字，讓儒門至尊的大人筆頓覺如鯁在喉，不得不停止對佛塔的侵襲。

全真教祖王重陽曾有一首詩云：「儒門釋戶道相通，三教從來一祖風。紅蓮白藕青荷葉，三教原來是一家。」說的正是中土三教，素來可以彼此相融。天人筆乃是儒門大筆，慈恩筆是釋家大德，兩筆互相吞噬，究竟誰融合誰，一時還不好說。

在遠處的函丈，顯然也意識到不妥。它沒料到，慈恩筆的筆靈被吞噬之後，居然還有反擊的餘力。天人筆今天吞噬了太多筆靈，光是消化壓服就要花去大半精力，稍有不慎，被對方反吞也說不定。而今之計，須尋得一處儒學豐沛之地，徐徐化之，至於眼前這些小對手，恐怕是顧不上了。

函丈今日已算是大獲全勝，這些小小殘羹不追也罷。它極有決斷，一念及此，只見天人筆長嘯一聲，迅速離去。霎時間紫雲收盡，天清氣朗，只剩下一座佛塔，坐落於韋莊的斷垣殘壁之間。

顏政看著保持誦經姿勢的羅中夏，忍不住問了句：「這⋯⋯這到底是怎麼回事啊？」

羅中夏沒言語，可那慈恩塔的塔門卻忽然打開，從裡面走出老老少少一百多人，最後一個正是韋定國。

二柱子「啊」了一聲，驚喜莫名，邁步迎了上去。那些人根本不知發生了什麼事，原本正在通道裡艱難通行，怎麼就從一座塔裡鑽出來了？

等到韋定國一走出塔門，這慈恩塔終於緩緩消失，散作片片靈羽，消逝在廢墟上空。

秦宜撫住額頭，恨鐵不成鋼地瞪著羅中夏道：「你……你這個白痴！為了救這些無用之人，居然任由慈恩筆被吞噬，你是有多蠢！」

顏政摸摸腦袋，大概明白怎麼回事了。在最後一刻，羅中夏毅然選擇了讓慈恩筆去救出韋家人，以致筆靈落入天人筆之手。他歪著腦袋，有點遲疑道：「雖然這次你做了賠本買賣吧，可哥們兒我覺得你這麼做讓人挺舒服的。」

羅中夏回頭苦笑道：「你們別誤會啊，我的確是想救人，可化塔護持這事，是慈恩筆自行做的，我可沒那個能耐去命令它。」

秦宜一愣，那居然是慈恩筆靈自己的選擇？

這時韋定國的聲音悠悠傳來：「玄奘法師以慈悲為懷，顧念天下蒼生，這才有了西去取經的壯舉。他化身的筆靈，又怎麼會去傷人呢？」

慈恩筆靈，繼承了玄奘悲憫憐世的精神。就算羅中夏剛才不顧人命強行要收筆，它也不會順從，只會讓所有人落入兩難境地，坐被天人筆吞噬。正因為它感應到了羅中夏的猶豫和決心，這才主動捨棄自身安危，顯化一座慈恩塔，護住韋莊倖存者和外面那幾個人——作為代價，塔頂佛寶被天人筆摘走，也算應了佛陀捨身飼鷹，以保全鴿子的義舉。

韋定國嘆道：「感謝羅小友你掛念著韋家安危，只是……沒想到啊，沒想到，一直深藏在我韋家深處的，竟然是玄奘大師的筆靈。若早知道，何至於此。」他說到這裡，頹然至極，一屁股坐在廢墟之間，雙眼發直。

儘管羅中夏做出了正確抉擇，可結局依然是殘酷地大敗虧輸。韋家筆靈近乎全滅，諸葛家筆靈近乎全滅，老李重蹈韋定邦的覆轍，七侯之一的慈恩筆落入函丈之手，可謂一敗塗地，為最終決戰平添了無數變數。

羅中夏精神一懈，登時脫力躺倒在地，有氣無力地歪頭喃喃道：「如今能指望的，就看陸游先生那邊收筆收得如何了……」

與此同時，在另外一個不知何處的神祕地點，陸游和韋勢然並肩而立，眉頭俱是緊鎖。韋小榕安靜地站在身後，默不作聲。在他們眼前，是鋪天蓋地的斷簡殘牘，這些碎片充斥著整個空間，猶如漂浮著無數書屍。似乎有什麼怪力曾經硬闖進來，一舉摧毀。

他們晚來一步，裡面已是空空如也。

韋勢然側過頭去，對陸游道：「放翁先生，看這破壞痕跡應該是不久之前的事情……」

陸游冷哼一聲：「這一處的封印，若非管城七侯為引，是無法打開的——沒想到那傢伙的動作倒快。」

七侯如今不在他們掌握中的，只有一管天人筆，所以誰能提前來此取走太史，不言而喻。

韋勢然道：「算上太史，函丈那邊也不過七得其二而已。只要小羅那邊順利收得慈恩筆，優勢仍舊在我。」

陸游對這個樂觀猜想不置可否。他沉吟片刻，突然轉身，朝著外界走去。韋勢然忙問接下來去哪裡，陸游頭也不回，只是曼聲吟出兩句詩來。這詩莫說韋勢然，就是小學生也能背上幾句，乃是陸游當年寫的〈遊山西村〉：

「山重水複疑無路，柳暗花明又一村。」

1〈廣陵散〉，為古琴曲，又名〈廣陵止息〉或名〈聶政刺韓王曲〉，傳說為嵇康或聶政所作。三國魏嵇康善彈廣陵散曲，祕不授人，後因反對司馬氏專政而遭讒被害，臨刑索琴彈曰：「『廣陵散』於今絕矣！」見《晉書．卷四九．嵇康傳》。後比喻人事凋零或事無後繼，已成絕響。

第三十二章　靈神閉氣昔登攀

「文起八代之衰」的韓愈曾寫過一篇〈毛穎傳〉，以兵事征伐比喻製筆工藝，把毛筆擬為毛氏一族，被秦始皇封為管城子，親寵任事。從此管城子遂成毛筆代稱。筆塚主人歷代煉筆無數，親自遴選出七枝筆靈，並稱「管城七侯」。

這七侯俱是煉自一代巨擘，靈性卓然，地位凌駕其他諸筆之上。

青蓮筆，煉自詩仙李白。飄逸不羈，興壯思飛，可惜這枝筆自煉成之日起，便不知所終，只留下一枝青蓮遺筆，占得一個「詩」字。

天臺白雲筆，煉自書聖王羲之，超凡絕聖，清雅風流，占得一個「書」字。

點睛筆，煉自丹青大手張僧繇，骨氣奇偉，靈奇變化，占得一個「畫」字。

太史筆，煉自太史公司馬遷，雄深雅健，高視千載，占得　個「史」字。

靈崇筆，煉自小仙翁葛洪，通玄精微，丹杏並臻，占得一個「道」字。

慈恩筆，煉自大德玄奘，志毅願宏，取譯明法，占得一個「釋」字。

天人筆，煉自鴻儒董仲舒。開儒門百代之興，後來朱熹捨出自己的紫陽筆，與天人筆相合。因此，只有天人、紫陽合二為一，才是真正的七侯，占得一個「儒」字。

詩、書、畫、史、道、釋、儒，一共七筆。當年筆塚封閉之時，筆塚主人曾叮囑陸游說：七侯畢至之日，即是筆塚重開之時。

一轉眼千年過去，七侯紛紛再度現世，而實際情況卻和筆塚主人所想略有不同……

「這裡，就是傳說中的桃花源啊！」羅中夏感慨道，對於他們這些不知讀過多少遍〈桃花源記〉的人來說，能夠身臨其境，感觸是極為深刻的。這個桃花源並非存於現世，若非陸游帶路，誰也不可能找得到。

聽到羅中夏感慨，其他人也紛紛睜開眼睛，好奇地左右觀望。

可眼前的桃花源，和陶淵明筆下的桃花源差別未免有些太大了。

天是灰色的天空，地是灰色的地面，河流裡的水也是灰色的，到處都像是蒙了一層厚厚的塵土，久未開封。田地中毫無生命，甚至連雜草也沒有一根，只能勉強看到幾道井田的痕跡。遠處的小山丘上，幾株桃樹的枯枝勉強從地面伸展起來，枝幹泛起白色的光芒，扭曲如猙獰的骷髏手臂。空氣中甚至有些發霉的味道。

陸游望著眼前這曾經熟悉的地方，心潮起伏。

當年朱熹與筆塚主人化身一戰，還未開始他就離開了。現在看到這番景色，可以想見那一戰的劇烈程度，甚至將桃花源中的所有生命都徹底毀掉了，至今仍能聞到那一股「理氣」的陳腐味道。

在陸游身後，站著韋勢然、羅中夏、韋小榕、顏政、秦宜以及二柱子六人。不算小榕，剩下的五個人恐怕是最後一批筆塚吏了。

韋莊一戰，先是韋家筆塚吏傷亡殆盡，然後兩敗俱傷的諸葛家筆塚吏也被天人筆吃掉，就連慈恩筆，為了保護倖存平民也被收走，可謂淒慘至極。而司馬遷的太史筆，也已經被函丈捷足先登，輕鬆取走。

這樣一來，讓局勢變得非常微妙。羅中夏這邊執七侯筆靈比較多，但函丈那邊卻幾乎霸占了全部其他筆靈，雙方旗鼓相當。所以陸游決定先發制人，趕到桃花源。桃花源是筆塚主人正身封印之所，非七侯不能開。這樣一來，函丈再有謀算，也不得不跟著他的節奏走，無形中削弱了其優勢。

顏政悄悄捅了一下羅中夏：「我想起一個冷笑話：一輩子尼姑，打〈桃花源記〉一句。」羅中夏搖搖頭，也不知是不知道，還是沒心情去回答。

顏政一拍他肩膀，說：「是不知有漢！」然後哈哈大笑起來。

秦宜伸手狠狠掐了一下他的胳膊，把這個不識趣的傢伙拖到一旁，低聲道：「你看。」只見羅中夏目不轉睛地看著韋勢然身旁的韋小榕，表情複雜。

他一方面擔憂十九的下落，一方面又見到這個把他帶入這詭異世界的女孩。不過兩個人此時比人鬼殊途還可怕，根本是人筆殊途——韋小榕理論上是詠絮筆的化身，也是唯一一枝殉筆後還能夠保留人心的筆靈。

眾人走到當年那山丘之上，陸游摸了摸桃樹枯枝，表皮皴裂，十分扎手。「嘎巴」一聲，陸游從桃樹上折下一枝，擱在手裡。樹枝上浮起一層灰霧，被陸游的手一碰，如同看到陽光的蟑螂，迅速消散開來，那枝條隨即化成黑灰。

陸游吹了一下氣，黑灰登時飛揚在半空，只殘留幾粒殘骸在手心。他微微一嘆，當年種種情景，如今化作飛灰，真是無限感慨。

「我們接下來怎麼辦？」秦宜問道。

陸游手一指：「你們看那裡。」

眾人順著他指頭朝前望去，看到那灰濛濛的田舍之間，立有一座高大的墳塚。這墳塚呈橢圓形，封土頗高，儼然有濃厚的文氣。墳塚四周，立著七座筆架狀的石碑，碑頂上空空如也。而在那墳塚的正位，寫著兩個氣宇軒昂的篆字：筆塚。

眾人不由自主都屏住了呼吸。這裡就是筆塚了，真正的筆塚所在，一切傳說與紛爭的起源，天下才情匯聚之地。他們天天耳濡目染這個詞，這一刻才親眼得見本尊。

可惜墳塚外面繚繞著一團死氣沉沉的塵霾，看起來頗為詭異。羅中夏試著去摸了一下，發現這霧霾並不傷人，但深含拒斥之意，無法深入探究。羅中夏想往裡走，卻從心中湧起一股極其不情願的情緒，最終只得後退。

陸游嘆道：「這塵霾叫心霾，乃是筆塚主人封塚時所化。天人筆襲來之時，他眼見寶珠蒙塵，性靈成霾，遂捨出一身法力，化為這一道心結之牆，將筆塚徹底封住。這既是封印，也是心結，若要重開筆塚，只有解開筆塚主人的心結。」

「筆塚主人會有什麼心結？對朱熹封住筆塚的怨恨嗎？」

陸游搖搖頭：「筆塚主人心懷天下，豈會那麼膚淺？」

秦宜道：「那這七座筆架古碑，就是存放七侯之用嘍？」

陸游點頭：「不錯，七侯是筆塚主人最後的心願，把它們湊齊，才算打開心結，了卻他的心願。」

顏政躍躍欲試：「那還不簡單。把我們現有的幾枝擱上去，再把函丈幹掉，把他拿走的兩枝半也擱上去，不就行了嗎？」

陸游忍俊不禁，點頭道：「你說得很有道理，就是這麼簡單。」

韋勢然凝視著那「筆塚」二字，久久不言，陸游感應到他情緒有異，眉頭一皺。和其他人激動萬分的態度不同，韋勢然表現出的，卻是一種刻意掩飾的淡然。

陸游知道此人和其他那些愣頭青不同，是隻老狐狸，而且這傢伙除了小榕身世之外，一直也不曾提過自己搜集七侯為了什麼。

陸游「嘖」了一聲，叫道：「韋勢然。」

「在。」韋勢然恭敬道。

「你這小子，算得上有心計。我不知你到底有什麼目的，但想來與函丈不是一路。等一下我離開以後，你可要多照顧這些小傢伙。」

韋勢然和羅中夏同時一怔：「您離開？去哪裡？」

陸游背起手來，沒有直接回答，而是看著筆塚說起了另外一個話題：「筆塚主人是天下奇才，曾經發下大誓願，不教天下才情付諸東流。無論魏晉唐宋，他都孜孜不倦，四處奔走，將才人墨客煉成筆靈，收入筆塚，極少遺漏，這你們都是知道的。」

這是筆塚的常識，眾人自然知之甚詳，心中有些奇怪陸游為何忽然提及這點。

陸游又道：「但細細想來，卻有一疑點，不知你們是否想過？」

「請陸大人開示。」

「自秦末以降，筆塚主人就開始煉筆不倦。可煉筆有一個先決條件，必是要選擇筆主身死之時，不能早，亦不能晚。早了等於是殺人煉筆，天理不容；晚了又怕筆主身亡神潰，煉不成形。可縱觀筆塚主人的履歷，從董仲舒、班超、班固、司馬遷、司馬相如、張敞到郭璞、江淹、王羲之、謝道韞、李白、杜甫、李煜等人，無不是恰在身死之時，筆塚主人方翩然出現，天下豈能有如此之巧的事情？」

「也許是筆塚主人神通廣大。」羅中夏猜測。在他們這些後輩眼中，筆塚主人乃是神一般的存在，神又有什麼做不到的呢？

「筆塚主人也不過是秦末小吏，就算後來修煉成仙，焉能有如此傾覆天地、顛倒造化的本事？」

韋勢然道：「莫非筆塚主人是另有手段，可卜算未知？」

陸游點頭道：「雖不中，亦不遠。」

眾人凜然一驚，這是怎麼說？陸游在筆塚前緩緩蹲下，伸手入土，周身光芒大盛。能看得出來，這是葛洪的靈崇筆正在噴吐丹火。

陸游一邊操控靈崇吐火，一邊說道：「筆塚主人能未卜先知，煉筆從無遺漏，實在是因為他有一本得自陰陽家的天書，名叫《錄鬼簿》，指示天下才子的陽壽盈縮、死生之期。他按圖索驥，自然無往不利。」

韋勢然反應最快：「您的意思是，您轉世至今，也是因為這天書的緣故？」

陸游道：「不錯。《錄鬼簿》能算陰陽，也能改命數。當年筆塚主人封塚之前，就已經替我改過命數。我去世之後，肉身雖死，魂魄卻在《錄鬼簿》引導之下，深藏蟄伏，只待千年後時機的到來，好為筆塚後輩做個引路人。」
「那麼這個時機已經到來？」
陸游搖搖頭：「筆塚主人說是青蓮筆現，筆塚重開。可如今青蓮真筆還沒頭緒，但函丈已然逼迫到頭上來了，我這次帶你們來，也是出於無奈。」
他說著話，靈崇筆還在噴吐著丹火。那《錄鬼簿》是陰陽家所贈，陰陽家與道家系出同源，所以非得是葛洪的筆靈才能起出。葛洪此人，乃是道家承前啟後的人物。在他之前，道家流派龐雜，眾說紛紜，他提數說之概要，總玄門之精粹，融求仙、守一、性命、行氣、丹鼎等雜說為一體，整理出了後世道家奉行的種種修行之法，是以得筆塚主人青睞，位列七侯。
隨著丹火噴吐，陸游手腕一提，將一卷竹簡提了出來。竹簡看似樸實，裡面卻蘊藏著絲絲幽冥之氣。丹火噴在上面，陸游手捧竹簡，恭恭敬敬朝著墳塚一拜，轉身猛然抖開竹簡，對羅中夏肅然道：「羅中夏，上前聽令。」
「哎？」羅中夏沒反應過來。
「雖然時機未到，但已經等不得了。函丈等一下就會降臨桃花源。他吸了諸葛家和韋家的諸多筆靈，又有慈恩、太史二侯助陣，已非尋常筆靈所能抵擋。倘若被他得手，只怕天下才情都要被荼毒。等一下，我會把我殘存的魂魄都化入竹簡，借最後的筆通之力，以天書為基擺出一座大筆陣，把所有筆靈都納入，方才有一戰之力。」
「等一下，這麼一來，那您豈不是……」羅中夏大急。
陸游微微一笑：「千年之前，我就該死了。只是為了你們這些不成器的後輩，才苟活至今。筆塚主人交給我的最後一項使命，就是要護得你們周全。如今也只有這個辦法，能與函丈正面對抗了。」他用手拊膺，又道：「這具肉身，我也不能久占，終究要還給他自己才好。」

羅中夏有些氣急敗壞：「可筆陣還得您來操控才成，我這文化水準，可怎麼勝任啊！」

他倒不是怕死，而是對自己沒什麼自信。

他不過是個不學無術的大學生罷了，現在居然要承擔文明復興級別的責任，實在是太過驚世駭俗了。

陸游不耐煩道：「才情雖以學識為重，可真正賦予其靈性的，卻是人心。何況我擺的這座大陣，筆靈必須集中在一人身上，也只有羅氏渡筆的後人，能夠承受得起，不是你還能是誰？」

羅中夏頓時不敢反駁，只是口中囁嚅，惶恐不已，就連手都有點微微發抖。

顏政見狀，走過去拍拍他肩膀：「哥們兒，別擔心，打架這種事，一回生兩回熟。」他見羅中夏並未釋然，抓了抓頭，走上前幾步，一把拽住小榕：「哎，小榕妳也說兩句吧？」

小榕緩緩轉過頭去，面容木然：「要我說什麼？」

顏政呆了呆：「隨便說點鼓勵的話吧，什麼加油啊、世界和平啊，回來以後結婚啊什麼的。」

小榕「嗯」了一聲，走到羅中夏身前，伸出雙手。羅中夏有些惶恐地眼神游移，那一雙冰涼的纖纖素手捧住了他的臉，語氣依然清冷：「我會和你在一起的。」

「哎？」面對這出乎意料的告白，羅中夏面色大紅。

旁邊韋勢然提醒道：「羅小友你別誤會。我孫女本是詠絮筆靈，等一下也要被放翁先生融入筆陣，歸你操控。」

「哦。」羅中夏也不知是鬆了一口氣還是失落。

陸游催促道：「時間不多了。羅中夏上前，剩下你們幾個筆塚史各自在筆塚前，閉目凝神，準備入陣。」

羅中夏只好忐忑地走上前一步，努力用起懷素禪心讓自己平靜下來。其他人則圍坐在墳塚之前，各自喚出筆靈。筆塚之前，一時光彩繚繞，就連那心霾都為之一顫，彷彿筆塚主人窺見天才性情，見獵心喜。

見諸人都已經就位，陸游劍眉一立，把《錄鬼簿》一氣展開，他雙手持定，對著墳塚朗聲道：「老夫昔日引狼入室，親睹筆塚封存，疚縈於心，更不忍見天下才情為儒門所禁錮。故而一縷精魄遲死千年，只為今日能捨身化陣，了卻這段因果。汝塚中有知，該知我陸游不負君託！」

聲如洪鐘大呂，在衰朽的桃花源久久迴蕩。只見陸游周身浮起一層清光，慢慢從彼得頭頂脫離出去，一頭扎進《錄鬼簿》中。那《錄鬼簿》登時脫離了人手，浮到半空，它看似不厚，完全展開以後竟有百千條竹簡編編相連。有了陸游最後的精魂注入，這《錄鬼簿》彷彿活過來似的，在半空旋轉游動，愈游愈長，很快將筆塚和包括彼得和尚在內的諸人都圍在卷中，有若立起一道長長的簡城竹牆，密不透風。

只有羅中夏獨自留在外頭，站在丘頂。

這時從《錄鬼簿》裡傳來陸游威嚴的聲音：「渡筆人，接筆！」羅中夏登時不敢動了，頓覺得背後有一股雄渾的力量升起，形成一個錯綜複雜的宏大力場。他之前在高陽洞裡見識過陸游筆陣的威力，可跟現在相比，簡直是小巫見大巫。

一枝又一枝筆靈逐次升騰，透過片片竹簡之間的空隙，形成無形的絲線牽繫到羅中夏心中。不必用肉眼去分辨，羅中夏可以輕而易舉地知道它們都是誰——畫眉、麟角、從戎。那一瞬間，他與它們三個心意相通，透徹無比。

這時羅中夏感應到身心一涼，一個虛無縹緲的少女靈影從背後抱住了他。他的耳邊，再次響起一聲細細的呢喃：「我會和你在一起的。」

他猛然回頭，可少女的靈影倏然潰散，化為絲絲縷縷的雪絮，進入羅中夏體內。韋小榕本就是詠絮筆所變，如今也算是現出了本質。

羅中夏閉上眼睛，想要去看看她的內心到底是什麼想法，可兩人合二為一時，他一陣愕然，似乎聽到小榕說了什麼話，隨即整個人面容沉穩下來，肅然垂首，凝神去感受那筆陣的種種玄妙。

這時陸游的聲音又在縹緲中傳來：「七侯入陣！」

此前四筆，不過是尋常筆靈，接下來才是重頭戲。陸游竟是打算把目前手裡的七侯也都放入陣中。要知道，陸游與《錄鬼簿》化成的這一座筆陣，並非靠陣法禦敵，而是利用筆通之力，把陣中筆靈的力量凝聚在渡筆一人之身。單獨一枝七侯已是威力十足，如今數枝齊現，以筆陣並聯，其威力相疊，簡直不敢想像。

羅中夏體內已有青蓮遺筆和點睛，如今又先後有葛洪靈崇、朱熹紫陽以及王羲之的天臺白雲入陣。自有筆塚以來，還從未有這麼多天才性情集於一人。一時間，有通天氣勢從羅中夏身上噴薄而出，如風似煙，霎時蔓延到桃花源的每一處角落。筆塚前繚繞的心霾，都為之一震，隱然有消散之勢。

羅中夏緩緩抬起手來，感覺與背後那座筆陣已融為一體，隨心意隨時有無窮的力量湧現。這麼大的力量，若換作從前，只怕羅中夏精神已崩潰，全靠有懷素禪心，方能潛心駕馭。一股強烈的自信自心中生起，他覺得能與任何強者對敵。

這時陸游的聲音在羅中夏耳邊響起：「函丈已近，筆陣已成，接下來就靠羅小友你了。莫忘了，擊敗天人之日，家祭無忘告乃翁啊……」聲音漸消，意識徹底消融於筆陣之中。

羅中夏沒有出言，而是仰起頭來，看向穹頂。他能感覺到，另外一股可怕的力量，在急速接近，與筆陣相比並不遜色。

說來諷刺，這搜集中華才情、匯聚眾多文靈的筆塚決戰，卻要交託給他這麼一個不學無術的大學生。

過不多時，穹頂忽然開裂，一束光芒射入灰敗的桃花源內。那不是陽光，而是比陽光更加耀眼、更加危險的存在。羅中夏眼神微瞇，見到一個身著黑色儒袍、頭戴峨冠的長鬚男子飄然而落，身旁還跟隨著同樣裝束的殉筆童，面無表情。那些殉筆童鋪天蓋地，比之前在韋莊時更多，這次恐怕是傾巢出動了。

這應該就是函丈的真身了。

函丈的面目不清，只有一雙淡漠至極的雙眼俯瞰著下方，無喜無怒，似已入天道，萬物皆視若芻狗。可他身上那種強烈的壓迫感，卻清晰無比，把羅中夏的滔天氣焰硬是壓了回來。看來他已經徹底消化了慈恩和太史二筆，實力又上了一層。

羅中夏夷然不懼，挺直了身體，抬手輕輕吐出兩句詩來：「趙客縵胡纓，吳鉤霜雪明。」

李白的詩作裡，要論慷慨犀利、豪快肅殺，莫過於〈俠客行〉。其氣勢太過豐沛，羅中夏原來根本使不出其中意境，直到如今筆陣初成，方才有足夠的靈力駕馭此詩。

詩出象具，只見一道靈光匯聚成一柄巨大的偃月吳鉤，鉤刃冰霜。「銀鞍照白馬，颯沓如流星！」

那吳鉤化為一道軌跡，直向天空刺去。羅中夏舌綻春雷，猛然喝道：「十步殺一人，千里不留行！」

隨著這兩句送出去，吳鉤猛然一挑，鉤穿了函丈的身體，將其削成了兩截。這一擊裡，不光有青蓮化鉤的意象，還含有從戎筆的鋒銳之氣，函丈根本無從抵擋，立刻爆成一團清氣，消失在半空。

這就是筆陣的威力，諸筆合一，諸般能力彼此配合，戰法百變。

不過羅中夏並未因此放鬆警惕，而是讓那吳鉤懸在半空，蓄勢待發。過不多時，那一大群殉筆童中的一個緩緩睜開雙眼，露出函丈的面目。

羅中夏早知道函丈有一門祕術，身體可以在不同殉筆童之間切換，根本無從捉摸到其真身。剛才那一擊，不過是確認罷了。羅中夏驅動吳鉤，又朝那名殉筆童鉤去。函丈眼神一動，閃身要走，那吳鉤卻突然化為漫天清火，籠罩而來，霎時把函丈這個身體燒為飛灰。

這自然是靈崇筆的葛洪丹火與青蓮的組合之威。

函丈三度現身，終於意識到如此下去，根本不足以打破筆陣。他用木偶般的乾澀聲音說道：「明知是徒勞，爾等為何還要負隅頑抗，對抗天道。」聲音皇皇。

羅中夏根本不答話，驅動諸筆，再一次攻了過去。這一次，他喊出的，是〈夢遊天姥吟留別〉裡的四句：「列缺霹靂，丘巒崩摧。洞天石扇，訇然中開。」

天空登時一片灰暗，有萬千霹靂自陰雲中劈來。此係破陣之句，威力絕大，一出即有動搖天地之勢。更可怕的是，這霹靂中還有控制心神的麟角之能，每響一聲，都令人心旌動搖。更有畫眉筆自筆陣中，不停令羅中夏恢復至全盛狀態，讓霹靂源源不斷。一時之間，桃花源內充塞雷電，無處不是銀閃光綻。

函丈沒料到這小傢伙居然如此囂張，眼看自己和所有的殉筆童都要被霹靂淹沒，雙手一舉，天人筆霍然亮出，把所有童僕都罩在一座佛光寶塔中，任憑霹靂如何侵襲，巋然不動。

羅中夏一見終於逼出了天人筆，立刻攻勢一變，又召喚出紫陽筆來。紫陽筆煉自朱熹，可以形成一個自己的領域，領域內自成道理，以馭主為最高。

一圈紫黃色光芒從羅中夏四周輻射而起，羅中夏為其設置的大道是「雷者天刑」，霹靂是上天施以的刑罰，既然以天為尊，那麼霹靂刑罰便如父親責子，天經地義，躲即不孝。

諸多霹靂得其加持，立刻匯聚到佛塔頂端，開始狂轟濫炸，炸得慈恩塔搖搖欲墜。羅中夏深知對方是極強的怪物，一旦失去先手，再扳回這一局就懸了，於是順勢又召喚出了天臺白雲筆。

這還是天臺白雲筆自出世以來，第一次出手。王右軍號為書聖，比起其他人來說，他與毛筆之間的本質最為相合。他的書法，不可一字一字分開揣摩，須通篇連看，方能感受到有氣韻一以貫之。只有順著他的意念揮筆，找對氣韻，方有所得——所謂不學其形，而得其意。

只見一枝大筆淩空而起，於虛空之中蘸靈為墨，龍飛鳳舞，現出一連串墨字來。只要它開始寫字，天地之間，必須順著天臺白雲筆的筆意而動才能順暢，欲豎則起，寫橫而臥，遇捺頓挫，逢撇走鋒，否則就要受到極大阻礙。最麻煩的是，只有馭主能知道天臺白雲寫什麼字，讓筆勢變得更加難以揣測，對手光是要跟上它的節奏就要消耗極大心神，更別說對戰了。

慈恩塔本來就要承受無邊霹靂的攻擊，如今還得跟著天臺白雲的節奏隨時變換走勢，更顯得狼狽。塔中的函丈目光一閃，毫不猶豫地祭出太史筆來。

太史筆古樸短小，鬚毫極稀，幾成禿筆。這筆煉自太史公司馬遷，他遭逢蠶室之禍而不悔，嘔心瀝血，克成名篇《史記》。

只見太史筆筆頭一震，一片「太史公曰」的竹簡衝上雲霄，緊緊貼在天臺白雲的筆桿之上。《史記》究天人之際，通古今之變，司馬遷首創紀傳體，以人物為綱，從三皇五帝至刺客遊俠，以本紀、世家、列傳等體例一一分類，開千古先河。這枝太史筆秉承《史記》之精，能夠強行將任何一人歸為《史記》中的一傳，並賦予其傳主之屬性。入滑稽列傳，則出口詼諧；入刺客列傳，則悍不畏死；入項羽本紀，則豪氣干雲；入留侯世家，則睿智洞見。等於是把史記人物特性暫時附身於目標身上。

這個能力既可輔助己方，也可擾亂敵方。太史筆賦予天臺白雲筆的屬性，乃是酷吏列傳，傳主皆是出身寒族、汲汲於獄訟俗務的酷吏。而王羲之出身東晉王氏大族，世代簪纓，以清談為尚，最為鄙薄俗務。這等人物，突然被寫進酷吏列傳裡，從性靈上互相牴牾。於是被太史筆這麼一攪，天臺白雲的筆靈走勢登時一滯，帶不動天地大勢，那攪亂乾坤的干擾終於徐徐減退。

於是在桃花源裡，出現了這麼一番僵持局面。慈恩、天人與青蓮、紫陽對峙，太史與天臺白雲相抗衡。還從來沒有這麼多七侯畢至於此，相互對峙。

羅中夏見遲遲不能建功，有些焦慮。他側眼看去，看到殉筆童們蠢蠢欲動，想利用數量優勢趁機發起突襲。羅中夏見狀，急忙將紫陽筆向前推了推，讓領域更加擴大，好方便對這些分散開來的童僕進行壓制。

他收束心神，透過筆陣調度。可就在紫陽筆向前飛躍的一瞬間，遠處的天人筆突然精芒大作，百十道筆鬚化成的觸手，直直捲向孤軍在外的紫陽筆。

原來函丈一直沒用全力，他一直在耐心周旋，等候筆陣露出破綻。

可羅中夏非但不驚，反而笑了起來。和函丈一樣，他也早就等著這一刻。

紫陽筆本是朱熹的筆靈，他老人家雖然以極大毅力捨心換筆，但外筆畢竟不如自煉的筆圓融無隙。是以天人筆只有吞噬掉紫陽筆，徹底融合董仲舒、朱熹兩大宗師之力，才能真正成為七侯之一。

所以說，這枝筆對天人筆的誘惑，幾乎是無可抵擋的。

就在天人筆的觸手伸展的同時，羅中夏凝神閉目，鬢邊悄然多了幾絲白髮，一枝圭筆在手心裡飛速旋轉起來。

這是點睛筆。它可以消耗馭主壽命來指點命運，卻沒有鬥戰的能耐，剛才一番激戰，諸侯齊出，它卻一直隱在後方。羅中夏拚命付出了一段壽數，向它問了一個很簡單的問題：

函丈的本體，究竟在哪裡？

天人筆太過強大，幾乎不可能擊敗，唯一可以取勝的關鍵，就在於函丈。只要把馭主殺死，筆靈無處歸依，也就好對付了。不過函丈也明白這個弱點，不知修習了什麼祕術，藏身於無數殉筆童裡，讓敵人根本無法捉摸。

能看透這一點的，只有點睛筆。

點睛在掌心急速盤轉數十圈，然後指向桃花源中某一個方向。那個方向幾乎沒有殉筆童，可在一處枯槁的桃樹背後，隱著半個身形。眼見觸手襲來，羅中夏毫不遲疑，立刻暗念兩句「流星白羽腰間插，劍花秋蓮光出匣[1]」。只聽「鏗鏘」一聲，青蓮化出一把鋒銳無比的湛湛長劍，似一道流光飛出劍匣，刺向那株枯槁桃樹。

劍尖一觸函丈的真身，羅中夏立刻就感應到，這次絕對沒錯。目標靈力雄厚、情感豐沛，絕非那些行屍走肉的殉童僕可比。

機不可失，他呼喚從戎、麟角、詠絮等筆力一起聚齊，奮力一刺，力求畢其功於一役。霎時間，桃樹四周寒霜陣陣，悲戚擾擾，長劍如白龍出水，一道鋒銳將立在樹下的函丈連同桃樹劈成兩段。

在函丈被劈開的一瞬間，所有殉筆童的動作都為之一頓。羅中夏等候了數秒，見並無新的童僕站出來變成函丈，心中一喜，看來是得手了？他抬頭看去，半空中的天人筆依然光芒奪目，那些觸手衝向紫陽筆的去勢不減，不由得眉頭一皺。

點睛筆是絕對不會出錯的，他劈入函丈身體裡的手感，也是清清楚楚。可為何天人筆依然神采奕奕，全無半點影響？

這時身在陣中的韋勢然，在羅中夏心中呼喊了一句：「天人筆就是函丈！函丈就是天人筆！」

「啊？」

羅中夏一下子醒悟過來。

從來就沒有函丈這麼個人，也不存在天人筆的馭主！函丈組織心心念念的殉筆之法，正是為了讓天人筆可以奪舍人類肉身。所謂「函丈」，不過是天人筆以人類形象出現的化身，一具軀殼罷了。陸游和羅中夏苦心孤詣定下的這個戰術，是以「函丈是駕馭天人筆的筆塚吏」為前提，從方向上就全錯了。

半空之中的天人筆發出一陣木然冷峻的笑聲，似乎在嘲弄這些可悲的蚍蜉。它的無數觸手已經觸及紫陽筆的邊緣，這一下對方可是賠了夫人又折兵。

可就在觸手環抱紫陽筆收緊之時，一個碩大的「永」字從天而降，擋在紫陽身前。

相傳王羲之練字之時，花費數載勤練一個「永」字。因為此字囊括了幾乎所有基本筆勢，稱為楷書八法，乃是書法入門必修。天臺白雲筆在太史筆的牽制下，仍舊能寫出這個「永」字來，側鋒峻落，橫勒直努，帶動所有觸手都在虛空擺動。

這時靈崇也躍至陣前，附於天臺白雲之尾。二筆合一，揮毫寫出九個通玄正楷：「臨兵鬥者皆陣列前行」──這是葛洪在《抱朴子》裡寫下的九字真言，號稱「凡密祝之無所不辟」。如今被王羲之的筆法寫出來，威力更巨。

這九字一出，觸手們紛紛僵在原地，再也無法靠近了，只能任憑丹鼎清火燒灼，紛紛化灰墜落。

看到此情此景，羅中夏這才微微鬆了一口氣。陸游深通兵法，未慮勝，先慮敗，先把紫陽筆周圍的遮護準備好，才去攻擊函丈。就算刺殺落空，這邊也不至於損折了最重要的一枝筆靈。

這一來一回，等於雙方都沒占到便宜。

羅中夏站在原地，覺得一陣恍惚，剛才雖只是一次極短時間的交手，但心神消耗實在是太大了。這種等級的較量，本來並不是他這樣的小傢伙能參與的，勉強上陣，打成這樣已是奇蹟。

可還沒等羅中夏思考接下來的策略，他的腦海裡突然傳來一聲女孩子的尖叫。是小榕！

羅中夏急忙回頭去看筆塚。《錄鬼簿》層層疊疊的竹簡之上，不知何時被鑽開了一個洞。小榕被一隻漏網的觸手攔腰捲起，正在急速朝天人筆縮去。

這觸手一定早就埋伏在筆塚附近，剛才那一連番激戰吸引了所有人注意，它就在這裡悄無聲息地用浩然正氣腐蝕竹簡。

羅中夏大驚，為何天人筆要衝著小榕去？詠絮筆又不是管城七侯，怎麼會比紫陽筆還重要？他還沒想明白這些事，韋勢然的聲音在耳邊吼道：「快去阻止它，天人筆是想要小榕身上的殉筆祕法！」

「殉筆祕法？」羅中夏先是一怔，隨即才明白過來。韋勢然當年從秦宜母親那裡換來殉筆法門，以此為基礎演化出了另外一種祕術，把孫女和詠絮筆合煉在一處，筆入人心，人卻不失靈智。

與其相比，殉筆童們一個個宛如行屍走肉，就連天人筆化身而成的函丈，奪舍之後也是生硬無比，無法出現在人前，更無法在世間布道。天人筆一直想要化身成真正的人類，自然對韋小榕這唯一的特例垂涎已久。

沒想到，沒想到，前面的一切籌謀都是幌子。天人筆從一開始就不是去爭奪紫陽筆，它明修棧道，暗渡陳倉，真正的目標卻早就鎖定了韋小榕。

羅中夏一下子傻了。陸游化身筆陣之時，為他如何運用諸筆做了詳盡規劃，他只要依法施展就可以。可這個變故，連陸游都沒預料到，自然也沒有相應策略。羅中夏情急之下，只能驅動手邊所有的筆靈，一股腦兒撲過去攔阻。

筆靈之間，搭配頗有門道，而駕馭筆靈，也需要陣主心中沉穩澄澈。羅中夏這麼幹，固然是諸筆齊出，聲勢浩大，可破綻也露出極多。天人筆的觸手輕輕鬆鬆就躲過追擊，把小榕拽到自己身邊。

「住手！」羅中夏驚得魂飛魄散，厲聲喝道。可天人筆守禦森嚴，又有諸多殉筆童牽制，他根本攻不進去。只見光芒一閃，紫雲翻湧，小榕不及發出一聲叫喊，身影便消失了。羅中夏的腦海立刻感應到，陣中的韋勢然突然嘔出一大口血，氣息急速衰弱下去。

畢竟他才是詠絮筆真正的馭主，如此反應，說明小榕的情況堪憂。等到天人筆把詠絮筆徹底吞噬，就能洞悉真正的殉筆祕法，屆時就能化為真正人類了。

「怎麼辦？怎麼辦？」羅中夏幾乎亂了方寸，連懷素禪心都幾乎要壓制不住了。顏政、秦宜和二柱子感受到他的心緒紛亂，也紛紛受到影響，整個筆陣一時飄搖不已。

1 出自李白〈胡無人〉。

第三十三章　儒生不及遊俠人

羅中夏心旌動搖，連帶整個筆陣都陷入混亂。靈崇、天臺白雲、點睛、青蓮等筆顯得無所適從，攻勢一滯。

好在天人筆沒有乘虛而入，它也停在半空，似乎在揣摩詠絮筆的煉法精髓。那些殉筆童齊立在原地，也停止了騷擾。於是在這桃花源內，出現了奇妙的和平對峙局面。

「哥們兒，你要冷靜啊，冷靜。」顏政在羅中夏腦海裡絮叨，可他自己明顯也坐不住了。羅中夏深深嘆息一聲，掃了一下筆陣內，秦宜沒吭聲，但看她的腦波凌亂，應該是在照顧韋勢然，二柱子始終默不作聲，專心致志在駕馭從戎筆。

這時另外一個聲音傳入羅中夏的耳中：「羅中夏，鎮之以靜！」

聲如霹靂，如當頭棒喝，一下子就把羅中夏有點混沌的情緒打散了。羅中夏驚喜道：「彼得？」

這正是彼得和尚的聲音，陸游精魄化陣之後，彼得的意識便已回歸那具肉身。在這個關鍵時刻，彼得居然醒轉過來。

彼得道：「事已至此，你不可有半分彷徨頹喪，否則再無挽回機會。」

羅中夏苦笑道：「我再怎麼努力，還是被天人筆擺了一道，讓小榕被吞掉。彼得啊，我只是個傻大學生，何德何能，能與這麼多千古大家抗衡呢？」語氣裡滿是灰心喪氣。

彼得道：「拿你的懷素禪心來。」羅中夏一怔，連忙借助筆陣之能，把體內的禪心送到彼得處。彼得和尚與禪心一碰即融，聲音又一次傳來：「這顆懷素禪心，我代你收了。此乃救生圈，你抱著它，永遠學不會游泳。」

羅中夏大急，懷素禪心相當於是一輛車的水箱，自己全靠它降溫冷靜，才能維持筆陣運轉。如今彼得不幫忙就算了，還把它收走，這不添亂嗎？置之死地而後生不是這麼玩的。

這一次，傳來的卻是懷素的聲音：「心志磨礪，本該不假外物。你之所以彷徨困惑，是因為從一開始，你便心存退筆之志，又被諸筆寄寓，所見所得，所悟所感，皆因外物，未能照見本心。青蓮遺筆也罷，點睛筆也罷，禪心也罷，都不是你，你的本心在哪裡？」

羅中夏不期然想到鞠式耕的話：「不違本心，好自為之。」

可自己的本心，到底是什麼呢？一直在逃避，一直想退筆，即使取得禪心之後，也是一路被形勢推著走，到了現在，自己想守護的到底是什麼？剝去所有的外物和憑恃，內心的堅持又是什麼？

還沒等他想明白這些事，對面的情勢又發生了變化。

天人筆倏然收回了所有的觸手，紫雲也逐漸反捲消失，就連那耀眼的浩然正氣，也緩緩收斂。只見天人筆從半空降落下來，距離地面愈近，它的形體愈是模糊，隱然還有赤焰繚繞。等到它徹底立於地面之時，已經脫去了筆靈的形體，變成一個青袍長鬚的儒者。

這位儒者寬額厚頤，面方耳長，一雙眸子閃著咄咄精光。一望便知，天人筆在極短的時間內吞噬了韋小榕，領會了韋勢然的殉筆祕術，可以化為人形而不失性靈。不過它的面容，卻始終在變化，讓人捉不住重點，這是因為天人筆如今只是筆靈變化，還未尋到一具合適的肉身——原來那一具，已經被羅中夏毀了。

「羅小友，可否一談？」天人筆站在筆塚陣前，發聲呼喊，聲音化為肉眼可見的漣漪擴散開來。

羅中夏在陣中心想，反正禪心也被收了，筆陣運轉再不似從前那般如意，不如出去談談。他被逼到絕境，居然變得光棍起來，一咬牙，抬腿走了出去。

天人筆笑咪咪地打量了他一眼：「能與我戰到這個地步，你也算是千古第二人了，可堪自傲了。」

羅中夏不知道怎麼回答，就這麼一直瞪著它。天人筆抬起手來：「當年在桃花源，我與筆塚主人一戰，致筆塚封閉。從此以後，可再沒如此酣暢淋漓地一戰了。我很高興，所以我決定給你一條生路。」

「生路？」

「奉我為師，受我教化，從此以儒門弟子行走天下。」

「呸！」羅中夏啐了一聲，不屑一顧。

天人筆似是預料到這回答，也不動怒：「還有一條路，就是你助我打開筆塚，我放你離去，如何？」

打開筆塚，須得七侯畢至。若天人筆執意要戰，打破筆陣吞噬剩餘筆靈，不知要費多少手腳。羅中夏也知道它的用意，卻依然用一個「呸」字回答。

「若我加上這個籌碼呢？」天人筆一笑，閃身讓開。從它後面出來三個人，兩男一女。

羅中夏一看到那女子相貌，頓時失聲叫道：「十九？」

十九神色委頓，懨懨地被兩邊的人架住，對羅中夏的叫聲恍若未聞。看她頭頂有一座猙獰筆架，顯然是如椽巨筆被壓制了，連靈智都被死鎖住——但畢竟還活著。

左邊的是王爾德，他大概是函丈組織唯一還沒被煉成殉筆童的筆塚吏了，右邊那人，卻完全出乎羅中夏的預料，居然是諸葛一輝？

諸葛一輝看到羅中夏瞪他，有些慚愧地把視線移開，箝住十九胳膊的手，卻絲毫沒有放鬆。韋莊一戰，老李拚上最後的力量把他送出去，本意是讓他返回家中，救出那些被禁錮的諸葛家反對者。可諸葛一輝已經被天人筆駭破了膽，居然把十九擒住，主動來投效函丈。適才一戰，他們一直躲在後面，聽到天人筆的呼喚，這才現身。

「你助我開塚，我把這姑娘連同筆靈還給你，放你們這裡的人活著離開。若是不同意，我便吞了她，我們再戰便是。」

羅中夏呆立在原地，不知所措。天人筆這種手法實在俗套，可十分有效，所以所有的反派都喜歡這麼用。羅中夏張了張嘴，卻發現咽喉乾澀，他看到十九那副模樣，心中一陣刺痛。這次沒有懷素禪心遮護，痛楚更深切。就連剛才失去小榕那種絕望感，也趁機襲來。

「十數之內，做出抉擇，否則我的提議作廢。」

天人筆踏近一步，似笑非笑，豎起指頭來。

從大局考慮，根本無須猶豫。一人一筆，豈能和筆塚安危相提並論？如今青蓮正筆還沒現身，陸游筆陣猶在，尚有一戰之力。倘若羅中夏投降獻筆，那可就徹底完蛋了。

九。

可就這麼把十九犧牲掉？開什麼玩笑！那可是一條人命，人命豈是用價值來衡量的。

八。

但如果把十九換回來，之前包括陸游在內的一切努力，都付諸東流。已化為人形的天人筆已脫離桎梏，會對這天下造成怎樣的影響？

七。

這些責任，為什麼都要我來承擔啊！羅中夏沒有了懷素禪心，在壓迫之下精神瀕臨崩潰，他雙手抱住頭，絕望地蹲了下來。

六。

對了，對了，點睛筆，問問它！

羅中夏像是找到一根救命稻草，正要動作，眼前又浮現房斌死時的面孔，隨即聯想到他死後給自己的贈言：「命運並非是確定的，你可以試著去改變，這就是點睛筆的存在意義，它給了我們一個對未來的選擇。」

可是這選擇做出來，是何等艱難啊！

五。

顏政！秦宜！二柱子！彼得！你們誰也好，替我拿個主意啊！

羅中夏的意識在筆陣中瘋狂地吶喊起來，可其他人都保持著難堪的沉默。他們都是悍不懼死之輩，哪怕要犧牲自己也不會含糊，可要做出犧牲別人的抉擇，這實在太難了。他們同樣心神激盪，也同樣束手無策，只能感受著羅中夏的情緒朝著漩渦滑落。

四。

彼得和尚手握禪心，心中也出現一絲猶豫，是否應該把禪心交還給羅中夏？這時他耳畔傳來一個虛弱的聲音：「彼得，助我一臂之力。」

彼得睜開眼，發現傳音過來的是韋勢然。詠絮筆被吞之後，他的生命力急遽消失，現在佝僂躺地，眼看就要枯老而死。可他看向彼得的雙眸，卻閃著迴光返照式的銳利光芒。

「借你的力量，傳給羅中夏一句話。讓他答應天人筆的條件，無論什麼條件都答應。」

「什麼？」一陣中的人都忍不住跳起來。雖然他們內心也萬分猶豫，可韋勢然的這個要求實在太奇怪了。彼得和尚皺眉道：「這豈不成了人為刀俎我為魚肉？」

韋勢然大喝道：「快，否則來不及了！」隨即他劇烈咳嗽起來，精神又萎靡幾分。彼得和尚知道這傢伙深藏無數祕密，連陸游都感佩不已，只好立刻在意識裡告訴羅中夏這個意見。

羅中夏聽得彼得和尚說起，腦海裡卻並未如釋重負。韋勢然這隻老狐狸，不知又有什麼謀劃。

鞠老師啊，鞠老師，「不違本心」四字，真是知易行難啊。他在心中苦笑起來，那一瞬間真羨慕那個在國學課堂上打瞌睡的自己。

天人筆剛要垂下手指，羅中夏開口道：「好，我答應你。我助你開塚，你把十九放回來。」

天人筆大笑：「識時務者為俊傑。」

羅中夏厲聲道：「但我要你先放人。」

天人筆大袖一展：「既然要我放人，你也該有些誠意才是。否則你抱著美人鑽回陣裡，我豈不虧了？」羅中夏忍住內心焦躁，問它什麼算誠意。天人筆道：「你那有一枝我儒家大筆，如今也該歸還了——反正要讓七侯開塚，早晚也得這麼做。」

天人筆說的，自然是紫陽筆。

羅中夏遲疑片刻，天人筆面色一冷：「哦，你要食言而肥？」

羅中夏腦海裡忽然想到韋勢然的提醒：無論天人筆開什麼條件，都答應。他不知道韋勢然的用意是什麼，但那個老傢伙絕對不會無的放矢。

局勢已經敗落到了這個地步，也不差這一筆、兩筆了。

他嘆了口氣，乖乖抬起胳膊，在筆陣中將那枝紫陽筆捉出來。這枝筆本無筆主，只靠筆陣維繫，此時本體浮現，立刻被天人筆迫不及待地捉在手裡。

一股巨大的力量從它身軀散射而出，兩枝筆彼此共鳴，浩然正氣與理氣同步震盪，紫雲翕張間能聽見有無數儒士齊聲合誦之聲。合誦持續了許久，方才光華盡斂，天人筆重新恢復成人類樣子。但它的頭頂，多了一頂紫陽冠，兩袖多了兩道理氣紋。天人筆、紫陽筆，這一前一後兩個儒學中興的大宗師，終於在這一刻合二為一，成為真正的七侯之一。

天人筆——不，現在應該叫它天人紫陽筆——心滿意足地仰天發出一聲長嘯，大袖鼓蕩不已，顯示它豐沛四溢的力量。它如今二筆合一，又掌握了殉筆祕術，化脫成人形，可以說是近乎無敵的存在了。

王爾德和諸葛一輝連忙下跪，恭喜尊主成就全身。天人筆心情似乎很好，手腕一揮，諸葛一輝和王爾德連忙將十九的封印解開，朝著羅中夏一推。十九朝前踉蹌幾步，被羅中夏一把攙扶住。羅中夏摸著她的頭髮，喃喃道：「沒事了，沒事了……」

天人筆抬起手來，隨意朝王爾德和諸葛一輝那邊一拍，一股浩大之力瞬間籠罩兩人。可憐他們表情都來不及變換，就這麼帶著喜悅和諂媚，被天人筆從頭頂吸走了筆靈。

羅中夏嚇了一跳，他不明白天人筆為何突然出手，幹掉了效忠自己的兩個筆塚吏。

天人筆把兩枝筆靈隨口吞噬，淡淡道：「既然我已成完全之體，萬筆皆該歸於我身，筆塚吏這種東西，沒必要再存在了。」它一捋長髯，那兩枝筆靈的光華便從身軀外表徹底消失。

從前天人筆吞噬筆靈，還要經過一番波折，如今卻像是吃零嘴一樣，隨手即收，收之即化，可見天人筆的力量，已經達到了一個不可思議的地步。

它甚至已不需要去防備羅中夏，即使這個小傢伙現在突然反悔，重回筆陣，它也有足夠的信心可以一鼓而蕩。剛才幹掉王爾德和諸葛一輝，也有警告的意味在裡面。

天人筆把目光投向羅中夏身後那座巨大的墳丘，依舊被淡淡的心霾繚繞。如今唯一的隱憂，就是在那筆塚之內。對於筆塚主人這樣的人物，天人筆始終還是心存忌憚，不知他會在裡面設下什麼埋伏。只要順利打開筆塚，消除最後一絲隱患，它便可以放開手腳，去教化如今的濁世了。

「好了，時候不早了，羅小友，請吧。」天人筆催促道。

羅中夏攙扶著十九，挺直了腰桿：「你要怎樣？」

「首先，撤掉守在筆塚旁邊的筆陣——事到如今，有陣無陣，對我來說都是一樣。」

羅中夏想到韋勢然的叮囑，別無選擇，只能心神一動。陸游筆陣很快便散去，露出陣中的顏政、秦宜、二柱子、彼得以及趴在地上生死不知的韋勢然。

天人筆對這些人看都不看一眼，邁步向裡走去，可剛一進入心靈之內，便不由自主地退了出來。天人筆如是再三，始終無法進入。那心靈含有拒斥之力，似乎單靠偉力無法化解，得滿足某種條件才會散開。

不過天人筆並未露出失望之色，這原也在預料之中，筆塚哪那麼容易就能開啟的。筆塚主人早有預言，七侯畢至，筆塚重開。

於是它把注意力放在圍繞筆塚四周矗立起的七塊石碑，那石碑造型古樸，碑首有相互盤結的八條螭龍，下有龜趺，只是碑面平整無文，看上去是一片空白。

「你可知此碑是什麼？」天人筆突然問羅中夏。

「不知道……」

「此乃無字碑，本是武則天為自己在乾陵所立。她牝雞司晨，不知後世如何評價，便立起一座無字石碑於自己陵前，是非功過，自有後來者評價，一切隨其本心，因此這無字碑又叫問心碑。沒想到筆塚主人從這事得了靈感，煉了七塊，豎在這裡——」說到這裡，天人筆看向羅中夏，「我聽說你一開始就不願意摻和到這件事中來，還到處鬧著要退筆？」

羅中夏不置可否。

天人筆大笑：「那你總算找對地方了。這無字問心碑，可是唯一能將筆靈安全退掉的辦法。」

「什麼？」

天人筆嘿嘿一笑：「可惜僅限於七侯——你以為筆塚主人為何在墳前設置這七座石碑？」

它雙手向上一抬，太史筆和慈恩筆應聲飛出，在半空盤旋幾圈，各自落在一處石碑上。那石碑立刻閃出七彩光華，八條螭龍恍若游動，有一列一列的蝌蚪文緩緩顯示在碑面之上。羅中夏不懂這些怪字，但多少猜得出一定是關於這兩枝筆的評價。

隨著二筆歸位，七座石碑發出微微的共鳴聲，連那片心靈都淡薄了幾分。

所謂七侯畢至，筆塚重開，想來就是把七侯筆靈置於這七座無字問心碑上，啟動碑文，筆塚才會打開吧？

天人筆做完這動作，看向羅中夏。羅中夏知道該輪到自己了，他閉目細細感應，先從筆陣中提出天臺白雲和靈崇兩枝筆靈，依樣放到石碑上，同樣光華大作，有蝌蚪文顯示。

隨後他試著喚醒自己體內的點睛筆，那小小圭筆飛至半空，歸位於問心碑上。隨著碑文顯露，羅中夏感覺到自己和它的聯繫愈來愈模糊，愈來愈虛弱。等到碑文顯示完全之時，他感覺到「啪嗒」一聲，一條看不見的絲線斷了，他再也感應不到點睛筆，更控制不了它，筆靈徹底從他的身體裡脫離了。

果然如天人筆所說，這無字問心碑，是唯一可以分離筆靈的，因為它直問本心。

這本是羅中夏的夙願，可此時他卻感覺到悵然若失，就好像自己心靈中的一塊被挖去似的。他深吸一口氣，覺得雙眼濕潤，不由自主地有眼淚想流下來。不是悲傷，也不是害怕，沒有什麼明確的理由，就是單純想要落淚。

天人筆見他表情有異，只是冷冷一笑，雙袖一抖，整個人浮空而去，踏上第六塊石碑，顯出了天人紫陽筆的本相。

天人紫陽筆、天臺白雲筆、點睛筆、靈崇筆、太史筆、慈恩筆，一時六侯各自歸位，筆靈彼此共鳴，有奇妙的韻律瀰漫在碑林之間。六塊石碑同時顫動起來，那些千古大家的才情化為流光溢彩，穿梭其間。

「羅小友，你還在等什麼？」天人筆在光芒中喝道。

七侯如今只差李白的青蓮筆未曾歸位，不過正筆自煉成之日起，就沒人見過其蹤跡，如今羅中夏體內只是青蓮遺筆，是否能算作七侯，還是未知之數。

羅中夏低頭看去，胸中青蓮的形貌還是和第一次相見那樣。種種經歷，種種磨難，皆由此筆而起。可也正因如此，這一人一筆已成患難之交，彼此風雨相依。

「如今終於到了分開的時候了嗎？」羅中夏苦笑著問道。那青蓮遺筆彷彿聽懂了他的話，發出啾啾鳴叫，露出不捨之意，就像兩個老友告別一般。

立在石碑上的天人筆再次催促，羅中夏一咬牙，猛然揮手。那青蓮筆愈飛愈高，與他的牽繫愈來愈細。待得它飛到最後一座石碑上時，他心中霎時感覺到一陣刺痛，再也感應不到青蓮筆的存在。儘管羅中夏還能看到青蓮遺筆的身影，可一道隔絕情感的帷幕，在這一人一筆之間垂落下來。

從這一刻起，他不再是筆塚吏，也不是什麼渡筆人。體內再無筆靈，重新回歸成一個普通人。

終於，七座石碑都有筆靈歸位，共鳴聲愈來愈大，這是才情的漣漪，這是性靈的合唱。六侯的光芒幾乎達到極致，只有青蓮遺筆的光團略微暗淡，與其他筆靈不太一樣。

天人筆立在石碑上，沉默不語。筆塚主人說七侯畢至，一定有他的道理。天人筆原本猜測，把遺筆放上來，青蓮真筆自會現身。可如今看起來，真筆遲遲不至，似乎其中還有未能參透的玄機。

就在天人筆陷入沉思之時，意外發生了。

原本奄奄一息的韋勢然，突然從地上爬起來，用手搭著彼得和尚的肩膀，喊出一句話來：「天者仁乎？理乎？」

周圍諸人聽到這一段莫名其妙的問話，都不知就裡。可這一句話一喊出來，天人紫陽筆的筆形居然微微動搖了一下，似乎被一下子點了什麼穴道。它從筆又化脫為人形，雙手抱住腦袋，極其痛苦地彎下腰，口中念叨不已，嗓音一陣洪亮，一陣低沉，似乎如二人爭論一般。

要知道，天人紫陽筆本是董仲舒和朱熹二人合併而成。兩者雖然同為儒家，觀點仍然相異。董仲舒認為「天者，仁也」。察於天之意，無窮極之仁也。而朱熹則認為「動而生陽，亦只是理；靜而生陰，亦只是理」。董說重仁，乃是吸收百家而成；朱說格理，兼采道、釋兩家之學。

雙方本來不處於同一時代，縱有歧見亦無大害。如今兩人才情並於一筆，偏偏又都是性情堅毅、巋然不動之輩，於自己之說所持甚定，又豈能容忍，別說動搖道心？試想董仲舒時，連太極圖形都還未出現，如何能接受朱熹太極之理？朱熹信奉格物窮理，人人皆可借理而天人合一，讓「取天地與人之中以為貫而參通之，非王者孰能當是」的董仲舒又怎麼想？

是以韋勢然問出這一句直指道心的疑問，天人紫陽筆登時陷入分裂。天人也罷、紫陽也罷，都必須先把這個關係到自身存亡的爭議捋平才行。

羅中夏沒料到，韋勢然一句話，居然讓天人紫陽筆陷入停滯。

他喜出望外之際，本以為這隻老狐狸還有什麼後手來反擊。沒想到韋勢然晃晃悠悠站起來，走到了自己身旁，伸出手來。

羅中夏大疑，自己已經身無筆靈，他還要做什麼？韋勢然的面容已經枯槁到不成樣子，彷彿隨時可能化成飛灰。他說不出話來，只是推著羅中夏的肩膀，似乎要帶著羅中夏去什麼地方。

遠處天人筆看到這一幕，面容一凜，不顧自己還在分裂狀態，冷哼一聲，遠遠飆出一隻觸手，正好抽中韋勢然。韋勢然不閃不避，拚出最後一絲力氣猛然一推，然後身軀劇震，化為飛灰。

與此同時，羅中夏被韋勢然這麼一推，整個人一下子撞進原本無法進入的心靈之中。

羅中夏先是一陣迷惑，隨即感覺自己像是跌進一個裝滿了果凍的游泳池，黏滯柔軟的心靈從四面八方擠壓而來，身體飄浮於霧濛濛的虛空之中，不分上下左右。眼前是一片灰白，什麼都看不清楚，可隱約能感覺到一條條靈氣扭結在一起，不得舒展。

不知過了多久，他發現霧氣似乎稀薄了些，同時重力也在慢慢恢復。當羅中夏雙腳再度踏上堅實的土地時，四周的心靈都散為淡淡霧靄，恍惚間看到前方有一座雅致竹亭，亭中影影綽綽坐著一個人。

羅中夏信步向前，快到亭子時，終於看清了那人的面目。他面色清瘦，青衿方冠，在一條黑漆案几前正襟危坐，右手輕持一枝毛筆，似是在紙上寫著什麼，然後忽然又側過頭去，饒有興致地伸出左手二指緩緩撚著筆毫，意態入神，似乎渾然不覺有人靠近。

羅中夏一見到他，不禁脫口而出：「是你！」

眼前這人，正是他第一次被青蓮上身時夢見的人物，後來又在韋勢然家中收藏的畫像上見過，他就是筆靈種種的起源——筆塚主人。

筆塚主人看到他，懸著手腕，淡然笑道：「睽違多年，不意又見到你們羅氏之人了。」他的笑容就像是博山爐飄出的香靄，縹緲不定。

羅中夏僵在原地，心裡百感交集，一時不知該如何應對。這就是傳說中的筆塚主人啊？也就是說，我是在筆塚內嘍？

筆塚主人似乎看破了他的心事，搖了搖頭：「你如今仍在在下心靈之中，所見之形，不過是心靈鬱結的一個幻影罷了，真正的筆塚可還沒開呢！」說完又悠然自得地拿起筆，在紙上寫起字來。

「天人紫陽筆就在外頭，隨時等著打開筆塚，七侯只差青蓮筆就歸位了！您……您得快拿個主意！」羅中夏急匆匆地用最簡短的句子說出情況，希望能給筆塚主人帶來警告。

可筆塚主人卻慢悠悠地寫了好長一幅墨汁淋漓的書法，這才輕輕擱筆，轉過頭來：「你先沒想過，為何你能進入這心靈？」

羅中夏被他這麼一提醒，才想起來這是件怪事。對啊，心靈不是會拒斥所有人嗎？別說他，就連天人筆以最強的狀態靠近，都會被彈出來。怎麼這一下子，他又能進來了？這其中一定有什麼理由，顯然韋勢然剛剛領悟到，所以才會把他往裡推，只可惜韋勢然已身死成灰，來不及詢問。

筆塚主人見他依然不解，嘆笑了一聲：「痴兒。」他站起身來，負手站在亭邊，眺望迷迷茫茫的外面：「陸放翁先生應該告訴過你了吧，當年桃花源被大人筆與朱熹入侵，以致筆塚封閉。」

「是的，可是這事不著急……」羅中夏急躁地催促道。可筆塚主人豎起一根指頭，示意他少安毋躁。

「陸放翁先生所知，並非全貌。其實當年筆塚封閉，外因是朱熹所迫，可真正的內因，卻是我自己欲封。」

羅中夏彷彿受了當頭棒喝：「什麼，您自己想封塚？為什麼啊？」

「因為在下有一事縈繞於懷，久未能釋。」筆塚主人伸手在霧上一拂，氣息登時凝成一枝枝筆影，密密麻麻地懸浮在竹亭四周，可他倏然嘆了一聲，意興闌珊，又是一拂，那些筆影又隨風散去。

「在下最初起意煉筆，是為了保存天下才情，不教其隨主人身死而消。可我在當塗煉製李太白那一枝時，那青蓮筆卻不肯順服，踏空而去。這是之前從來沒發生過的事情。這讓在下突然意識到，煉筆之舉，究竟是愛惜才情，還是禁錮才情？若說是禁錮，忍見那許多驚才絕豔的才華就此消失，在世間沒了痕跡，實在可惜；若說是愛惜，那麼多天縱奇才，被拘束於筆具之內。我等視如珍寶，束之高閣，偶爾摩玩一二，可筆靈萬世不得解脫，豈不成了玩物？——青蓮筆的遁走，將在下點醒，並非所有筆靈，都甘心化筆。在下一介書生，何德何能，憑什麼去決斷這些天才的去留？」

筆塚主人說到這裡，面露痛苦之色，身體裡開始有絲絲縷縷的暗灰色心靈散逸出來。

「是煉是縱，是去是留，這個問題困擾在下良久，從唐至宋幾百年時光，仍未通透，以致鬱結於心，壅塞不暢。那些塊磊無從化解，反而越發沉積，後來竟化為絲絲縷縷心靈，時刻向身外散逸，繚繞至筆塚周邊。到了朱熹造訪之時，在下的身軀幾乎已全部散為靈灰，就算他不來，不出幾十年，筆塚也要自封。與他最後一戰，也是在叩問在下本心——天人筆欲吞噬諸筆，化萬為一，固然不對，可在下所作所為，就妥當嗎？」

羅中夏聽完這長長的自述，久久不能言語。他本來覺得筆塚主人煉才成筆，實在是威風極了，保存天下才情也是極好的立意，沒想到這其中還藏著如此深沉的痛苦，以致連筆塚都因此關閉。

「現在你該知道，為何獨有你能走進這心霾了吧？霾之心結，正在筆靈本身，所以唯有無筆之人，才不為排斥。」

羅中夏這才恍然大悟，明白韋勢然之前那些古怪舉動的用意。

小榕被天人筆吞噬之後，韋勢然便成了無筆之身，因此先覺察到了心霾的祕密（彼得雖然無筆，但他討去了懷素禪心，亦不能入）。可惜他已油盡燈枯，無法靠近，只好故意出言提醒，讓羅中夏答應天人筆的一切要求。表面看，是天人筆步步逼迫，拿走他的點睛和青蓮筆，其實正好讓羅中夏成了無筆的普通人，趁機入霾。

天人筆機關算盡，唯獨沒想到，筆塚四周繚繞的心霾，卻是要一個無筆之身才能進入。

「那您有辦法打敗外頭的天人筆嗎？」羅中夏問了個煞風景的問題。

筆塚主人搖頭：「在下不是說過嗎？只是心霾所化的一道幻影，豈是天人紫陽筆的對手。筆塚之內，才有你要尋求的答案。」

「可是青蓮筆找不到啊，怎麼才能去？」

筆塚主人拿起手裡的那枝筆，遞到羅中夏手裡：「人憑本心，筆亦如是，你找到正確的道路，心霾自解。自己選吧！」

筆塚主人留下這一句曖昧不清的話，整個身軀終於徹底消散，又化回心霾。羅中夏覺得眼前一晃，又回到了心霾外頭。他環顧四周，那六座石碑依舊光彩奪目，而韋勢然被天人筆抽碎的飛灰，剛剛徐徐落地。

看來外界的時間，恐怕只過去了一瞬。

羅中夏一低頭，發現手裡握著一枝其貌不揚的小毛筆，剛才的一切並非幻覺。他重新擁有了一枝筆靈，所以被心霾排斥出來了。

天人筆高高在上，威嚴地喝道：「羅中夏，你剛才到底幹了什麼？」它對筆靈十分敏銳，剛才雖只一瞬，還是引起了它的疑心。

此時天人筆已壓制住了董朱之爭，不再陷入分裂，煊赫一如從前。

羅中夏沒有理睬它，垂著頭，反覆咀嚼著那一句話：「人憑本心，筆亦如是。人憑本心，筆亦如是……手辭萬眾灑然去，青蓮擁蛻秋蟬輕？」沒來由地，他想到了小榕留給自己那首集句詩。原本他覺得其中深意，是暗喻退筆，可現在再仔細一想，這兩句意義又不同了。若只為退筆，何必手辭萬眾？又哪裡用得著灑然而去？青蓮擁蛻，秋蟬身輕，暗喻人為秋蟬，蟬殼為筆靈，退筆是得大解脫——但若以筆觀之，才情方是秋蟬，為筆靈軀殼所禁錮，不得舒展，只待青蓮擁蛻，方能脫殼而走。這正是「人憑本心，筆亦如是」的最佳注腳。

這麼一解，羅中夏隱然發覺，這兩句詩似是隱著什麼法門。

天人筆見羅中夏久久不答，心中氣惱，又將觸手伸了出來。左右這小子已是個無筆的普通人，打殺了也無妨。可它轉眼瞥到青蓮遺筆，心想正筆還沒出現，這時候還是不要節外生枝。它突然發現羅中夏手裡多了一枝筆，觸手微微改了個角度，把筆奪了過去。

天人筆把那筆拿到眼前端詳了一下，看不出什麼端倪，可它想再深入探查一下，卻突然如觸電一般，整個人——或者說整枝筆——都僵住了。

不只是它，連其他五侯，也紛紛停止共鳴，彷彿都被其所克制。

「這是什麼筆？」天人筆憤怒地喊道。

「這你認不出嗎？這是筆塚主人用自己煉成的筆塚伏筆啊！」羅中夏緩緩抬起頭來，開口說道。

筆塚主人在封塚之前，自知將散，遂把自己也煉成最後一枝筆靈，化於心靈之中。天下諸筆、管城七侯皆是筆塚主人所煉，所以見到這一枝筆塚伏筆，雖不致俯首稱臣，但多少會被煉主壓制。

天人筆知道筆塚主人暗伏了對付自己的手段，卻沒料到會藏得如此巧妙。試想，欲開筆塚之人，誰不是極力搜集筆靈，壯大己身？筆塚主人卻反其道而行之，唯有無筆之人，方才有獲得這伏筆的機會。

剛才天人筆一番苦心策劃，自以為得計，卻完全落進了筆塚主人的算計裡。

所幸筆塚主人與董仲舒理念不同，不至於有吞噬筆靈、戕滅才靈之能，最多只是懾服而已。那枝筆塚伏筆飛回羅中夏手中，附近的諸多筆靈仍不能動。

羅中夏心中明白，現在只要他願意，可以將其他六侯皆收入囊中，乃至天人筆吞掉的那百餘枝筆靈，亦可以收歸己有。不必考慮什麼渡筆體質，亦不用在意一人一筆的限制，因為這一枝筆塚伏筆的能力，就是代主人統御諸筆，任多少都可以。

換句話說，他心念一動，便可成為有筆塚以來，擁有最多筆靈的至強之人。

天人筆亦覺察到了這一點，沉聲道：「羅小友，你本有退筆之心，又何必再度涉入此局。你若就此退開，我保你與你的夥伴一世平安。」

羅中夏搖搖頭，若有所思。

「你真以為拿了這筆，便能壓服我嗎？」天人筆驚怒交加。它雖被筆塚伏筆壓制，可終究不是收服。它拚命催動其他五侯，只要再度形成共鳴，便可掙脫束縛。

要知道，持筆的羅中夏畢竟只是個尋常人類，縱有伏筆加身，短時間內也難以駕馭如此龐大的力量。而這，正是天人筆的可乘之機。

問心碑頂，嗡嗡作響，光華時亮時滅，看似平靜的局勢下，兩股力量在糾纏運轉，扭結角力。眼看六侯共鳴將成，天人筆覺得身軀上的壓制減輕了不少，心中大喜，正欲鼓勁衝破，卻看到羅中夏抬起頭，突然露出一個燦爛的笑容：「我明白了。」

「明白什麼？」天人筆看到這笑容，突然有種不祥的預感。

「我何必拿這枝筆來壓服你，筆靈本是才情所化，只用來壓服鬥戰，實在是焚琴煮鶴啊！」羅中夏朗聲吟道，「手辭萬眾灑然去，青蓮擁蛻秋蟬輕。我終於明白其真意了。」

他轉向天人筆：「這伏筆除了統御諸筆之外，尚有一個神通，你可知是什麼？」

天人筆不知這又隱藏著什麼殺招，不由得全神戒備起來。

羅中夏嘆道：「筆塚主人一直心存疑惑，筆靈究竟是煉是散，他難以抉擇，便把這困惑交給了我。我只是個普通的傻大學生，才學淺薄，可有一點卻得鞠老師教誨：不違本心，好自為之。我剛才就在想，人遵本心，筆亦應如是，那些天才性靈，生性自由乃是它們的本心，又豈該讓筆靈受拘牽？」

「你……你難道想……」

羅中夏點了一下頭。他的眼神，自介入筆塚世界以來，第一次變得如此堅定而自信：「伏筆的另外一個神通，就是散去萬靈。」

他把筆塚伏筆往空中一拋，那筆瞬間粉碎成無數光點，四散而開，一時間桃花源頂如千星隕落，絢爛至極。天人筆頓時覺得神魂一陣騷動不穩，其他諸筆也是如此，就連一直在旁的顏政、秦宜、二柱子等人，心中都是一跳。

天人筆亦是筆塚主人所煉，立刻認出這乃是筆塚主人煉筆用的乍現靈光。所謂「靈光乍現，下筆如神」，筆塚主人就是以此為火，把才情錘煉成筆靈。它既然能煉靈成筆，自然也可以融筆回靈。如今那伏筆粉碎，散成萬點靈光，正是打算把所有的筆靈都重新回歸才情本身。

「你瘋了嗎？明明可以選擇那可壓倒一切的力量，統御一切，你竟然要散掉這些筆靈？」天人筆的聲音嘶啞起來。

「你只是想奴役和控制每一個天才。但我卻願每一個天才的魂魄，都能重歸自由！」羅中夏斬釘截鐵地回答，這不是筆塚主人、陸游、韋勢然或是其他任何人引導的結果，而是完完全全憑藉本心做出的選擇。

隨著他的回答，那一片片乍現靈光輕柔而堅定地朝著現場每一枝筆靈而去。顏政不由自主地抬起手來，看到一點靈光落到指尖，頓時將畫眉筆融成一片光華。顏政感覺與那筆靈失去了聯繫，一陣失落。可他咧開嘴，笑著揮了揮手：「好傢伙，走你的吧！」那光華匯成畫眉筆的形體，朝他略擺了擺，隨後消散。

不光是畫眉，秦宜的麟角、二柱子的從戎都碰到同樣的境況。

天人筆突然哈哈大笑起來：「可你想過沒有，以你的力量，就算把伏筆粉碎，也不可能化掉萬千筆靈——反而毀掉了唯一能克制我的武器，我看你接下來要怎麼辦！」

說完它的體形一瞬間增長了數倍，如同萬仞孤峰，睥睨著這小小的蟲蟻。

羅中夏微微一笑：「我的力量，自然是無法化解那些筆靈，可總有人能做到——手辭萬眾灑然去，我已經做到，這麼說的話，青蓮也該來了吧？」

話音剛落，整個桃花源，一下子陷入奇妙的寂靜。過不多時，穹頂微微顫動，似乎有一絲青光閃亮，那光芒愈變愈大，起初只是螢光大小，很快就變成一顆狹長的青色流星，直奔筆塚而來。所到之處，氣息無不活躍，風起雲湧，卻又偏偏不滯於一物，灑脫至極。

等到更靠近些，眾人能看得清楚，那正是一枝筆，與青蓮遺筆形貌差不多，但更為壯美飄逸。筆頂青蓮，更是剔透自然，蘊有無窮靈感。它穿過筆塚伏筆所化的靈光碎片，似乎更加興奮，宛如披上一層星光披風。

「那是……青蓮真筆？」顏政瞪圓了眼睛，吃驚地望著穹頂的流星軌跡。

旁邊彼得和尚感嘆道：「只能是它了，這枝自煉成之日便遁去無蹤的青蓮筆，如今終於現形了。」他看向站立在問心碑前的羅中夏，喃喃道：「也只有這傢伙，這筆，才能做出這樣的抉擇吧……」

青蓮真筆是謫仙所化，天生不耐束縛，不肯歸服筆塚。它如今現身於世，是因為筆塚諸筆即將散靈，回歸自由。只有真正能理解筆靈的本心，才能做出這樣的抉擇。只有做出這樣的抉擇，才能將真正的青蓮筆喚出。

「終於見到你了，太白先生。」羅中夏唇邊露出欣慰的笑意，彷彿見到一位老友。

青蓮真筆鳴叫一聲，飛至最後一座無字問心碑上。青光綻放，碑文顯露。其他六侯紛紛共鳴以應和，鼓蕩踴躍，那千年凝結的諸多才情噴湧而出，化作萬道霓虹，又似萬里長風，整個桃花源都為之震顫不已。

至此七侯畢至，那繚繞在筆塚的心靈，便在這共鳴震盪中悄然消退，最終徹底散去，露出那一座神祕巍峨的墳丘。

羅中夏望著那巨大的墳丘，心中暗道：「心靈既散，心結已開，筆塚主人您應該早就預料到今日這結局了吧？」彷彿要應和他心中所想，墳丘忽然在中間裂開一條大縫，洞天石墳，訇然中開，內裡耀眼奪目，似有磅礡之力要湧現。

天人筆見勢不妙，這傢伙進了一次心靈，已造成了無可挽回的災難，若讓他再進入筆塚，誰知道還會有多大麻煩。此時已沒有筆塚伏筆的壓制，它立刻伸展觸手，喚起所有被吞噬的筆靈，迫使它們全部現身，以理氣牽引，密密麻麻地聚集在天人筆旁，儼然如一艘裝滿了炮臺的猙獰戰列艦。

天人所向，筆尖同歸。天人筆驅動著這百餘枝筆，整個化為一道沛然莫禦的紫金銳光，搶先羅中夏一步狠狠地刺入筆塚。

就在它進入墳丘的一瞬間，看到一個熟悉的身影矗立在眼前。天人筆認出那是筆塚主人，衝勁絲毫不停，要把當年一役未竟之事做完。可奇怪的是，筆尖剛剛觸到筆塚主人，那身影便消散了，化為和剛才伏筆一樣的破碎靈光。

可天人筆很快就覺出不對勁了。那靈光縹縹緲緲，如蛾似塵，飛散在塚內無處不在。只要筆靈一沾上一點，就好似雪見日頭一般，立刻會被消融成一團清杳靈光。

先是一枝，然後是兩枝、四枝……靈光愈飛愈多，被消融的筆靈也愈來愈多。別說塚內，就連塚外問心碑上的其他諸侯也都在靈光消融的範圍之內。

天人筆能感應到，那些筆靈並非消失，而是失去了軀殼，變回到煉筆之前的才情。這時它想要退出，已然來不及了。那些靈光並非與之對抗，而是將其解放，縱然天人筆學究天人、震古鑠今，面對這種手段也是無濟於事。

天人筆萬萬沒想到，它沒有敗給羅中夏的才學，更沒有敗給羅中夏的力量，卻偏偏敗在了那個小傢伙的抉擇之上。

他代筆塚主人做了抉擇，因此心霾自解，筆塚裡隱藏的最後力量，也隨之轉化成了融筆的靈光。

此時做什麼都已晚了。先是諸多筆靈，然後連管城七侯也隨之消融。天臺白雲、靈崇、太史、慈恩、點睛，一枝一枝相繼在靈光中獲得解脫，最終青蓮筆奮力一躍，也投身到這一場奇異的戰爭中來。它如長鯨入海，掀起滔天靈波，朝著天人筆的本體席捲而來。

天人筆怒不可遏：「愚蠢！你可知道把所有的筆靈都散掉，會是什麼後果？這麼多人，這麼多想法，若同處一世，無有拘束，會鬧出多大的混亂？人心澆漓，世風日下，你負得起這個責任嗎？」

羅中夏聳聳肩：「那又如何？百花齊放，總好過萬馬齊瘖。你所恐懼的，正是我的希望所在。」

天人筆並沒讀過龔自珍，但也聽出這句裡的嘲諷之意。它自知無幸，嘶聲喊道：「既然你要解放我等的靈魂，就該知道，只要人心不死，我便不死，遲早我會凝神歸來。」話未說完，它便被巨浪淹沒，「噌」的一聲消散成一團靈光。

此時筆塚內外，再不存半枝筆靈，幾千年的天才精魄，盡皆散作無數靈光飛舞在半空，宛若一道璀璨銀河，星光熠熠。

羅中夏分明看到，其中有一團星光幻化成少女的樣子，向自己點頭致意，他認出那是詠絮筆的殘影，心中又是欣喜，又是感傷，舉起手來揮動。那少女也學著他的樣子略一揮手。隨即一重一重人影相繼出現，向著羅中夏揮手致意，然後冉冉升空，消散在那一片銀河之中。

最終大河倒捲而起，反將墳丘裹住，萬千筆靈在半空匯成筆塚主人的形體，肩上還多了一朵淡雅青蓮。他向羅中夏深深施了一揖，摘下那朵青蓮，袖手向上一彈。只見那青蓮騰空而起，帶著匯聚無數天才的魂魄之河，朝著桃花源的穹頂飄然飛去。

「手辭萬眾灑然去，青蓮擁蛻秋蟬輕。」羅中夏喃喃念著那兩句詩，帶著笑意，緩緩閉上了眼睛……

尾聲

「羅中夏！」

一個嚴厲的聲音，驚醒了正在沉睡的少年。羅中夏揉了揉眼睛，發現自己置身於課堂之中，旁邊站著鞠式耕老先生。他嚇得霍然起身，環顧四周，看到遠處鄭和正恨鐵不成鋼地看著自己，其他同學則竊竊發笑。

「請你回答，唐代著名詩人李白，他的號是什麼？」鞠式耕問。

羅中夏想了想，脫口而出：「青蓮居士，又號謫仙人。」

鞠式耕滿意地點點頭，用手裡那一枝鳳梨漆雕管狼毫筆敲了敲他的頭：「下次聽講不要睡覺。」

教訓完這個劣徒，鞠式耕背著手，又踱回講臺前，邊走邊晃著腦袋講起李白的詩。羅中夏連忙賠了一個笑臉，訕訕坐回座位。剛一坐回去，同桌顏政賊兮兮地湊過來，問他是不是又夢到什麼校花。他還沒答，椅背已經被狠狠踢了一腳，一回頭，十九鼓起嘴凶巴巴地瞪著他。在更後一排，彼得和二柱子並肩而坐，似笑非笑地等著瞧熱鬧。

羅中夏摸摸腦袋，咂咂嘴，感覺好像做了一個又長又複雜的夢。可夢裡到底講了些什麼，他一時也糊塗起來。羅中夏想了半天，實在沒什麼頭緒，索性轉頭朝窗外看去。

窗外烈日當空，碧空如洗，眼前是一片虛化的澄澈，延伸至遠處的地平線。羅中夏正托腮沉思，忽覺一陣清爽的涼風拂來，他略一轉頭，看到有一團柳絮不知從何處飄來，正好落在他眼前的窗臺上。

（全文完）

高寶書版集團
gobooks.com.tw

DN 322
筆靈．下

作　　者　馬伯庸
副 主 編　林子鈺
責任編輯　藍匀廷
校　　對　黃薇霓
封面設計　張新御
內頁設計　賴姵均
企　　劃　何嘉雯
版　　權　張莎凌

發 行 人　朱凱蕾
出 版 者　英屬維京群島商高寶國際有限公司台灣分公司
　　　　　Global Group Holdings, Ltd.
地　　址　台北市內湖區洲子街88號3樓
網　　址　gobooks.com.tw
電　　話　(02) 27992788
電　　郵　readers@gobooks.com.tw（讀者服務部）
傳　　真　出版部(02) 27990909　行銷部(02)27993088
郵政劃撥　19394552
戶　　名　英屬維京群島商高寶國際有限公司台灣分公司
發　　行　英屬維京群島商高寶國際有限公司台灣分公司
法律顧問　永然聯合法律事務所
初版日期　2025年05月

原書名：七侯筆錄（下）

國家圖書館出版品預行編目(CIP)資料

筆靈．下/ 馬伯庸著. -- 初版. -- 臺北市：英屬維京群島商高寶國際有限公司臺灣分公司, 2025.05
　面；　公分. -- (DN ; 322)

ISBN 978-626-402-237-8(下冊：平裝). --

857.7　　114004236

GOBOOKS
& SITAK
GROUP ©